COLOC

malgré moi

VIRGINIE E. GÉRARD

COLOC

MALGRÉ MOI

Shingfoo

Shingfoo, 53 rue de l'Oradou, 63000 Clermont-Ferrand.

www.shingfoo.com

Novembre 2021 pour l'édition imprimée

ISBN : 9782379872174

Couverture : ©AdobeStock

Aux deux hommes de ma vie

Prologue

Mes pieds s'immobilisent devant l'entrée, refusant l'inéluctable. Une colocation imposée par ma mère qu'aucun de nous trois ne désire. *Ça promet !*

Si je pouvais revenir sur les quatre derniers mois écoulés, je le ferais sans une once d'hésitation. Je n'aurais plus à vivre avec autant de remords, de frustration et de colère envers mes vieux qui ont osé mêler mon frère, Matt, à mes histoires. Lui gâchant par la même occasion sa dernière année universitaire en l'éloignant de sa fraternité.

Je ne suis pas mieux lotie que lui et soupire à l'idée de passer ma première année en marketing à Denver au lieu de Chicago tout en étant couvée par son côté protecteur. Il a beau être cool avec moi, je sais qu'il ne va pas me lâcher. La porte grande ouverte, il apparaît d'ailleurs dans mon champ de vision, les mains sur les hanches.

– Tu vas bouger ton cul ?

Les politesses commencent ! Je m'apprête à le gratifier de mon majeur lorsqu'il est rejoint par un gars de son âge.

– Neal, je te présente ma sœur, Lilou. Lilou, Neal. Mon meilleur pote et ton nouveau coloc.

J'ai un temps d'arrêt en le découvrant. De son teint hâlé, à ses cheveux bruns en bataille en passant par sa barbe naissante, ce mec a un charme dingue !

Les lèvres pincées, il hoche la tête d'un mouvement sec tout en gardant le silence.

– Salut ! m'exclamé-je en esquissant un sourire chaleureux.

– Et c'est une véritable emmerdeuse, conclut mon frère en frictionnant mon crâne.

– Putain, Matt ! m'indigné-je en chassant sa main.

Ils se marrent tous les deux jusqu'à ce que Neal disparaisse dans une pièce sans un regard en arrière. Cette colocation est une très mauvaise idée ! Et pourtant, ma valise en main, je pénètre dans l'étroit couloir de notre appartement en le bousculant.

– Arrête de me traiter comme une gamine !

– Tu n'as que 18 ans, Lilou.

Comment ose-t-il ! Il ne peut pas me balancer ça ! Mes yeux se transforment en deux fentes assassines.

– Et toi ! 23 ans peut-être, mais toujours aussi con !

– Et fier de l'être ! s'esclaffe-t-il. Allez viens, je vais te montrer ta piaule. Ici, c'est celle de Neal.

Pas le temps de jeter un œil à l'intérieur que l'intéressé fait barrage et nous claque la porte au nez. J'inspire à fond pour contenir mon agacement.

– Il faut lui laisser le temps de s'habituer à la situation, s'amuse Matt qui n'a pas raté mon œillade noire qui se passe de commentaires. Ici, c'est la salle de bains !

– Je vous la laisse. Je préfère les douches communes.

– Reviens sur terre ! s'esclaffe-t-il. C'est un immeuble ici, pas une résidence universitaire.

Je souffle de résignation.

– On pouvait compter sur la détermination de notre mère pour que cette cohabitation devienne possible et obligatoire pour nous deux. Adieu à ma première année sur le campus.

– Adieu aux douches communes aussi… Hé, ne prends pas cet air dégoûté. On n'est pas des sauvages ! s'offusque-t-il avec humour.

– Permets-moi d'en douter.

Il éclate de rire.

– Et ici, c'est ma piaule !

Quel bordel ! Pire que quand il vivait chez nos parents.

– Pas besoin de me le spécifier. Je l'aurais deviné toute seule !

Il grogne.

– Je dois encore prendre mes marques.

– Mouais, répliqué-je en reniflant avec dédain.

Il agrippe mes épaules et me traîne jusqu'à la pièce en face de la sienne.

– Voilà la tienne. Et…

– Merci !

Je lui claque la porte au nez pour enfin savourer un moment d'intimité. Je l'entends rire. Au moins, il n'a pas perdu son sens de l'humour. En même temps, c'est rare de le voir autrement. Et les rares fois... J'exhale un profond soupir pour ne pas me laisser submerger par les souvenirs et chute en arrière sur mon lit, telle une étoile de mer. Même si ce n'est pas l'université de mon choix, je dois me réjouir de ma nouvelle vie. Du moment que ça reste loin de mes vieux !

J'attrape mon téléphone dans mon sac et enfile mes écouteurs en enclenchant Spotify. Je passe l'heure suivante à déballer mes cartons, arrivés la veille. J'épingle les photos de cet été chez ma tante Rose au-dessus de mon lit et admire mon nouveau chez-moi d'un air satisfait. Le rangement m'a donné soif ! C'est le sourire aux lèvres que je me rends dans la cuisine pour me désaltérer. J'y découvre mes deux colocs en grande discussion.

– C'est Ethan qui organise la soirée, explique Matt.

– Si c'est le même bordel que la dernière fois, ne compte pas sur moi.

La voix grave de Neal a une tonalité chaude qui attire mon attention. *Mauvaise idée !* Les bras croisés sur son torse, il me dévisage avec une froideur que je lui rends. C'est plus fort que moi, je m'engage dans un bras de fer et refuse de baisser les yeux en premier.

– Il y aura Jena. Tu t'entends plutôt bien avec elle, insiste Matt.

– Pas assez pour vouloir me taper une nouvelle soirée avec Ethan, réplique-t-il en me fixant avec agacement.

– Il va être déçu si tu ne viens pas, se marre mon frère. Il t'apprécie plutôt bien !

– C'est quoi ton problème ?! grogne-t-il à mon attention.

– Aucun.

Il ricane, mauvais.

– T'en as de la chance.

Je croise les bras sous ma poitrine.

– OK. Balance ce que tu as à me dire !

– Par rapport à cette coloc de merde ?

– Mec, calme-toi.

– Je sais me défendre, Matt ! pesté-je. Je suis la première à être désolée pour cette coloc, mais je la subis autant que vous deux !

Ses lèvres se tordent de dégoût.

– Ah ouais ? Ça t'arrive de réfléchir avant d'agir ?

– Rendall ! s'écrie Matt d'un ton cinglant. Lâche-la un peu !

Il s'approche de moi d'un air menaçant et la seule chose qui attire mon attention est le gris ombrageux de ses iris. Un regard magnétique dont le charme est rompu quand il riposte :

– Alors fais en sorte de te faire oublier, et tout se passera bien entre nous.

Mais quel connard !

– Dans cet appart minuscule ? Ça va être plutôt compliqué, tu ne crois pas ? ironisé-je.

– C'est toi qui vois, m'avertit-il dans un sourire mauvais. Mais je t'aurai prévenue.

Même si sa proximité me déstabilise, j'affronte son énervement en lui rendant son expression. C'est le souffle plein de contrariété de Matt qui nous sort de notre duel silencieux. L'emmerdeur se tourne vers son pote et lui annonce :

– Je t'attends dans ma piaule.

Dès qu'il disparaît de mon champ de vision, j'interroge mon frère.

– Il est au courant de quoi au juste ?

– Pas grand-chose.

– Je dois comprendre quoi ?

– Il est au courant de l'embrouille avec les parents au sujet de ton histoire avec ton prof. Pour le reste, je t'ai promis et ça restera entre nous.

Génial !

– C'est mon meilleur pote, Lilou.

– Je sais, Matt, soupiré-je de ne pas pouvoir laisser cette histoire derrière moi.

– Il a refusé que je quitte la fraternité sans lui, alors il m'a suivi. Autant t'avouer qu'il ne le fait pas avec le sourire. Mais je ne lui ai rien dit pour...

– Écoute ! Avec tout ce que j'ai traversé, je me suis promis de me consacrer uniquement à mes études. C'est la seule chose qui compte pour moi. Alors qu'il continue à penser ce qu'il veut, je m'en tape ! le coupé-je, plus agacée que je ne devrais. J'ai besoin de prendre l'air !

– Tu vas où ?

Il commence déjà à me saouler avec son inquiétude de grand frère protecteur ! Je n'ai pas envie de lui répondre et quitte la cuisine.

– Lilou !

Son injonction est sans appel. Je pivote vers lui énervée et, d'un ton dégoulinant de sarcasme, lui balance :

– J'ai vu trois mecs dehors, et je pense pouvoir les divertir un petit peu.

Ses lèvres frémissent d'amusement. Je lui dédie mon sourire de garce avant de me diriger vers la porte d'entrée.

– On sort nous aussi. N'oublie pas de pr…

– Bon sang, Matt. Lâche-moi un peu ! vociféré-je en claquant la porte.

Il me traite comme une ado, alors pour la peine, il aura le droit à la version ado rebelle !

J'entends son rire dans le couloir et me détends quand je quitte l'immeuble, ma playlist dans les oreilles.

Chapitre 1

De retour à l'appart en début de soirée, je réalise que la porte est fermée à clé et que je n'en ai pas une en ma possession. Je tambourine, mais il n'y a personne. Ils ne sont pas encore rentrés et je n'ai aucune idée de l'heure de leur retour. *Super, Lilou, la prochaine fois, tu réfléchiras avant de jouer à l'ado rebelle !* Je tape plusieurs fois mon front contre le battant en bois en signe d'impuissance.

– Salut ? me surprend une voix féminine. Un problème ?

Je dévisage l'inconnue qui semble plus âgée que moi. Une jolie rousse au sourire chaleureux.

– J'ai oublié ma clé. Et je n'ai aucune envie d'appeler mon frère !

– Ton frère ?... C'est Neal ou Matt ? me demande-t-elle d'une intonation enjouée.

– Matt. Tu les connais ?

Elle éclate de rire.

– Quelle fille ne les connaît pas ! Moi, c'est Alice.

– Et moi, Lilou.

– J'habite en face, tu peux les attendre chez moi si tu veux ?

– C'est trop sympa ! Merci, lui réponds-je, tout sourire. Tu habites seule ?

– Non. J'ai une copine comme coloc. C'est petit, mais ça nous convient bien mieux que les résidences où les pièces de vie sont en commun.

– Eh bien moi, j'aurais bien aimé en faire l'expérience.

– C'est ta première année ici ?

J'opine de la tête en pénétrant dans le salon.

– Mais t'as une chance incroyable de cohabiter avec les deux mecs les plus sexy de l'université, me déclare-t-elle en claquant la porte derrière moi.

– N'exagérons rien ! pouffé-je.

– Je suis loin d'exagérer, crois-moi ! Je suis sortie avec ton frère le temps d'une soirée. Je suis presque sûre qu'il ne s'en souvient même pas.

Devant ma tête horrifiée, elle éclate de rire.

– Bienvenue à l'université, Lilou ! Aux fantasmes devenus réalité et aux désillusions, surtout !

Les désillusions, j'ai assez donné. Je pense à Jamie et à toutes nos épreuves traversées. Je sais que le quitter pour cette université était la meilleure chose pour moi. Je vais me tenir tranquille face à toutes les tentations et réussir brillamment mes études. Je me suis fait une promesse et je compte bien la respecter.

Invitée à m'asseoir sur le canapé, une canette de Coca à la main, j'écoute religieusement son mode de vie, les endroits branchés à fréquenter hors du campus, ainsi que les fraternités et sororités à éviter. Elle me fait un descriptif de sa bande d'amis qu'elle tient absolument à me présenter. Je la connais depuis moins d'une heure et me sens vraiment à l'aise en sa compagnie. Elle respecte mes silences tout en respirant la joie de vivre. Je ne peux pas m'empêcher de rire lorsqu'elle me décrit ses nombreuses expériences désastreuses.

– Tu te marres, mais attends de te faire accoster lors de soirées bien arrosées. Jolie comme tu es, tu finiras à poil avec un ou plusieurs mecs.

– Hors de question ! m'écrié-je en grimaçant. J'ai beau être ouverte d'esprit, j'ai mes limites.

– Je disais la même chose en première année, rigole-t-elle. Mais les choses changent.

– Nan. Et avec Matt comme chien de garde, aucune chance que ça arrive ! D'ailleurs, s'il t'entendait parler, il pèterait un câble.

– Il est du style protecteur avec toi ? m'interroge-t-elle, la voix charriant l'incrédulité.

– *Très* protecteur, et je ne peux pas lui en vouloir.

– C'est difficile à croire au vu de sa réputation. Il est si…, déclare-t-elle en cherchant ses mots.

– Enfoiré ?... Ou connard, peut-être ?

– Voilà ! C'est ça, me répond-elle en riant. Mais ça lui arrive aussi d'être super sympa.

– Encore heureux ! m'esclaffé-je.

– Et donc, il y a de grandes chances pour que Matt t'accompagne dans toutes tes sorties ?

Sa voix est pleine d'espoir – un peu trop même.

– Il en est bien capable ! Mais même pas en rêve !

Elle mordille sa lèvre tout en me scrutant en silence.

– Quoi ? Dis-moi ?

– Tes colocs sont pourtant connus dans la fraternité des Kappa Sigma. Et je me demandais ce qu'il s'était passé pour qu'ils s'installent ici ?

Je culpabilise à fond. Je suis consciente que c'est un gros sacrifice pour eux. Tout cela à cause d'un odieux chantage de la part de mes parents qui sont capables de tout dès qu'il est question de sauver les apparences.

– C'est ma faute, avoué-je dans un soupir, mais je préfère laisser cette histoire derrière moi.

– Le malheur des uns fait le bonheur des autres, me sourit-elle d'un air énamouré.

Mon hilarité jaillit d'entre mes lèvres. Ça fait un bien fou de pouvoir rire de cette situation pourrie. La sonnerie de mon téléphone résonne dans mon sac, je m'en empare.

– Lorsqu'on parle du loup, annoncé-je en décrochant. Oui ?

– T’es où ?

– Avec Alice.

– C’est qui ?... Je la connais ?

Intimement, je dirais...

– Il paraît. Attends, je sors ! Je suis juste en face.

Je le découvre aussitôt. Adossé à la porte de chez nous, il nous scrute et les traits de son visage se détendent. Alice lui adresse un signe de la main pour le saluer, mais Matt n’y prête aucune attention et disparaît à l’intérieur de notre appart comme si elle n’avait aucune importance.

– Oh l’enfoiré ! m’indigné-je.

– Ou connard. Au choix ! glousse-t-elle, amusée par sa grossièreté.

– Et pourquoi pas les deux ?

On rit de concert. N’empêche je déteste quand il se comporte aussi mal.

– Encore merci pour le dépannage.

– C’est quand tu veux ! N’hésite pas quand t’as besoin.

– Toi aussi.

Elle hoche la tête, un sourire satisfait aux lèvres. Je la quitte et rentre à mon tour dans l’antre des deux démons.

À peine arrivée, Matt me sermonne.

– Écoute-moi à l’avenir. Et emporte ta clé avec toi !

– Et toi, m’énervé-je, *à l’avenir*, tu n’oublieras pas les bonnes manières lorsqu’une personne te salue.

– C’était qui cette fille ?

– Une future amie, et accessoirement, une fille que tu t’es tapée lors d’une soirée.

Mon frère éclate de rire.

– Ce n’était pas un bon coup pour que je ne m’en souvienne pas.

J'entends Neal se marrer dans sa chambre.

– Alice se souvient bien de toi, répliqué-je, revancharde. Elle n'avait jamais connu un mec qui bandait aussi mou.

Mon frère me dévisage, puis il esquisse un sourire goguenard.

– Ce n'était vraiment pas un bon coup, alors !

Le rire de son pote redouble d'intensité. Il finit par se joindre à lui.

Mon Dieu !

Dépitée, je lève les yeux au ciel. Et dire que c'est notre premier jour de colocation ! Je les laisse à leur délire et retourne dans ma chambre.

Mes affaires de toilette en main, je constate que j'ai reçu un message de mes parents qui osent me demander si tout se passe bien. *Comme si j'allais leur répondre !* Si en plus de vouloir contrôler ma vie, ils veulent tout savoir, ils n'ont qu'à poser la question à Matt. Je supprime le message et me rends dans la salle de bains.

Une fois sous le jet d'eau chaude, je prends le temps de digérer cette journée qui marque ma nouvelle vie et mes pensées reviennent sans cesse sur mon nouveau coloc. Je ne m'attendais pas à ce que le pote de mon frère soit si attirant et si horripilant à la fois. Seul bémol, il ne peut pas me blairer. C'est son problème, pas le mien. Ma priorité est de décrocher mon diplôme pour ne plus jamais dépendre de personne. Pour le reste, je saurai composer avec.

Sortie de la douche, j'enfile ma tenue décontractée et ouvre la porte pour me rendre dans ma chambre lorsque le cours de mes pensées est interrompu par une voix féminine.

– Sympa le tee-shirt !

Euh… C'est qui elle ?!

– Pardon ?

– Sexy, si tu préfères.

L'inconnue m'adresse un clin d'œil complice avant de disparaître dans la chambre de Neal. *Il ne perd pas de temps celui-là !*

Je détaille mon vieux tee-shirt usé – mon préféré, et constate que le tissu est de plus en plus fin avec l'usure et que mes seins sont bien trop apparents. Je n'ai pas une poitrine très généreuse, mais j'ai de belles formes et j'ai l'impression que l'on ne voit que ça. Mal à l'aise, je rabats tous mes effets personnels contre moi et trottine jusqu'à mon antre. Une fois la porte fermée, je me blottis dans mon lit et démarre ma série sur Netflix.

23 h s'affichent sur le réveil. La gorge sèche, je me lève et me dirige vers la cuisine. Connaissant mal l'endroit, j'ouvre plusieurs portes à la recherche d'un verre.

– Tu peux faire plus de bruit ! grogne une voix masculine.

Je sursaute en poussant un cri de peur avant de réaliser que c'est Neal. *Génial !*

– Tu cherches quoi ?

– Rien en ce qui te concerne, grommelé-je.

Je perçois un bref ricanement dans mon dos que j'ignore. Je continue mon inspection en prenant soin de ne plus claquer les portes cette fois-ci. Un sourire triomphant se dessine sur mes lèvres quand je trouve le Saint Graal. Je m'en empare et le remplis d'eau au robinet et l'engloutis d'une seule traite. Mon coloc ouvre le frigo pour prendre une bouteille de jus d'orange afin d'en boire plusieurs gorgées à même le goulot.

– Tu ne peux pas te servir dans un verre comme tout le monde ? râlé-je.

Il reluque mes jambes nues, affublées d'un shorty de sport. Il zieute sa montre et me balance :

– Tu ne devrais pas être déjà au *dodo* ?

Les hostilités commencent ! Je ravale mon grognement, mais pas l'envie de lui effacer son petit sourire suffisant.

– J'ai eu la permission de minuit.

Connard !

– Tu fous quoi, bordel ! s'écrie Matt en me faisant sursauter au passage. On nous attend !

Neal lève la bouteille en l'air.

– J'ai soif ! Tu permets ?

– Ça fait une plombe que je t'attends dehors, râle-t-il avant de me remarquer enfin. Lilou ! Tout va bien ?

L'inquiétude qui transperce sa voix provoque mon exaspération. *Il faut qu'il me lâche !*

– Pas vraiment. Mais ça ira mieux quand tu m'auras bordée !

Il se marre face à mon ton dégoulinant de sarcasme, puis jette une œillade sur son téléphone qui sonne dans sa main.

– Rendall, magne-toi !

Lorsque mon frère disparaît, je surprends Neal les yeux rivés sur ma poitrine. *Merde, mon fichu tee-shirt !* Son regard appuyé fait pointer mes tétons. Je n'assume pas du tout et croise les bras d'embarras. Il s'avance vers moi en posant la bouteille sur la table, puis me coince entre le plan de travail et son corps, me provoquant de drôles d'ondes qui me perturbent.

– Tu joues à quoi ? m'interroge-t-il de son souffle qui me chatouille la bouche.

Par réflexe, j'y plante ma canine pour en atténuer le picotement. Un geste qui n'échappe pas à ses iris qui s'obscurcissent.

– À rien. J'avais soif. Je ne vois pas où est le problème ?

– Dans cette tenue ?

Je fais fi de l'éclat de colère dans son regard malgré tout consciente que mon haut est peut-être super confortable à porter, mais carrément indécent pour une colocation majoritairement masculine.

– Est-ce que t'es le genre de nana qui écarte les cuisses le premier soir ?

Mes yeux s'écarquillent d'horreur tandis que mon sang ne fait qu'un tour. *Comment ose-t-il ?!* Prise d'une colère sourde, je lève ma main pour lui administrer une claque bien sentie qui lui fera ravaler ses mots d'enfoiré. Il attrape mon poignet en plein vol et l'immobilise sans aucune douceur. Malgré l'onde de chaleur qui picore ma peau à son contact, les lèvres pincées, je crache entre mes dents :

– Comment oses-tu ? Tu ne me connais même pas !

– J'en sais déjà bien assez.

– Espèce de connard ! éructé-je en me dégageant de sa poigne.

– J'en ai autant à ton service. Et quand je t'ai conseillé de te faire oublier, ce n'était pas des paroles en l'air.

Le temps d'essayer d'articuler un mot cohérent, il disparaît en claquant la porte d'entrée.

– Première journée de colocation de merde ! râlé-je, frustrée, une montée de larmes aux yeux.

Je retourne furibonde dans ma chambre que je n'aurais jamais dû quitter.

Chapitre 2

Après une première nuit agitée, je bois une longue gorgée de café avant de déposer ma tasse et mon bagel sur mon bureau. Je prends le temps de rédiger un message à ma tante Rose pour la rassurer sur mon nouvel environnement. C'est la petite sœur de ma mère et son exact contraire. Elle a tellement été incroyable avec moi cet été, sans jamais me donner l'impression d'être jugée, que je n'ai pas eu le cœur à contredire son enthousiasme concernant cette cohabitation pourtant mal embarquée. Enfin bon, je m'étire de tout mon long, puis me plonge dans le planning et l'organisation de mes cours.

Je suis surprise par un frappement à ma porte qui me sort de ma concentration.

– Entrez ! m'écrié-je en me tournant pour découvrir le visiteur.

– Déjà au travail ? m'interroge Matt, les cheveux en pagaille. Les cours ne commencent que demain ! Détends-toi un peu.

– Tu me connais, j'aime bien que tout soit en ordre.

– Arrête de stresser, tout va bien se passer.

– Je ne stresse pas.

– Si tu stresses. Je te parie que tu t'es levée il y a une plombe.

Je zieute vers mon réveil et constate qu'il est déjà 11 h.

– OK, je me rends ! pouffé-je. Je ne peux pas me permettre de perdre ma bourse d'études.

– T'as toujours eu d'excellents résultats. Aucune chance que tu la perdes… Et pourquoi tu te prends la tête avec ça alors que tu n'as même pas commencé ton année ?

– Parce que c'est important pour moi, Matt. J'ai dû prendre une décision que je regretterai sûrement tout le restant de ma vie et je lui dois bien ça.

– Lilou, soupire-t-il, soudain attristé. Ne sois pas trop dure avec toi-même.

– Si, je le mérite, le contredis-je alors qu'il secoue la tête de contrariété. Mais je refuse surtout de donner plus de pouvoir aux parents.

– Ils t'aiment, même s'ils sont maladroits. Je suis sûr qu'ils vont finir par se calmer.

J'en doute…

– T'es venu jouer le grand frère moralisateur ? m'enquiers-je en affichant mon agacement.

– Pas vraiment, se marre-t-il. Je voulais te remercier pour le petit-déj'. T'assures !

Je lui dédie un clin d'œil en retour et observe les traits tirés de son visage.

– T'as l'air crevé. La nuit a été courte ?

– Trop courte ouais, me répond-il en esquissant un sourire carnassier.

Alarmée, je secoue ma main devant lui pour l'empêcher de continuer.

– Je ne veux rien savoir !

Son éclat de rire ricoche avec force contre les murs de ma chambre. Il m'embrasse sur le front, puis sort de la pièce. Je souris en plongeant à nouveau mon nez dans le cours de communication.

Mon ventre gargouille de plus en plus fort. Un coup d'œil sur le réveil et je constate qu'il est l'heure d'aller grignoter un petit quelque chose. Je vais proposer à Alice si elle veut bien m'accompagner. Elle doit certainement connaître tous les bons plans de ce campus.

En traversant le couloir, je découvre Neal vautré sur le canapé du salon, une grande blonde sur les genoux. Ils sont occupés à se rouler une pelle plutôt indécente ! La fille gémit lorsqu'il passe sa main sous son chemisier. *Géniaaaal !* Il va falloir que je m'habitue très vite à ce genre de scènes !

Mon soupir les surprend, et je me foutrais des baffes pour ma maladresse, surtout lorsque mon coloc me fusille du regard. Il faut que je trouve un prétexte à ma présence ici. Et vite !

– Je cherche Matt.

– Tu ne peux pas le lâcher un peu ! grogne-t-il.

Il est *tellement* charmant que je décide de l'être à mon tour.

– Il m'a demandé de lui rendre un service, déclaré-je en une innocence feinte. Mais je ne retrouve plus l'ordonnance. Tu sais où elle est ?

– Quelle ordonnance ? s'enquiert-il, confus.

– Eh bien… pour votre traitement, lui réponds-je d'un ton gêné en jetant quelques coups d'œil vers la fille. Pour ce que vous… Tu sais bien…

– Non ! Crache le morceau !

– Contre votre *herpès*.

Son air interdit contre la mine dégoûtée de sa copine est jouissif à voir.

– Mais t'es une grande malade, bordel !

– Hé ! Je vous rends service ! Pas besoin d'être si désagréable !

La nana se lève comme s'il était hautement contagieux. Je dois faire un effort surhumain pour ne pas sourire de toutes mes dents. Mais que c'est bon !

– Elle déconne, Bree. Ce ne sont que des conneries !

Fou de rage, il me dévisage de ses iris gris en fusion. Je ne peux pas m'empêcher de le trouver beau. Dangereusement beau.

– Dis-lui ! exige-t-il en se redressant du canapé.

– Pour me faire traiter de menteuse ? m'indigné-je. Hors de question !

Avant que ça dégénère, je décide qu'il est temps pour moi de tirer ma révérence. Je sors en trombe du salon tout en entendant ses pas marteler le sol. *Merde !* Un cri de stupeur s'échappe d'entre mes lèvres lorsque je me retrouve plaquée entre le mur et son corps. *Encore !* Un mélange de peur et d'excitation se déverse dans mes veines et la sensation est assez déconcertante.

– Pas si vite ! Tu vas où *là* ?!

– Deux fois en moins de vingt-quatre heures ! Je vais finir par croire que tu *adores* me coincer.

Ma note d'humour a le mérite de le détendre un chouïa. Son regard prend une teinte plus chaude et je peux tout à fait comprendre son succès auprès des femmes.

– Neal, je dois y aller, nous interrompt Bree. À la prochaine !

Elle n'attend pas sa réponse et claque la porte derrière elle. Sa mâchoire se contracte de contrariété quand il fixe le battant en bois.

– T'es une putain d'emmerdeuse.

– J'en ai autant à ton service, le rappelé-je à son bon souvenir.

C'est furtif, mais il esquisse un sourire qu'il réprime bien vite. Je tente de le repousser, mais il ne se décale pas d'un iota. Quant à mes doigts qui épousent ses pectoraux bien fermes, ils déclenchent une bouffée de chaleur dans tout mon corps. Je ne veux pas ressentir cette attraction soudaine. Dans un élan de colère, j'abats mon poing sur son torse.

– Bouge !

– Qu'est-ce que vous foutez ?! tempête la voix de mon frère dans le dos de son meilleur pote.

Il est si grand que je n'ai même pas vu Matt arriver. Neal prend son temps pour me libérer et lui répond en se retournant.

– Demande à ta chieuse de frangine !

...

– Lilou ? insiste-t-il face à mon silence.

Je croise les bras sous ma poitrine, autant agacée qu'énervée contre moi-même. Je voulais que cette cohabitation se passe au mieux. J'étais prête à me faire le plus discrète possible, mais Neal refuse de me donner une chance. Alors...

– Il m'a cherchée, il m'a trouvée ! Il n'y a rien d'autre à raconter.

Je me décale sur le côté.

– Bon, je file. On m'attend ! annoncé-je pour couper court à un interrogatoire en règle.

Une fois devant la porte d'Alice, je frappe deux coups tout en percevant l'hilarité de mon frère. Je connais ce rire rauque. Tout reste cool entre nous, et c'est tout ce qui m'importe. J'esquisse un sourire en coin quand la jolie rousse m'ouvre.

– Hé, salut toi !

– Salut ! Je n'ai pas encore mangé. Ça te dirait de m'accompagner ?

– Oui, avec plaisir.

– Tu dois certainement connaître des endroits sympas et pas trop chers ?

– Tu as frappé à la bonne porte. Attends, je prends mon sac !

À peine s'engouffre-t-elle à l'intérieur que mes deux colocs sortent de l'appart en me repérant. Matt secoue la tête en se marrant toujours. Quant à Neal, son expression reste sibylline lorsqu'il passe à mes côtés.

– Tu as fait fort, p'tite sœur !

– Il ne fallait pas me sous-estimer.

Mon enfoiré de coloc me décoche un sourire plein d'arrogance.

– On va bien s'amuser alors.

Pas le temps de déchiffrer ses mots que son regard dévie derrière moi. Soudain, son visage se transforme en quelque chose de plus chaleureux, de plus séducteur. Je pivote et remarque notre voisine qui semble ravie d'être l'attention de mes deux colocs.

– Salut ! s'exclame-t-elle en dévoilant une dentition parfaite, puis en rabattant une mèche derrière son oreille.

– Alice ! s'exclame Matt. C'est bien ça ?

Elle opine de la tête, aux anges.

– Je me souviens de toi, lui déclare-t-il, un éclat carnassier dans les yeux. Sympa de te revoir.

Quel petit roublard ! Je ne peux pas m'empêcher de pouffer quand j'observe ma voisine. Il vient de faire une heureuse ! D'aussi loin que je me souvienne, j'ai toujours connu mon frère comme ça, séducteur au charme ravageur.

– Plus que sympa, roucoule-t-elle. On aura certainement l'occasion de se revoir.

– Certainement oui, lui confirme-t-il d'un clin d'œil aguicheur. Éclatez-vous bien !

– Vous aussi ! s'extasie-t-elle.

Matt tapote l'épaule de Neal pour l'enjoindre de le suivre. Mon coloc me porte un dernier regard dont l'intensité me rend toute chose. Un frisson d'anticipation traverse mon corps avant qu'ils s'engagent dans le couloir. Je me donne une claque mentalement puis dévisage Alice qui bute toujours sur la silhouette de mon frère et m'amuse de la situation.

– Je meurs de faim ! On y va ?

– Oui, bien sûr ! me répond-elle en battant des cils pour revenir à elle. Suis-moi !

Elle claque sa porte et lorsque nous sortons de l'immeuble, nous apercevons mes deux colocs au loin avant de prendre le sens opposé.

– Ton frère est *tellement* sexy ! s'emballe-t-elle, en jetant des coups d'œil répétés derrière moi.

– Si tu le dis.

Elle pouffe et entortille son bras au mien. Loin derrière nous, je peux enfin respirer et oublier mon autre coloc.

Après une longue marche, on pénètre dans une immense bâtisse désaffectée au style industriel.

– Bienvenue chez Osti, l'endroit où l'on mange les meilleurs hamburgers de Denver ! Enfin je ne sais pas pour les autres, mais moi, j'en raffole !

– Je te fais confiance, déclaré-je en souriant.

– Tu ne vas pas le regretter.

– J'ai trop faim pour te contredire.

Elle éclate de rire.

– C'est parce que tu ne connais pas encore la réputation de l'endroit.

– Passe la commande, et on en reparle après.

– Tu me plais, Lilou, s'enthousiasme-t-elle. Alors qu'est-ce que tu as choisi ?

– Un double bacon, des frites sauce fromage… Et un Coca.

– Excellent choix !

Après avoir commandé, nous nous installons à une table.

– Tu as choisi quelles études ? s'enquiert-elle.

– Marketing. Je suis fascinée par tout ce qui concerne la création des campagnes publicitaires. Dès que j'aurai acquis assez d'expérience dans le domaine, j'ai bien l'intention de me lancer en freelance.

– Tu as l'air bien déterminé !

– Oui ! Je sais ce que je veux.

– Je t'envie. Je suis en littérature, mais sans vraiment savoir ce que je désire réellement.

– T'es en quelle année ?

– Troisième. Au lycée, j'étais douée en anglais, ça m'a paru évident sur le moment. Enfin, le principal est que ça m'éloigne de l'entreprise familiale.

– C'est une entreprise spécialisée en quoi ?

Une serveuse du nom de Betty vient déposer nos plats. On la remercie d'un sourire.

– Dans l'exportation du bois, mais si ça ne te dérange pas, je préfère changer de sujet.

Je lui dédie un clin d'œil compréhensif tout en m'emparant de mon hamburger. Je l'entame avec gourmandise, puis pousse un gémissement de plaisir tellement c'est goûteux.

– Je t'avais prévenue, glousse-t-elle.

– C'est trop bon !

J'attrape mon Coca et en bois une longue gorgée. Elle grignote son aile de poulet et un silence confortable s'invite entre nous.

– Je connais un gars super sympa, m'informe-t-elle en s'essuyant la bouche. Il s'appelle Sam, il est en deuxième année de marketing. Il t'aidera sûrement si tu as des questions.

– Avec grand plaisir. Je veux mettre toutes les chances de mon côté.

– Attends ! me déclare-t-elle en fouillant dans son téléphone. Ah voilà, je l'ai retrouvé. Je t'envoie son profil via Messenger. Toi c'est Lilou Evans, c'est bien ça ?

J'opine de la tête.

– C'est fait !

– Trop sympa ! Merci !

***

De retour à l'appartement en fin de journée, je constate que je suis seule. Aucun signe des garçons, mais le bordel laissé dans la cuisine atteste de leur passage. Je fais un rapide nettoyage tout en prévoyant d'avoir une discussion avec eux dans les prochains jours, puis mate un nouvel épisode de *Orange is the new black* sur mon ordinateur. Plongée dans une scène aussi haletante que terrifiante d'une croix gammée tatouée à l'aide d'un métal chauffé à blanc sur une des détenues, je suis dérangée par plusieurs éclats de rire.

Super, les gars ne sont pas rentrés seuls !

Je me renfrogne et essaye d'augmenter le volume, mais ça ne fonctionne pas. J'ai l'impression d'avoir basculé dans une soirée estudiantine. Je chope les écouteurs dans la table de nuit et les connecte à l'ordinateur. Je monte le son – c'est beaucoup mieux ! Et continue à dévorer la suite de l'épisode jusqu'à l'irruption de mon frère dans ma chambre. Je mets sur pause et l'accueille en râlant.

– Tu pourrais frapper avant d'entrer !

– C'est ce que j'ai fait, mais tu ne m'as pas entendu, me répond-il en souriant. Ta journée, raconte ?

Je lui fais de gros yeux, hallucinée.

– T'es pas assez occupé avec tout le bordel que vous faites ?

– Quelle bonne humeur ! se marre-t-il en s'asseyant sur mon lit. D'accord, allons à l'essentiel. On a ramené des filles et...

– Bon, ça va, j'ai compris ! Ne t'inquiète pas pour moi. J'ai déjà tout prévu.

Je lui montre mes écouteurs.

– Et si je m'ennuie vraiment, je pourrai vous chronométrer pour savoir lequel est le plus endurant.

– Tu doutes de mes capacités, frangine ? plaisante-t-il alors qu'il se penche vers moi. Je suis le meilleur.

Son clin d'œil arrogant m'arrache un rire.

– Tu ne changeras jamais !

– Pourquoi changer quand la vie m'offre tout ce dont j'ai besoin !

– Tu ne doutes de rien, m'esclaffé-je.

– Je suis content que tu le prennes comme ça.

Je soupire en levant les yeux au ciel.

– Matt, il faut que tu me lâches. Je suis ta petite sœur, OK, mais sur le plan sexuel, n'oublie pas que j'étais avec un gars plus âgé que toi.

– Ce n'est pas ce que je voulais dire... cette colocation n'est pas évidente pour moi. Je n'avais pas forcément envie de partager mes plans cul avec toi.

– Partager tes plans cul avec moi ?... Putain, Matt, C'est dégueulasse !

Mon trait d'humour provoque son hilarité et il sort de ma chambre, visiblement soulagé. N'empêche, je n'en mène pas large, mais je veux que Matt s'amuse comme il le faisait avant que je m'incruste. Je remets mes écouteurs et continue ma série.

À l'instant où j'éteins la lumière sans aucun son dans les oreilles, j'entends un vrai concerto de gémissements et de râles. Dos au matelas, je soupire en rabattant les coins de l'oreiller contre mes tympans. *Faites que ça ne dure pas !*

Je prends mon mal en patience et me réjouis enfin du silence qui m'entoure. Je me tourne sur le côté et m'assoupis à peine lorsque l'un des deux décide de remettre le couvert. Je me redresse avec l'envie furieuse de crier mon mécontentement. Je frotte mes yeux en pensant à l'avertissement de Neal : *« On va bien s'amuser alors. »* Il voulait plutôt dire qu'il allait bien s'amuser, lui. *Enfoiré !*

Je finis par sombrer avec Coldplay dans les oreilles. Ce groupe va devenir mon meilleur ami pour m'endormir. *Je le sens bien !*

Chapitre 3

Je fredonne en rangeant les courses.

– Heureux que ta journée se soit bien passée, m'interpelle mon frère en faisant irruption dans la cuisine.

– Comment tu peux le savoir ? lui demandé-je en le dévisageant, une boîte de purée de tomate dans la main.

– Tu chantonnes, c'est que tout va bien.

Il me connaît si bien. Je lui souris.

– Plus que bien ! Je n'ai pas vu le temps passer. Mes cours de la journée m'ont passionnée ! Je suis impatiente d'être à demain, rien que pour le cours de stratégie publicitaire !

Sans crier gare, Matt enjambe la distance qui nous sépare pour me prendre dans ses bras. Il m'embrasse sur la tempe et m'avoue :

– Je ne veux pas voir ma frangine autrement qu'heureuse.

Je fonds dans la chaleur de son étreinte et respire son odeur, une fragrance de vétiver qui m'enveloppe de bien-être. Qui me rendait plus forte quand j'étais pourtant inconsolable.

– Du parmesan ? s'enquiert-il d'un air intéressé en zieutant vers la table.

– Ouais, j'ai envie de cuisiner un poulet au parmesan.

– Putain, je suis au paradis !

Je m'esclaffe en lui claquant un baiser sur la joue.

– Profites-en, ça ne va pas durer.

– OK, balance ! Ton prix sera le mien.

Adossé contre le plan de travail, je jette un coup d'œil circulaire dans la pièce.

– Vous rangez votre bordel.

– Tu peux être plus précise ?

– Hors de question que je nettoie derrière vous. Hier était l'exception.

Il se marre.

– Ça ne va pas plaire à Rendall.

– Rien à foutre !

Il mâchouille sa lèvre.

– On peut faire un effort.

Tout se passe dans le regard, on vient de sceller notre accord.

– On alterne pour les courses, et je m'occupe de la bouffe, ajouté-je, juste pour mettre les choses au clair.

– Tope là !

Je pouffe en cognant nos poings.

– Ça a quand même du bon de t'avoir dans mes pattes, me sourit-il avec tendresse.

– Parle pour toi ! intervient Neal.

– Je t'expliquerai plus tard mec, mais là, je vais te demander de faire un effort.

Il me détaille de bas en haut.

– Nan. Pas possible.

Je ricane, mauvaise.

– Ne dis pas ça tant que tu n'as pas goûté son poulet au parmesan.

Il croise les bras sur son torse.

– C'est quoi le deal ?

Le temps que Matt lui fasse le topo, je me lave les mains et continue la préparation du repas.

– Le bordel derrière nous ?... J'ai assez d'une mère ! crache-t-il.

– Aucune chance que je prenne le relais. Détends-toi !

Mon frère se marre face à mon ton condescendant. Seulement Neal revient à l'attaque.

– Des courses ? s'exaspère-t-il. La plupart des soirées s'organisent à la dernière minute. Désolé, mais ne compte pas sur moi.

Il se casse sans un mot de plus alors que mon soupir résonne derrière ses pas. En même temps, j'en ai assez entendu. Et surtout assez vu !

– Bon, déclare Matt, une lueur d'amusement dans les yeux. Ce soir, c'est juste toi et moi, comme au bon vieux temps !

Mes lèvres frémissent avant que j'éclate de rire, le cœur plus léger.

***

À peine sortie du cours de stats que je fonce déjà pour le suivant. Je me faufile dans le couloir bourré de monde et parviens à la sortie en jouant des coudes. Dans ma précipitation, je fonce droit contre le dos d'un étudiant. Contre un mur plutôt… que je regrette aussitôt.

Neal.

La poisse ! Cinq jours que je l'ai à peine croisé et j'aurais aimé que ça continue comme ça. Je dégage ma longue mèche brune qui me barre le visage et percute ses iris gris orageux.

– Désolée.

– Fais gaffe la prochaine fois.

– Comme si j'avais envie d'une prochaine fois avec toi !

Et merde ! J'ai manqué une occasion de me taire. Agacée, ma canine se plante dans ma lèvre charnue que je triture. Il coule une brève œillade indolente dessus.

– Pour ça, il faudrait une première fois. Aucune chance que ça arrive.

– On est enfin d'accord sur un point.

Un rire spontané jaillit d'entre ses lèvres. Je tilte sur les traits détendus de son visage et reconnais une nouvelle fois que cet enfoiré est sacrément beau.

– Heureuse de te faire rire, soupiré-je, blasée.

– Lilou, tu tombes bien ! intervient Matt. Les gars, je vous présente ma frangine.

Un groupe de filles gravite autour de sa bande de potes.

– Je comprends mieux les menaces que tu nous as balancées, me scrute un gars blond. Elle est canon !

Je sens tous les regards me détailler de bas en haut. Il a fallu que je m'habille avec des vêtements qui épousent parfaitement ma silhouette. Je ne suis plus très à l'aise d'un coup.

– T'es prévenu mon pote, gronde mon frère. Pas touche !

– Ouais, ouais, se gausse l'intéressé en passant un bras autour de mes épaules.

– Salut, je m'appelle Brad, m'informe-t-il en rapprochant son visage du mien. Tu…

Bla-bla-bla ! J'attrape son index que je contorsionne en arrière. Il laisse échapper un petit cri plaintif.

– Je suis capable de me débrouiller toute seule, Matt !

Je reporte mon attention sur le *fameux* Brad.

– Garde tes marques d'affection pour toi. C'est clair ?

Il hoche vivement la tête. Je lâche son doigt et il recule pour mettre une distance de sécurité entre nous. Matt est écroulé de rire et son sourire irradie de fierté à mon égard. Quant à Neal, il semble impressionné et je dois lutter pour ne pas esquisser un sourire de connivence. Ce sentiment m'irrite, car je devrais me foutre royalement de ce qu'il pense.

– T'es une sauvage *toi*, couine-t-il.

Pour leur montrer que je suis autre chose que la petite sœur de Matt, je joue la provocation.

– Je suis certaine que tu aimerais ça si on était plus… intimes tous les deux.

– Oh putain, Evans ! Je suis amoureux de ta frangine !

Un clin d'œil plus tard, je les abandonne et accélère le pas si je ne veux pas arriver en retard à mon prochain cours.

Quand j'en ressors une heure plus tard, je suis interpellée par une voix masculine. Je balaye le couloir d'un rapide coup d'œil et bloque sur une tête blonde qui me sourit. Il s'avance vers moi et je lui rends son sourire quand je le reconnais. *Merci la photo de profil Facebook.*

– Sam ! C'est bien ça ?

– Yep. Je suis content de te rencontrer enfin.

– Un plaisir partagé !

On a beaucoup discuté cette semaine via Messenger. Il a été d'une grande aide pour me guider au mieux dans le choix de mes options.

– Tu sors de quel cours ?

– Marketing sur les réseaux sociaux.

– T'as Hartmann ?

J'opine de la tête.

– Pas évident pour le suivre, avoué-je.

– Il est connu pour ça. Si tu veux, je te refile ma synthèse de l'année passée.

– Ce serait super sympa de ta part !

– Je te l'envoie tout à l'heure. Perso, ça m'a permis d'avoir une bonne note.

– Je peux faire quoi pour te remercier ?

– Rien, se marre-t-il. Franchement, ça ne me dérange pas d'aider une jolie fille à réussir.

Je lève les yeux en l'air d'amusement et déclare :

– T'es libre ce soir ?

– Te fais pas de fausses idées, hein ! T'es mignonne, mais carrément pas mon genre.

– Je pense que je m'en remettrai, rigolé-je. Je t'invite à venir manger chez moi.

– Tes deux colocs seront là ?

– Non, ils ont une sortie de prévue.

– Pour changer, pouffe-t-il.

Je me joins à lui, car au fil des jours, il est devenu mon confident sur ma drôle de cohabitation.

***

Je m'attache les cheveux en un chignon désordonné avant de mettre de l'eau à chauffer.

– Tu te rappelles qu'on ne mange pas ici ce soir ? m'interpelle Matt.

Je le regarde en souriant quand il fixe la table de la cuisine que j'ai réquisitionnée pour étaler tous mes ingrédients.

– Non, je n'ai pas oublié.

– Tu as des invités ?

– Oui.

– Encore Alice ?

– Pourquoi *encore ?*

– Elle est du genre tenace.

– Tout ne tourne pas autour de toi, frangin, ris-je. C'est pas elle, c'est Sam.

– Sam ? Un homme ?

– C'est si étonnant que ça, râlé-je en percevant la note d'incrédulité dans sa voix.

– Quelle susceptibilité ! C'est toi qui as fait vœu d'abstinence. Que tu abandonnes tes résolutions après seulement une semaine au campus, ça me surprend un peu.

– Je n'ai jamais dit ça ! J'ai dit : « Priorité absolue à mes études. »

– Pour moi, c'est bien faire vœu d'abstinence.

Je lève les yeux au ciel. Il est irrécupérable !

– C'est juste un ami, insisté-je. Je ne me tape pas toutes mes connaissances masculines, *moi*.

Le cul adossé au plan de travail, il part dans un grand éclat de rire.

– Tu me fais une crise, *poupée* ? me raille-t-il.

– Continuez votre marathon de sexe encore une semaine de plus, et tu vas voir comme la *poupée* peut piquer sa crise.

– Sérieux ?!

– T'as les oreilles bouchées ?! m'esclaffé-je.

– J'ai tendance à oublier que je ne suis plus dans ma piaule des Kappa Sigma… On t'empêche vraiment de dormir ?

Sa soudaine inquiétude provoque mon élan de culpabilité.

– Heureusement qu'il y a des soirs où vous êtes sages !

Il se marre.

– Tout reste cool entre nous ?

– Plus que cool, lui réponds-je en souriant. Au fait merci pour les courses !

– C'est Neal cette fois-ci.

Mes gros yeux ahuris achèvent de le faire rire.

– C'est un gars super cool, Lilou.

– Un gars, on est d'accord. *« Super cool »*, permets-moi d'en douter.

– Il l'est. Fais-moi confiance, pouffe-t-il.

Mon silence parle pour moi. Je râpe le cheddar avant de préparer ma sauce béchamel.

– Tu lui laisses toujours une assiette dans le frigo. Je sais qu'il apprécie le geste.

– J'ai envie que cette coloc se passe au mieux pour tout le monde, soupiré-je, résignée. C'est lui qui joue les enfoirés !

– Tu ne le cherches pas peut-être ?

Je dépose le bloc de fromage sur la table et croise les bras d'indignation.

– Tu plaisantes, j'espère ! Je ne vais pas subir sans rien faire. Ce n'est pas dans mon caractère.

– J'en sais quelque chose, marmonne-t-il en chopant une poignée du cheddar râpé qu'il engloutit aussitôt.

– Eh ! râlé-je en lui tapant sur la main. Ça veut dire quoi que tu en sais quelque chose ?

– T'as un putain de caractère.

Je frotte le bloc de fromage contre la râpe.

– *Génial !* Bientôt tout sera ma faute !

Il éclate de rire face à ma mine écœurée.

– Et une putain de râleuse. Surtout ne change rien ! Ce serait beaucoup moins drôle.

– Heureuse que cette cohabitation fasse au moins rire un de nous.

J'esquisse un sourire lorsqu'il me donne un petit coup d'épaule.

– Tu cuisines un mac & cheese ?

– M-mh.

– Tu m'en mets une part de côté, ajoute-t-il comme si ça coulait de source.

– J'ai le choix ? pouffé-je.

– Choix de quoi ? nous interrompt Neal.

C'est plus fort que moi, je me renfrogne dès que je le vois. Je fuis le regard qu'il porte sur moi et m'empare du paquet de macaronis que je verse dans l'eau bouillante.

– Lilou cuisine un mac & cheese, tu adores ça, non ?

– Celui de ma mère, oui.

Dos à lui, je ferme les yeux et inspire à fond pour maîtriser l'énervement qui me gagne. Je mélange les pâtes pour qu'elles ne collent pas lors de la cuisson tout en étant déconcentrée par la sonnerie d'un téléphone. Matt répond et sa voix meurt quand il disparaît dans le couloir. Pas besoin de me retourner pour savoir que Neal est toujours là. Je ne sais pas l'expliquer, mais je le sens. Il me pompe tout mon oxygène !

– Je peux t'aider ?

J'ai un temps d'arrêt, pas certaine d'avoir bien entendu. Je remue le beurre fondu pour ma béchamel tandis qu'il se positionne à mes côtés, chatouillant mon côté gauche.

– Le beurre est en train de brûler, laisse-moi faire !

En un claquement de doigts me voilà dépouillée de mes ustensiles. Je ne me rebiffe pas, je le laisse agir dans son tee-shirt moulant. Les biceps de ses bras gonflent et ondulent au rythme de ses mouvements. *C'est fascinant !* Je sais faire la sauce béchamel, mais que je le veuille ou non, il a tendance à me perturber.

– Tu cuisines ?

– Entre autres, je suis doué pour beaucoup de choses.

Il verse la farine et fouette la préparation avant d'y incorporer de petites quantités de lait. Son attitude décontractée délie ma langue avec humour.

– De ce que je peux entendre tous les soirs, je veux bien te croire.

Il me jette une brève œillade et son regard carnassier remue quelque chose d'étrange dans mon ventre.

– Est-ce que ça t'excite de nous entendre ?

– C'est quoi cette question pourrie ?

Il prend le temps de terminer la béchamel et coupe le feu. Quand il se retourne pour me faire face, toute trace d'amusement a disparu. Ma langue effleure mes lèvres sèches. Plus il se rapproche de moi et plus je me colle contre le mur, de moins en moins à l'aise. Son regard enflammé y est pour quelque chose. Ses deux paumes en appui contre le mur encerclent ma tête.

– Est-ce que tu t'es déjà caressée en pensant à moi ? m'interroge-t-il d'une voix de velours.

– Encore une autre question tout aussi pourrie ? répliqué-je en tentant de feindre le calme alors que c'est le brasier à l'intérieur.

– Parce que ce serait une très vilaine chose, continue-t-il plus durement.

– C'est quoi ton problème ?!

– Reste à ta place ! Et ne t'avise plus *jamais* de faire une putain d'allusion sur ma vie sexuelle. Tu piges ?!

Il vient de me postillonner sur la joue, mais je vais garder l'info pour moi – *c'est préférable !*

À ma place ? Ça veut dire quoi exactement ? Vu son attitude agressive, je vais laisser tomber. Rien de bon n'en sortira de toute façon. Je le défie du regard, les lèvres obstinément closes. *Qu'il aille se faire foutre après tout !*

Une fois disparu de ma vue, j'inspire un grand coup pour évacuer cette drôle d'impression d'être autant énervée que troublée par notre échange rock'n'roll. Je m'empare de la casserole et constate que la béchamel est bien montée. *Tout n'est pas perdu au moins !*

Chapitre 4

Vers 21 h, on frappe à la porte. J'accueille Alice qui brandit en l'air son ordinateur.

– Lilou, il faut que tu mates ce film avec moi. Je n'ai pas envie de pleurer toute seule.

– C'est quoi ? m'enquiers-je en la faisant entrer.

– *Nos étoiles contraires.*

– Tu ne l'as jamais vu ?!

– Non. Jamais eu vraiment l'envie jusqu'à maintenant.

– Installe-toi dans le salon, j'arrive avec la boîte de mouchoirs, lui annoncé-je en rigolant.

– Sam n'est pas avec toi ?

– Non, il m'a plantée car il devait terminer un travail important.

– Ce gars semble ne pas avoir de vie à part ses études, pouffe Alice. Il refuse souvent de venir aux fêtes, il faudrait qu'il apprenne à relâcher la pression.

– C'est un passionné, ripcsté-je.

– Un passionné avec une vie chiante à mourir.

Même si elle le dit avec humour, ça me gêne et résonne comme un écho en moi. J'attrape la boîte de mouchoirs sur la table basse et lui jette sur les genoux.

– Chiante à mourir pour toi, *peut-être*.

Elle me sourit pour toute réponse. Je pars chercher en cuisine une bouteille de jus de cranberries et un paquet de cookies, puis m'affale à ses côtés. À peine le film est mis en route que Matt fait irruption dans le salon en compagnie de Neal et d'une nana que j'ai déjà croisée plusieurs fois. Nina, je crois.

– On n'est que de passage ! J'ai oublié ma boîte de capotes ! nous informe mon frère avant de se diriger vers sa chambre.

– C'est le genre d'infos que je me serais bien passée d'entendre, me gaussé-je.

Alice est trop occupée à dévisager le canon qui accompagne Matt pour parler ou même sourire. *Aïe !* Je n'ai plus aucun doute sur le fait que la malheureuse soit accro à mon frère. Mais ma voisine n'a aucune chance de toucher son cœur d'artichaut.

Nina nous salue avant de le suivre. Quant à Neal, une épaule contre le chambranle de la porte, les bras croisés sur son torse, il nous scrute en silence. Pour éviter tout conflit dans le but de terminer une bonne soirée comme je l'ai commencée, je reporte mon attention sur l'écran de l'ordinateur au moment où il décide de l'ouvrir.

– Jack Bowner est ton frère ?

– Oui ! s'exclame Alice, le sourire retrouvé. Tu le connais ?

– Yep. Un chouette gars. Il était dans le même cursus que nous en économie et management.

– Exact ! Il a fini l'année passée et il bosse chez Ariston & Smith.

– À New York ?

Elle opine de la tête.

– Joli ! Tu lui transmettras mes félicitations.

– C'est sympa, merci. Encore faut-il qu'il me réponde ! Il est tellement impliqué dans son boulot que le reste du monde n'existe pas. Ce qui ne plaît pas forcément à ma mère, glousse-t-elle.

Neal esquisse un sourire et ses prunelles pétillent d'amusement. Ce mec est un appel au sexe ! OK, je l'ai pensé, mais hors de question que je le reconnaisse.

– Une mère, c'est sacré ! Il faut en prendre soin.

C'est mignon qu'il dise ça. Ça pourrait presque le rendre sympathique à mes yeux. Concernant ma mère, je la laisse aux bons soins de Matt. D'ailleurs je n'ai toujours aucune envie de l'appeler malgré ses coups de fil répétés.

– Ma fraternité organise une soirée, tu veux venir ? s'enquiert-il alors que j'ai perdu le fil de la conversation.

– La dernière fois que je suis venue, rigole-t-elle, Jack avait pété un plomb.

– Il n'est plus là et compte sur moi pour ne rien lui dire, réplique-t-il en lui décochant un clin d'œil qui fait dégringoler en flèche mon moral.

Elle se redresse comme prise d'un élan d'excitation tout en me dévisageant avec regret.

– Tu ne m'en voudras pas trop si je dis oui ? J'ai vraiment envie d'y aller.

– À condition que tu me laisses ton ordi, lui annoncé-je, tout sourire.

– Mais non ! Viens avec nous ! T'es la bienvenue, s'écrie-t-elle avec emphase.

La bienvenue, j'en doute fort. J'ai bien entendu le *tu* et pas le *vous*.

– Non, j'ai un cours important qui commence à 8 h. Une autre fois peut-être.

– T'es sûre que ça ne te dérange pas ? geint-elle en minaudant.

– Pas du tout ! pouffé-je. Amuse-toi bien.

– Tu me laisses cinq minutes le temps de me préparer ? interroge-t-elle mon enfoiré de coloc qui acquiesce d'un signe de la tête.

Elle se lève et se précipite vers la porte d'entrée. Comme me retrouver seule avec lui ne donne jamais rien de positif, je m'extirpe du fauteuil, l'ordi sous le bras, dans l'intention de me réfugier dans ma chambre.

– Si ton frère t'accorde la permission, alors ramène-toi si tu veux.

– Je n'ai besoin d'aucune autorisation pour sortir, grincé-je des dents en me tournant vers lui.

– Il faudra bien te surveiller, commence-t-il alors que je lui jette une œillade assassine. C'est quoi ce regard de merde ? Ce n'est pas moi qui ai tendance à agir comme une gamine sans penser aux conséquences de mes actes.

– On en est encore là ?! m'exclamé-je autant indignée que dépitée.

J'en ai marre qu'il me juge sans me connaître. *Alors autant que je lui donne raison !* Avec un calme qui me surprend alors qu'à l'intérieur je bous de rage, je m'avance vers lui sans un mot. C'est à mon tour de le plaquer contre le mur.

– Tu joues à…

Ma poitrine s'écrase contre son torse quand je me mets sur la pointe des pieds pour choper sa lèvre inférieure entre mes dents. Il reste interdit par mon audace et son inertie me rend téméraire. Je la suçote, puis la mords d'un coup sec jusqu'au sang. Il me bouscule en arrière.

– Putain ! T'es malade ! s'indigne-t-il en essuyant sa bouche meurtrie.

– Tu mettras ça sur le compte de mon immaturité. Mais tu sais quoi ? J'emmerde ton opinion à mon sujet ! À l'avenir, reste loin de moi !

Je l'abandonne en trombe, chamboulée par toutes les émotions aussi fortes qu'intenses qu'il m'inspire. Je ne me reconnais pas.

Dans le couloir, je rencontre Matt et sa copine. Il me dévisage et, comme un sixième sens, me demande :

– Tout roule, ma puce ?

– Nickel !

Je les scrute avec plus d'attention. Cheveux en pagaille, joues rougies et look débraillé.

– Les festivités ont bien commencé à ce que je vois, déclaré-je d'un ton badin. Bon amusement pour la suite !

Ils se marrent, assumant pleinement leurs actes.

Arrivée dans ma chambre, je claque la porte et m'adosse contre le battant en bois tout en reprenant mon souffle.

– Qu'est-ce que j'ai fait, bordel ! marmonné-je.

Je touche ma bouche du bout des doigts. Il m'a poussée à bout et je suis toujours à vouloir autant le baffer que lui sauter dessus. Je pourlèche mes lèvres et m'injecte un shoot de son odeur. De lui.

Bon sang, je n'aurais jamais dû !

***

Mon cours a été annulé...

La journée commence bien !

De retour à l'appart, je suis soulagée de constater que la porte des chambres de mes colocs est fermée. J'ai mis beaucoup de temps à m'endormir hier. Je n'ai pas arrêté de ressasser notre échange et ai pris le parti de le détester, c'est un sentiment plus facile à gérer. Je devrais me foutre de ce que Neal pense de moi, et pourtant, je n'y parviens pas, parce qu'au fond, il y a une part de vérité. Mais il se permet de juger sans connaître toute l'histoire et je m'en prends plein la gueule car il ne digère toujours pas d'avoir dû quitter sa fraternité. À l'avenir, s'ignorer ou s'éviter est la meilleure manière d'agir si l'on veut que notre cohabitation tienne toute l'année. Mais en attendant, j'ai besoin d'évacuer toute cette tension accumulée.

Une fois dans ma chambre, j'échange mon jean, puis mon pull contre un legging noir et un sweat plus léger. Je m'assois sur mon lit pour lacer mes baskets de sport dans le but d'aller courir. *Allez, c'est parti !*

Ça fait plus de trente minutes que mes pas foulent le sol et j'ai l'impression d'être à l'agonie. OK, je me suis laissé aller pendant l'été, mais ce n'est pas une raison pour que j'éprouve autant de mal à récupérer mon souffle. Malgré les muscles de mes cuisses qui crient de douleur, je ne lâche rien et continue.

Je suis déconcentrée par un jogger qui, à quelques mètres de moi, s'arrête et retire sa capuche. Il lève la tête au ciel en inspirant et expirant profondément les yeux rivés devant lui, et, devant lui, il y a moi. Nos regards se télescopent. J'ai le temps d'admirer la finesse de ses traits, ainsi que l'aura de virilité qu'il dégage juste avant de le dépasser. Si c'est pour le croiser souvent quand je cours, alors je vais m'y mettre plus sérieusement. En attendant, je recouvre un élan d'énergie. Et surtout, le sourire !

De retour à l'appart, je suis interpellée par Alice dans le couloir de l'immeuble.

– Tu es allée courir ?

– Oui. Mon cours a été annulé.

– Tu cours depuis longtemps ?

– Depuis deux ans. Je devais entretenir ma condition de cheerleader, l'informé-je en insérant la clé dans la porte de l'appart.

– Cheerleader ?! Tu m'impressionnes, Lilou, s'enthousiasme-t-elle en me suivant à l'intérieur.

– Rien d'extraordinaire, pouffé-je. J'ai suivi les copines. Et ta soirée ?

– Pas trop mal… T'as vu Matt ?

– Pas encore. Pourquoi ? m'enquiers-je en traversant le couloir.

– Je ne sais pas trop quoi en penser, m'avoue-t-elle.

Interpellée, je me stoppe et pivote vers elle.

– De quoi tu veux parler ?

– J'adore ton frère.

Sans blague !

– On a pas mal discuté pendant la soirée, il était intéressé… Tu vois le genre.

– J'imagine, oui.

– C'était génial ! soupire-t-elle en proie à un dilemme. Mais Nina… Tu la connais ?

– Juste de vue, réponds-je en parvenant jusqu'à ma chambre.

– J'avais l'impression qu'elle ne voulait pas lâcher ton frère. Elle…

Une porte s'ouvre. Eh bien sûr avec la chance que j'ai, il faut que ce soit celle de mon coloc *préféré !* Juste vêtu de son caleçon, les cheveux ébouriffés, Neal nous dévisage. J'ai beau le détester, ce mec est hyper sexy. Ça me fout de mauvais poil. Surtout quand il porte son attention sur moi avant de nous dépasser comme si on gâchait son réveil. J'en ai autant à ton service, *connard !*

Nous pénétrons dans ma chambre quand elle chuchote :

– Il a tiré cette gueule dès le début de la soirée. Quand Matt lui a demandé ce qu'il avait, il l'a envoyé chier.

Je claque la porte derrière nous et m'y adosse.

– Comment ça ?

– J'ai pas compris. Mais ça a surpris ton frère de voir son pote disparaître en cours de soirée, seul.

Je ferme les paupières en me sentant coupable de mettre de la tension dans leur amitié. Ça n'aurait jamais dû arriver et je ne peux pas nier que c'est en partie de ma faute. Je me perds dans mes réflexions quand la voix suraiguë de mon amie me ramène sur terre.

– Et cette Nina, je ne la sens pas. Elle n'arrêtait pas de coller ton frère alors que le courant passait bien entre nous. Je lui ai fait comprendre qu'elle me gonflait.

– T'as bien fait, lui réponds-je alors que j'écoute à moitié, trop perturbée par ce qu'elle m'a dit sur Neal.

– Tu crois que c'est du sérieux entre eux ? m'interroge-t-elle d'une intonation torturée.

– Je ne pense pas que le jour où mon frère tombe amoureux soit arrivé. Il est plutôt du genre à profiter de chaque occasion.

– Je me disais aussi, pouffe-t-elle, pas très sûre d'elle.

Je n'ai pas le temps de creuser le sujet. J'ai juste envie qu'elle parte pour réfléchir.

– Je vais prendre une douche.

– On se voit après, me déclare-t-elle en se redressant.

– J'ai cours. En soirée si tu veux ?

– D'accord. Je t'enverrai un message.

– Bonne idée.

Dès son départ, je me laisse tomber sur mon lit et fixe le plafond. Il est hors de question que la relation entre Matt et Neal s'envenime à cause de moi. Je vais oublier mon coup d'éclat d'hier et continuer à faire en sorte que notre cohabitation se passe au mieux.

Mes vêtements de rechange sous le bras, j'arrive en cuisine pour siphonner un grand verre d'eau quand l'objet de tous mes tourments fait son apparition. Il se sert une tasse d'un liquide noir fumant.

– J'ai préparé du café. T'en veux ?

– Non.

Un seul mot qui sonne comme une sentence.

– Il faut qu'on parle, me somme-t-il.

– Ah non, c'est une très mauvaise idée ! craché-je. Ça finit toujours par dégénérer.

J'ouvre le robinet et remplis mon verre d'une eau bien fraîche que je bois.

– Je suis…

– Non ! le coupé-je en brandissant une main devant lui. Je n'ai pas terminé !

Chose étrange, il s'adosse contre le plan de travail, les bras croisés sur son torse nu que je refuse de mater si je ne veux pas perdre le fil de mes idées. Je reste focalisée sur ses lèvres qui s'étirent en un rictus amusé. Le genre de sourire qui me donne envie de réitérer mon geste d'hier. *Je suis un cas désespéré !* Agacée, je frappe mon verre un peu trop brusquement sur la table et son sourcil se rehausse d'interrogations. Je hais cet enfoiré et son sex-appeal !

– On se supporte à peine, et la meilleure des choses pour tout le monde est de s'éviter.

– Comme tu l'as si souvent répété, on ne pourra pas s'éviter bien longtemps.

– Eh bien, on s'ignore !

– Une réaction pas très mature, ricane-t-il.

– Ah parce que tu trouves que notre manière de nous comporter l'est ? m'enquiers-je en lavant mon verre, dos à lui.

J'ai besoin de m'occuper les mains et de fuir son regard qui me perturbe un peu trop. Le silence qui s'ensuit me dérange. J'en suis même à me demander s'il n'est pas parti ! Je me retourne alors et le surprends à reluquer mes fesses dans mon legging de course. Même s'il me scrute ensuite d'un air impassible, ses doigts expriment son agitation. Ils agrippent le rebord du plan de travail jusqu'à faire blanchir ses articulations. S'il ose me dire encore une fois que je joue la provocation telle une nana facile comme la dernière fois, je ne réponds plus de rien. Seulement, les traits de son visage se durcissent et je sens l'irritation le gagner. Il expire bruyamment en fixant le mur.

– T'ignorer est dans mes cordes.

– Dans les miennes aussi, lui confirmé-je alors que je n'en pense pas un mot.

Il me jette une brève œillade en opinant de la tête et disparaît de la cuisine en oubliant d'emporter sa tasse de café.

Chapitre 5

Enfin samedi soir ! Ça fait plus d'une semaine que Neal tient sa parole et son silence me met sur les nerfs. C'est encore pire que ce que je pensais, la tension entre nous est tellement palpable que l'atmosphère s'électrise dès que nous nous retrouvons dans la même pièce. Les rares fois où il m'a frôlée, un frisson d'excitation s'est épanoui sur ma peau.

Je l'ai encore plus détesté pour ça !

Il faut que je recouvre mon calme intérieur. Seulement, courir presque chaque matin ne me suffit plus, j'ai besoin d'extérioriser autrement.

Devant le miroir, j'enduis mes lèvres d'un rouge sombre. Je recule et m'inspecte de haut en bas. Affublée d'une robe courte qui épouse mes formes et de chaussures plates, je me trouve sexy et prête pour m'éclater sur une piste.

On frappe à ma porte.

– Entrez !

Alice apparaît, les joues en feu.

– Oh, Lilou, t'es superbe !

– Merci, lui réponds-je, tout sourire. T'es pas mal non plus !

Elle pouffe. Sa robe est carrément indécente et sa longue chevelure de feu met en valeur ses yeux verts. Elle est canon !

– T'es prête ? On nous attend.

– On peut y aller.

– Il y a toute la bande de copains de ton frère dans le salon.

– Je sais, on les entend à des kilomètres.

– Ils sont en forme ! Tu vas pouvoir le constater par toi-même, rigole-t-elle.

– Génial ! me lamenté-je en sortant dans le couloir.

– Tu t'es enfin décidée à t'amuser, me déclare mon frère en levant sa bière à mon attention.

– J'ai surtout besoin de me défouler.

– Si tu as besoin de te défouler, ma belle, je suis ton homme, intervient Brad d'un regard salace.

– Sans façon, grimacé-je. Bon on y va. À la prochaine les gars !

Matt se lève et s'approche de moi pour me chuchoter à l'oreille.

– Tu as de quoi te protéger ?

Sauf que la discrétion n'a jamais été son fort. Tout le monde l'a parfaitement entendu et se fout de sa gueule. Il reste imperturbable, et je perçois son inquiétude qui me touche autant qu'elle m'exaspère. Je décide de jouer la carte de l'humour pour le rassurer.

– Oui, mais pas grâce à toi. J'ai voulu t'en piquer, mais la taille *small* n'est pas vraiment à mon goût. J'en ai trouvé des plus convenables dans la table de nuit de Neal.

Ses potes éclatent de rire dont mon autre coloc. Une douce chaleur m'envahit que je refoule bien vite. Bon, OK, j'ai été plutôt cool avec lui sur ce coup-là, mais ma boutade n'aurait pas marché sinon. Matt se joint à eux avant d'ajouter :

– Amuse-toi bien.

– J'y compte bien.

– On va au Loxis, au cas *où*, intervient Alice.

Je lui jette une œillade incrédule. *Elle est sérieuse ?!*

– Oublie ce qu'elle vient de dire !

Matt est trop occupé à la reluquer pour me répondre. Il balaye d'un regard paresseux le corps de mon amie qui réplique par un clin d'œil aguicheur. Manifestement, il se trame un truc entre eux.

Quand nous arrivons au Loxis, un bar branché, à vingt minutes de l'université, j'en veux encore à Alice de sa proposition. C'est ma première sortie et j'ai envie de m'amuser sans avoir mon frère dans les pattes, et encore moins Neal ! Elle a préféré rire de mon mécontentement, comme si j'en faisais tout un plat pour rien. Ce qui m'a moyennement plu.

À l'intérieur, nous retrouvons ses amis autour d'une table. Ils sont tous sympas, surtout quand mon verre d'alcool se remplit sans que je ne demande rien.

Après mon deuxième verre, je me sens assez détendue pour me déhancher sans complexes sur la piste de danse. Je me trémousse sur plusieurs morceaux en ignorant les hommes qui me font des avances. Alice me rejoint et on s'éclate en levant les bras en l'air tout en secouant la tête sur la musique entraînante de Sia.

La bouche sèche, nous retournons à notre table où un cocktail m'attend. Je m'en empare et bois de longues gorgées à la paille avant de me le faire subtiliser par Alice qui se l'enfile cul sec à ma place. En constatant que plusieurs verres sont vides, je m'empresse d'annoncer :

– La prochaine tournée est pour moi ! Mais comme je n'ai pas encore l'âge légal, je ne peux pas y aller moi-même.

C'est Bill qui s'y colle, un large sourire aux lèvres, et je lui claque un billet de cinquante dollars dans la main.

– Sympa de ta part, me répond-il, plus que ravi de mon initiative. Tu veux boire quoi ?

– Un autre mojito.

– Deux mojitos ! s'écrie Alice.

Il nous sourit, enregistre la commande de tout le monde avant de se diriger vers le bar.

– On retourne danser ? me propose Alice en ondulant des hanches. J'adore la musique qu'ils passent !

– Dis plutôt que tu aimes bien le grand brun qui te tourne autour depuis une heure.

– Il est mignon, c'est vrai, pouffe-t-elle, mais je ne suis pas vraiment intéressée.

Je ne manque pas ses petits coups d'œil vers la porte d'entrée.

– Mais bien sûr ! la charrié-je. Tu attends quelqu'un ?

– Pourquoi tu dis ça ? élude-t-elle. Allez viens, on va danser !

Elle attrape ma main et m'entraîne de nouveau sur la piste.

Trois morceaux plus tard, Alice me secoue le bras.

– Il est venu ! s'emballe-t-elle d'une voix surexcitée.

Je suis son regard et me renfrogne quand elle m'abandonne pour Matt et sa clique, installés à notre table. Ils sont déjà en grande conversation avec les amies célibataires d'Alice. Je remarque l'absence de Neal et me dis que la soirée n'est pas complètement gâchée. N'ayant ni l'envie de les rejoindre ni l'envie de continuer à danser, je me dirige vers les toilettes.

Bien entendu, il y a une file de malade, j'en profite pour jeter un œil sur mon téléphone. J'ai un message de Sam qui m'annonce qu'il a un rencard mercredi avec une nana rencontrée sur Tinder. Elle est canon et il veut l'impressionner. Mes doigts s'activent sur le clavier.

À Sam :

[Mardi après-midi tu fais quoi ?]

J'avance dans la file quand je reçois sa réponse.

De Sam :

[Cours jusqu'à 14h. Pourquoi ?]

À Sam :

[Après ton cours, ce sera journée shopping.]

Les trois petits points apparaissent.

De Sam :

[T'as un problème avec mes vêtements ?]

À Sam :

[Trop long à t'expliquer. Tu me fais confiance ?]

De Sam :

[Mon instinct me dicte plutôt la méfiance.]

Mes lèvres laissent échapper un éclat de rire. Certaines filles se retournent et mon sourire s'agrandit.

À Sam :

[C'est oui ?]

De Sam :

[Fais en sorte que je ne le regrette pas.]

Je ne peux rien lui promettre ! Ma bonne humeur ne me quitte pas quand je sors des toilettes pour rejoindre la piste de danse. Je m'arrête pourtant à mi-chemin lorsque mes prunelles télescopent, comme aimantées, celles de Neal. Son regard est intense et magnétique. Un frisson d'excitation s'épanouit sur ma peau. Seulement, il est en compagnie d'une nana au bar. La brune lui chuchote un truc à l'oreille et il reporte son attention sur elle en lui dégainant sa fossette charmeuse. Moi qui pensais qu'il… *Stop Lilou, t'es en train de complètement dérailler !* Je décide qu'il est temps de continuer cette soirée comme j'en avais envie, et sans mes deux colocs surtout.

Lui tournant le dos, je m'engouffre sur la piste de danse et me laisse bercer par le rythme doux du morceau diffusé en fermant les paupières. Seulement, ce n'est plus la même chose depuis que je sais qu'il est là. Agacée, j'ouvre les yeux et tombe sur un sourire charmeur. Un grand brun, plutôt mignon, me fait face et bouge son corps en harmonie avec le mien. *Voilà une distraction parfaite !* Je lui retourne son sourire et pour la première fois depuis des mois, je flirte.

Il appuie sa main sur ma hanche. Si au début, c'était un effleurement, mon assentiment le rend téméraire et ses bras finissent par enserrer ma taille. Sa joue contre la mienne et son souffle dans mon cou déclenchent un sentiment d'étouffement. Ma respiration s'accélère. Je tente de calmer mon anxiété, mais lorsque ses lèvres se posent sur les miennes. Tout s'emballe. Tout va beaucoup trop vite ! Je le repousse.

– Je ne peux pas ! Désolée !

Je l'abandonne, lui et son air interdit. Je ne suis pas prête, je le savais. Et pourtant, j'ai voulu me prouver le contraire. Tout ça à cause de mon coloc. Cette fois-ci, je m'écoute et la seule chose que je souhaite est d'être loin d'ici.

Arrivée à la table, je chope ma veste et mon sac. Matt est collé-serré avec Alice, ce qui me laisse le champ libre pour me carapater. Pour les quelques voix qui se manifestent suite à mon départ précipité, je souris et rassure tout le monde par un clin d'œil. Quant à moi, j'ai l'impression de respirer pleinement une fois à l'extérieur. La fraîcheur de cette fin septembre apaise mon tumulte intérieur. J'extirpe mon téléphone de mon sac et ouvre l'application Uber. J'enregistre ma position, et voilà, il n'y a plus qu'à attendre dix minutes. Je m'adosse contre le mur et observe le ciel voilé, à la recherche d'étoiles.

– Eh, tu es là ! me surprend mon frère.

– Qu'est-ce que tu fais là ? m'enquiers-je, crispée de le voir ici.

– Et toi ? J'avais l'impression que tu t'éclatais.

– Je me suis bien amusée, mais maintenant, j'ai envie de rentrer.

Il pose une main sur mon épaule.

– Qu'est-ce que tu ne me dis pas ? m'implore-t-il alors que je fixe à nouveau la noirceur du ciel. Ma puce, dis-moi.

– Je pensais être prête.

Ses bras m'enveloppent de douceur. Mon nez se retrouve à renifler son pull, mais je ne parviens pas à lui avouer que son meilleur pote y est pour beaucoup. Je surréagis toujours en sa présence. Mais je n'aurais jamais dû m'embarquer dans l'idée de lui prouver je ne sais quoi, et encore moins à fricoter avec cet inconnu. J'ai l'impression qu'il me rend faible et je déteste ce sentiment.

– C'était ta première sortie, il y en aura d'autres.

– Comment tu t'es aperçu de mon départ ? m'étonné-je en me détachant de son étreinte. Tu étais *très* occupé avec Alice.

– Elle sait ce qu'elle veut et j'aime ça chez une femme.

– Elle t'aime beaucoup, Matt.

– Peut-être, mais ne la sous-estime pas. Et puis tu sais très bien que je ne fais aucune promesse d'engagement. Tout est clair dès le début !

C'est tellement facile ! J'adore mon frère, mais pas dans sa manière de s'éclater avec les femmes. Seulement là, je n'ai pas l'énergie de lui dire ma façon de penser. Je veux juste rentrer à l'appart et me mater un film.

– Et pour ton départ, c'est Rendall qui m'a prévenu.

J'ai dû avoir mal entendu.

– Pardon ?

Mon expression qui charrie l'incrédulité doit être assez drôle pour provoquer son rire.

– Neal, tu dois le connaître. C'est mon meilleur pote et accessoirement ton coloc.

Je lui administre un coup agacé sur le torse qui fait redoubler son hilarité.

– Je ne risque pas de l'oublier.

– Qu'est-ce qui se passe entre vous ? m'interroge-t-il d'un œil scrutateur.

– On apprend à se connaître.

– Lilou, tu mens si mal, s'esclaffe-t-il.

– D'accord. On ne se supporte pas. On a essayé, mais c'est peine perdue.

– Tu lui as laissé une chance au moins ?

Une bouffée d'énervement me gagne. Je ne lui dis rien pour l'épargner, mais apparemment ce n'est pas le cas pour tout le monde ! Mon regard courroucé doit parler pour moi, il recule et lève les mains en l'air.

– Ne te mêle pas de ça, Matt !

– Je connais Neal mieux que personne, il était inquiet quand il est venu me voir. Il n'est plus vraiment lui-même en ce moment.

– D'office, c'est ma faute ! Et moi, je pensais que tu me connaissais mieux que ça !

– Ce n'est pas ce que je voulais dire.

Je pousse un soupir à fendre l'âme.

– Je sais Matt, c'est moi qui suis trop sensible ce soir, cédé-je alors que des phares nous illuminent avant qu'une voiture se range près de nous. Mon Uber est là ! On se voit demain.

– T'es sûre que tu ne veux pas rester encore un peu, tu semblais bien t'amuser.

– J'en suis certaine ! J'ai envie d'être au calme.

Je l'embrasse sur la joue, puis me faufile dans le véhicule.

– Lilou Evans ? m'interroge le chauffeur.

– C'est bien moi, lui confirmé-je en claquant la porte.

Je lui donne l'adresse et fais un signe de la main à Matt qui ne paraît pas apaisé par notre discussion. Je promets de faire un effort à l'avenir, au moins pour lui !

***

Cette soirée était une mauvaise idée.

Flirter avec ce gars en était une bien pire.

Je n'étais pas prête, et encore moins lorsqu'il m'a embrassée. Tout a ressurgi avec une force dévastatrice, combinée à une nuit agitée et le premier jour de mes règles, j'aurais dû m'attendre à ce mal de tête carabiné. Mais pas avec une telle intensité de douleur. Même me servir un verre d'eau est au-dessus de mes forces.

Les coudes en appui sur le plan de travail, les yeux clos, je tente de réguler ma respiration. J'avale avec précaution ma salive pour éviter d'accentuer les doubles saltos de mon estomac.

– Un problème ? me demande Neal.

L'intonation de sa voix reflète une sincère inquiétude.

– J'ai besoin… Matt, croassé-je.

– Il n'est pas rentré cette nuit. T'es toute blanche, qu'est-ce qui t'arrive ?

– Migraine.

– T'as pris quelque chose ?

Toujours prostrée, j'ouvre ma main pour qu'il voie le comprimé. Une porte de placard claque, puis l'eau du robinet jaillit à mes oreilles.

– Tiens, prends-le !

Je tâtonne à l'aveugle et m'en empare. Les paupières toujours closes, j'avale le cachet et c'est l'eau fraîche qui apaise aussitôt la nausée.

– Tu devrais aller te recoucher.

C'est bien mon intention. Mais seulement lorsque je m'en sentirai capable.

– Je peux t'aider si tu veux.

– Non, ça va aller, l'informé-je d'une voix écorchée.

– Si tu le dis.

Il n'en croit pas un mot et moi non plus. Je le sens trop proche de moi et ça me perturbe encore plus. J'ai besoin de retrouver ma chambre et ma tranquillité. J'ouvre les yeux, et c'est la pire idée du siècle ! Une explosion de douleur aveugle ma vue et me vrille le crâne. Quant à mes jambes, elles flanchent. Je me prépare à l'impact de m'écrouler sur le sol quand deux bras me soulèvent et me pressent contre le corps chaud et robuste de mon coloc. Son parfum me déclenche un haut-le-cœur. Mes doigts s'entortillent autour de son cou quand je le sens bouger.

– Je vais vomir.

– Pas maintenant. On y est presque ! Tu te vengeras une autre fois, *s'il te plaît*. J'ai un rendez-vous dans une demi-heure, je n'aurai pas le temps de me changer sinon.

Son ton badin parvient presque à m'arracher un faible sourire.

– On y est, ma belle !

À peine me retrouvai-je à terre que mon estomac se déleste dans le fond de la cuvette. Le bruit est immonde et masque en partie un robinet qu'on ouvre. J'enfouis mes yeux au creux de mon coude pour récupérer un semblant de souffle. Neal tire la chasse d'eau.

– Tu te sens mieux ?

J'opine de la tête, faute de mieux.

– Prends ce gant de toilette.

Je m'exécute et le frotte contre la peau de mon visage, puis de ma nuque. La fraîcheur m'apporte un effet de bien-être immédiat.

– Merci.

– Allez, au lit, maintenant !

Je tente de me redresser, mais je n'ai plus aucune force dans les jambes.

– Ma coloc qui obéit et qui ferme sa gueule, je suis à fond pour, me taquine-t-il en me soulevant comme si je ne pesais pas plus qu'une plume.

– Profites-en, ça ne va pas durer, marmonné-je, le nez contre la chaleur planante de son cou.

Ses épaules sont parcourues de soubresauts. Il m'allonge sur le lit, retire mes chaussures et me recouvre de ma couette. Puis vient le silence. Je somnole quand je perçois ses pas dans ma chambre. Il ferme les rideaux et m'interroge :

– Je dépose un verre d'eau sur ta table de nuit. Tu ne veux pas reprendre un cachet, comme t'as dégobillé le dernier ?

– Nan, murmuré-je.

– Ça va aller ?

– Juste besoin de dormir, lui réponds-je avant de sombrer dans le néant.

Chapitre 6

La journée shopping est arrivée !

Un dernier coup d'eyeliner et le tour est joué. Je m'inspecte dans le miroir et suis satisfaite de ma tenue plutôt cool. Jean slim noir, chaussures montantes, un pull coloré et échancré au col qui dénude une de mes épaules, dévoilant une bretelle de mon soutif en dentelle rouge.

Les écouteurs vissés aux oreilles, je me rends en cuisine par gourmandise. J'ouvre un tiroir et m'empare d'un cookie que je croque à pleines dents jusqu'à ce qu'on tire sur ma queue-de-cheval.

– Arrête ça, Matt ! grogné-je en me tournant vers lui tout en postillonnant des miettes.

– Tu ne m'as pas répondu, se marre-t-il.

J'enlève un de mes écouteurs.

– J'écoute mon cours sur le marketing digital. Tu voulais quoi ?

– Tu sais qu'il y a une vie en dehors de ton cursus, se gausse-t-il.

– J'ai raté le cours. Une fille de mon groupe m'a envoyé une copie en MP4.

– Toi, tu rates des cours ? s'enquiert-il, surpris.

– Obligée. À cause de ma migraine. J'étais trop épuisée lundi pour suivre mon premier cours de la matinée.

Inévitablement, mon regard se porte sur Neal qui a rétabli dès le lendemain de ma crise une certaine distance entre nous. Après l'avoir encore remercié, il m'a dit de ne pas en faire tout un plat, que sa mère était sujette à ce mal et qu'il était rodé aux bons gestes à avoir.

Bon compromis après tout.

On parvient à se côtoyer sans que ça dégénère. Il y a du progrès !

– T'as un rencard ? m'interroge Matt, curieux.

– Un rendez-vous plutôt, répliqué-je en finissant de mâcher mon biscuit. Pourquoi cette question ?

– T'es sexy.

J'ouvre de grands yeux sceptiques. Je me trouve cool, pas forcément sexy.

– Tu t'es souvenue que t'étais une femme, pense-t-il utile de préciser.

Je le fusille du regard. Je croise les bras sous ma poitrine tandis que Neal éclate de rire.

– Charmant !

– Je me suis mal exprimé.

– Sans blague, grogné-je.

– Je voulais dire que tu avais fait un effort pour te préparer et que je l'avais remarqué.

– Tu veux que je t'applaudisse ?

Il étouffe son rire dans son poing.

– Matt, une femme reste une femme même au naturel ! insisté-je face à son hilarité.

– Pas d'accord. Il y a un minimum si une femme veut avoir une chance d'attirer mon regard.

– Mais quel macho ! m'indigné-je.

– Je ne vois pas où est le problème ! riposte-t-il d'un air confus. Une femme sexy est une femme qui assume sa sensualité. Tu peux être sûr que c'est un bon coup à se taper.

– Mais tu ne penses qu'à ça, c'est pas possible ! me scandalisé-je.

– Rendall, t'es d'accord avec moi ?

Je suis super-curieuse d'entendre sa réponse. On tourne notre attention sur lui et mon coloc, toujours en tee-shirt moulant comme s'il n'avait jamais froid, est un régal pour les yeux. Il s'adosse au mur, près de la porte, et me dévisage avec toujours cette fichue intensité qui me rend bien trop sensible à son attraction. Il répond à mon frère d'une voix traînante.

– C'est parce que tu penses toujours qu'avec ta queue, Evans.

– Toi non peut-être, s'esclaffe-t-il.

Je soupire d'exaspération et Neal riposte.

– Perso, je trouve qu'une nana peut être canon même au naturel. Elle n'a pas besoin d'en faire des tonnes pour attirer mon attention.

Je souris, soulagée de constater qu'il y en a au moins un qui a de la jugeote.

– Tu parles de bons coups, continue-t-il son explication. Mais si tu t'y prends bien, toutes les nanas peuvent devenir de vraies petites cochonnes.

– Pas faux.

Dommage, il vient de tout gâcher, et encore plus quand ils se poilent comme deux gros lourds.

– Je vous laisse à vos délires de gros macho ! Sam m'attend.

J'attrape un autre cookie et décide qu'il est temps de partir le rejoindre. Matt me stoppe quand j'arrive à la hauteur de Neal.

– J'avais raison, t'as un rencard.

– Non, je vais passer du temps avec un ami.

– Bien sûr, ricane-t-il, n'en croyant pas un mot. Au fait, tes yeux bleus sont exceptionnels aujourd'hui.

– Merci, mais on a les mêmes, frangin.

– C'est pour ça que je dis ça, se marre-t-il alors que je roule des yeux en l'air. Mais non, je déconne ! Tu as mis… je ne sais pas comment ça s'appelle au-dessus de tes yeux.

– Un trait d'eyeliner.

– Ouais c'est ça. T'es canon.

– Tu essayes de te rattraper là ?

– Yep. Dis-moi que ça a fonctionné.

Je ris en secouant la tête, puis me retourne vers mon autre coloc, troublée.

– Tu viens de me renifler ?

Il dégaine son sourire de voyou qui fait pointer mes tétons. Génial, de mieux en mieux !

– T'as changé de parfum ?

C'est bien possible… J'en ai acheté un nouveau, mais je ne me souviens plus lequel j'ai mis ce matin. Je fronce les sourcils ne sachant pas quoi penser de sa question. La seule chose dont je sois sûre est qu'il faut que je me tire loin d'ici. Loin de lui.

– Peut-être bien ! lui réponds-je en filant droit vers la sortie.

***

Sam a une mine aussi réjouie que la mienne lorsqu'on ressort de chez le coiffeur. Les côtés sont rasés alors que des mèches blondes légèrement ondulées caressent son front.

– T'es à croquer !

– Ce n'est pas ce qu'on dit aux gosses ?

– Oui, peut-être. T'es joli comme mec.

– Joli ! répète-t-il d'un ton écœuré.

– Je déconne, gloussé-je. T'es super mignon.

– Je préfère ça, réplique-t-il, un bébé sourire aux lèvres. Cette fille, ça fait des semaines que je craque sur elle. J'ai vraiment envie de mettre le paquet pour notre rencard de ce soir.

– Eh, mais j'y pense ! Tu ne m'as pas montré sa photo.

Il s'exécute et tourne son écran vers moi. Longs cheveux noir corbeau, les plus soyeux que j'aie jamais vus. Un petit nez retroussé et des yeux noisette bridés.

– Trop jolie !

– C'est clair. Je craque à fond pour les Asiatiques. Il n'y a pas plus belles femmes au monde !

Je glisse mon bras sous le sien et l'entraîne dans un magasin de fringues tout en riant.

– Allez, Don Juan, on va passer aux choses sérieuses.

– T'emballe pas trop vite quand même !

Il ne croyait pas si bien dire. Sam a un corps musculeux et sec. Il fait régulièrement du sport en salle, mais se fout royalement de ce qu'il porte du moment que c'est confortable. Alors quand je lui file plusieurs jeans slim dans sa cabine d'essayage, ça ne m'étonne qu'à peine de l'entendre râler derrière le rideau.

– C'est pas confortable du tout ! J'ai l'impression d'avoir enfilé un moule-bite.

– N'exagère pas ! m'exclamé-je en riant.

– Hors de question que je porte ça !

Après une demi-heure, il semble satisfait d'un jean bleu foncé à taille basse qui moule à merveille son postérieur. D'ailleurs, je ne peux pas m'empêcher de le taquiner.

– Je viens de découvrir que t'as un beau cul.

– Pourvu qu'Aya soit d'accord avec toi.

– Fais-moi confiance, elle le sera.

Arrivés dans le rayonnage des pulls, Sam choisit certains modèles, qui bien entendu taillent large.

– Fais-moi plaisir et essaye la taille M.

– Non, j'ai l'impression d'enfiler les pulls de mon petit frère.

– Je suis certaine du contraire. S'il te plaît, juste pour voir ! geins-je.

– OK, cède-t-il alors que je souris en dodelinant. Mais ne t'attends pas à ce que je change d'avis.

– Oui, oui.

Il sélectionne un bleu ciel et une sorte de caramel foncé, puis retire le sweat qu'il porte en même temps qu'une partie de son tee-shirt, dévoilant une série d'abdos. Je cale mes fesses contre une étagère.

– Pourquoi tu caches ton corps ? T'es super bien foutu.

– Ouais, je sais, me répond-il en souriant. Seulement, je déteste quand les vêtements me collent à la peau. C'est aussi simple que ça.

Le temps qu'il essaye le premier, je jette un coup d'œil circulaire dans le magasin et découvre une tête familière. Il est accompagné d'une nana plutôt tactile avec lui. Dommage…

– Lilou, t'es toujours avec moi ?

Je reporte mon attention sur mon ami.

– Oui, excuse-moi.

– C'est qui ? Tu le connais ?

– Pas vraiment, c'est un jogger que je mate souvent quand je cours. On va dire qu'il est une motivation supplémentaire à me bouger les fesses pour garder la ligne.

– Tu veux aller lui parler ?

– Pour lui dire quoi ? Il est certainement avec sa copine.

– T'es sûre ? Parce que là, il vient de te repérer.

Je regarde dans sa direction. En effet, il m'a reconnue et me dédie un sourire charmeur qui faiblit lorsqu'il découvre Sam à mes côtés. Il m'adresse un bref signe de la tête, puis se concentre sur ce que la nana a trouvé.

– Bon alors ? m'interroge-t-il en s'examinant sous toutes les coutures.

– J'avais raison ! m'exclamé-je en le scrutant. Ça met ta carrure en évidence.

Il s'inspecte dans le miroir et approuve d'un hochement de tête.

– La couleur me plaît, m'informe-t-il en retirant le pull.

– La taille aussi, non ?... Hé ! Pourquoi tu le remets dans la pile ?

Je suis dégoûtée, il a mis le pull en taille L dans le panier.

– Eh bien c'est un plaisir de faire du shopping avec toi.

– Arrête de râler. Je t'avais prévenue, pouffe-t-il.

Un fond de garce en moi, je ne dis rien, mais patiente qu'il ait le dos tourné ou soit trop occupé à ce qu'il fait pour échanger tous les pulls dans le panier en taille M. C'est un coup bas qui me permet de gagner un temps précieux en argumentation inutile.

– Pourquoi tu te marres ? me demande-t-il, suspicieux.

– Je n'ai pas le droit de sourire ? rétorqué-je d'un air incrédule.

– C'est parce qu'il te mate dès qu'il peut ?

– De qui tu parles ?

– De ton jogger. Qui d'autre ! se marre-t-il. D'ailleurs, il part.

Le réflexe veut que je zieute vers la porte d'entrée. Son regard navigue entre moi et Sam qui a un pouce levé, puis un sourire franc se dessine sur ses lèvres. Il me dédie un clin d'œil avant de disparaître.

– Qu'est-ce que tu as fait ? m'enquiers-je.

– Je lui ai signalé que tout était cool entre nous. Maintenant, il a capté qu'on n'était pas ensemble.

– Juste avec un pouce levé ?

– Pas seulement, mais entre mecs, on se comprend.

– OK, rigolé-je. Bon, tu as tout ce qu'il te faut ?

– Il me manque plus que le parfum.

– C'est moi qui choisis !

– Je vais te laisser le croire.

– Crois-moi, j'ai toujours le dernier mot, lui déclaré-je en lui adressant un regard machiavélique.

***

J'ouvre la porte de l'appart et suis accueillie par un brouhaha ambiant et des bruits mats de bouteilles qui s'entrechoquent. Il est à peine 20 h et c'est déjà la fête à la maison !

Je jette un rapide coup d'œil dans le salon, peuplé d'une dizaine de têtes. Nanas et mecs confondus. Je découvre Neal dans la cuisine, absorbé par des doigts manucurés qui le tripotent. Je devrais poursuivre mon chemin vers ma chambre, mais je suis happée par le spectacle de ses grandes mains à lui qui explorent la peau dénudée de la fille avant d'empoigner ses fesses et de la presser contre lui. La sensualité qu'il met dans son baiser, dans ses gestes, comme si elle était précieuse, provoque un fourmillement dans mon bas-ventre.

J'écarquille les yeux d'horreur, je suis en train de fantasmer sur mon enfoiré de coloc !

Mayday - mayday !

Il est temps que je me tire de là ! Je me détourne pour tomber sur la copie conforme de la nana qui retient toute l'attention de Neal.

– Le spectacle te plaît ? s'exclame-t-elle, un sourire malicieux aux lèvres.

Je viens de virer au rouge et de perdre ma langue au passage.

– Tu veux te joindre à nous ?

Je secoue vivement la tête et la contourne lorsque je m'aperçois que la portée de sa voix a interrompu les préliminaires dans la cuisine. Neal me fixe et ce n'est en rien amical.

Merde ! Je suis maudite !

La fille rejoint sa sœur jumelle ou plutôt devrais-je dire qu'elle se frotte langoureusement à mon enfoiré de coloc.

Elles sont vraiment très jolies. De longs cheveux blond platine, des prunelles mordorées, une taille fine, un sourire ultra *bright*, des vêtements super serrés – s'il y avait un concours de Miss tee-shirt mouillé, elles gagneraient haut la main.

Parfaites Bimbos.

Putain de Bimbos, ouais !

– Bon amusement ! répliqué-je en n'ayant d'yeux que pour mon coloc.

Je lui rends son regard noir, alors que je me sens déboussolée par lui et son aura attractive, puis longe le couloir jusqu'à ce qu'une salve de notifications m'arrête en chemin. C'est Sam. Plus je lis ses messages et plus je le sens furax. Il a découvert la supercherie pour ses pulls. Je m'y attendais et décide de le prendre avec humour.

À Sam :

[Mets le pull bleu ciel pour ton rencard. Et tu me remercieras plus tard ;-)]

Je ne suis pas certaine d'obtenir une réponse et espère ne pas regretter mon geste. Quand j'ouvre la porte de ma chambre, ça vire direct au cauchemar. *C'est quoi ce bordel !*

Un couple est en train de s'envoyer en l'air dans mon lit. La porte toujours grande ouverte, je crie mon indignation et ma colère.

– DEHORS !

Le mec me couve d'un regard irrité alors que la fille, à califourchon sur lui, se cache les seins en croisant les bras. Au cas où ils n'auraient pas bien pigé, j'insiste en hurlant :

– DEHORS, PUTAIN !

Je sors et m'adosse au mur en étant témoin de leur agacement. Je suis vénère ! Mes deux colocs apparaissent dans le couloir. Il leur faut une fraction de seconde pour comprendre tout ce remue-ménage.

– Je m'en charge ! m'avertit mon frère avant de disparaître dans ma chambre.

Neal se positionne en face de moi se calant contre le mur. On se dévisage, lui respire la force tranquille. Quant à moi, mon pied frappe la mesure de mon emportement au sol. Je ne suis pas offusquée par ce que j'ai vu. Rien à foutre même ! Les gens font ce qu'ils veulent. Mais pas dans mon lit qui représente mon havre de paix.

– Et ton rencard ?

Je souffle de dépit. Je leur ai dit que ce n'était pas un rencard, mais ils enregistrent bien ce qu'ils veulent.

– Génial ! Sam est un mec extra ! Et j'aurais aimé que ma soirée finisse tout aussi bien.

Je ne sais pas où j'ai encore merdé, mais ma réponse ne lui plaît pas. Je le vois à la manière dont il se redresse et dont il s'approche de moi. Une flambée de colère illumine ses iris d'un éclat sauvage quand la paume de sa main prend appui sur le mur, à quelques centimètres de ma tête.

– T'es à l'université. Dans un appart de mecs ! Tu t'attendais à quoi Mademoiselle-Sainte-Nitouche ?... Plutôt louche pour quelqu'un qui aime mater, assène-t-il alors que nos nez se touchent presque maintenant. Et ton copain en penserait quoi ?

– Neal, ce n'est pas le moment de me faire chier. Crois-moi…

Les invités indésirables sortent de ma chambre, sans un seul regard en arrière. Bien trop occupés à pouffer et à se bécoter.

– Le champ est libre, m'avertit Matt depuis la pièce alors que mon enfoiré de coloc et moi ne parvenons pas à nous lâcher des yeux.

Cette tension entre nous devient insupportable. Il y a cette pulsion dévorante en moi qui m'enjoint de lui sauter dessus. Je ne sais pas vraiment de quelle manière ça pourrait se terminer. Mais, là tout de suite, je m'en cogne ! Je le bouscule d'un coup d'épaule et rentre dans ma chambre en m'empressant de retirer les draps souillés.

– Désolé, Lilou, m'annonce Matt, gêné par la situation. Ça ne se reproduira plus.

Je refuse de donner satisfaction à l'autre connard. Je ne suis pas prude, et encore moins coincée !

– C'est bon.

Je m'attends à ce qu'il retourne à sa fête, mais il reste prostré près de mon lit. Une fois tous les draps en main, je lui assène sèchement :

– Quoi ?

– J'ai eu maman au téléphone.

De mieux en mieux !

– Une autre fois, Matt. Parce que là c'est le cadet de mes soucis.

– Tu ne réponds pas à ses appels.

– Et alors !

– Chris lui a demandé l'autorisation pour t'inviter à un opéra.

Chris ?...

– Le fils de leurs amis ? m'enquiers-je, interpellée.

– Yep.

– Il a peut-être ton âge, mais il en paraît 30 ! annoncé-je, autant étonnée qu'ahurie.

– Et il est aussi très coincé, renchérit mon frère.

– Un opéra… j'hallucine ! C'est complètement ridicule !... C'est non ! Tu n'auras qu'à lui faire passer le message.

– Son message à elle est que tu dois « l'accepter sans broncher », conclut-il en mimant les guillemets.

– Hors de question ! Qu'elle s'occupe de son cul. Ça la changera pour une fois !

Chapitre 7

Les paroles de ma mère tournent en boucle dans ma tête depuis son appel et me blessent autant qu'elles me révoltent : *« C'est le moindre mal pour tout ce que tu nous as fait subir. N'oublie pas que c'est ton père et moi qui payons tes études. Prends exemple sur ton frère. Il nous rend si fiers. »*

Le rendez-vous foireux et arrangé est pour ce soir…

À fleur de peau, une montée de larmes m'assaille tandis qu'une bouffée de rage se déverse dans mes veines.

Je n'ai pas pu refuser, et ça me fout en rogne ! Oui, ils payent mes études et malgré ma bourse, je dépends d'eux. J'ai pris plusieurs options qui me prennent pratiquement tout mon temps libre et comme je vise l'excellence, je ne peux pas me permettre de travailler à côté. Et un prêt ? N'en parlons pas ! Je ne sais même pas comment je pourrais régler les premiers remboursements. Ils le savent et en profitent sans aucun scrupule pour en faire un chantage récurrent afin que je me comporte telle la docile petite fille que je suis censée être à leurs yeux. Mais hors de question que j'accepte sans broncher, comme elle l'a si bien exigé !

Remontée à bloc, je me tartine de crème hydratante en m'assurant que je me suis rasé correctement les jambes et le maillot. On frappe à la porte.

– Une minute ! crié-je en enfilant mon peignoir. Entrez !

Matt apparaît et je lui souris, toujours heureuse de le voir. Depuis la fameuse annonce de ma mère et son sermon, mon moral en a pris un sacré coup. Il s'inquiète pour moi. Même trop. Depuis une semaine, il n'y a plus de soirées improvisées à l'appart. Ils font toutes leurs sorties à l'extérieur. Quant à Neal, il a pris la cuisine en main depuis que j'ai cramé mon dernier plat. Il a fallu des jours pour faire disparaître l'odeur âcre et plus un seul mot acerbe n'a jailli de sa bouche. Il paraît même irrité à l'idée qu'on m'impose ce rencard. C'est pour dire à quel point je dois être pathétique !

Mais j'ai un plan pour contrer les projets de mes vieux. Matt s'assoit sur mon lit, à mes côtés.

– Tu ne veux toujours pas me dire ce que tu manigances ?

– Non. Ça va te gâcher l'effet de surprise.

– Je m'attends au pire, pouffe-t-il.

– Cette situation n'a rien de comique, déclaré-je d'un ton abrupt.

– Je sais, ma puce, mais tu n'es pas obligée de le revoir si tu n'en as pas envie. Tu fais juste un rendez-vous puis basta.

Je masse le reste de la crème sur mes bras.

– Ça, c'est ce que tu crois. Pour moi, ce n'est que le début des emmerdes. Les parents pensent encore que j'ai foutu la honte et la disgrâce à toute notre famille. Alors, imagine un mec comme Chris. Le fils à maman bien éduqué, de bonne famille et qui croit aux vertus d'avoir sa première expérience après le mariage. Il est le gendre idéal pour eux.

Il soupire et passe une main lasse dans ses cheveux.

– Le genre de petit ami qui saura me remettre dans le droit chemin, lui confié-je de plus en plus amère. Ils sont tout à fait capables d'envisager un mariage ! Tu sais comme ils ont tendance à vite s'emballer.

Je frissonne de dégoût.

– Je ne les laisserai jamais aller jusque-là, réplique-t-il d'une voix dure.

Je me penche pour l'embrasser sur la joue. C'est le meilleur frère que je pouvais désirer avoir.

– Ce soir, je ferai tout pour qu'à l'avenir Chris se tienne loin de moi.

On frappe de nouveau à la porte.

– Entrez !

C'est Alice qui fait son entrée. Elle est venue m'aider à me préparer. Le corps de Matt se tend et ne semble pas spécialement ravi de la voir. Je fronce les sourcils d'incompréhension quand l'expression de mon amie s'illumine lorsqu'elle découvre mon frère. Elle lui adresse un large sourire auquel il ne répond pas.

– Je te laisse, m'informe-t-il en se levant.

Il la salue d'un bref hochement de tête et sort sans un mot. Elle fixe la porte, les lèvres pincées avant de se retourner vers moi, affichant un sourire factice.

– Il y a un problème entre vous ? l'interrogé-je, curieuse de comprendre le comportement de Matt.

– Rien d'important, élude-t-elle en tapant dans sa main. Bon, on commence par la coiffure !

Une demi-heure plus tard, elle a bouclé mes cheveux châtains qui caressent mes épaules, puis m'a maquillé les paupières d'un fard gris sombre, accentuant le bleu de mes yeux. Mon regard est plus intense, plus femme fatale. Et là, elle finit par appliquer un rouge carmin sur mes lèvres. Ma bouche est un appel à la débauche.

Pour son âge, Chris peut être considéré comme un vieux garçon hyper catho. Personne ne l'a jamais vu vraiment s'intéresser aux femmes à cause de son exigence à respecter les traditions. Alors ma détermination à le faire fuir comme la peste se raffermit.

Je détache la ceinture de mon peignoir et le retire. Je porte des sous-vêtements en dentelle blanche qui ne cachent pas grand-chose de mon anatomie. Mon push-up rend mes seins plus opulents qu'ils ne le sont réellement. C'est quand même très osé ! Mais ce n'est pas le moment de me dégonfler sinon ma mère ne me lâchera pas avec lui.

J'enfile ma robe rouge, aidée par Alice qui s'occupe de la fermeture Éclair dans mon dos. Même si elle m'arrive à mi-cuisse, le décolleté est tellement plongeant qu'on ne peut avoir que les yeux braqués sur ma poitrine artificiellement généreuse.

– Tu es sûre de toi ? m'interroge-t-elle d'une voix qui charrie l'incrédulité. J'ai plutôt l'impression qu'il va vouloir changer de programme et annuler l'opéra.

– Je suis sûre de moi, pouffé-je.

– T'es canon.

Je termine d'attacher la dernière lanière de mes talons hauts lorsque j'entends Matt m'appeler de l'autre côté de la porte.

– Lilou. Chris est là !

– J'arrive !

Alice croise les doigts pour moi tandis que j'inspire à fond pour me donner le courage de sortir de ma chambre.

Longeant le couloir, je le repère devant l'entrée du salon. Sa tête pivote dans ma direction lorsqu'il perçoit le claquement de mes talons sur le carrelage. Il porte un smoking noir, les cheveux noirs gominés sur le côté. Les traits de son visage sont fins et disgracieux. Il n'est pas du tout mon genre d'homme. Aucune chance de ressentir le moindre petit frisson. Il me scrute d'un air confus, ouvrant et refermant la bouche sans parvenir à émettre un seul mot. J'arrive à sa hauteur et entends un de mes colocs avaler de travers et tousser violemment. Même si je meurs d'envie de leur faire un clin d'œil complice, j'accueille mon rencard du jour en le prenant dans mes bras, pressant ma poitrine contre son torse et l'embrasse sur la joue en lui laissant l'empreinte de mes lèvres.

– Salut Chris ! Ça fait longtemps qu'on ne s'est plus vus. Tu as trouvé facilement ?

– Euh... oui... j'avais mon GPS. Bonsoir, Lilou, me répond-il mal à l'aise.

Il zieute mon décolleté avant de porter son attention vers les hommes en se raclant la gorge. J'ai l'impression qu'à cet instant, il voudrait être n'importe où sauf ici. Avec moi.

– On y va ! jubilé-je.

Il me scrute de bas en haut et son visage se ferme, mécontent. Je m'inspecte à mon tour.

– Quoi ? lui demandé-je d'un ton faussement paniqué. C'est quoi le problème ?

– Nous allons voir un opéra, m'explique-t-il d'un ton sec. Je ne peux pas te laisser m'accompagner dans cette tenue.

– J'ai passé du temps pour me préparer, répliqué-je un trémolo dans la voix. Je ne pensais pas que je te ferais honte.

Je le dévisage, les yeux humides, tout en me déchaussant alors que son froncement de sourcils s'accentue. Je le déroute, et ce n'est pas fini, mon coco ! Je dois me pencher en avant pour défaire la lanière de mes escarpins, lui donnant une vue plongeante sur mon décolleté.

– Tu n'aimes pas ma robe ? lui demandé-je d'un ton blessé.

– Pas pour notre rendez-vous.

Il détourne son regard, la mâchoire crispée.

– Je vais changer de tenue, alors. Tu peux ouvrir la fermeture Éclair s'il te plaît ?

Je lui montre mon dos et, lorsqu'il s'exécute, je me retourne pour le remercier en laissant choir ma robe à terre par pure maladresse. Je me retrouve uniquement vêtue de mes sous-vêtements rikiki. Il fixe ma poitrine presque dénudée et son visage est déformé par le dégoût. Bingo !

– Je suis désolée ! m'écrié-je, une moue contrite plaquée sur les lèvres.

J'attrape ma robe et la remonte pour cacher mes formes.

– Attends-moi, j'en ai pour cinq minutes !

Je me précipite dans ma chambre, suivie par Matt. Il claque la porte de ma chambre, estomaqué.

– Mais t'es une grande malade ?!

Il s'écroule sur mon lit et, la tête enfouie dans ma couette, explose de rire. Je souris tout en revêtant une robe plus sobre et de circonstance.

J'ai intérêt à rattraper le coup si je ne veux pas que ça tourne au fiasco. Il a atteint ses limites là, je pense.

– Putain, je ne m'attendais vraiment pas à ça. T'as castré ce mec à vie.

Il reprend son souffle tandis que je me démaquille pour faire disparaître toute trace de mon délit et opte pour un maquillage plus discret.

– S'il le répète aux parents… Ça va très mal se passer.

– Il ne le répétera jamais ! Il apprécie trop nos parents pour les mettre encore dans une mauvaise posture par ma faute.

– Merde, Lilou ! Je suis impressionné. T'as du cran.

– Aux grands maux, les grands remèdes.

On frappe à la porte, la tête d'Alice apparaît dans l'embrasure. Matt se lève du lit et s'avance vers moi.

– Tu as besoin d'un coup de main ?

– Non, c'est gentil. J'ai presque terminé.

– Eh bien, je te souhaite bon courage pour le reste de la soirée, intervient-il en m'embrassant sur le front. Je file, on m'attend !

– Amuse-toi bien !

– Toujours !

Il passe à côté d'Alice sans lui adresser le moindre regard. Elle ne le quitte pas des yeux jusqu'à ce qu'il disparaisse, puis elle referme la porte derrière elle en soupirant.

– Ça va ?

– Oui.

Je n'insiste pas et enfile mes escarpins. Je m'inspecte dans le miroir et préfère cette Lilou-là.

– Tu as été magistrale ! pouffe-t-elle.

– Je devais frapper fort.

Elle sourit et me scrute avec attention.

– Je peux être indiscrète ?

– Pose toujours ta question.

– Il se passe quoi entre toi et Neal ?

Je ne m'attendais pas du tout à ce que la conversation dévie sur mon coloc. Mais plutôt à ce qu'elle me demande pourquoi mes vieux m'obligent à côtoyer Chris ou pourquoi je m'inflige ce rendez-vous ? Je chope mon sac à main sur le bureau et mon manteau, puis la dévisage.

– Rien de spécial. On a toujours autant de mal à communiquer. Pourquoi cette question ?

– Tu lui plais.

J'éclate de rire. Cette fille est dingue !

– Je t'assure que non.

– Rien qu'à sa façon de te regarder. C'est intense !

– C'est parce qu'il ne m'encadre toujours pas, ricané-je.

– S'il ne t'encadrait pas, il n'aurait pas pris la peine de menacer ton rencard du jour.

– Comment ça ? l'interrogé-je en fronçant les sourcils.

Elle s'empare de mon mascara et ajoute une couche sur mes cils.

– Tu m'écoutes maintenant ? me charrie-t-elle.

– Allez, balance ! m'exclamé-je en tirant sur une de ses mèches rousses.

– Il lui a dit qu'il avait intérêt à bien se comporter avec toi s'il ne voulait pas avoir des problèmes avec lui par la suite.

Je plisse les yeux, autant intriguée que suspicieuse.

– Ta tête ! rigole-t-elle. Je te jure que c'est la vérité, Lilou.

Je ne sais pas quoi en penser.

– C'est par solidarité pour son meilleur pote ou alors parce qu'il a pitié.

Et cette pensée m'agace...

– Tu lui plais, insiste-t-elle. D'ailleurs, ton frère se pose des questions.

Il se pose surtout la question de savoir si notre cohabitation va tenir jusqu'en juin. Elle n'a pas conscience à quel point ma présence insupporte Neal. Et ce, parce que je n'en parle à personne en étant en partie responsable.

– Je dois filer ! Je suis déjà en retard.

– Bonne merde !

– Merci, ris-je.

Je retrouve Chris à l'entrée de l'immeuble alors que mes deux colocs ont disparu de la circulation. Certainement occupés par une énième sortie. Il me reluque de bas en haut d'un regard approbateur, puis m'ouvre la portière de la voiture comme un gentleman pour que je m'y glisse. Une fois installé à son tour, il tapote le volant tout en observant l'extérieur. Plus les secondes défilent, moins je me sens à l'aise face à lui et à son silence. Il pivote sa tête vers moi et son intensité me cloue sur place.

– On va arrêter cette petite mascarade.

Doux Jésus ! Mon cœur s'emballe au point que mon ventre se tord d'appréhension.

– Tu viens de me confirmer que tu n'avais aucune envie, tout comme moi, de ce rendez-vous.

Mes doigts agrippent le tissu de mon manteau pour en faire une boule antistress. Je peux lire dans son regard toute la sincérité qui s'en dégage.

– Tu ne m'intéresses pas, Lilou, même si ton petit spectacle m'a amusé.

C'est direct, mais le soulagement que je ressens n'a pas de prix.

– Si on avait été seuls, j'aurais arrêté ta mise en scène bien avant. Mais ton frère… Je…

Plus il cherche ses mots et moins je comprends ce qu'il veut me dire.

– Matt ?

– Oui, Matt. Cet homme a un charisme impressionnant, mais je n'ai aucune confiance en lui.

– Aucune confiance ? Attends, je ne te suis pas.

– Tes parents l'adorent ! Et ce que je vais te dire doit rester entre nous.

– Balance toujours, déclaré-je sans vraiment être certaine de le vouloir.

– Mes parents s'inquiètent de me voir encore célibataire. Ça fait jaser dans le coin. Nos mères se sont mis en tête qu'on formerait un beau couple et elles savent se montrer... persuasives.

– C'est clair, grincé-je des dents.

– Si on s'affiche ensemble en passant un bon moment, elles nous foutront la paix.

– C'est tout ce que je demande. Mais pourquoi l'opéra ?

– Des amis de nos parents sont venus plusieurs jours à Denver et y seront. Si on fait bonne impression, on pourra être tranquilles un bon bout de temps.

Il n'est pas aussi coincé que je le pensais. Il me plaît ! Je lui souris et lui tends mon poing pour un *check*. Il ne saisit pas l'allusion et mon bras retombe comme un poids mort. Quand je dis qu'il me plaît, tout est relatif. Je me rencogne contre l'assise du siège et déclare d'un ton excédé :

– Le paraître, putain.

– Toujours le paraître, ajoute-t-il en démarrant. Ils m'emmerdent tous avec cette conviction à la con !

Je rejette la tête en arrière et éclate de rire.

– Je te suis !

– J'y compte bien, réplique-t-il en un clin d'œil complice.

Chapitre 8

Je ne l'aurais jamais cru, mais j'ai passé une super soirée. Chris a beaucoup plus d'humour et d'autodérision que je ne le pensais. Perdue dans mes pensées, j'oublie le monde qui m'entoure. *Regrettable erreur !*

– Bien dormi ?

Surprise, ma tasse vole en l'air et je renverse mon café sur mon tee-shirt. *Génial !*

– Tu m'as fait peur !

– Aux dernières nouvelles, tu ne vis pas seule ici, se moque Neal.

Comment ce mec peut-il être aussi sexy au réveil ? Peut-être ses cheveux ébouriffés, ou alors c'est parce qu'il ne porte qu'un boxer. J'ai envie de le mordre, de l'embrasser, de le lécher…

De l'embrasser ?... De le lécher !!! Je déraille complètement. Ça vient d'où ça ?!

Déconcertée, je frotte le tissu pour m'occuper les mains et l'esprit surtout, sauf que je prends conscience tout d'un coup que tout devient transparent. Du genre *hyper* transparent. L'auréole sombre de mon téton par exemple.

Je pointe, bordel !

Les paupières à demi-closes, le regard brûlant, il ne loupe rien de la scène. Je ne veux pas que ça dégénère encore entre nous, et encore moins me faire traiter d'allumeuse. Je m'apprête à rejoindre ma chambre lorsqu'il me coince entre le plan de travail et son corps imposant et chaud. Si chaud bouillant. Je serais hypocrite de ne pas avouer que ça m'avait manqué. C'est comme si on m'avait injecté un shoot d'adrénaline qui se répandait entre mes jambes. C'est plus fort que moi, j'ai envie de ses grandes mains sur mon corps. Du genre, comme avec une des jumelles. Mes fesses ondulent et j'écope d'un grognement en retour. Son souffle chaud effleure ma nuque. Je ferme les yeux et ressens chacun de ses touchers, m'envoyant droit vers l'extase. C'est la première fois qu'il est si proche. Si dur... *Et j'aime ça !*

– Tu joues à quoi ? m'interroge-t-il d'une intonation plus basse qu'à la normale.

– Je ne joue plus, ronronné-je en me tournant, me laissant porter par la pulsion de l'instant.

Face à lui, sur la pointe des pieds, mes doigts s'entortillent autour des mèches de ses cheveux. Je ne rêve plus que d'une chose, ses lèvres contre les miennes. Alors je me lance, et le contact est électrisant ! Je goûte le relief et la douceur de sa bouche, ma langue qui affronte la sienne et qui capitule sous son assaut dominateur. Je me laisse transporter par toutes ces sensations aussi intenses qu'explosives. J'en veux plus, tellement plus. Il resserre sa prise sur ma nuque et mon gémissement se répercute jusque dans mon bas-ventre. Je halète si fort, qu'il empoigne mes fesses pour me plaquer contre le mur. Mes jambes entourent son bassin qui effectue des balancements sensuels et lascifs. Le frottement de son érection contre mon clitoris incendie tout mon corps. Je regrette à cet instant que l'on ne soit pas nus.

Ce mec me rend dingue mais dans tous les bons sens du terme !

Je plonge mon regard incandescent dans le sien et lis un désir sauvage qui me fait basculer dans une explosion de plaisir.

Je me redresse, désorientée, le souffle court, et cligne plusieurs fois des cils pour revenir à la réalité. Je suis dans mon lit et je viens de faire un rêve érotique avec… mon enfoiré de coloc. *Oh mon Dieu !*

J'ai les seins alourdis par le désir, ultrasensibles, et je ne parle même pas de l'humidité entre mes cuisses. Ma tête retombe sur l'oreiller et je ferme les paupières, en proie à un sacré dilemme. Arrêter mon délire ou continuer jusqu'à avoir un orgasme de fou. Mes doigts descendent vers mon ventre en repensant aux paroles de Neal. C'est comme si je pouvais l'entendre à nouveau, là tout près de moi.

– *Est-ce que ça t'excite de nous écouter ?*

Je me mords la lèvre, car la réponse est clairement oui.

– *Est-ce que tu t'es déjà caressée en pensant à moi ? m'interroge-t-il de sa voix de velours.*

Pas encore alors que mes doigts continuent leur progression. Je suis au bord du précipice et un goût métallique envahit mes papilles.

– *Parce que ce serait une très vilaine chose, poursuit-il d'un ton abrupt.*

J'ouvre les yeux parce que je suis entièrement d'accord avec lui. Je secoue la tête et me lève du lit comme si j'avais le feu aux fesses… Ce qui n'est pas totalement faux.

Il est hors de question que je fantasme à ce point sur Neal et encore moins en y prenant un pied total. *Oh non, certainement pas !*

Je vais défouler ma frustration autrement en m'habillant pour aller courir.

Une heure plus tard, de retour à l'appart, j'ai peut-être les jambes en compote, mais je me sens toujours autant agitée. J'aurais aimé être distraite par mon beau jogger, qu'il me fasse oublier mon récent béguin. Mais je ne l'ai plus revu depuis la journée shopping et je regrette de ne pas avoir engagé la conversation avec lui. Rien que pour lui demander son numéro.

Je bois un grand verre d'eau, puis en appui sur le plan de travail, je commence mes exercices d'étirement. Un talon contre ma fesse, c'est dans cette position que me surprend Matt.

– Tu cours même les dimanches ?

– Et pourquoi pas les dimanches ?

– Parce qu'il faut récupérer des excès du samedi soir.

Je le détaille et confirme en effet que la nuit a dû être courte. Très courte.

– T'as une sale gueule.

– Sympa, se marre-t-il en se ruant vers la machine à café. Et ta soirée d'hier, raconte ?

Ma langue se délie. Même si Chris aurait préféré que je ne lui dise rien, moi j'ai une totale confiance en mon frère.

Captivé par mes révélations, il s'adosse contre l'îlot en croisant les bras.

– Méfie-toi quand même, je ne l'ai jamais senti ce gars. Il trame un truc.

– Apprends à le connaître, il est vraiment sympa, Matt. J'ai passé une chouette soirée.

– Cool pour toi. Vous avez l'intention de vous revoir ?

– Pas dans l'immédiat. Seulement si c'est utile. J'ai mes études et lui a son boulot à deux heures d'ici. C'est parfait comme ça.

Sa moue sceptique contredit mon enthousiasme. Il me tourne le dos pour attraper deux tasses dans l'armoire. Je change de jambe et exerce le même mouvement que sur la précédente.

– Tu n'es pas seul ? m'enquiers-je.

– Je suis rarement seul, réplique-t-il un bébé sourire au coin des lèvres. Nina m'a tenu compagnie.

– Tu la vois souvent, je me trompe ?

– Yep, on est sur la même longueur d'onde. On s'entend vraiment bien au pieu. Elle adore baiser et elle fait des trucs…

– Oookay ! l'interromps-je. Je peux me passer du reste de l'info.

Il s'esclaffe et remplit les deux tasses de café fumant.

– Et avec Alice ?

– Avec ta pote ?

J'opine de la tête.

– Elle sait s'amuser, m'avoue-t-il, mais elle me prend vite la tête.

– Comment ça ?

– Elle est juste une distraction. Pas ma nana.

J'étire mes bras en l'air pour détendre les muscles de mes épaules et de ma nuque.

– Elle est amoureuse de toi, lui expliqué-je comme une évidence. Tu t'attendais à quoi ?

– Elle n'avait qu'à garder ses distances. Elle savait très bien à quoi s'en tenir avec moi.

Son intonation sèche m'intime l'ordre de le lâcher. Il a raison, Alice est peut-être mon amie, mais elle est assez grande pour savoir ce qu'elle fait. Arrivé à ma hauteur, il dépose un baiser sur ma pommette.

– Tu schlingues la transpiration.

– Eh, n'importe quoi ! rigolé-je en le bousculant.

Il parvient à ne pas renverser une seule goutte de café et disparaît dans le couloir en riant. C'est le sourire aux lèvres que je franchis le seuil de ma chambre pour prendre mes vêtements de rechange et filer à la douche. La lumière de mon téléphone clignote plusieurs fois. J'ai reçu un appel de ma mère.

« Bonjour Lilou, m'accueille-t-elle d'une voix chantante. *J'ai eu un bon écho de Linda concernant ta soirée d'hier. Chris est un homme charmant et bien élevé qui a beaucoup apprécié ta compagnie. Je me réjouis de cette bonne nouvelle. Vous allez certainement vous revoir, non ? Rappelle-moi pour qu'on puisse en discuter. Je t'embrasse ! »*

Elle parvient même à des centaines de kilomètres à me gâcher ma bonne humeur !

Et comme la poisse ne vient jamais seule, dans le courant de l'après-midi, le nom de Jamie qui s'affiche sur mon téléphone m'assaille d'une bouffée d'anxiété.

<u>De Jamie :</u>

[Il faut que l'on se voie, mon cœur. Je dois te parler.]

Encore ce surnom… Il ne peut pas. Il n'en a plus le droit. La poitrine comprimée par le chagrin, je tombe comme un poids mort sur mon lit. Je refuse de revivre tout ce que l'on a traversé. Tout ce que j'ai traversé sans lui. Je ne pense pas être capable de le revoir, ça va remuer trop de choses que je tente d'oublier. Inspirant une grande bouffée d'air, je m'exhorte au calme alors que mes doigts s'agitent nerveusement sur mon écran.

<u>À Jamie :</u>

[On a un arrangement.]

<u>De Jamie :</u>

[C'est important.]

<u>À Jamie :</u>

[C'est une très mauvaise idée]

<u>De Jamie :</u>

[J'en ai besoin. Je suis en bas de ton immeuble.]

Oh mon Dieu !…

J'attrape mon oreiller que je plaque sur mon visage pour étouffer mon hurlement d'impuissance.

C'est un cauchemar !

Pleine de fébrilité, je sors de ma chambre et frappe à celle de Matt.

– Ouais !

J'entre et n'en mène pas large. J'ai le cœur au bord des lèvres.

– Que se passe-t-il ? s'enquiert-il en fronçant les sourcils.

– Jamie est dans le coin et il veut me voir.

Matt se lève furax de son bureau.

– C'est hors de question, Lilou ! Ce mec doit rester loin de toi. Surtout après tout ce que tu as encaissé par sa faute. Il cherche à avoir une plainte au cul ?! Je ne plaisante pas, me menace-t-il sans me laisser en placer une. Si tu vas le voir, je préviendrai illico les parents. Tu choisis !

– Je connais les termes de notre arrangement, soupiré-je, mais ça à l'air d'être important.

– Important ?! Il ne va pas te lâcher. Dis-lui d'aller se faire foutre ! Je vais le démolir !

– Matt, grimacé-je face à son emportement.

– Donne-moi ton téléphone ! Je vais l'appeler.

Il tend sa main. Si je refuse, il va le prendre de force. Lorsque j'ai choisi l'université, mon choix était de continuer ma vie sans lui, et je n'ai pas changé d'avis. Notre histoire s'est terminée quand… Je souffle un bon coup et capitule.

Jamie a à peine décroché que mon frère ne le laisse pas parler. Il le menace de s'en prendre à lui s'il ne me laisse pas tranquille et lui raccroche au nez.

– Demain, tu changes de numéro. Cet enfoiré a intérêt à prendre mes menaces au sérieux. Il est malade ce gars !

Il sort de sa chambre hors de lui. Quant à moi, je m'apprête à rejoindre la mienne quand j'aperçois Neal qui me dévisage comme si j'étais la responsable de l'explosion de colère de son meilleur pote. Qu'il continue à me fixer comme ça, aucune chance que je fantasme à nouveau sur lui.

Je m'assois sur mon lit, puis me laisse basculer en arrière. Je recouvre mes yeux de mon bras en expirant bruyamment.

Il faut que ça cesse !

Soudain, j'entends des éclats de voix. Je sors en trombe de ma chambre et tombe, avec horreur, sur Matt qui empoigne Jamie en lui hurlant dessus. Tout mon sang déserte mon visage. Mon ex m'aperçoit et son regard se fait suppliant.

– Je veux juste lui parler. Elle est assez grande pour prendre *seule* ses décisions. Elle est...

Matt lui décoche un coup poing dans la mâchoire et du sang gicle de sa bouche. Je cours et m'interpose entre eux.

– Matt, lâche-le !

Dans un sursaut de lucidité, Neal lui coince les bras en arrière et l'oblige à s'éloigner de Jamie.

– Matt, arrête tout de suite !

Affolée, mes larmes inondent mes joues.

– Il faut que cette ordure dégage !

– S'il te plaît, Lilou, juste une dernière fois, m'implore mon ex.

– Je ne te laisserai plus jamais la possibilité de lui faire du mal ! rage Matt.

Jamie me scrute comme un animal blessé. Le revoir me procure un choc. Je pensais pourtant avoir été claire avec lui la dernière fois que je l'ai vu. Quatre mois, et je ne suis déjà plus la même. Une partie de moi est morte, mais je dois continuer ma vie. Sans lui. Le contraire est devenu impossible. Plus rien ne pourra être comme avant… Même mon amour pour lui.

Mes doigts s'enfoncent dans la paume de mes mains, m'insufflant une détermination nouvelle. J'essuie mes larmes et m'approche de mon frère.

– Je vais raccompagner Jamie et je reviens.

– Hors de question que je te ramasse en petits morceaux comme…

– MATT ! m'écrié-je d'un ton tranchant en secouant la tête.

Il se reprend et se rappelle que Jamie n'est au courant de rien.

– Jamie, attends-moi dehors !

J'attends que la porte se referme derrière lui et me concentre sur Matt.

– Fais-moi confiance.

– Lilou, prononce-t-il d'une voix hantée.

– Tout se passera bien. Ce sera la dernière fois, je te le *promets*.

Il s'arrache de l'étau de Neal, encastre son poing dans le mur avant de disparaître dans sa chambre.

– Règle ce bordel, vocifère mon coloc entre ses dents.

Il n'attend pas une réponse en retour et se tire à son tour. Une fois seule dans le salon, je me penche en avant et respire profondément plusieurs fois d'affilée. Les jambes cotonneuses, je finis par rejoindre Jamie.

Dès que j'arrive à sa hauteur, il m'enlace et me serre comme s'il avait peur que je sois une illusion. Je le repousse et croise les bras sur ma poitrine en signe de bouclier.

– J'espère pour toi que ça en valait la peine.

Alice jette un œil dans le couloir jusqu'à tomber sur nous.

– Hé Lilou, ça va ? J'ai entendu Matt piquer une crise.

– Oui tout va bien, t'inquiète.

– T'es sûre ? m'interroge-t-elle en dévisageant mon ex.

– Oui, lui réponds-je en lui adressant un sourire de façade.

J'entraîne Jamie à l'extérieur.

Nous marchons en silence et le froid plus mordant en ce mois de novembre est le bienvenu. J'ai l'impression de reprendre mon sang-froid.

– Je t'écoute. Qu'avais-tu de si important à me dire ? le questionné-je en nous asseyant sur un banc.

Il veut me prendre la main, et je le repousse.

– Pas de contact ! Dis-moi ? m'impatienté-je.

– Je suis perdu sans toi, m'avoue-t-il, abattu. Je t'aime, Lilou. Tu le sais. Je n'ai jamais aimé une femme aussi fort.

J'ai l'impression de revivre notre dernière discussion. *Un véritable cauchemar !*

– Je le sais, Jamie. Mais il y a eu tellement de déchirures, de pleurs et de tristesse que ça a condamné mon amour pour toi.

– Je vais divorcer de Kate, tente-t-il le tout pour le tout. Je l'ai trop fait souffrir et je n'ai plus de sentiments pour elle… Je serai patient. J'attendrai la fin de tes études... et on pourra vivre pleinement notre amour.

Je secoue la tête et soupire. *Il est bouché !*

– Comme tu l'as si bien dit, je suis assez grande pour prendre mes décisions, *seule*... Je t'ai aimé et tu resteras mon premier amour. Jamie !

Je marque une pause avant de continuer alors qu'il relève sa tête et me dévisage, les traits ravagés.

– Je ne t'aime plus. Pour moi, notre histoire est vraiment terminée.

– Lilou...

– Non, laisse-moi finir. Je te demande de me laisser tranquille.

Il scrute l'horizon comme si me regarder était devenu trop difficile.

– Je souhaite tellement que tu sois heureux, clôturé-je ma pensée. Que tu rencontres une femme qui t'aimera comme tu le mérites. Mais oublie-moi !

La tête baissée entre ses mains, les yeux fixés sur ses genoux, il pleure la fin définitive de notre histoire. Je réprime un sanglot et des larmes menacent de couler, alors je bats plus vite des cils. Je ne veux plus me morfondre pour notre histoire. J'ai tellement donné, mais c'est terminé.

Quand nos regards se croisent, ses prunelles voilées par le désespoir, je sais que c'est la dernière fois que je le revois.

Il prend ma main avec douceur et y dépose un baiser.

– Prends soin de toi, mon cœur.

– Adieu, murmuré-je un trémolo dans la voix.

Il me détaille comme s'il voulait imprimer chaque trait de mon visage, puis d'un bref sourire timide, il part sans se retourner.

Je l'observe disparaître et reste assise sur le banc plongée dans mes pensées. C'était douloureux, mais nécessaire. J'avais besoin de cette dernière discussion pour tourner définitivement la page. Et surtout avoir le cœur plus léger.

Dans ma précipitation, j'ai oublié mon manteau. Je frissonne et me frotte les bras de froid. Enfin je crois, à moins que mes nerfs ne lâchent. Je devrais rentrer à l'appart, mais n'en éprouve aucune envie. Comme par magie, un tissu chaud recouvre mes épaules. Ma tête pivote.

Neal !

– Qu'est-ce que tu fous ici ?

– Je m'assure que tout roule.

– Tu me surveillais ? m'enquiers-je, ressentant un élan de révolte en moi.

Il s'assoit à mes côtés et le regard préoccupé qu'il me lance me décontenance.

– Non. Je m'assure que mon meilleur pote ne pète pas un plomb.

– Il est où ?

– Parti retrouver Nina.

– Nina ? Il est à fond sur elle !

Il se marre.

– Il a trouvé son alter ego.

– Tu veux dire qu'il a enfin une petite amie ?

– Putain, non ! s'exclame-t-il en riant à gorge déployée. Tu ne connais pas encore ton frangin ?

– Un peu quand même, répliqué-je d'un ton badin.

– Cette nana a peu de morale. C'est ce qu'il apprécie le plus chez elle.

Ma mine fatiguée l'interpelle. Sans crier gare, il passe la pulpe de son pouce sur ma pommette, puis sort de sa veste un joint. Il l'allume et tire une longue latte dessus. Ça remonte à loin la dernière fois que j'ai fumé. Rien que l'idée que ses lèvres se soient posées sur le filtre…

Je le lui arrache de la bouche et tire longuement dessus. Il se marre et ce son est juste ce dont j'avais besoin pour me détendre.

Chapitre 9

Son silence délie ma langue.

– Jamie était mon prof de maths, mais ça, tu le savais déjà.

Il opine d'un coup sec sa tête.

– C'est ce que tu me reproches depuis mon arrivée ici, lui déclaré-je avec gravité. Agir sans réfléchir aux conséquences…, soupiré-je parce qu'il a en partie raison. Avant peut-être. Mais…

– C'est vrai, je t'ai trop vite jugée, me coupe-t-il d'un regard en proie à une bataille interne. Mais j'étais furax de quitter ma fraternité par ta faute… et je n'ai eu envie de faire aucun effort. Mais j'ai eu tort !

– Waouh ! Tu devrais fumer plus souvent ! me gaussé-je, alors que dans le fond, je suis touchée.

Il se marre.

– Allez, déballe la suite !

– Je trouvais Jamie attirant comme un fantasme de lycéenne. Je savais qu'il était marié, mais ça ne m'a pas empêchée de le draguer. Jamie n'était pas ma première fois... disons que le garçon de l'époque pensait plus à son plaisir qu'au mien, et j'ai cru qu'un homme plus âgé devait avoir plus d'expérience. Alors, j'ai commencé à faire une fixette sur lui. Il représentait l'interdit… et j'ai foncé. J'ai pris l'initiative de l'embrasser. Je trouvais ça super excitant. Il m'a repoussée gentiment. Je me suis sentie tellement honteuse !

– Tu en avais parlé à tes amies ? s'intéresse-t-il.

– Oui, comme un fantasme. Mais je n'ai jamais parlé de ce baiser raté à personne. Lui a réagi comme si rien ne s'était passé. Jusqu'à ce fameux après-midi. Il m'a demandé de l'attendre à la fin du cours. J'ai eu peur qu'il prenne trop au sérieux mon coup d'éclat et qu'il m'annonce qu'il en avait finalement discuté avec la direction. C'était en rapport avec mon interro, mais dès qu'il a refermé la porte derrière nous, c'est lui qui m'a embrassée. J'ai adoré son baiser. Il était tellement doux et sexy.

Je me perds dans mes souvenirs et je n'ai aucun doute sur mes sentiments à l'époque. Il me tend le joint et je tire dessus pour me donner le courage de continuer. Toutes mes émotions sont exacerbées.

– Tout s'est emballé entre nous. Je suis tombée raide dingue amoureuse de lui. On se voyait de plus en plus souvent. Mes parents ont soupçonné que je sortais avec un garçon de mon âge. Ils ont accepté ma relation à la condition que je reste vierge, mais c'était trop tard…

Il fronce les sourcils comme captivé par ma confidence. Moi qui suis habituée à son indifférence ou à sa hargne ; là, face à son attention sincère, une douce chaleur envahit ma poitrine qui, combinée à son regard intense, me file un sacré frisson.

– T'as froid ?

– Ouais, mais ça va, mens-je avec aplomb. Tout a basculé avec la visite de la femme de Jamie... L'horreur la plus absolue.

Je revis ce moment comme si c'était hier. Une larme solitaire s'échappe que j'essuie bien vite.

– Depuis ce jour, mes parents ne m'ont plus jamais fait confiance. J'étais devenue la fille qui les avait déshonorés. Pour éviter *le* scandale, Jamie et moi avons dû promettre de mettre un terme définitif à notre histoire. Il a beaucoup culpabilisé, mais s'est accroché.

– C'était un peu tard pour y penser, tu ne crois pas ? s'insurge-t-il, dégoûté. Il avait quel âge ?

– Il avait vingt-cinq ans et nous étions conscients des conséquences, mais on vivait notre histoire à fond. Il m'aimait.

– Et toi ? s'enquiert-il avec attention.

– Moi aussi, je l'aimais ! J'ai essayé de me rebeller. Je me croyais assez mature pour prendre mes décisions toute seule, mais mon père s'est énervé et m'a interdit toute sortie. J'ai même raté le bal de fin d'année.

Ce n'est rien par rapport à ce que j'ai dû endurer par la suite. Un sanglot s'échappe de mes lèvres et j'ai besoin d'exprimer ce que je ressens.

– On s'est revus seuls au mois d'août. Il voulait quitter sa femme. Pour moi, tout avait irrémédiablement changé. Je ne pouvais plus imaginer un avenir commun.

Ses doigts cherchent les miens. Sa main enserre la mienne, et plus rien ne compte que sa chaleur grisante. Sa présence. Son écoute. Il tire une longue latte avant de me passer le joint. Je m'en saisis avec reconnaissance et inhale une grande bouffée de cette drogue qui rend le réel moins difficile. Moins dur.

– Il y a autre chose que toi et Matt ne me dites pas ?

Mon temps de réaction est plus lent. Je me sens trop vulnérable pour aborder le sujet.

– J'ai juste envie de mon lit et de ma série.

– Laisse-moi te raccompagner, déclare-t-il, un sourire aux lèvres.

Un sourire qui me chamboule.

Putain de sourire.

Putain d'enfoiré de coloc !

***

Impossible de rester seule dans l'appart sans devenir dingue à ruminer mes pensées moroses. J'ai eu besoin de me changer les idées. Alice n'étant pas chez elle et ne répondant pas à mon appel, j'ai tenté ma chance avec Sam. Nous sommes allés dans un bar sympa où j'ai joué pour la première fois au billard. Même si je suis nulle à ce jeu, je me suis bien amusée.

Devant l'immeuble, j'ai encore envie de prolonger cette soirée. Il est à peine 21 h et je lui demande d'une moue suppliante :

– T'as pas le temps pour un dernier verre ?

Sam se marre.

– T'as pas assez bu ?

– J'ai bu une seule bière ! m'écrié-je, indignée. Pas de quoi être saoule.

– Tu t'es enfilé la moitié de ma bière.

– J'm'en souviens pas.

– Plus d'une fois.

– Et moi je dis que tu exagères.

– Si peu !

On rit si fort que des têtes apparaissent aux fenêtres.

– Allez, juste un dernier verre !

– Aya m'attend.

– C'est une histoire qui roule plutôt bien entre vous, déclaré-je en faisant danser mes sourcils.

– Yep. On s'entend bien.

Je le détaille et suis fière de moi qu'il porte les vêtements de notre virée shopping. Un large sourire de peste se dessine sur mes lèvres.

– Tout ça, c'est grâce à moi !

– Tu ne vas pas revenir sur cette histoire ! soupire-t-il, plus amusé qu'autre chose.

– Tu ne l'as toujours pas reconnu ! Alors bien sûr que je vais insister. Elle a tout de suite kiffé ton physique grâce à mon audace.

– Ouais ! Sans ça, je n'avais aucune chance, me charrie-t-il.

– Je n'ai pas dit ça ! Je dis juste que pour un premier rencard, il fallait mettre toutes les chances de ton côté.

– Non mais t'as raison, sans ce pull, c'était mort d'avance.

Il ne va jamais l'avouer !

– Tu oublies le jean ! répliqué-je, indignée, en tapotant mon index sur son torse. Allez Sam, reconnais-le ! Ça t'a permis de t'envoyer en l'air.

L'hilarité de mon ami jaillit si fort de ses poumons que des résidents manifestent leur mécontentement.

– Putain, Lilou. Tu ne doutes de rien.

– C'est toi qui me pousses à bout, pouffé-je. On n'en serait pas là si tu n'étais pas aussi entêté !

– Je ne dirai pas non pour une autre virée shopping. Ça te va ?

– C'est toujours mieux que rien, ris-je.

– Bon je file !

– Merci d'avoir été là pour moi ce soir, lui confié-je après lui avoir tout déballé de mon passé amoureux et foireux. J'avais vraiment besoin de me changer les idées.

– Quand tu veux.

Il me serre dans ses bras et disparaît dans la noirceur de la nuit.

Quand je me retrouve sur le seuil de la porte de l'appart, je réalise que je n'ai pas ma clé avec moi. Je l'ai oubliée dans mon autre veste. *Merde !*

J'appelle Matt, qui ne décroche pas. En même temps, vu l'heure, il a d'autres chats à fouetter que le SOS de sa frangine. J'insiste une deuxième fois, toujours sans succès. Je cherche dans mon répertoire celui de Neal. Je ne risque pas de le trouver étant donné qu'il ne me l'a jamais communiqué. *Bon sang !* Je m'adosse contre le battant de la porte et me laisse tomber, le cul par terre en soupirant. Je ne sais même pas quand ils vont revenir. La sonnerie de mon portable me sort de ma torpeur.

C'est Matt ! Alléluia !

– Un problème, ma puce ? s'enquiert-il alors que la musique me bousille un tympan à travers le combiné.

Je déteste l'inquiétude qui perce sa voix. J'aimerais tellement qu'il arrête d'angoisser pour moi. Mais ce n'est pas avec une journée comme aujourd'hui que ça risque de changer !

– T'es où ?

– À une fête que ma fraternité organise. Pourquoi ?

– J'ai oublié ma clé.

Le silence s'invite, comme s'il était en proie à un dilemme.

– Je n'ai pas prévu de rentrer. Mais…

– Je vais venir chercher ta clé si c'est OK pour toi, l'interromps-je.

– Hors de question que tu traverses le campus seule. Je peux être là dans… 20 minutes.

– Relax, je vais prendre un Uber.

– T'es sûre ?

– Certaine !

– OK, à tout de suite.

Je claque la portière de la voiture et suis fascinée par la fraternité des Kappa Sigma. La bâtisse est immense, lumineuse et surtout très animée. Je téléphone à Matt, mais les tonalités restent sans réponse.

– Tu cherches quelqu'un, ma jolie ? m'interpelle un métis au regard charmeur et une cigarette au coin des lèvres.

– Matt Evans.

Il m'inspecte d'une œillade paresseuse, puis ricane.

– Il est à l'intérieur. Fais-toi plaisir !

– Merci.

– Attends avant de me remercier ! me sourit-il de toutes ses dents blanches en me détaillant. Si t'as besoin d'être consolée, je suis là... Je ne bouge pas d'ici.

Je lui réponds par un rictus amusé, puis j'ouvre la porte et bascule dans un autre univers. La musique à fond, j'observe pour la première fois une soirée dans une fraternité. Les éclats de rire, les gens qui dansent en oubliant le monde qui les entoure, les nanas en mini-jupe qui se meuvent avec sensualité sur tout ce qui est en hauteur et à la vue de tous. Des gars les reluquent, certains excités, tout en buvant dans des gobelets de couleurs. Puis mon regard se pose sur mon frère, assis sur une chaise, une nana à moitié dénudée qui se trémousse sur lui. J'admire son érotisme affirmé, ses gestes sûrs, ses…

– Qu'est-ce que tu fous là ! s'emporte Neal qui agrippe mon bras pour m'entraîner à l'écart.

Je me dégage et réplique aussi sèchement.

– Je suis venue chercher la clé de l'appart. Matt est au courant !

– Et ta clé ? s'agace-t-il.

– D'après toi, petit malin.

Il grogne en extirpant un objet métallique de sa poche qu'il me fourre dans la main.

– Tu n'as rien à foutre ici. Tire-toi, maintenant !

– Parle-moi autrement, bordel ! répliqué-je m'avançant vers lui d'un air menaçant.

– Ce n'est pas un endroit pour toi ici… Mais attends un peu.

Les doigts de sa main agrippent ma mâchoire. Son nez hume ma bouche, puis mon haleine.

– T'as bu ? m'interroge-t-il en me toisant d'un regard sombre.

– Et alors ! vociféré-je en tapant sur sa main. Lâche-moi !

Il s'exécute.

– Tu as bu avec *qui ?*

– Avec Sam.

Les traits de son visage se durcissent, il porte son attention à travers la fenêtre.

– Il est où ?

– Avec son rencard.

Un éclat dangereux traverse ses iris.

– Tu es venue *seule* jusqu'ici ?

– J'ai pris un Uber.

– *Ton* copain est un connard, me déclare-t-il en grinçant des dents. T'en as conscience au moins ?

Mes prunelles s'agrandissent d'indignation.

– Primo, il n'était pas au courant pour ma clé. Deuxio, arrête de juger sans connaître ! aboyé-je. Mais ça, c'est une de tes grandes spécialités !

– Eh Neal ! l'apostrophe une nana aux yeux de biche et aux lèvres aguicheuses. Tu ne m'oublies pas, hein !

– Nan, lui répond-il d'une voix traînante. Laisse-moi juste cinq minutes pour régler une emmerde.

Une emmerde ?! Putain, il parle de moi, là ?

La fille glousse en me regardant et une flambée de colère me submerge.

– C'est toi le parfait connard !

Je fais la chose la plus débile qui soit. Je lui balance sa clé au visage et me tire de cette fraternité en claquant la porte d'entrée. Le beau métis de tout à l'heure m'interpelle, mais je l'ignore et décide de marcher un peu pour me calmer. Je regrette aussitôt mon geste.

Je vais faire comment pour rejoindre ma chambre ?

Les émotions de la journée me frappent tel un boomerang à pleine vitesse. Plus je tente d'endiguer la montée de larmes et plus je m'effondre. Ma vision se brouille à tel point que je dois m'arrêter pour me ressaisir et récupérer mon souffle. Et puis, sa manière de me traiter me blesse plus que je ne suis prête à l'admettre. Tout ça parce que je craque pour mon enfoiré de coloc ! J'ai un sérieux problème pour choisir mes crushs. Il n'aurait pas dû être si attentionné cet après-midi, ça m'aurait évité de prendre aussi mal sa remarque. Il me considère comme un foutu problème. Comme s'il m'avait estimée autrement depuis mon arrivée ! pensé-je avec amertume.

Reprends-toi, Lilou !

La manche de ma veste me sert à essuyer mes paupières mouillées, puis je poursuis ma marche. J'ai détesté qu'il échange ce regard lascif avec cette nana, et cette intonation de voix qu'il a prise… Elle est capable de me faire faire des bêtises. Mais ce serait une pure folie de m'embarquer dans un tel délire avec lui. Je fonce droit dans un mur et j'aspire tellement à autre chose. *Mais pourquoi lui ? Pourquoi Neal ? Pourquoi mon enfoiré de coloc, bon sang ?*

Ça doit cesser ! Je vais museler à l'avenir tout ce que je ressens pour lui. L'éviter. Lui parler le moins possible. Et surtout, ne plus lui laisser aucune chance de m'atteindre !

Ok… Mais en attendant, je fais quoi ?... J'entends le moteur d'une voiture dont l'allure suit mes pas. Perdue dans mes pensées, je n'y prête pas attention.

– Lilou ! Monte. Je te ramène !

Oh non, pas lui !

Il m'a suivie.

Merde !

Je me sens trop minable pour batailler avec lui et encore moins apte à le toiser. Lui et ses yeux gris acier qui me font chavirer à chaque fois. Vu qu'il me considère déjà comme une fille qui agit sans réfléchir, je renchéris en dressant mon majeur à son attention, puis trace ma route dans l'espoir de le semer.

Des doigts finissent par agripper mon poignet. Par la logique des événements, je sais que c'est lui. Mais la manière dont son toucher m'électrise, hors contexte, je l'aurais affirmé les yeux fermés. Je ne peux pas faire autrement que de l'affronter, le regard plein de colère. Seulement le sien passe de l'agacement à la stupeur. D'un coup sec, je me libère de son étreinte et accélère le pas. Son bras enserre ma taille, stoppant une nouvelle fois ma fuite. Son torse pressé contre mon dos, son souffle précipité près de mon oreille, je suis... *foutue !*

– Je suis désolé. Je…

Il perd peut-être ses mots, mais moi, je ne suis pas du genre patiente là.

– Tu quoi ?

– Tu devais être à l'appart… Et j'ai perdu les pédales.

– Je sais que tu me supportes à peine, déclaré-je d'une voix altérée. Que tu fais des efforts pour mon frère. Mais il faut que tu arrêtes de t'en prendre à moi à la première occase !

– Je ne voulais pas te faire pleurer.

– Ne te vante pas trop vite, mon coco ! C'est une journée de merde qui se finit mal. C'est tout !

Sa poigne se raffermit et sa respiration devient plus rauque.

– Tu me rends dingue.

– J'en suis bien consciente, répliqué-je en tentant d'étouffer le frisson de plaisir qui s'épanouit sur ma peau.

– Dingue dans le sens… *fou.*

– J'ai bien compris !

Mon intonation autant irritée que blasée provoque son pouffement. Je me tourne vers lui et me révolte de son amusement, parce qu'il n'y a rien de drôle à cette situation pourrie. Il scrute chaque parcelle de mon visage et essuie de la pulpe de son pouce les dernières traînées de larmes.

– Je ne m'attendais vraiment pas à une nana qui me tienne tête comme tu l'as fait. Mais tu as dépassé toutes mes attentes.

– Tu m'as jugée dès le début, lui rappelé-je, amère. Tu t'attendais à quoi d'autre ?

Son sourire qui lui fend le visage me désarme.

– Pas à autant de rébellion de ta part… Mais il faut que tu restes loin de moi, me supplie-t-il de sa voix basse et rauque.

Je me détache de son contact, sinon je vais perdre tout bon sens.

– Je suis fatiguée de cette lutte, Neal. Alors arrête de me traiter comme une gamine ! J'ai bientôt 19 ans ! Je bosse mes études comme une malade pour faire partie des meilleurs. Et je ne veux pas moins ! débité-je avec ferveur avant de marquer une pause pour reprendre mon souffle. Je sors rarement, mais il m'arrive de merder comme ce soir. *Oui !* Et en même temps, avec cette journée merdique, tu t'attendais à quoi, hein ?! Est-ce que je vous critique toi et mon frère à passer votre temps à vous amuser et à *baiser* à tout va ?

Je le regarde attendant une réaction de sa part, en vain alors je réponds pour lui :

– Non ! Alors je te demande de faire de même avec moi à l'avenir. C'est pigé ?!

La respiration courte, à la lueur enflammée de mes prunelles, je le défie du regard. Il ferme les paupières et inspire profondément comme si je l'insupportais. Sa réaction me rend folle ! Je lui administre un coup sec sur le torse et à l'instant où je m'apprête à lui hurler dessus, il ouvre ses yeux et l'éclat sombre et sauvage qui s'y reflète me coupe le souffle. Sa main agrippe ma nuque pour écraser sa bouche contre la mienne.

Sa langue s'immisce entre mes lèvres avec force. Sans aucune douceur. Aucune retenue. Juste un baiser enfiévré qui exprime toute notre frustration des semaines écoulées. J'entortille des mèches de ses cheveux autour de mes doigts et tire dessus en mordillant sa lèvre inférieure. Son grondement animal s'infiltre dans le fond de mes tripes. M'électrisant de la tête aux pieds. C'est tellement intense et chaud-bouillant que je ne me rappelle pas un baiser qui m'aurait autant bouleversée. Autant ébranlée. À cet instant, les paupières closes, je sais que je ne souhaite rien d'autre que lui.

Nos dents qui s'entrechoquent, j'affermis ma prise autour de son cou. Je suis incapable de réfréner mon envie dévorante de lui. Tout est si puissant, surtout lorsque ses mains glissent dans mon dos pour me presser contre son torse ferme et qu'un violent frisson me traverse le corps. Son toucher, sa peau et nos bouches scellées effacent la douleur du passé. Ils me réconcilient avec un avenir plein de promesses. Mais, je suis arrachée à cet état de félicité dès que j'ouvre les yeux et percute son regard tourmenté.

Dans un état de confusion, il se recule comme s'il s'était brûlé. Une douleur sourde se répand dans ma poitrine. *Il est en train de regretter…*

– Tu me raccompagnes ? éludé-je. Je dois encore bosser.

Il glisse une main nerveuse dans ses cheveux en acquiesçant d'un signe du menton. Je passe devant lui pour me diriger vers sa Mustang. Il me suit et m'informe d'un ton abrupt.

– Il faut qu'on parle.

– Ce n'est pas nécessaire !

– J'ai merdé, explique-t-il d'une voix torturée.

– Pour un simple baiser ? N'en fais pas tout un plat, *Rendall* ! m'excité-je en grimpant dans le véhicule, lui claquant la portière au nez.

Une fois installé derrière le volant, il démarre le moteur en soupirant avec lassitude.

– J'en avais envie, murmure-t-il, plus pour lui-même.

Moi aussi… Mais je préfère me taire. Il vient de tout gâcher.

– Mais c'était une belle connerie. Je n'aurais jamais dû t'embrasser !

Il braque ses yeux d'un gris si sombre dans les miens que je pressens un trajet atrocement long...

Chapitre 10

Quatre jours plus tard, je suis incapable de penser à autre chose qu'à nos bouches réunies pour le meilleur baiser de tous les temps ! Le genre de baiser tellement passionné et déchaîné qu'il vous fait oublier tous les autres. Le genre de baiser qui ne demande qu'à être réitéré.

Pour lui, c'est une tout autre histoire.

« C'était une belle connerie. Je n'aurais jamais dû t'embrasser ! »

Malgré mon amère déception et son irritation à avoir succombé à son désir, j'ai toujours envie de lui prouver le contraire. Seulement, il m'a mise en garde et ses mots tournent en boucle dans mon crâne.

« Je ne tombe jamais amoureux.

...

Je ne suis pas l'homme d'une seule femme.

…

Je profite de toutes les occasions qui se présentent à moi.

...

Je ne suis pas bon pour toi.

...

Il y a ton frère. Il ne me le pardonnera jamais. »

Son grognement empli de regrets résonne encore douloureusement à mes tympans.

« Nous avons des projets ensemble. On veut monter notre propre boîte. Et je ne peux pas tout gâcher pour une aventure sans lendemain avec toi. Ça n'en vaut pas la peine ! »

Putain de réalité ! soupiré-je.

– Ça va ? s'enquiert une étudiante, assise à mes côtés.

– Oui, mens-je en lui souriant.

– Je m'appelle Lexie.

– Moi, Lilou.

– Alors ça te dit qu'on bosse ensemble ?

De quoi elle parle ?

Mon regard se plante sur le tableau du prof qui signale un travail à rendre dans deux semaines et qu'on doit trouver son binôme.

Il faut que je me reprenne, bordel !

– Oui, bien sûr !

– Super !

Elle se lève et j'observe distraitement la salle se vider. C'est la fin de la journée et je n'ai aucune envie de rentrer à l'appart pour le voir encore une fois me fuir comme si ma vue lui rappelait sa boulette *monumentale !*

À croire que le karma est contre moi quand je claque la porte d'entrée et que je les entends discuter.

– Lilou ? m'interroge mon frère.

– Qui veux-tu que ça soit d'autre ? lui réponds-je d'un ton amusé en me rendant dans la cuisine. Salut !

Je m'avance vers lui pour lui déposer un baiser sur la joue tout en ignorant mon autre coloc. Son bras enveloppe mon épaule pour me coller contre lui.

– Tu m'évites ? me demande-t-il adossé au plan de travail, les chevilles croisées.

– Non, pouffé-je pour ne pas éveiller ses soupçons. J'ai une semaine chargée. N'y vois rien de perso.

– T'es trop silencieuse.

Et toi, bien trop perspicace.

– Tu me connais, je me mets trop la pression, lui confié-je en me détachant de son étreinte. Par contre, toi, je ne te vois jamais le nez plongé dans tes cours. Tu es sûr de réussir ton année ?

Un rictus amusé au coin des lèvres.

– Ne t'inquiète pas pour moi, se marre-t-il en bombant le torse. Mon moteur a besoin d'un concentré de baises pour être au top niveau.

– Je suis heureuse de l'apprendre, grimacé-je de dégoût.

Il jette un coup d'œil complice à son meilleur pote en souriant de toutes ses dents.

– Comme si j'étais le seul ! Demande à Neal, hier, il s'est tapé un plan avec deux nanas très gourmandes des Delta Zelta, le salaud.

Les images qui percutent ma rétine me font l'effet d'une gifle, suivie d'une douche glaciale. Mon cœur se durcit et s'exprime à travers mes lèvres quand je remarque l'énorme suçon sur son cou.

– Un connard dans toute sa splendeur !

Le sourire de mon frère s'évanouit. Son regard navigue de moi à Neal sans piger ma soudaine hargne. Quant à mon enfoiré de coloc, en éternel tee-shirt, il croise ses bras sur son torse, faisant saillir les muscles de ses biceps. Je m'arrache à cette vision qui me ramène au souvenir du contact de nos deux corps. Une bouffée de chaleur m'envahit. Je l'ignore pour dévisager avec une colère noire le responsable de cette situation merdique.

Ses iris se teintent d'un gris orageux, si sombre que j'ai l'envie soudaine d'être prise entre ses crocs et de me débattre comme une folle. Je grogne. *Je le déteste, lui et son aura si magnétique !*

– Et fier de l'être, riposte-t-il d'un ton suintant la suffisance.

– C'est quoi le problème ? s'inquiète Matt.

– Lui ! réponds-je aussitôt.

L'intéressé lève les mains en l'air.

– Je plaide coupable.

Son ricanement m'irrite encore plus. Il me contourne en me bousculant d'un coup d'épaule avant de disparaître dans le couloir.

Matt me scrute avec une telle attention que je me mords l'intérieur de la joue pour rester impassible.

– Tu m'expliques ?

– Expliquer quoi ? On ne s'entend pas. J'ai beau essayer, je ne parviens pas à l'apprécier.

Mon ton doit être assez convaincant, car il lâche l'affaire bien trop vite. Une lueur de soulagement dans ses prunelles d'un bleu océan.

– C'est mieux comme ça

Ouais, c'est mieux comme ça, pensé-je avec amertume.

– Bon, je vais courir.

– Tu as besoin de te défouler en effet, s'esclaffe-t-il.

– T'as tout compris !

***

Mes pieds foulent le sol terreux et j'aime la sensation de laisser derrière moi une traînée de poussière qui emporte dans son sillage toute ma frustration accumulée. Après cinquante minutes, mes mollets, mes cuisses, mes poumons me crient d'arrêter cette torture, et pourtant, je ne me suis jamais sentie aussi bien depuis *Le baiser*. Je souris de toutes mes dents. Même si mon visage qui doit être rouge pivoine me chauffe, je me sens plus légère, plus détendue. Un groupe de joggers me dépasse d'un pas soutenu, faisant passer ma performance pour une bouse de vache. Jalouse, je m'apprête à leur tirer la langue quand mon attention capte un des gars qui se détache du groupe en courant en marche arrière pour croiser mon regard, un sourire se dessinant jusqu'aux oreilles.

Mon beau jogger !

– Salut !

– Salut, réponds-je en lui retournant son sourire.

– Je pensais ne plus te revoir.

– Je cours souvent pourtant, lui confié-je d'une voix saccadée.

Il zieute par-dessus son épaule.

– Merde ! Je dois les rejoindre. Attends-moi, je reviens, OK ?

J'opine de la tête. Son sourire ravageur en retour me tente bien. Je dois sortir mon enfoiré de coloc de ma tête et de mes pensées une bonne fois pour toutes. Il a été parfaitement clair avec moi. Notre baiser est une erreur qu'il refuse de réitérer. Alors oui, je vais l'attendre.

Seulement après plus d'une demi-heure à me les geler dehors, je décide de rentrer, déçue de l'avoir raté.

De retour à l'appart, je découvre un inconnu affalé sur le canapé du salon, son téléphone en main. Mon regard balaye les pièces offertes à ma vue, à l'affût d'un bruit. *Il est seul ?!*

– Vous êtes qui ? le questionné-je en fronçant les sourcils.

– Bonjour, jolie demoiselle, réplique-t-il d'un sourire taquin. Tu dois être Lilou ?

J'opine de la tête.

– Neal m'a parlé de toi, je suis un pote de sa fraternité. Erik.

– Il est où ?

– Il va revenir. Il a oublié son iPhone dans la voiture.

Il m'inspecte d'une longue œillade baladeuse. Il est plutôt mignon avec ses cheveux châtains en bataille et ses yeux couleur émeraude. Seulement, son regard de prédateur me dérange et il tente de m'amadouer par un sourire.

– Si tu t'ennuies, tu peux l'attendre avec moi.

– Non, sans façon. J'ai d'autres choses prévues.

– Je suis sûr qu'il t'a déjà mise dans son lit.

Je m'étrangle avec ma salive. *C'est qui ce connard ?!*

– Non, Neal ne m'a pas baisée, lui réponds-je, énervée. Et ce n'est pas près d'arriver !

– Tu sais parler aux hommes, se marre-t-il. Excuse l'enfoiré que je suis, mais j'adore choquer les belles demoiselles. Et Lilou est un prénom adorable.

Je cligne lentement des yeux, tentant de comprendre l'énergumène. Je secoue la tête et décide de suivre mon instinct. Sans un mot, je l'abandonne et traverse le salon pour rejoindre ma chambre. Je bois une gorgée d'eau à ma gourde restée sur le bureau.

– Tu étudies quoi ?

Monsieur l'Incruste se tient à l'entrée de ma chambre, puis il entre sans gêne et se couche sur mon lit.

– Non, mais j'hallucine ! Tu te lèves, et tu dégages !

– Et, doucement, ma belle. Je ne mords pas. Tu peux t'allonger près de moi. Je connais un petit truc qui t'aidera à te détendre.

Il tape sa main sur mon lit en me souriant avec malice. *Ce mec a un fameux grain !* Si je le connaissais, il pourrait me faire rire. Mais c'est un parfait inconnu et il est déjà trop envahissant.

– Je suis sérieuse, grondé-je. Hors de ma chambre !

– Je peux t'inviter à prendre un verre, persiste-t-il, trop sûr de lui. Dis-moi, vers quelle heure je peux venir te chercher ce soir ?

– T'es sourd ! J'ai dit dehors. J'ai encore beaucoup de travail !

– Erik sort immédiatement de cette piaule ! gronde Neal devant l'encadrement de ma porte.

– Oh ça va ! Si on ne peut plus s'amuser, se gausse-t-il en quittant la pièce.

Je m'avance vers Neal qui se frotte l'arrière du crâne, un brin embarrassé par la situation, alors que mes yeux se plissent en deux fentes assassines.

– Désolé, il…

Je ne le laisse pas finir et lui claque la porte au nez.

Va te faire foutre, Neal ! crié-je dans ma tête en m'adossant au battant en bois.

– Je n'en reviens pas que tu ne l'aies pas encore baisée. Elle est canon !... Je viens de piger, t'as viré de bord !

– Ferme-la ! s'esclaffe mon enfoiré de coloc.

Même dans le froid, j'aurais dû attendre mon beau jogger et rentrer le plus tard possible. Un seul regard de Neal et je suis de nouveau une boule de tension et d'énervement. Une seule solution pour éviter de ruminer : me noyer dans mes cours que je vais finir par connaître par cœur !

***

Je suis réveillée en sursaut par Neal et son lourdingue de pote qui pensent être seuls au monde. Ils rient, braillent et se cognent dans les meubles. Des objets tombent, se cassent, et ça les fait marrer ! Je suis certaine qu'ils sont bourrés. Un coup d'œil au réveil. 1 h du mat'. Je ronchonne et me recroqueville sur le côté, cherchant le sommeil de nouveau.

Mes yeux papillonnent lorsque mon matelas ploie sous un poids à mes côtés. Il fait trop sombre pour que je distingue quoi que ce soit.

– Qu'est-ce…

Le reste de mes mots meurt au fond de ma gorge quand un corps imposant s'effondre sur le mien. D'une voix chargée d'alcool, il me susurre :

– Tu m'attendais, ma poupée.

C'est la voix d'Erik ! réalisé-je, emplie de terreur.

– Non ! m'écrié-je d'un ton affolé.

Mes bras gesticulent dans tous les sens pour m'extraire d'en dessous de la couette pour le repousser, mais son poids m'empêche de bouger.

– Pourtant tu te frottes contre moi comme une salope. Tu sens l'effet que tu me fais.

Son bassin ondule, plantant son érection contre mon intimité comme s'il cherchait à me pénétrer.

– On va bien s'amuser, grogne-t-il d'une intonation suintant l'excitation.

Sa bouche s'écrase avec brutalité contre la mienne, puis il tente d'y introduire sa langue. Je tourne frénétiquement ma tête sur le côté pour échapper à sa bestialité.

– Nooon ! Dégage !

Ses doigts agrippent ma mâchoire, puis se resserrent jusqu'à ce que sa prise devienne douloureuse.

– C'est la deuxième fois que tu me jettes. Ne me cherche pas, me menace-t-il. Tu ne risques pas d'aimer ça.

Le bout de sa langue lèche mes lèvres tandis que ma vision se brouille de larmes d'impuissance.

– Elles sont si douces. T'es bonne toi… Tu vas adorer la sentir en toi.

Je lui crache au visage et recouvre ma voix.

– JE NE VEUX PAS ! N…

Sa paume se plaque sur ma bouche pour étouffer toute protestation.

– Tu l'auras voulu, ricane-t-il.

Le bruit d'une fermeture qu'on dézippe résonne sinistrement à mes oreilles alors que ses doigts tentent de se faufiler sous la couette.

Il va me violer ! Il va me VIOLER !

La rage du désespoir m'envahit, je refuse qu'il me touche. Mais plus je me débats comme une hystérique, plus il resserre son étreinte et semble excité. Je hurle contre sa main et me contorsionne dans tous les sens. Mais c'est à peine si je parviens à me dégager. À l'instant où ses lèvres s'abattent contre ma bouche, je le mords jusqu'à obtenir la satisfaction malsaine de goûter son sang. Son grondement de douleur m'enhardit, et je me démène comme une forcenée en poussant des cris hystériques. Soudain, le poids sur moi disparaît et je peux enfin reprendre mon souffle.

– PUTAIN ! TU FAISAIS QUOI, ESPÈCE D'ORDURE ?!

C'est la voix pleine de fureur de Neal. Le soulagement que j'éprouve en l'entendant fait exploser le pic d'adrénaline en moi. Des spasmes secouent tout mon corps, j'éclate en violents sanglots et me recroqueville sur moi-même. Des bruits sourds comme des coups de poing administrés résonnent dans mes tympans, comme une traînée de pluie qui n'en finit plus, entrecoupés des hurlements haineux de mon coloc. Je me bouche les oreilles, et veux que ce cauchemar s'arrête !

Le silence qui s'ensuit me fait revivre chaque scène encore et encore. Je frotte mes lèvres du plat de ma main en ayant l'impression d'étaler son odeur sur mon visage. En fait, son odeur est partout sur moi.

Pas en toi, Lilou. Pas en toi !

Un bref répit qui me sort du lit en trombe, malgré mes jambes cotonneuses. Je me dirige d'un pas précipité dans la salle de bains, me déshabille, puis allume la douche pour m'y engouffrer à la hâte. La sensation de l'eau sur moi me purge de son toucher, de son odeur, de ses mots dégueulasses qui dégoulinent sur ma peau pour disparaître dans le siphon. J'attrape le premier gel douche à ma portée et m'en asperge généreusement. Le parfum de Neal envahit mes narines, faisant cesser mes tremblements. Je suis en sécurité maintenant. C'est dans cet état d'esprit que je prends soin de nettoyer chaque parcelle de ma peau. J'éteins l'eau, puis les paumes à plat contre le carrelage du mur, je laisse tomber ma tête en avant. Me concentrant uniquement sur ma respiration jusqu'à ce qu'on frappe à la porte.

– Lilou ? s'enquiert Neal d'une intonation méconnaissable. Tu as besoin d'aide ?

– Non. Ça va, croassé-je.

Les minutes défilent en restant toujours prostrée dans la même position.

– Tu claques des dents. Sors s'il te plaît, m'implore-t-il.

Sa main surgit dans l'ouverture du rideau de douche, tenant une grande serviette de bain. Je m'en empare et l'enroule autour de ma poitrine. J'inspire un grand coup avant de sortir et d'être accueillie par son regard tumultueux et si vulnérable. Le genre d'émotions que je ne pensais jamais lire en lui. Il chope une autre serviette et frictionne mes cheveux mouillés, gouttant sur le sol, puis la noue autour de ma tête. Pas un instant, il n'a rompu le contact visuel. Un soupir douloureux s'échappe d'entre ses lèvres quand il touche les meurtrissures sur ma mâchoire.

– Je suis tellement désolé.

– Je sais.

Ses bras s'enroulent autour de mes épaules pour me presser contre lui. Ce geste pourrait me faire penser à *l'autre* et m'effrayer. Mais avec Neal, je n'agis jamais normalement. Je fais confiance à ce que ressent mon cœur. Il me souffle que j'ai besoin de lui. De sa présence rassurante. De sa chaleur.

Je m'effondre contre lui.

– Je vais faire de sa vie un enfer. Je t'en fais la promesse, me déclare-t-il, une lueur possessive dans les yeux.

Je me laisse entraîner dans le couloir en lui tenant la main. Seulement, je n'ai aucune envie de retourner dans ma chambre. Dans mon lit. Comme s'il lisait dans mes pensées, je rentre pour la première fois dans la sienne. Une pièce très masculine et plutôt bien rangée.

– Grimpe dans mon pieu.

Je reste sur place, incapable de faire un pas de plus. J'avais déjà fantasmé sur cette scène, mais n'aurais jamais cru que ce serait en de telles circonstances. Il sort un tee-shirt et un short de son tiroir et s'avance vers moi.

– Les draps sont propres, tente-t-il de me rassurer en me tendant ses vêtements. Mets-toi à l'aise, je reviens.

Une fois la porte fermée, je laisse tomber à terre ma serviette et enfile ses fringues que je renifle jusqu'à me faire tourner la tête. Une fois couchée dans son lit, je m'enroule dans la couette, le seul endroit où je souhaite être.

Chapitre 11

Neal revient, un verre d'eau en main.

– Prends ça, me conseille-t-il en me tendant un comprimé.

– C'est quoi ?

– Un calmant. Ça m'aide à pioncer quand je suis trop stressé.

Je me redresse en m'affalant contre l'oreiller, puis le porte à mes lèvres en l'avalant avec un peu d'eau.

– Demain, on ira porter plainte contre lui, me déclare-t-il d'un ton inflexible en s'asseyant sur le matelas.

Je secoue la tête, peu désireuse de revivre ce cauchemar.

– Je ne te laisse pas le choix ! Et maintenant, j'appelle Matt.

– Non ! Je ne veux pas que tu lui en parles, paniqué-je, la voix tremblante. Il va devenir dingue ! Je ne peux pas lui infliger ça.

– Hé ! s'indigne-t-il. Rien n'est de ta faute, et tu auras besoin de ton frangin. Crois-moi !

– Neal. Ne fais pas ça, le supplié-je, les larmes aux yeux.

– Je ne sais pas si je parviendrai à me le pardonner un jour. Alors ne me demande pas l'impossible.

– Te pardonner quoi ? lui demandé-je, pleine d'incrédulité. Si tu n'avais pas été là, il m'aurait *violée*.

Entendre ce mot à haute voix assaille mon corps d'un frisson d'horreur, mêlé à un profond dégoût.

– C'était mon pote. C'est moi qui l'ai invité ici.

– Tu ne pouvais pas savoir, Neal. Il est le seul responsable de son acte.

Il lit toute la sincérité dans mon regard et exhale un soupir comme si je le délestais d'un poids énorme. Mes doigts s'agrippent aux siens et je remarque qu'ils sont ensanglantés.

– Neal ! Qu'est-ce que t'as fait ?!

– Ce qui devait être fait. Mais pas encore assez à mon goût, m'assène-t-il d'un ton sinistre.

– Il faut te soigner ! Attends, il y a une trousse de secours dans ma chambre !

Je m'apprête à me lever quand il me retient par le poignet avec douceur, puis il me contemple avec une telle intensité que je laisse aussitôt tomber mon idée.

– Je veux ressentir cette douleur. J'en ai besoin.

Ses lèvres s'étirent en une attraction dangereuse. La pulpe de mon pouce caresse le relief de sa bouche, et je lui confie sans filtre.

– Il m'a embrassée… et léchée.

Ses iris s'embrasent en un feu dévastateur.

– Tu étais mon dernier baiser, et le seul que je désirais.

– Je vais buter ce putain de fils de pute, tonne-t-il entre ses dents serrées.

– Je veux que tu restes mon dernier baiser, Neal. Fais-le-moi oublier.

Sa main dénoue la serviette autour de mes cheveux qui tombent et balayent mes épaules. Il passe ses doigts dedans, en proie à un conflit interne face à ma supplication, puis masse mon cuir chevelu. Je ferme les yeux et savoure la chaleur de son toucher. Ça m'apaise. Mes lèvres s'entrouvrent de bien-être.

– Tu es tellement…

Sa bouche effleure la mienne comme pour étouffer sa confession. Il aspire mes lèvres entre ses dents, les mordille, les suce avec un tel érotisme que je gémis de plaisir. Sa langue taquine la mienne, la cherche, la marque. Tout est doux, plein de retenue.

– Neal, gémis-je, perdue dans un tourbillon de sensations.

– Ouvre les yeux, gronde-t-il.

J'obéis et me noie dans son regard en fusion. Il lèche ma bouche, la commissure de mes lèvres avec une telle sensualité que je crcise mes doigts autour de sa nuque et bascule sur le lit en l'entraînant avec moi.

– C'est moi, mon ange. Personne d'autre. Dis-le !

– Seulement toi, Neal, lui réponds-je, des larmes de reconnaissance serpentant sur mes joues.

Son grognement approbateur déchaîne mon besoin de lui. J'accentue notre baiser jusqu'à plus soif. Jusqu'à ce que la fatigue l'emporte. Je me sens basculer dans le sommeil jusqu'à ce que Neal quitte le lit.

– Ne me laisse pas toute seule ce soir, marmonné-je.

Le silence s'invite. Il hésite, puis finit par déclarer :

– OK. Il me faut une couverture. Je reviens.

***

Je suis tirée de mon sommeil par la voix furax de mon frère.

– C'EST QUOI CE BORDEL ! RENDALL, QU'EST-CE QUE MA SŒUR FAIT DANS TON PUTAIN DE PIEU ?!

Nous nous redressons de concert Neal et moi, très collé-serré. Je cligne des yeux pour m'accoutumer à la lumière du jour et observe Matt avancer à grands pas vers Neal qui saute d'un bon hors du lit, les paumes levées devant lui en signe de reddition.

– Ce n'est pas ce que tu crois ! Laisse-moi tout t'expliquer.

– T'as intérêt à avoir une bonne excuse ! rage mon frère, qui est à deux doigts de frapper son meilleur pote à cause de moi.

Neal fait une brève description de ma tentative de viol à mon frère. Lorsqu'il a terminé, il y a un silence de mort qui dure une éternité.

Mais faites que cet enfer s'arrête !

Le temps que Matt assimile toutes les implications de cette fin de soirée cauchemardesque, il me dévisage avec une telle intensité emplie de douleur que ma vue se brouille à travers un rideau de larmes. Il se cale dans le lit pour me prendre dans ses bras avec une force qui démontre toute sa rage protectrice, puis m'embrasse sur le front en vociférant d'une voix méconnaissable :

– Tu n'as pas pensé, un seul moment, qu'il aurait fallu m'appeler ?! Tu ramènes un putain de violeur dans notre appart, et tu fermes ta gueule ?!... Toute cette merde est ta faute ! Dégage !

Je m'essuie les paupières et la seule chose que je remarque est l'expression blessée de Neal. Sans un mot, il nous tourne le dos et disparaît de sa chambre. Il faut que je le calme.

– C'est moi qui n'ai pas voulu te prévenir ! Lui, il ne demandait que ça.

– Ah ouais ? réplique-t-il, les yeux plissés par la colère. Tu m'expliques ?

– Je ne voulais pas te faire subir une autre épreuve… T'en as assez bavé.

Il prend mon visage dans ses mains et presse son front contre le mien en proie à un tumulte émotionnel.

– Malgré ce que tu as enduré, tu penses encore à me protéger.

– Parce que sans moi, tu n'aurais pas à vivre toutes les merdes qui m'arrivent.

– Je recommencerai sans hésiter, me déclare-t-il d'un doux sourire. Tu te souviens, je suis un putain de macho ! C'est à moi de te protéger, et pas l'inverse.

Un sourire s'épanouit sur mes lèvres avant de pouffer. Je le dévisage et profite qu'il soit moins sous tension pour insister avec détermination.

– Neal n'y est pour rien. Il culpabilise déjà assez comme ça.

Il glisse ses doigts dans sa chevelure sombre, assailli par la frustration.

– Où est cette ordure ?

– Je ne sais pas. Neal s'est occupé de lui. Tu devrais voir l'état de ses mains. Il a eu son compte.

– Oh non, je ne pense pas, annonce-t-il d'un rictus diabolique. Il n'a pas encore goûté à mes poings. Mais avant, tu vas t'habiller et on va porter plainte.

J'enfouis ma tête contre son torse.

– Non, Matt, je ne veux pas aller chez les flics.

– C'est hors de question !

Son doigt crocheté soulève mon menton.

– Tu n'es sûrement pas la première victime.

– Je m'en doute, mais je ne le ferai pas.

– Lilou, soupire-t-il, las de cette bataille. Tu…

– Non, écoute-moi ! Je n'ai pas envie que nos parents soient au courant. Ils ne te feront plus confiance à toi non plus, et on va vivre un véritable enfer. Je ne veux plus jamais le voir ou être confrontée à lui. C'est la seule chose que je souhaite. S'il te plaît, Matt.

– Je ne peux pas le laisser s'en tirer comme ça.

– Je suis d'accord. Je veux qu'il souffre. Je veux que sa réputation soit détruite.

– Tu ne me caches rien d'autre, Lilou ? Tu dois me dire toute la vérité, surtout pour toi, ma puce.

– Non, je te le promets. Neal t'a tout dit.

– OK... RENDALL ! crie-t-il. RAMÈNE TON CUL !

Dès que sa silhouette se matérialise devant nous, Matt l'interroge :

– Tu sais où trouver ce fils de pute ?

Il dévoile un sourire vicieux.

– Dans sa fraternité.

– Bien, chantonne-t-il d'une voix lugubre avant de porter son attention sur moi. Tu veux que j'appelle Alice ?

– Non. Je préfère rester seule.

Et que personne d'autre ne soit au courant…

– Faites attention à vous, lui avoué-je, la peur au ventre.

– Tu n'as aucun souci à te faire, me répond mon frère.

Quant à Neal, j'ai le droit à un sourire éblouissant qui fait battre un peu trop vite mon cœur.

C'est dans l'odeur de ses draps que je parviens à me rendormir un peu, puis suis réveillée par la sonnerie lointaine de mon téléphone. Inquiète que ce soit Matt ou Neal, je m'empresse à m'extirper du lit et à courir jusqu'à ma chambre. Je l'attrape sur la table de nuit et constate que c'est ma mère qui a tenté de m'appeler. Je n'ai plus de ses nouvelles depuis des jours et il faut que ça tombe ce matin ! Je grimace en me demandant si ce n'est pas une sorcière dans le fond. Mais non, elle ne sait rien et je me fais la promesse qu'elle n'apprendra rien. J'écoute son message et me tape le front en me rappelant que c'est bientôt Thanksgiving et qu'on est attendus à la maison.

Journée de merde ! pensé-je en retirant les draps de mon lit que je jette par terre. Hors de question que je les réutilise un jour. J'aère la pièce et me dirige vers la salle de bains. Même rituel qu'hier, je prends le gel douche de Neal et m'en badigeonne, sauf qu'aucune larme n'a coulé cette fois-ci. Je ne laisserai plus jamais ce genre de chose dégueulasse m'arriver, je m'en fais la promesse !

Une fois habillée, je passe le seuil de la cuisine pour me préparer une tasse de café. Je souris en découvrant que Neal s'en est occupé, ma tasse trône juste à côté. Je me sers le breuvage avec du lait et commence à le siroter quand mes deux colocs font leur apparition. Mes yeux s'écarquillent d'horreur en constatant qu'ils sont amochés tous les deux. Les poings de mon frère sont en sang et son cuir chevelu saigne tandis que Neal a une lèvre fendue et ensanglantée ainsi qu'une entaille au-dessus de son sourcil.

– Oh bordel ! m'écrié-je, une main devant la bouche. Vous vous êtes fait massacrer !

Ils éclatent de rire alors que la scène n'a rien de drôle. Je m'avance vers mon frère et lui prends la main en effleurant avec douceur ses blessures.

– Massacrés ? s'esclaffe Matt. C'est eux qui se sont fait démolir.

– Ils étaient plusieurs ? m'exclamé-je d'un air horrifié.

– Ouais, au début, ses potes n'ont pas trop apprécié notre intervention. Deux contre un, ça fout facilement les boules ! On a pris quelques coups jusqu'à ce qu'ils comprennent la raison pour laquelle on voulait exploser la gueule de cette enflure.

– Et tout compte fait, on n'a pas eu trop besoin de se salir les mains.

– Il est… ? le questionné-je, terrifié à l'idée qu'il soit mort.

– Hors service pour un certain temps, réplique Neal, un rictus amusé au coin des lèvres.

– Maintenant, on va s'occuper de sa réputation, ajoute Matt.

Reconnaissante de leur soutien et forte de leur protection, je leur souris les larmes aux yeux.

– Merci.

La joue contre le torse de mon frère, le regard rivé sur mon crush, mes lèvres forment le mot merci en silence. Il me décoche un clin d'œil et me contemple avec une intensité qui bloque mon souffle, puis il disparaît dans le couloir. Je me redresse, des papillons dans le ventre, puis me racle la gorge avant de confier à Matt :

– Maintenant, laisse-moi te soigner.

***

Je donne une grande tape sur mon bureau, fière d'avoir rattrapé le retard de la journée. D'une inflexion des jambes, je fais pivoter mon fauteuil vers mon lit, la satisfaction aux lèvres. Literie entièrement neuve, Matt s'est occupé de jeter aux ordures l'ancienne parure de lit. Je refusais de ressasser cet épisode traumatisant. Encore et encore. Il fallait que je bouge. Hors de question de me laisser dominer par la peur ou par l'angoisse en permanence ! J'ai passé ma journée à la bibliothèque dans le but de me changer les idées. Lexie a fini par me rejoindre. On a bossé notre travail à rendre prochainement. Cette parenthèse m'a fait un bien fou… jusqu'à ce que mon frère intervienne !

En parlant du loup ! Il entre sans y être invité, en se vautrant sur mon lit tel un envahisseur effronté, je le foudroie d'un regard sombre.

– Viens t'asseoir ! m'ordonne-t-il en tapotant le matelas. J'ai pris ta pizza préférée. Une Pepperoni avec supplément fromage.

Il ouvre la boîte et engouffre un gros morceau comme un ogre affamé.

– T'es pas vite gêné ! Fais comme chez toi, hein !

Il pouffe et avale sa bouchée en levant les mains en l'air d'un signe désinvolte.

– Arrête de râler !

– Pas envie. À cause de toi, je vais devoir me trouver un autre binôme pour les prochains travaux à rendre.

– La jolie petite Lexie. Quel dommage ! me charrie-t-il.

– Il n'y a rien de drôle, bordel ! Tu te pointes à la bibliothèque alors qu'on était en train de bosser notre sujet.

– J'étais inquiet, répond-il en se goinfrant.

Saisie par une vague d'énervement, je tape d'un coup sec mon pied au sol.

– Vous vous êtes occupés de son cas. Qu'est-ce que tu voulais que je risque ?!

Il comprend que son petit cirque ne prend pas. Il se redresse et mâche lentement en me dévisageant avec gravité.

– J'avais besoin de le voir de mes propres yeux.

Je pourrais fondre en entendant sa confidence, mais non.

– À distance, Matt, ça aurait été tout aussi bien ! Mais non, tu n'as pas pu t'empêcher de t'asseoir à notre table et de jouer au bourreau des cœurs. Mais on était en train de bosser, merde !

– Elle me posait des questions, je ne faisais que lui répondre, débite-t-il, une moue amusée aux lèvres.

– Dixit le mec qui flirte comme il respire !

Il arbore son air arrogant que je déteste. Je me retourne vers mon bureau et chope un livre que je lui balance avec force. Il l'évite en explosant de rire.

– Il n'y a rien de drôle, enfoiré. Tu l'as draguée, et ensuite tu l'as humiliée en lui révélant que tu ne sortais jamais avec les « première année ». Attends, qu'est-ce que tu lui as dit déjà ?...

Je fais mine de réfléchir avant de reprendre alors qu'intérieurement je bous de rage.

– Ah oui ! Que les « première année » sont trop inexpérimentées pour t'intéresser.

– OK, soupire-t-il. J'ai agi comme un connard.

– *Saaaans* blague !

– Je suis désolé.

Il saute du lit et me met sous le nez l'odeur de la pizza. J'en ai l'eau à la bouche, en attrape un morceau que je croque à pleines dents avant de lui ordonner :

– À l'avenir, tu me lâches, Matt ! Je ne veux plus que tu t'inquiètes pour moi. Je vais bien ! Je me suis même inscrite à mon premier cours d'autodéfense.

– Ah ! Je te reconnais bien là, s'enthousiasme-t-il en fonçant droit sur moi pour me prendre dans ses bras. Je suis fier de toi. C'est quand ?

– Dans trois jours.

– Pour le premier jour, je…

– Rien du tout. Je gère toute seule !

– OK, déclare-t-il en m'adressant un clin d'œil de connivence. Bon, on se mate un film ?

J'opine de la tête et apporte avec moi l'ordinateur sur mon lit.

– Pousse-toi, tu prends toute la place. Et c'est moi qui choisis !

– Fais-toi plaisir !

Tu ne devrais pas !

Je tiens ma vengeance.

– *After*, ça te dit quelque chose ?

– Non. Ça parle de quoi ? demande-t-il en dévorant une autre part de pizza.

– Tu vas adorer ! lui mens-je tout en plantant mon regard faussement empli de gratitude dans le sien. Merci de rester avec moi ce soir, ça me touche.

Il me sourit et dans ma tête, c'est le rictus d'une peste qui se dessine sur mes lèvres. Une fois le film sélectionné, je le mets en route en m'emparant d'une autre part de pizza.

C'est parti !

Pendant une heure, je fais mine d'être plongée à fond dans l'histoire alors que Matt souffle et gesticule comme s'il ne parvenait pas à trouver une position confortable. Il agonise pour mon plus grand plaisir ! Et pour l'obliger à rester jusqu'à la fin, je pose ma tête sur son épaule en soupirant d'aise. Lorsque le générique de fin apparaît, je relève la tête en pensant qu'il s'est endormi, mais non. Il me dévisage avec une moue écœurée aux lèvres.

– T'as pas aimé ? m'enquiers-je d'un air trop angélique pour être vrai.

– T'es une putain de garce !

Je ris à gorge déployée.

– Tu avais pourtant dans ce film tout ce que tu aimes : une première année encore vierge et bien sous tous rapports qui craque pour le bad boy.

Il grogne pour toute réponse en se levant du lit.

– Bad boy de mon cul, ouais. Son jeu de rôle était à chier.

– Oh mais c'est vrai que tu aurais fait toute la différence, toi ! rétorqué-je, morte de rire. Le grand rôle de ta vie, quoi !

Il me dévoile son bébé sourire.

– Quelle chieuse, marmonne-t-il.

– Petit conseil, à l'avenir, reste loin de mes copines, riposté-je en lui dédiant un clin d'œil amusé.

Il secoue la tête en se poilant.

– Bien joué, frangine. Ça ira pour cette nuit ? Tu veux que je reste avec toi ?

J'aurais préféré Neal. Mais vu que Matt a instauré un périmètre de sécurité autour de moi, il n'est pas près de m'approcher de nouveau. Pour l'instant, je laisse couler. Et puis j'ai gardé son tee-shirt pour dormir.

– Non, je suis sûre que ma nuit sera bonne !

– Bonne nuit, ma puce.

– Bonne nuit, l'emmerdeur.

Son éclat de rire ricoche sur les murs, rendant l'atmosphère propice à l'endormissement.

Chapitre 12

Je viens de suivre mon premier cours d'autodéfense ! Je récupère mes affaires sur le banc, arborant un grand sourire aux lèvres, heureuse de m'y être inscrite et d'y être allée. Je n'ai peut-être appris que la base des premières prises et leur technicité, mais le premier sentiment que j'ai ressenti était que plus jamais je ne serais une victime. Bientôt, j'aurai assez de connaissances et de la pratique pour ne plus laisser l'opportunité à un homme d'obtenir ce qu'il convoite par la force.

Forte de ma nouvelle détermination, je sors d'un pas assuré du cours quand on me hèle. Il n'y a qu'une seule voix capable de déclencher des vagues de chaleur dans tout mon corps. Lorsque je me retourne vers lui, mon sourire n'a jamais été aussi éblouissant. Surtout au vu de la manière dont il me contemple et qui me liquéfie sur place. C'est la première fois qu'il exprime aussi ouvertement son désir depuis notre premier baiser.

– Alors ce premier cours ? s'enquiert-il en parvenant à ma hauteur d'une démarche indolente.

– Matt t'a demandé de me suivre ? l'interrogé-je, suspicieuse.

– Je ne suis pas son putain de clébard ! J'avais envie d'être là, me confie-t-il tout bas alors que je fonds un peu plus et meurs d'envie de l'embrasser ! Alors ce cours ?

– Génial ! exulté-je. Ce n'est que le début, mais on apprend à avoir confiance en soi. Et tu sais quoi ?

Il secoue la tête.

– Bientôt, je vais pouvoir botter ton petit cul.

– En quel honneur ? sourit-il avec amusement.

– Je ne sais pas encore. Peut-être pour t'avertir de ne plus merder avec moi.

Le rire qui s'échappe de ses tripes alerte tous les étudiants autour de nous.

– Hé ! Avoue que c'est plutôt sympa de ma part, lui confié-je d'humeur taquine.

– Je suis jugé d'avance. Sympa !

Je lui lance mes gros yeux. Il est gonflé !

– Eh bien comme ça, tu sais ce que ça fait.

Son ricanement me chatouille la peau mais je trouve la force de reprendre, d'une intonation narquoise :

– Et on ne peut pas dire que notre passif plaide en ta faveur.

– Tu tiens la super forme ! s'esclaffe-t-il en passant un bras autour de mes épaules pour me traîner à l'extérieur du bâtiment. Un point pour toi, ma belle.

Ma belle !... Est-ce que j'ai envie de ronronner ? Double ronronnement pour moi.

Arrivés à l'extérieur, Neal sort un sachet de la poche de son jean.

– J'ai un cadeau pour toi, m'annonce-t-il en me l'offrant.

Un cad… ? Il a l'air hyper sérieux. Je m'en empare en ouvrant le cordon qui l'entoure. Je fais fi de mes doigts qui tremblent quand je renverse le sachet en velours dans le creux de ma main. Un bracelet en cuir dont un symbole en argent trône en son centre. Je ne connais pas la signification de ce bijou aux enchevêtrements complexes, mais il est aussi beau que fascinant.

– C'est la première fois que j'offre un bijou à une nana… Il te plaît ? m'interroge-t-il d'un ton incertain.

– Il est magnifique ! lui réponds-je d'une voix emplie d'émotions. Tu peux me l'attacher ?

Mon cœur galope à toute vitesse lorsque ses doigts frôlent à plusieurs reprises l'intérieur de mon poignet.

– Tu connais sa signification ?

Je secoue la tête, incapable d'émettre un son qui ne trahirait pas mon trouble. Ma révélation. Je suis en train de tomber amoureuse de mon ex-enfoiré de coloc.

– La force. C'est le symbole qui te représente le mieux, je trouve.

Ça va trop vite ! C'est trop puissant pour que je puisse maîtriser quoi que ce soit. Mes sentiments. Mes émotions. Son regard qui se rive à mes lèvres que ma canine triture comme une malade. Au gris de ses iris qui brûlent d'un désir et qui enflamment mes sens. Je lui dis merci en fondant sur sa bouche. Les goûtant comme une camée en manque de sa dose. Je prends tout ce qu'il veut bien me donner. Je dois lui dire encore bien des choses inavouées, mais il finit par me repousser avec douceur.

– Lilou, m'appelle-t-il de sa voix torturée. Je...

Je refuse d'entendre qu'il n'a pas partagé tout comme moi cet instant enivrant, électrisant, torride. Alors je mets un doigt sur sa bouche et joue la carte de la fille cool.

– C'était ma façon de te dire merci et à quel point ça m'a fait plaisir, lui révélé-je, un grand sourire aux lèvres. Bon on y va, on se les gèle ici !

– Je ne suis pas en état. Tu viens de me filer une putain d'érection.

Il a trouvé la parade parfaite pour désamorcer le malaise entre nous. J'explose de rire. Il me contemple, fier de lui, puis passe son bras autour de mes épaules. Son contact m'avait trop manqué ! Je me blottis contre lui, profitant un max, ne sachant pas combien de temps ça va durer.

– Je suis garé juste à côté. Laisse-moi te conduire jusqu'à l'appart.

– Oh mais que de gentillesse ! m'exclamé-je d'une voix badine alors que je plane.

Il fixe mes lèvres et débite dans un chuchotement.

– Ce sourire ne devrait jamais te quitter.

Pensif, il effleure ma bouche de la pulpe de son pouce. Je ne sais pas s'il réalise le degré de sensualité de son geste, mais moi, j'en ai pleinement conscience. Une envolée de papillons chatouille mon bas-ventre.

– Continue à me traiter comme si j'étais une princesse, et Monsieur va être servi !

Il laisse éclater son hilarité. De quoi alerter les étudiants autour de nous. Il faut avouer que ce grand mec baraqué au charme fou attire les regards. Les filles me dévisagent avec envie lorsqu'il resserre sa prise autour de mes épaules en m'embrassant sur la tempe. Je suis au Nirvana !

Il sort son téléphone de sa poche quand il reçoit plusieurs notifications et les consulte en secouant la tête, amusé.

– Des nanas d'une sororité d'un autre campus ont décidé de faire la fête dans notre fraternité, m'informe-t-il en rangeant son smartphone. J'ai le temps de te déposer, et ensuite je file !

J'ai le moral qui vient de dégringoler en flèche. *Bon, eh bien tout compte fait, Monsieur ne sera pas servi longtemps !*

– Mais avant, tu me racontes ton cours ?

– Ça ne s'explique pas. Ça se vit ! Mais j'aurais trop peur d'amocher ta belle gueule ! le menacé-je d'une intonation mielleuse.

– Tu me trouves beau !

Son rictus suintant l'arrogance fait son apparition. Je me détache de son étreinte et le fixe d'un air blasé.

– Dans le style enfoiré prétentieux ?... *Carrément !*

Il s'esclaffe, et je me noie dans son regard. Je finis par lever les yeux au ciel, me morigénant d'être si faible de lui avoir souri en retour.

***

Après une longue douche, je ceins la serviette autour de ma poitrine et bouge au rythme de ma playlist sur Spotify. Je sors de la salle de bains, mon téléphone en main, et rejoins ma chambre tout en ondulant des hanches.

– Tu es la pire chanteuse que je connaisse ! me surprend mon coloc d'une voix forte.

Je pousse un cri de stupeur en posant une main sur mon cœur en découvrant Neal à l'entrée du salon.

– Tu m'as fait peur !

Il pouffe, fier de lui.

– Désolé !

– Menteur !

– Je plaide coupable.

– Qu'est-ce que tu fous là, d'abord ?! Je pensais avoir l'appart pour moi toute seule ce soir.

Il ne me répond pas tout de suite, occupé à mater mes jambes nues. Il faut dire que la serviette est à la limite de la décence. Il se racle la gorge en me lançant une œillade torride. J'y suis si sensible que mes tétons s'invitent à la partie en pointant de désir.

– On m'a gerbé dessus.

Je grimace de dégoût en remarquant une partie de son tee-shirt et de son jean recouverts de vomi. Tout de suite, ça calme mes ardeurs !

– Tu n'avais pas un pote de ta fraternité qui pouvait te prêter des vêtements de rechange ?

– Si. Mais après cet accueil, je n'avais plus la tête à faire la fête. La douche est libre ?

J'opine de la tête et libère le passage. Arrivée devant ma chambre, Neal m'interpelle.

– Si t'es naze en chant, ne t'arrête surtout pas de danser ! me confie-t-il, accompagné d'un clin d'œil.

Il referme la porte derrière lui. *Il flirte ! Je ne rêve pas…* Ouais, bon, ne t'emballe pas trop ma cocotte. Si on ne lui avait pas dégobillé dessus, il serait en train de s'amuser avec un tas de filles.

J'enfile une tenue décontractée et pars en direction de la cuisine. Je réunis tous les ingrédients dont j'ai besoin sur la table et commence à émincer un oignon quand Neal me rejoint.

– T'as besoin d'un coup de main ?

Je renifle en essuyant mes yeux d'un coup d'épaule.

– Je déteste les oignons.

– Alors laisse-moi faire !

Je quitte ma place et me lave les mains avant de mettre une casserole d'eau sur le feu. Je jette un coup d'œil par-dessus mon épaule et l'observe. Un tête-à-tête avec mon crush. C'est autant exaltant que dangereux pour mon cœur.

– Tu manges ici ?

– Yep. Sauf si tu as d'autres plans ?

Il m'interroge du regard. Un regard qui me rend toute chose. Je me détourne et ajoute du sel dans la casserole.

– Bien sûr que non. Tu sais bien que ma vie est d'un ennui mortel !

Il pouffe. J'installe une poêle sur le feu en y versant de l'huile. Sans l'avoir vu venir, il passe un bras autour de mes épaules en me présentant la planche à découper.

– Dis-toi que c'était avant de me connaître, *baby !*

Son accent de gros lourd libère mon hilarité. J'attrape la planche et répands les lamelles d'oignons dans la poêle.

– Tu nous cuisines quoi ?

– Des pennes aux lardons avec ma sauce tomate.

Son grognement approbateur résonne dans la pièce. Je glousse de bonheur en réalisant qu'il n'a toujours pas retiré son bras de mon corps.

– Je crève de faim ! Tu veux une bière ?

– Tu me poses vraiment la question ?!

Il rigole avant de m'embrasser sur la tempe. Et là, je suis en train de me faire un sérieux film. Est-ce mon envie qu'on forme plus qu'une simple colocation ou est-ce un geste en toute amitié ? Avec Sam, la question ne se poserait même pas. Pour la simple raison que je ne nourris pas les mêmes sentiments amoureux pour lui. Ma vision est d'office biaisée ! Seulement, Neal rend tout tellement plus vivant. Plus exaltant. Tout est une explosion de couleurs ! Je renifle. Et d'odeurs aussi ?...

– Ça crame ! s'alarme-t-il.

Je me disais bien ! Neal dépose ma boisson sur le plan de travail et prend les commandes en cuisine. Il s'empare de la poêle et marche en direction de la poubelle.

– Hé ! Mais moi, j'aime les oignons bien cuits, ça donne plus de goût !

Frémissement de ses lèvres avant de laisser échapper un éclat de rire. Sa musicalité m'envahit d'une douce chaleur.

Un jour, ma mauvaise foi me perdra !

– Tu tiens vraiment à gâcher les lardons ! m'intime-t-il en me jetant un regard de chien battu.

Je me saisis de la poêle à mon tour et jette le tout à la poubelle.

– RIP à vous, petits oignons, devenus noirs bien malgré vous, énonce Neal d'un ton théâtral.

Je bascule ma tête en arrière et ris à gorge déployée. Fier de lui, il me conduit jusqu'au plan de travail et m'invite à m'y asseoir.

– Laisse-moi faire !

Je ne me fais pas prier ! Assise à l'îlot central, tout en sirotant ma Bud light, je le contemple s'activer aux fourneaux. Il découpe un oignon en morceaux et les dore à point. Il le fait tellement mieux que moi ! Lui dans son tee-shirt moulant plus sexy que jamais. Son jean qui tombe si bas sur ses hanches et qui épouse à la perfection ses fesses. Je bave, rendant ma bouche sèche. Je siphonne ma boisson bien plus vite que je devrais, mais franchement, je ne me souviens plus de la dernière fois où j'ai passé une si bonne soirée à discuter de tout et de rien. En dehors de mon frère, bien sûr.

On mange comme des ogres, et je dois avouer que c'est un véritable délice ! Je pose ma fourchette dans mon assiette et soupire d'aise, des larmes qui perlent encore au coin des yeux à force d'avoir ri. Avec Neal, tout paraît si facile. Si évident ! Qui l'aurait cru ?... Certainement pas moi !

– Elles font toutes ça ! m'informe-t-il.

Je le dévisage en fronçant les sourcils.

– Quand elles quittent mon pieu, me précise-t-il d'un ton pince-sans-rire.

Je pouffe en levant les yeux en l'air, le bousculant d'une main sur son épaule.

– C'est tellement sexy dit comme ça !

On échange un sourire complice. Ses doigts agrippent ma nuque pour me masser avec douceur, puis il se lève. Il se dégage de sa démarche nonchalante avec un sex-appeal de dingue ! Il chope dans le congélo, un gros pot de glace Ben & Jerry's au cookie dough.

– Ma glace préférée ! exulté-je.

– Je sais.

Oh !... Je fonds !

– On se mate un film ? reprend-il l'air de rien.

– Bonne idée ! Il y a le dernier…

– Oublie. Aucune chance que je te laisse choisir ! T'as traumatisé Evans la dernière fois.

– C'était pour me venger !

– Je préfère ne pas imaginer ce que tu me réserves alors ! me taquine-t-il.

Je pouffe comme une collégienne… Je suis irrécupérable…

– Je vais chercher l'ordi ! m'informe-t-il.

Une fois seule, j'empile les assiettes et m'apprête à me lever pour faire la vaisselle quand son téléphone s'illumine à la suite d'une nouvelle notification. C'est trop tentant pour ne pas que j'y jette un coup d'œil. C'est un message de Matt.

De Matt :

[Tu fous quoi ? Rapplique !]

Il n'a pas prévenu mon frère qu'il passait la soirée avec moi ?! En même temps, depuis ma tentative de viol, Matt est devenu hyper protecteur et tolère très peu ma nouvelle amitié avec son meilleur pote. Il doit bien sentir que j'ai un faible pour lui, et ça lui fait peur. À juste titre, d'ailleurs ! Si quelqu'un devait souffrir dans l'histoire, ce serait bien moi. Neal et Matt ne sont pas meilleurs potes pour rien. J'en suis parfaitement consciente !

Je dépose la vaisselle dans l'évier et commence à la nettoyer quand mon coloc intervient en posant sa main au creux de mes reins. Mon corps s'anime d'une énergie nouvelle.

– Laisse tomber la vaisselle. Viens dans le salon, j'ai tout installé !

Je m'exécute et m'essuie les mains en l'observant. Il a son téléphone entre les doigts qui tapotent sur l'écran.

– Changement de plan ? m'enquiers-je.

– Non.

– Sinon, aucun souci ! insisté-je.

Il prend le temps d'accrocher nos regards avant de me répondre.

– Je suis là où j'ai envie d'être.

Mon cœur bat tellement fort dans ma poitrine que j'ai l'impression qu'il veut se faire la malle. On s'installe sur le canapé. Le temps qu'il sélectionne le film sur Netflix, j'attrape le pot de glace sur la table basse et y plonge ma petite cuillère. Au moment de la mettre en bouche, Neal intercepte mon mouvement en agrippant ma main et engouffre le dessert glacé. Je le dévisage en clignant des yeux d'un air incrédule.

– Je partage déjà ma glace avec toi. Alors n'abuse pas non plus !

Il ricane face à ma protestation. Il me pique ma petite cuillère, puis l'enfouit dans la glace pour en sortir un gros bloc qu'il me fourre entre les lèvres d'un geste autoritaire.

– C'est un pot pour deux personnes. Ne me cherche pas !

J'en ai plein la bouche ce qui m'empêche de répliquer. *C'est froid, bordel !* Il me dévisage comme si j'étais une petite chose fascinante. Je lui souris en savourant notre complicité, puis me rencogne dans le canapé pour prendre mes aises. Neal est loin d'être un petit gabarit. On se retrouve à être collé l'un à l'autre en partageant la glace avec la même petite cuillère pour mon plus grand bonheur !

A Quiet Place[1] est un film aussi prenant que terrifiant. Je ne me remets toujours pas de la scène que je viens de voir dans laquelle le plus jeune enfant d'une famille qui tente de fuir des aliens sans faire le moindre bruit pour ne pas se faire repérer se fait tuer par l'un de ces monstres.

C'est horrible ! Cette scène tourne en boucle dans ma tête. Tout en marchant, ce petit bonhomme a activé les sirènes de son jouet. L'alien est arrivé sur lui à la rapidité de l'éclair, ne laissant aucune chance au père de courir aussi vite pour le sauver…

– Ne compte pas sur moi pour regarder la suite ! reniflé-je.

Neal esquisse un large sourire, puis appuie sur la touche pause. Il se tourne vers moi en me dévisageant avec une telle tendresse que j'en oublie presque la raison de ma peine. Il me surprend, de la pulpe de ses pouces, à essuyer les larmes qui ont perlé sous mes yeux. Son geste est empreint d'une telle douceur qu'une vague d'amour me submerge.

– Dommage ! La suite passe au ciné. J'avais l'intention de te proposer de m'accompagner, me confie-t-il de sa voix de velours qui me sort de mon trip émotionnel.

Mon Dieu ! Cette voix ! Elle me chatouille la peau comme une caresse tentatrice.

---

[1] Du titre en français : Sans un bruit

– Il y a d'autres enfants qui se font tuer ?

Il secoue la tête d'un air amusé.

– Alors je veux bien faire un effort.

– Je ne te savais pas aussi sensible. C'est très mignon, je trouve.

C'est toi qui es trop mignon…

– Si tu n'avais pas joué aux enfoirés dès mon arrivée, tu l'aurais découvert bien plus tôt, le taclé-je pour masquer mon émoi.

Je dois maintenir un minimum mon air détaché pour ne pas trahir mes sentiments grandissants pour lui. Le baiser avorté de cette fin d'après-midi m'a largement suffi et je ne suis pas prête à ce que notre tête-à-tête prenne fin maintenant.

– Tu ne peux pas t'empêcher de me provoquer, rigole-t-il.

– Avoue que tu adores ! le charrié-je en pouffant.

– Un peu trop même, chuchote-t-il si bas que je me demande si je ne l'ai pas rêvé.

Il contemple ses doigts qui parcourent chaque parcelle de mon visage comme si ça le fascinait. Mon souffle se bloque dans ma gorge tandis que mon cœur fait un triple salto dans ma poitrine. Cette attraction aussi dangereuse qu'irrésistible que j'éprouve pour lui devient de plus en plus difficile à contrôler. Je meurs d'envie de l'embrasser. Que ses grandes mains se posent sur tout mon corps.

Je plante ma canine dans ma lèvre pour calmer cette bouffée de désir qui m'envahit lorsque ma respiration devient saccadée, réalisant, soudain, que ce n'est pas la mienne, mais celle de Neal. Son regard se verrouille au mien, me noyant dans la noirceur de ses pupilles dilatées. Sa bouche fond sur la mienne avec une telle fièvre, une telle ardeur que notre baiser abat toute retenue en moi. Je pivote sur le fauteuil pour m'asseoir à califourchon sur lui et reprends possession de ses lèvres. C'est si sensuel et torride entre nous que retirer mon tee-shirt n'est qu'une suite logique à vouloir unir nos deux corps. À sentir sa peau nue contre la mienne. Son grondement sourd lorsqu'il reluque mon soutif qui épouse de manière indécente les formes de ma poitrine m'enhardit.

Je m'apprête à le dégrafer quand son intonation caverneuse me stoppe net dans mon mouvement.

– Si tu fais ça, je ne réponds plus de rien.

– C'est bien mon intention, lui susurré-je avec détermination.

Son front se cale sur mon épaule comme s'il souffrait. Il agrippe mes fesses jusqu'à ce que je ressente une pointe de douleur, c'est comme s'il luttait de toutes ses forces pour ne pas succomber à la force de notre alchimie. Pour ma part, c'est trop tard, alors d'une pression des doigts, mon sous-vêtement en dentelle s'ouvre et tombe sur le sol. Sa bouche dépose des baisers brûlants sur mes seins qui s'alourdissent de désir avant qu'il happe mon téton durci entre ses lèvres. Il le suçote, puis le mordille jusqu'à ce que je pousse un gémissement débridé. Ses yeux, transpercés par un éclat sauvage, se plantent dans les miens. Me découvrant dans le même état d'excitation que lui, il continue nos préliminaires en se débarrassant, d'un coup sec, de son tee-shirt, puis il entoure ma taille de son bras pour me soulever et me coucher sur le canapé. Allongé sur moi, prenant mon sein dans sa paume tandis que mes doigts palpent avec avidité la peau chaude et ferme de son dos, il m'embrasse comme si j'étais son oxygène, comme si plus rien ne pouvait l'arrêter ou ne comptait. Quand, soudain, une voix amusée nous interrompt.

– Je tombe au mauvais moment, on dirait !

Nos têtes pivotent en direction de l'entrée pour y apercevoir Nina.

– Matt sera là d'une minute à l'autre, nous avertit-elle en pouffant. Alors si j'étais vous…

– Merde ! s'exclame Neal qui se redresse fissa pour récupérer mon tee-shirt qu'il me lance avant d'enfiler le sien.

Je m'assois et me renfrogne tout en revêtant mon vêtement. Il suffit de prononcer le nom de son meilleur ami pour calmer ses ardeurs !

Comme pour ne pas être pris en faute, Neal se dépêche de rendre son apparence plus présentable, alors que moi, je le suis avec moins d'empressement.

On n'a rien fait de mal. Rien de répréhensible, après tout !

Je soupire en réalisant que ce n'est pas ce soir que je coucherai avec mon coloc… et vu sa réaction, il n'y aura certainement pas d'autres occases.

– Pour trouver une place dans la rue, c'est galère ! nous surprend Matt peu de temps après.

Je me cale sur le canapé en enlaçant mes genoux repliés contre ma poitrine, alors que mon coloc reste debout, affichant un air impassible. Il suffit pourtant à Matt de jeter un regard circulaire dans la pièce pour déceler qu'un truc cloche. Fronçant les sourcils, il nous inspecte jusqu'à ce que ses yeux se rivent sur mon soutif, oublié au sol.

Les traits de son visage se durcissent. Quant à ses lèvres, elles se pincent en une fine ligne, pleine de contrariété.

– La soirée est bonne ? nous interroge-t-il d'un ton tranchant alors que son attention est focalisée sur Neal.

– *Très* ! répliqué-je de plus en plus agacée par son comportement de grand frère protecteur. Jusqu'à ce que tu débarques.

– Il s'est passé quoi entre vous au juste ? insiste-t-il en me dévisageant.

– Tu te prends pour notre père ? m'emballé-je avec véhémence. Tu n'as pas à te mêler de quoi que ce soit, Matt !

– On passait juste un bon moment, lui répond Neal, d'une intonation posée.

– Ouais, je veux bien le croire, ricane-t-il d'un air mauvais.

– Matt, roucoule Nina qui ne m'avait pas quittée des yeux depuis l'intervention de mon frère. Laisse-les regarder leur film et laisse-moi m'occuper de toi.

Elle lui murmure un truc à l'oreille qui le détend un chouia. Matt opine de la tête, un bref sourire aux lèvres. Avant de nous abandonner, il lance une œillade noire et pleine d'avertissements à son pote.

Une fois seuls, je lis une bataille qui se déchaîne dans les prunelles de mon coloc. Le soupir qu'il laisse échapper sonne comme une déception fataliste. Ma poitrine se serre d'appréhension quand il me rejoint sur le canapé en me fixant avec cette foutue intensité qui me met dans tous mes états.

– J'en avais très envie, Lilou. À un point que tu n'imagines même pas.

– Moi aussi. Ça aurait pu être si bon ! lui confié-je, une pointe de regret dans la voix.

– Même très bon, m'avoue-t-il, un bébé sourire aux lèvres.

Je change de position pour m'approcher de lui afin de poser ma main sur la sienne.

– On peut toujours…

– S'il n'y avait pas cette colocation, me coupe-t-il avec une certaine gravité, et si Evans n'était pas ton frangin, ça ferait un bail que je t'aurais ramenée dans ma piaule. Mais crois-moi, c'est une bonne chose qu'il soit intervenu.

– Tu accordes trop d'importance à ce qu'il pense, rétorqué-je plus durement.

– Pas seulement. Tu ne me connais pas, et tu ne sais pas à quel point je ne serai pas bon pour toi. Mais ton frangin, si.

– Je suis une grande fille, Neal.

– Crois-moi, j'en suis bien conscient, soupire-t-il en passant ses doigts dans ses cheveux sombres. Mais tu n'es pas le genre de nanas à baiser sans attaches. Je me trompe ?

Je secoue la tête. Eh bien, il me connaît mieux que je ne le pensais. Je me rencogne contre l'assise du canapé en rompant le contact de nos mains. Un voile assombrit ses iris, comme s'il était hanté par quelque chose.

– Laisse-moi ne pas être comme lui.

– Qui *lui* ?

Un éclair de haine traverse ses prunelles qu'il camoufle en m'embrassant sur le front.

– On se matera le film une autre fois, élude-t-il. Je suis HS pour ce soir.

Il se lève.

– Bonne nuit, ma belle.

– À toi aussi, mon mignon.

Il me décoche un clin d'œil avant de disparaître dans le couloir, emportant mes désillusions et un bout de mon cœur avec lui.

Chapitre 13

Je referme ma valise et suis prête pour le grand départ. Plus de sept semaines que je n'ai plus vu mes vieux, et je ne peux pas dire que je me réjouis de les revoir. Mais Thanksgiving est une fête bien trop sacrée pour que je coupe à la tradition. Heureusement pour moi, tante Rose sera là, et c'est tout ce qui m'importe !

– Ton frère est presque prêt, m'annonce Neal. Je vais t'aider à descendre ta valise.

– Oh, t'es un ange ! Merci.

– J'ai le droit à beaucoup de surnoms, mais certainement pas à celui-là, ricane-t-il en s'approchant de moi.

Blasée, je roule des yeux en l'air alors que des fourmillements serpentent mon bas-ventre lorsqu'il me frôle. Il rit en attrapant mon bagage. J'adore le Neal enjoué. Bon d'accord, je l'adore tout court.

En sortant de l'immeuble, il m'observe avec intensité. Les traits de son visage affichent plus une mine préoccupée que taquine.

– Quoi ? le questionné-je, confuse.

– Tu n'es pas obligée de subir leurs conneries.

L'intonation coléreuse dans sa voix apaise la tension en moi.

– Si, je le suis. Je ne vais pas le nier. Mais je n'ai pas dit mon dernier mot !

– Tu as toujours mon bracelet ?

Quelle question ! Il n'y a que sous la douche que je ne rechigne pas trop à le retirer. Pour toute réponse, je soulève ma manche.

– Il ne me quitte pas.

Il me sourit de toutes ses dents.

– N'oublie pas qu'il est un rappel à la force qui est en toi.

La dernière fois qu'il me l'a dit, c'était après avoir porté plainte à la police. *« C'est une sacrée victoire, ma belle. Je suis super fier de toi ! »* Ses mots ont infiltré les pores de ma peau jusqu'à pénétrer mon cœur et mon esprit. Il avait raison.

Après leur visite musclée dans la fraternité de ce violeur, qui a fait grand bruit, celle-ci l'a dégagé de ses rangs. Une de ses victimes, Dana m'a contactée. Elle a décidé de créer un groupe sur Facebook pour recueillir un maximum de témoignages pour le poursuivre en justice. Bien entendu, je suis de la partie ! Ce sont les cours d'autodéfense qui ont provoqué mon déclic. Au risque que mes parents finissent par l'apprendre, je saurai faire front maintenant, et ce, depuis que je me sens enfin en paix avec moi-même. Et franchement, ça n'a pas de prix !

– Je ne risque pas de l'oublier.

L'émotion dans ma voix est palpable. Il hoche la tête d'un air satisfait, puis installe mon bagage dans le coffre de la voiture. Quand il se redresse, il a un sourire espiègle accroché aux lèvres.

– Est-ce que *mon* tee-shirt que tu ne m'as toujours pas rendu est dans ta valise ?

Je ne m'attendais pas à cette question et mon expression coupable, prise la main dans le sac, déclenche son hilarité. Comme si cette nouvelle le réjouissait, il avale la faible distance entre nous pour m'enlacer. La surprise passée, je fonds dans ses bras et me laisse envelopper par sa chaleur entêtante. À part des effleurements, il ne m'a plus touchée depuis nos préliminaires interrompus, et ça m'avait terriblement manqué !

– Aïe ! s'écrie-t-il en se frottant le crâne.

– Enlève tes sales pattes de ma frangine, gronde mon frère.

Neal s'exécute. Quant à moi, ça me fout en rogne.

– Mêle-toi de ton cul, Matt !

– Et toi, fais gaffe au tien, riposte-t-il sur un ton de mise en garde en fourrant son gros sac dans le coffre.

– Une menace ?! T'as oublié que je savais me défendre maintenant. Il est peut-être temps qu'une femme te botte le derrière, et je serai ravie d'être la première d'une longue liste.

Il secoue la tête, plus amusé qu'autre chose, puis ouvre la portière côté conducteur. *C'est ça, fais le malin !* Je reporte mon attention sur Neal. Un sourire insolent aux lèvres, les doigts derrière sa nuque, il me scrute avec ardeur. Son magnétisme sensuel me coupe le souffle, et j'en oublie même de respirer. C'est le frisson d'excitation qui me ramène sur terre, et je suis à deux doigts de le prendre en photo. Il faut que j'immortalise cette...

– Lilou, monte ! s'agace Matt.

– *J'arrive !*

Il m'énerve déjà.

Je fais le tour de la voiture et m'empresse de lui donner un rapide baiser, puis lui chuchote à l'oreille.

– J'ai laissé des sous-vêtements dans mon tiroir. Juste au cas où tu serais intéressé.

J'emporte son rire avec moi qui fait battre mon cœur plus vite. Le rendant plus vivant que jamais.

Nous quittons l'université de Denver pour Torrington dans le Wyoming.

– Je t'interdis d'envisager la possibilité d'une relation avec Rendall.

Et voilà, c'est reparti pour un tour !

Sauf que cette fois-ci, je suis coincée dans une voiture, sans aucune possibilité de me tirer. Pas comme la dernière fois où lasse de sa mise en garde, j'ai quitté l'appart en claquant la porte.

Je soupire de frustration. Quatre heures en tête à tête et il commence déjà à me prendre le chou avec Neal. L'attirance et les sentiments de plus en plus puissants que je ressens pour mon crush ne sont pas un sujet que j'ai envie d'aborder avec lui. Pour lui faire comprendre que je n'en ai rien à foutre de son interdiction, j'augmente le volume de la radio pour le faire taire. En représailles, il l'éteint carrément !

– Tu n'as rien à m'interdire ! m'écrié-je, excédée. Et ça ne te regarde pas !

– Arrête tes conneries ! Neal n'est pas un mec bien avec les nanas. S'il te fait du mal, parce qu'il va t'en faire, crois-moi, je vais devoir en venir aux mains. Et je n'en ai franchement aucune envie !

Face à mon mutisme buté, il hausse la voix :

– Merde, Lilou ! Tape-toi n'importe quel mec, mais pas lui.

– Je sais que vous avez des projets ensemble, et que c'est important pour toi. Mais c'est aussi mon coloc, et je n'ai aucune intention de foutre le bordel entre vous.

– C'est une promesse ?

– Bien sûr que ça en est une. Fais-moi confiance, et laisse-moi gérer mes histoires !

– Pas sur ce coup-là. Désolé ! Je le connais depuis cinq ans et je peux t'affirmer sans l'ombre d'un doute qu'il n'est pas du genre à s'engager dans une relation. Il a dû te prévenir d'ailleurs. Mais, *toi*, t'es trop têtue et sentimentale pour l'écouter. Tu vas t'attacher !

– Je ne tomberai pas amoureuse de mon enfoiré de coloc ! lui mens-je honteusement, ma frustration et ma colère s'enflammant. Et pourquoi est-ce inimaginable qu'il puisse tomber amoureux de moi ?!

– Parce que t'es trop jeune ! Il ne s'engagera pas dans cette voie-là.

L'inflexion catégorique dans sa voix m'interpelle.

– Tu me caches quelque chose ?

Je ne sais pas pourquoi, mais son petit sourire suffisant qui effleure ses lèvres me signale que je viens de lui révéler toute mon ignorance.

– Tu connais peu de choses de lui. Mais ce que je peux te dire c'est que si tu le connaissais un peu mieux, tu comprendrais que vous deux c'est *impossible*. Fais-moi confiance, il ne se compromettra pas avec toi. Tu n'es pas le genre de nana auquel il s'intéresse. Alors, petit conseil, laisse tomber !

La douche froide ! Et c'est peu de le dire ! Je me remémore une discussion que j'ai surprise entre eux dans la cuisine il y a quelques jours alors qu'ils ignoraient tout de ma présence. J'avais le secret espoir que mon coloc parlait de moi.

– Chelsea est chaude comme de la braise, lui explique mon frère. C'est quoi ton problème ?

– J'ai pas la tête à ça.

– On a toujours la tête à ça ! Balance, mon vieux !

– J'ai une nana en tête.

– OK, et où est le problème ?

– C'est compliqué.

– Alors, laisse tomber et passe à autre chose.

– C'est difficile.

– Compliqué. Difficile ! Bordel, Rendall, tu fous quoi là ?!

– Ne t'en mêle pas, réplique ce dernier, plus agacé qu'autre chose.

– Je la connais ?

Le silence s'invite et je suis presque à découvert pour ne rien manquer de la réponse.

– Elle ne côtoie pas notre cercle.

– C'est mieux pour toi ! Sinon il y a des chances qu'on soit plusieurs à être passés dessus, se marre Matt.

Apparemment, j'ai laissé mon cœur s'emballer un peu trop vite.

Aïe... C'est plus douloureux qu'imaginé. Ma vue se trouble. Je détourne le regard et cligne rapidement des cils pour ne pas me mettre à pleurer.

Il ne faut surtout pas que Matt s'en aperçoive. Sans réfléchir à mon geste, je tripote mon bracelet comme s'il avait le pouvoir d'apaiser la douleur dans ma poitrine, puis fixe d'une œillade distraite le paysage qui défile à toute vitesse.

– C'est nouveau ?... C'est lui qui te l'a offert ?

Je le dévisage et remarque son froncement de sourcils. Excédée, je souffle en esquissant une expression fermée, peu désireuse de lui en révéler plus. Il le comprend et reporte son attention sur la route. Même si je chéris le souvenir de cette fin de soirée torride passée ensemble, il devient évident que je me suis fait un putain de film romantique. Pourtant il m'a confié que j'étais la première femme à qui il offrait un bijou… Il me l'a sans doute offert parce qu'il culpabilise encore de ce qui aurait pu m'arriver… *Bon sang ! Je ne sais plus quoi penser…*

– Ma puce ? m'interpelle Matt en me sortant de mes pensées.

– M-mh, marmonné-je sans le regarder.

– Je ne suis pas aveugle, m'avoue-t-il d'une voix adoucie. Il tient beaucoup à toi. Je le vois à sa façon de se comporter avec toi. T'es une jolie fille, j'imagine que pour un gars tel que Neal, ça doit être compliqué de te résister. Mais s'il finit par craquer, car je te connais suffisamment et quand tu veux quelque chose, tu fais tout pour l'obtenir…

– C'est d'famille alors, riposté-je avec sécheresse.

Il se marre alors que de mon côté, je n'en mène pas large. C'est comme s'il lisait dans mes pensées et qu'il prenait soin de défoncer à coups de batte de baseball mes derniers doutes. Mes derniers espoirs sur une hypothétique relation avec son meilleur pote. Un super pote qui lui a très certainement caché nos baisers échangés dont le premier était de son initiative. Mais c'est bien trop précieux pour moi pour que je prenne le risque de tout gâcher.

– D'une manière ou d'une autre, il va te briser le cœur.

– C'est bon ! T'as fini ? m'agacé-je.

– Yep.

J'allume l'autoradio et laisse les notes d'un morceau de rock envahir mes tympans. Je ferme les paupières pour signaler à mon frère que j'ai besoin d'un moment de paix. Il serre ma main dans la sienne, comprenant parfaitement ce que je ressens. Il ne m'a pas mise en garde de bon cœur, je suis consciente qu'il essaye de me protéger comme il l'a toujours fait. J'ai beau avoir envie de nier l'évidence de notre conversation, mais il a raison. Neal flirte et me désire, je n'ai aucun doute là-dessus, mais pas assez pour qu'il flanche. C'est mon acharnement à ce qu'il me succombe qui pourrait faire la différence. Mais ensuite, il passerait vite à autre chose alors que je suis bien trop éprise de lui pour m'en remettre. J'ai envie d'ouvrir la fenêtre et d'y jeter mon cœur pour ne plus jamais laisser personne le piétiner ou lui permettre de s'enticher du mauvais garçon.

Si mon moral n'était déjà pas au beau fixe, il l'est encore moins lorsque Matt se gare devant le parking familial en coupant le moteur. Plus je vois mes parents et plus le fossé entre nous se creuse. Je soupire de frustration et de résignation.

– Ça va aller, me réconforte Matt.

– J'imagine que pour toi, *oui.*

– Je suis là. Tout se passera bien.

Je prends une posture défensive en le dévisageant.

– Tu t'entends ?! Et le jour où tu ne seras pas là ? Je n'aurai qu'à fermer ma gueule et acquiescer à tout ce qu'ils disent. Pour soi-disant mon propre bien !

Il me scrute, les lèvres scellées. En même temps, il sait très bien que c'est parfaitement injuste. Lui peut se comporter comme un enfoiré avec les femmes. Vivre comme bon lui semble, nos parents lui laissent tout passer. Parce que c'est l'enfant prodige ! Ils peuvent donc fermer les yeux sur ses écarts de conduite. Quand j'étais ado, Matt avait une libido très libérée et ça a très peu changé. Un vrai bourreau des cœurs ! Résultat des courses : des filles en pleurs et des parents furax.

Ils ont toujours fait front jusqu'à mon écart de conduite à moi. Je ne sais pas si je saurai un jour leur pardonner. Mais j'ai accepté de venir, alors je vais mettre mes griefs de côté.

– C'est parti !

– Ça, c'est un putain de cri du cœur, se marre-t-il en me tirant à lui.

À peine sortis du véhicule, nous sommes accueillis par nos parents qui se réjouissent de notre arrivée. Les mots fusent, les éclats de rire s'expriment alors que ma voix reste muette. Les gestes affectueux émergent : une main complice autour des épaules de Matt de la part de mon père. Quand il accapare trop son attention, il faut que ma mère renchérisse pour attirer la sienne en enlaçant sa taille. Et moi à la traîne, comme si j'étais insignifiante.

Quel beau portrait de famille !

Après avoir monté nos valises dans nos chambres, on se retrouve tous réunis autour de la table. Je me force à manger pour donner le change alors que j'ai l'estomac en vrac. Ouais, je suis à cran, tendue et un peu trop stressée à mon goût. Je pensais m'être immunisée contre l'influence ou le jugement de mes vieux, mais il n'en est rien. J'ai l'impression que chaque geste est épié par ma mère. J'ai beau sourire et bien me comporter, j'ai toujours cette sale impression de ne jamais être à la hauteur en sa présence. Il faut avouer que ses crises de pleurs et sa colère à peine contenue dès qu'elle a appris ma relation avec un prof marié ne m'ont rien épargné durant des semaines. C'est à peine si elle me tolérait et lorsqu'elle posait ses yeux sur moi, je pouvais lire la profonde déception que je lui inspirais. Pas très glorieux tout ça, et encore moins quand mon paternel a cautionné chacun de ses gestes, chacune de ses décisions, chacune de ses sentences. Lui, directeur d'un lycée huppé, soutient avec fierté sa femme, secrétaire du maire, puis organisatrice d'événements pour des associations caritatives, qui souhaite mener en parallèle une carrière politique. Eux, catholiques pratiquants dans l'âme, j'ai terni leur réputation et son ascension à elle.

Je jette un regard circulaire dans la pièce. Cette maison soignée et parfaitement entretenue, son odeur fleurie, des parents toujours tirés à quatre épingles font ressurgir de mauvais souvenirs à la surface… De très mauvais souvenirs. Je soupire assez fort pour attirer trois paires d'yeux sur moi.

Merde !

– Un problème, ma fille ? s'enquiert mon paternel d'un ton bourru.

– Aucun, lui réponds-je alors que mes prunelles lui hurlent le contraire.

– Aurais-tu un souci avec ton téléphone ? m'interroge-t-il avec curiosité.

– Euh… Non.

Les traits de son visage se durcissent.

– Qu'est-ce qui t'empêche de rappeler ta mère lorsqu'elle cherche à te joindre ?

Bon sang ! C'est parti pour un tour…

– Oh tu sais, les cours, les révisions, les travaux à rendre… Les rendez-vous *imposés*. Tout ça me prend beaucoup de temps, riposté-je d'une voix suintante le sarcasme.

C'est plus fort que moi, il m'attaque, je contre-attaque sinon je me fais bouffer. Aussi douloureux soit-il, je ne peux plus le tolérer. Je lui tiens tête, quitte à me montrer sous mon mauvais jour.

– Ta mère doit être dans tes priorités, me tacle-t-il. Tâche de ne plus l'oublier !

– En parlant du rendez-vous, tu as fait bonne impression à Chris, intervient-elle avec enthousiasme.

Je cligne des yeux, toujours épatée par sa maîtrise à ne retenir que ce qui l'arrange.

– À ses parents également, ajoute mon paternel d'un rictus satisfait.

– Il se désole de ne pas pouvoir nous rendre visite demain. Il passe Thanksgiving en famille dans le Montana, mais il pense à toi et *t'embrasse.*

Je connais les termes de notre accord, mais je n'ai plus envie de jouer cette mascarade avec eux.

Chapitre 14

Je pose ma fourchette piquée de haricots pour recouvrir mon bracelet de mes doigts. Je le touche et le fais tourner autour de mon poignet. « *Il est la force, Lilou. La force que tu représentes, alors sois à la hauteur* ». Je fixe ma mère sans sourciller :

– Je ne vais pas le nier, j'ai passé une bonne soirée avec Chris, mais je ne suis pas intéressée.

– Bon sang ! s'insurge le paternel.

Mon frère baisse son regard, dépité que j'aie ouvert ma grande gueule. Ce qu'il ne comprend pas c'est que j'aurais peut-être la paix un certain temps, mais ça ne durera pas. Je veux prendre mes propres décisions, que ça leur plaise ou non ! Quitte à me rendre malade par la suite de ne jamais voir leurs yeux briller d'admiration pour moi. Je reporte mon attention sur ma mère qui maîtrise tant bien que mal son agacement. Sa lèvre se tord sur le côté, suivi d'un tic nerveux. Mes ongles se plantent dans la paume de ma main attendant le venin de ses mots.

– Tu joues bien les filles difficiles ! C'est un homme respecté qui a une belle situation…

Rien à foutre ! ai-je envie de hurler.

– Il saura prendre soin de toi.

– Je n'éprouve aucun sentiment pour lui. Comment voulez-vous que je sois heureuse à l'idée qu'on forme un couple ?!

– Il est prêt à assumer ton passé, insiste-t-elle en m'ignorant.

– Lilou est géniale telle qu'elle est, intervient Matt. Elle n'a pas besoin...

– Ne t'en mêle pas, fils ! vocifère le paternel.

Ce n'est pas le moment de flancher. Deux petits jours, Lilou, ce n'est pas la mer à boire.

Le regard d'impuissance que me lance mon frère, ainsi que sa mâchoire serrée, me fendent le cœur. Je secoue discrètement la tête, lui signalant que je gère, et écoute la suite sans broncher en tenant mon bracelet comme si ma vie en dépendait.

– Ta mère fait tout son possible pour arranger les choses ! Tu m'entends, Lilou. Arrête de lui manquer de respect ! rugit-il de contrariété.

– Est-ce si difficile à comprendre que seules mes études comptent pour moi ?! Je suis trop jeune pour me caser !

Matt esquisse un sourire en coin. Il faut bien que je tire un certain profit de notre discussion dans la voiture.

– Tu ne peux pas être aussi catégorique après un unique rendez-vous, déclare ma mère comme si je racontais des inepties. Tu vas lui accorder une autre chance !

– Tu n'as pas les moyens de faire ta difficile, assène mon paternel, aspirant l'oxygène autour de la table. Il veut te revoir, et tu feras en sorte que tout se passe bien !

– Je…

– Tais-toi ! crie-t-il, cramoisi. Tu es une fille ingrate. Si tu études à l'université sans te tracasser des coûts que ça engendre, c'est grâce à *nous* ! On a travaillé dur pour mettre cet argent de côté !

Sa carrure est impressionnante. Il a joué pendant des années au football américain, et j'ai toujours appris à me méfier de sa poitrine qui se gonfle de manière saccadée. L'unique fois où il a porté la main sur moi était après la visite de la femme de Jamie, et la baffe administrée m'a presque assommée. Depuis, j'essaye de modérer mes propos alors qu'avant, ma répartie l'impressionnait. Quoiqu'à cet instant, j'aurais préféré une autre gifle. Ça aurait été moins douloureux puisque je prends conscience qu'ils ne me pardonneront jamais. Dès que je ne me comporterai pas comme ils le désirent, ils m'assèneront, à coup de regards et de mots, à quel point je suis une déception à leurs yeux.

– Maintenant, ça suffit, coupe ma mère d'une voix adoucie. Nous n'avons plus beaucoup d'occasions de nous retrouver en famille, alors faisons en sorte que le reste de votre séjour se passe bien.

Elle dévisage chacun d'entre nous et un silence religieux lui répond en retour, ce qu'elle prend bien évidemment pour un accord tacite de notre part. Satisfaite, elle porte son attention sur moi.

– Rose arrive demain matin. Il faudrait préparer la chambre d'amis.

– Sans façon ! s'exclame Matt d'un ton badin pour détendre l'atmosphère. J'aime bien notre tante, mais pas à ce point-là.

– Je m'en occupe ! m'écrié-je en souriant, le cœur plus léger.

Tante Rose est la femme que j'aime le plus au monde. Elle m'a toujours apporté son soutien sans jamais porter aucun jugement. Avant ma rentrée universitaire, je me suis terrée tout l'été chez elle. J'avais besoin de ce refuge pour me reconstruire. Elle a un cœur en or et je me suis vautrée, puis roulée dans son trop-plein d'amour.

– Elle vient seule ? se marre Matt.

– Oh oui ! Et c'est préférable, répond-elle, d'un ton pincé en secouant la tête. Elle choisit toujours des cas désespérés. Il est temps qu'elle grandisse un peu !

Plein de réprobation dans sa voix, plein d'approbation dans la mienne.

– Elle est parfaite telle qu'elle est.

– J'avoue qu'elle me fait craquer, renchérit Matt. Si elle n'était pas ma tante…

Sa phrase mise en suspens provoque mon hilarité, puis la sienne. À 33 ans, belle au naturel, Rose change de petit ami au gré de ses humeurs et ne tient jamais en place. Je crois qu'elle a habité dans tous les états américains. À cause de sa stérilité, elle n'a pas eu d'enfants et ne semble pas s'en plaindre. Pourtant, je n'ai aucun doute qu'elle aurait été une merveilleuse maman.

L'humour douteux de Matt parvient même à dérider nos vieux pour que la fin du repas se passe au mieux.

De retour dans ma chambre, j'envoie un message à ma tante.

<u>À Rosy :</u>

[Je suis impatiente de te revoir. Tu m'as manqué ! C'est moi qui viens te chercher à la gare.]

Je m'assois sur mon lit et scanne la pièce d'un œil plein de nostalgie. Je ne suis plus cette fille insouciante sur les photos souvenirs du lycée. La pom-pom girl, sûre d'elle, au sourire lumineux, entourée par un impressionnant cercle d'amis. Enfin *amis* est un bien grand mot lorsque j'ai découvert qu'ils m'avaient tous jugée ou tourné le dos après la révélation au grand jour de ma liaison avec Jamie, qui a perdu par la même occasion son boulot. Il était super apprécié des étudiants et moi, je n'étais qu'une garce sans scrupules. Les mots « *salope* » et « *traînée* » avaient été tagués plusieurs fois sur mon casier, et même chuchotés en ma présence. Le dernier mois au bahut a été un enfer. Je me suis blindée et ai mis un point d'honneur à montrer aux élèves que leur dégoût ou leur méchanceté ne pouvaient pas m'atteindre. *Il fallait bien que je sois à la hauteur de ma réputation*, pensé-je avec amertume. Quand mes vieux m'ont interdit de me rendre au bal de fin d'année comme punition, moi, j'avais vu ça comme une bénédiction. Je n'y serais jamais allée de toute façon !

L'arrivée d'une notification me sort de mes sombres pensées. J'attrape mon téléphone dans la poche de mon sac et découvre un message de Neal. Rien que son nom esquisse mon sourire.

<u>De Neal :</u>

[Est-ce que je devrais bientôt consulter les faits divers ?]

À Neal :

[???]

De Neal :

[Homicide dans le Wyoming 😉]

Je glousse.

À Neal :

[Tu viendras payer ma caution ?]

De Neal :

[Je viendrai plutôt te sauver des méchants]

À Neal :

[Si je te prenais au mot ? Disons... tout de suite]

De Neal :

[Besoin d'en parler ?]

Il est dans sa famille avec qui les relations sont plutôt fusionnelles d'après les bribes que j'ai pu capter, et il est tout de même présent pour moi. *Ne t'engage pas dans cette voie, Lilou !* Il a d'autres chats à fouetter que ma guéguerre avec mes vieux. Je dois surtout m'éloigner de cette relation avec un Neal attentionné, taquin et sexy en diable, sinon je ne survivrai pas à la tempête qu'il représente. Mon cœur sera une plaine de désolation et je n'aurai que mes larmes pour me flageller de ma stupidité.

À Neal :

[Non. Je gère ! 😉]

Les trois points m'indiquent qu'il me répond. Telle une mordue, je fixe l'écran et me réjouis d'être à cet instant la source de son attention.

De Neal :

[N'oublie pas. La force n'est pas seulement en toi. Tu es la force.]

Il démolit à coup de bulldozer les murs de protection que je tente d'ériger.

À Neal :

[T'es trop chou 😉]

De Neal :

[Tu n'es pas bonne pour mon ego.]

Et toi, tu n'es pas bon pour mon cœur…

Je reçois un nouveau message mais de ma tante cette fois.

De Rosy :

[Je suis impatiente, mon coquelicot. À demain.]

Et moi donc !

***

Devant le quai, j'attends l'arrivée du train. Lorsque les portes s'ouvrent, j'aperçois une longue chevelure de feu. À peine ma tante touche le sol que je lui saute dans les bras en soupirant de joie. J'inspire à fond son odeur de fleur d'oranger qui me rassure. Maintenant, je sais que le reste de mon séjour se passera bien.

– Je suis heureuse de te revoir, mon coquelicot, déclare-t-elle en me serrant dans ses bras. Tu m'as beaucoup manqué.

– Et à moi, t'as même pas idée !

Elle jette un coup d'œil sur sa montre.

– On a le temps d'aller prendre un café ?

– Je pense.

– Ils nous attendent vers quelle heure ?

– Grand Ma, tante Kallie et les cousines, Ashley, Méryl et Janet, sont arrivées tôt ce matin pour aider maman en cuisine. Le repas est prévu vers 13 h.

– Mon Dieu ! Rien que leurs prénoms me donnent déjà le tournis. Oublie le café, la vodka sera parfaite.

Je pouffe alors qu'elle passe son bras autour du mien pour m'entraîner vers le premier café du coin.

– Il me faudra bien ça pour encaisser les retrouvailles ! ajoute-t-elle.

Mes lèvres laissent échapper un éclat de rire en décelant une note d'humour dans son timbre de voix. Elle a appris à se moquer de l'avis de sa famille concernant son mode de vie. Mais à chaque réunion de famille, c'est toujours la même rengaine, il est temps qu'elle se trouve un homme pour se poser et qu'elle arrête de changer d'employeur tous les trois mois. Esthéticienne de formation, elle crée des produits de beauté à base de produits naturels et en fait la promo dans les spas du pays. Elle est sa propre patronne, mais personne ne semble vouloir le comprendre. Sauf ma cousine !

– Ah au fait, tu vas prendre Janet en stage ?

– Après que ma sœur m'a fait la peau, très certainement. Heureusement, Janet est très douée ! Ce serait dommage de gâcher un tel talent.

On a beau rire sur les menaces de ma tante Kallie, on n'est pas si loin de la réalité.

– Et surtout, elle te veut comme mentor ! Elle adore ton travail et le respecte.

On s'installe à une table et lorsqu'elle me dévisage, ses prunelles chocolat s'adoucissent d'un éclat doré. Je la connais suffisamment pour savoir que je viens de la toucher.

– C'est tout ce qui m'importe ! Mais tu connais ta tante, je vais en entendre parler durant tout le repas. Je te parie d'ailleurs qu'elle prépare le terrain en mon absence pour mettre tout le monde dans sa poche. Que je suis bien trop irresponsable pour prendre soin de son bébé.

– Au moins, elle te laissera tranquille avec ton hypothétique futur mari.

Elle lève les mains en l'air d'un signe d'impuissance.

– C'est le double maléfique de ta mère, aucune chance qu'elle passe à côté d'une telle occasion.

La tête basculant en arrière, j'éclate de rire, suivie par son gloussement.

– Toujours aucun prétendant ? la taquiné-je.

– Aucun n'est assez suicidaire pour prétendre au poste, réplique-t-elle d'un sourire éblouissant.

– Bonjour ! Que puis-je vous servir ? nous interrompt un serveur d'un certain âge.

– Vous auriez du thé à la verveine ?

– Oui, Madame.

Elle me fixe et d'un hochement de tête, accompagné d'un sourire, je lui confirme mon assentiment.

– Deux, s'il vous plaît.

Il note la commande et disparaît vers une autre table à servir.

– Ça m'avait manqué, lui confié-je en repensant à mon séjour chez elle. Nos discussions autour d'une tasse de thé.

– À moi aussi mon coquelicot, me confie-t-elle en me scrutant avec intensité. Il y a quelque chose qui te préoccupe ?

– Rien ne t'échappe, lui réponds-je, un sourire au coin des lèvres.

Elle pose sa main sur la mienne.

– Tu en souffres toujours autant ?

– Oui. Mais j'ai bien l'intention de laisser toute cette histoire derrière moi. Seulement mes parents en ont décidé autrement ! Ils veulent me caser avec le fils d'un de leurs amis. On s'est peut-être bien entendus, mais aucune chance que je développe des sentiments pour lui.

– Et ils ne veulent pas le comprendre ? s'enquiert-elle en pinçant ses lèvres de contrariété.

– Pas vraiment. Mais je n'ai pas l'intention de les laisser mener ma vie à ma place.

– Bien ! C'est exactement ce que je voulais entendre ! s'exclame-t-elle, une lueur de fierté dans le regard. Même si je t'ai dit le contraire, j'ai détesté l'idée que ma sœur ait osé t'imposer une université pour que ton frère garde un œil sur toi. Je veux que tu me promettes que si un jour ça va trop loin avec eux, tu me préviendras ?

– Pourquoi je devrais te mêler à tout ça ? Tu en as déjà assez fait.

– Promets-le-moi, insiste-t-elle sur un ton solennel.

– D'accord.

– Bien ! Je sais que la pression de la famille est souvent forte, mais ne laisse plus jamais personne te voler tes rêves.

La dévotion dans sa voix provoque mon sourire jusqu'aux oreilles.

– Et avec ton enfoiré de coloc, ça se passe comment ?

Le serveur revient avec nos boissons chaudes qu'il pose sur la table.

– Merci ! nous déclarons de concert.

J'attends qu'il s'éloigne pour prendre sa défense.

– Il n'est pas aussi enfoiré que ça, tu sais.

Elle arque un sourcil en me scrutant. L'intensité de son regard provoque une légère rougeur sur mes pommettes. Elle écarquille les yeux de surprise.

– Mais dis-moi, dans ton dernier mail, tu as oublié de me dire que tu craquais pour lui, glousse-t-elle de plaisir.

– Craquer ! Tout de suite les grands mots ! Il embrasse juste comme un dieu, lui avoué-je en une innocence feinte.

Ses paumes s'abattent sur la table à l'instant où un rire jaillit du fond de sa gorge.

– Petite cachottière, réplique-t-elle en reprenant son souffle. Et Matt réagit comment ?

– Oh la la, tata Rosy, ne t'emballe pas trop vite, hein !

En entendant son petit surnom, elle grimace d'horreur alors que mon hilarité ricoche aux quatre coins de la pièce. Je prends le temps de lui expliquer toute l'histoire et la frustration de savoir qu'une histoire entre nous est impossible. Et puis, je ne suis pas prête à déguster pour un autre homme.

– Lâche prise et laisse-toi vivre ! Tu es assez intelligente pour savoir t'arrêter à temps, me conseille-t-elle en buvant une gorgée de son thé.

– Même si j'en souffre encore chaque jour.

Elle comprend que je parle d'un tout autre sujet. Son visage est empreint de chagrin lorsque sa main se resserre sur la mienne.

– Oh, mon coquelicot ! Justement, tu feras tout pour protéger ton cœur.

– Je l'espère.

– Et puis, je pense que tu sous-estimes les sentiments de ton… Comment s'appelle-t-il déjà ?

– Neal.

Elle opine de la tête.

– Qu'est-ce que tu veux dire ? l'interrogé-je, un peu perdue.

– Matt a pris la peine de te mettre en garde. Ce n'est pas rien.

– Il a lourdement insisté, tu veux dire.

– Justement. Ça ne lui ressemble pas.

– C'est parce qu'il est hyper protecteur avec moi.

– Et tu crois que son ami n'en est pas parfaitement conscient ? Pourtant…

Je sirote mon thé, digérant ses mots.

– J'aimerais que ça soit plus simple, lui avoué-je.

– Quel horrible mot ! se scandalise-t-elle. C'est le signe d'une vie chiante. Tu veux devenir comme ta mère ? Ou comme sa jumelle maléfique ?

J'avale de travers ma gorgée et tousse en recrachant un poumon au passage. Quand j'ai repris un souffle plus ou moins normal, je ris jusqu'à devoir m'essuyer les yeux.

– Sans façon. Tu tiens la forme ! Ça fait plaisir à voir, et à entendre surtout !

– C'est parce que je me prépare à l'affrontement.

– Désolée, *tata Rosy*, me reprends-je. Je vais savourer le fait que maman n'ait rien dit à personne de mon petit scandale pour profiter de grand Ma et de son adoration pour ma petite personne.

– Toi par contre, tu es carrément dans le déni ! pouffe-t-elle.

– Laisse-moi rêver, soupiré-je, le moral en berne.

Elle lève le bras pour attirer l'attention du serveur pour lui commander deux nouvelles tasses de thé.

– Allez, mon coquelicot ! Il nous reste une heure pour refaire le monde et nous convaincre que ce repas de Thanksgiving ne sera pas un désastre !

Chapitre 15

Enfin de retour au campus !

Je n'ai jamais été aussi heureuse de retrouver cet endroit.

J'ouvre la porte de ma chambre et soupire de bien-être.

– Je suis fière de toi, se gausse Matt, tu as survécu à cet horrible séjour !

Un rictus plein de mépris aux lèvres, je pivote sur mes talons tout en lui adressant mon majeur, puis lui claque la porte au nez. Quel gros lourd ! Dès qu'il trouve un os à ronger, il est pire qu'un pitbull qui refuse de lâcher son jouet. Facile pour lui quand presque toutes les femmes de la maison n'ont eu d'yeux que pour lui, pour son bagout de charmeur à deux balles et pour son sourire perpétuel d'enfoiré prétentieux. Quant aux hommes de la lignée Evans, ils se sont enorgueillis des projets de Matt qui a prévu de faire un stage dans un des plus gros cabinets de la haute finance à New York. Avec Neal, bien sûr.

Je traîne ma valise jusqu'à mon lit lorsque je remarque un tee-shirt noir plié sur mon oreiller. Je fronce les sourcils en m'approchant du vêtement qui ne me rappelle rien. C'est quand je m'en empare et le déploie que sa fragrance me percute les narines de plein fouet. Un frisson de plaisir s'épanouit sur ma peau tandis que mon cœur exprime sa joie en tambourinant comme un fou.

Neal.

C'est son tee-shirt avec le logo du groupe The Ramones inscrit dessus… Mais qu'est-ce qu'il fait sur mon lit ? Je le porte de nouveau à mon nez et le hume en me shootant à son odeur. Quand je surprends des éclats de voix, puis de rire, mon sourire n'en finit pas de s'agrandir en réalisant qu'il est de retour lui aussi. Bon, ce n'est pas le moment que j'aille à sa rencontre, je me sens trop à fleur de peau pour risquer de faire une connerie, du genre l'embrasser à pleine bouche.

Après avoir vidé ma valise et tout rangé, je n'entends plus aucun bruit dans l'appart. Ils sont peut-être sortis ? Je m'aventure dans le couloir au moment où Matt referme la porte d'entrée sur lui en fixant son téléphone.

– Les affaires reprennent ! m'exclamé-je d'humeur badine.

Il lève son nez de l'écran et me dévisage, un pur sourire malicieux accroché aux lèvres.

– T'as même pas idée. Ce séjour m'a déprimé !

– T'es pas vite gêné, ricané-je, mauvaise. On ne t'a pas assez baisé les pieds, peut-être !

– Baisé tout court, frangine. Je suis en manque !

– T'es écœurant, répliqué-je en secouant la tête d'amusement.

– RENDAAALL ! gueule-t-il pour tout l'immeuble. RAMÈNE TON CUL !

Ma peau se hérisse d'excitation à l'idée de le revoir, et quand il ouvre sa porte, les cheveux en pagaille, le teint toujours hâlé, il est plus beau que jamais. Bon sang ! J'ai l'impression d'entendre les battements de mon cœur résonner dans l'étroit couloir.

– Tu peux brailler encore plus fort, Ducon ?!

Je pouffe et sa tête pivote vers moi à la rapidité de l'éclair. Son expression se détend aussitôt, arborant un sourire qui lui mange le visage.

– Salut, ma belle !

– Salut, mon mignon !

Il se marre, et l'échange de regards silencieux devient de plus en plus intense au fil des secondes. Ses yeux gris prennent cette teinte chaude presque en fusion que j'affectionne tant. C'est comme s'ils voulaient me chuchoter des mots interdits, des mots qu'il pense tout bas. Sans m'en rendre compte, je me suis suffisamment approchée de lui pour…

– Rendall ! braille Matt en exprimant sa désapprobation. Nina nous attend.

– Pas sur ce coup-là.

– Ah ouais, tu m'expliques ? l'interroge-t-il d'une voix grondante.

Ce qui ne plaît pas à Neal, et d'un coup, je me sens de trop.

– J'ai un rencard de prévu, lâche-t-il platement.

Merde !

– La nana mystérieuse ? s'enquiert Matt de son air carnassier.

– Ne recommence pas, l'avertit Neal, la mâchoire contractée.

– On sera au Little Red Door si tu changes d'avis ou, tu sais… pour nous la présenter.

– Ouais, compte sur moi, réplique-t-il d'un ton mordant.

Matt s'esclaffe et se tire de l'appart, comme s'il n'avait pas plombé l'ambiance, et mon moral surtout ! Ça doit être la fille dont il devait parler avec Matt lorsque j'ai surpris leur conversation la semaine dernière. Je me sens perdue, déçue, blessée alors qu'il ne me doit rien, et un brin énervée contre lui d'attiser mon désir. Mais rien à voir avec la colère que j'éprouve contre moi-même de ne pas parvenir à lui résister.

– Alors ce repas de Thanksgiving ? me demande Neal en rentrant dans sa chambre.

– Pénible, lui confié-je en lui emboîtant le pas.

Les mains croisées dans le dos, je m'adosse contre le chambranle en l'observant vider son grand bagage noir sur son lit. Il s'esclaffe.

– Je suis déjà au courant. C'est la dernière chose que tu m'aies dite d'ailleurs !

Aucun reproche dans sa voix pour ne pas avoir répondu à son dernier message, mais le repas a été assez éprouvant pour que je me rende encore plus vulnérable en m'exposant auprès de lui. Comme si mon cœur n'était déjà pas assez impliqué ! Surtout quand je sais qu'il y a une autre fille dans la course. Je dois être celle qu'il a besoin de protéger parce qu'il se sent coupable. Perdue dans mes pensées, peuplées de doutes et d'accablement, je ne l'ai pas vu s'avancer vers moi. Mais quand sa paume effleure ma joue, une vague brûlante déferle sur ma peau.

– Ça s'est si mal passé ? m'interroge-t-il, l'air visiblement soucieux.

Je me soustrais à son attraction et marche jusqu'à son lit pour m'y asseoir.

– Pas autant que je m'y attendais, lui avoué-je. J'ai fait en sorte de m'intéresser à la vie de tout le monde comme si c'était follement passionnant. Dans un sens, le temps a filé plus vite. Grand Ma m'a souri plusieurs fois avant de partir. J'imagine que c'était plutôt bon signe.

– Comment ça ?

– Ma grand-mère fait figure d'autorité auprès de ma mère et de ses sœurs. Enfin sauf pour Rose. Donc si elle s'adoucit avec moi, les autres devraient suivre le même chemin. D'ailleurs, ma mère ne m'a plus parlé de Chris avant mon départ. Il faut dire qu'elle était tellement heureuse que le repas se soit déroulé sans incident !

– Encore ce mec ?

– Oui, mais plus pour longtemps.

Il opine de la tête d'un air soulagé. Je ne sais pas si je me fais des idées, mais mon coloc ne semble pas vouloir garder une certaine distance entre nous et s'assoit à quelques misérables centimètres de moi.

– Et pour ta mère, elle avait peur que tu ne saches pas te tenir ? me taquine-t-il, son sourire de voyou aux lèvres.

– Non, pas cette fois-ci, pouffé-je. Ma tante Rose était un plus gros challenge que moi.

– Matt dit que tu lui ressembles beaucoup.

– C'est un super compliment ! C'est une femme qui vit comme elle l'entend. Elle n'a besoin de rendre de comptes à personne. Elle aime les gens sans jugement, et j'aspire à être comme elle.

Sa cuisse se frotte contre la mienne et cette friction m'apaise.

– Est-ce qu'elle a un sourire aussi ravageur que sa nièce ? me questionne-t-il d'une voix traînante.

J'éclate de rire et me lève d'un bon pour me soustraire à son attraction.

– C'est quoi cette réplique à deux balles !

– Un compliment, mais raté apparemment ! répond-il, tout sourire, en appui sur ses coudes tendus en arrière, telle une gravure de mode. J'ai au moins le mérite de te faire rire.

– C'est clair ! Et toi, raconte ton séjour dans ta famille si fantastique !

– Hé ! Ne te fous pas de moi ! s'indigne-t-il faussement. Elle est fantastique, mais ça n'a pas toujours été le cas. Enfin bref, mon ado de sœur grandit trop vite, ce qui fait grave flipper Vince, et ma mère s'inquiète au sujet de mon alimentation.

– Oh mon Dieu ! Quelle horreur ! me moqué-je.

Ses lèvres s'étirent de complicité, faisant battre plus fort et plus vite mon palpitant.

– J'ai eu mon lot de légumes pour une année entière. Tout ça pour lui faire plaisir !

– Ta mère est un monstre !

Il chope l'oreiller derrière lui et me le balance en pleine poitrine en se marrant. Je m'en empare en éclatant de rire. Je dois réprimer mon envie de le porter à mon nez pour le humer à pleins poumons.

– Ton séjour a dû être un enfer à vivre ! renchéris-je en posant ma main sur le cœur.

– Je suis sérieux, t'as un putain de sourire. J'aime bien l'idée d'en être le responsable.

Mon monde s'arrête de tourner, juste le temps d'imprégner chacun de ses mots dans chaque pore, chaque fibre, chaque cellule de mon corps.

Si c'est de cette manière qu'il baratine les filles, je comprends qu'elles puissent devenir accros. Mais hors de question de le lui montrer ! Je penche la tête sur le côté, les yeux légèrement étrécis, et enchaîne d'une voix plus profonde :

– Pourquoi tu appelles ton père par son prénom ?

Son regard se rembrunit. Il se redresse en posant ses coudes sur ses genoux.

– Parce qu'il n'est pas mon père, même si je le considère tout comme.

– Et ton père ?

Ses prunelles brillent d'un éclat d'avertissement. Seulement, je ne lâche rien. Je le dévisage sans broncher, laissant le silence prendre ses aises entre nous.

– C'est un géniteur, rien d'autre, crache-t-il avec une hargne haineuse.

Obtenir cette bribe d'information m'envahit d'une vague d'exaltation. Ses prunelles s'obscurcissent quand il se relève et marche d'un pas de prédateur vers moi. Il est en train de se blinder, comme s'il mettait ses murailles bien en place. Il me coince contre son bureau, ses mains de part et d'autre de mon corps. Son contact m'enivre, sa chaleur me donne l'envie de me presser contre lui tandis que son regard brûlant me transperce de toute part.

– Ne fais pas ça, m'intime-t-il.

– Faire quoi ? chuchoté-je.

– Vouloir en savoir plus sur moi… Tu ne m'aides pas.

– Pourtant, je ne demande que ça, lui révélé-je, souffle contre souffle, chargé de désir.

– Arrête ! m'ordonne-t-il d'une voix tendue.

– Ce n'est pas mon intention.

Sa bouche fond sur la mienne. C'est un peu brutal, mais j'aime ça ! Puis, il me mord la lèvre comme s'il voulait me punir. Comme s'il me mettait en garde de m'intéresser plus à lui. Je gémis de plaisir et souris de défi. Mes doigts glissent dans sa chevelure que j'empoigne avec force. Il grogne en agrippant mes fesses et me soulève comme si j'étais un poids plume. Mes jambes se nouent autour de sa taille, me donnant un meilleur angle d'attaque pour accentuer la pression de nos lèvres. Nos dents s'entrechoquent tandis que nos langues se lancent dans une danse des plus torrides. La seule chose dont j'ai une conscience aiguë est la bosse dure et épaisse qui se frotte contre mon clitoris. Doux Jésus ! Fermant les paupières, j'ai besoin de recouvrer une certaine lucidité.

– Tu m'as embrassée.

– Parce que tu me rends dingue !

Il prend possession de mes lèvres encore une fois. C'est si profond si érotique, que mon gémissement provoque un grondement sourd du fond de ses entrailles. Il rompt notre baiser pour enfouir son visage dans mon cou et suce ma peau avec une avidité renouvelée avant de la mordiller. Mes yeux roulent à l'intérieur de leur orbite tandis que mon corps se cambre et ondule pour libérer cette tension explosive qui m'habite.

– J'ai une putain d'envie de toi, ma beauté, grogne-t-il.

– Moi aussi.

…

Je papillonne des cils pour m'arrimer à ma lucidité soudaine.

– Non !

– Non ? me questionne-t-il, les paupières lourdes de désir, en fronçant les sourcils.

– T'as un rencard, lui expliqué-je comme si je venais de fumer un paquet de clopes.

– Nan. C'était pour que ton frangin me lâche, me révèle-t-il en continuant de picorer ma peau de baisers brûlants.

– Matt a parlé d'une fille.

Je lis une bataille qui se déchaîne dans son regard, jusqu'à ce que je réalise que j'ai posé la question de trop. Il me relâche pour que mes pieds touchent terre. Mettant par la même occasion une plus grande distance entre nous. Il s'apprête à me répondre quand la porte d'entrée qu'on claque résonne jusqu'à nos oreilles. Les traits du visage de Neal se crispent d'appréhension, puis d'une horreur absolue.

Matt !

La chambre ouverte, il lui suffit de jeter un œil à l'intérieur pour nous voir et capter ce que l'on vient de faire.

– Merde, murmure-t-il entre ses dents.

Réaction identique à la dernière fois… et ça me déprime !

Il tient bien trop à l'avis de mon frère et à leur amitié pour assumer pleinement son désir pour moi.

– Lilou ? me hèle mon frère.

Emplie de crainte, mon cœur tambourine à tout rompre quand ses pas se rapprochent de nous sans s'arrêter.

– Ne bouge pas, m'intime Neal, occupé à mettre de l'ordre à ses cheveux indisciplinés, en expirant un coup sec.

Collée au mur, je l'observe disparaître à son tour dans le couloir.

– Elle est sortie !

– Merde ! Mon portefeuille est resté dans son sac. Elle est où ?

– Comme si j'en avais quelque chose à foutre de ses agissements, grogne mon enfoiré de coloc.

J'écarquille les yeux lorsque la sonnerie de mon téléphone s'enclenche. Je tends l'oreille quand je ne perçois plus que le silence.

– Elle est partie sans son sac ?... Sans son téléphone ? débite Matt d'un ton empli d'incrédulité. Ça ne lui ressemble pas.

– Sauf si c'est pour retrouver sa pote, l'informe Neal. C'est juste en face.

– Yep. Pas faux. Mais je n'aime pas qu'elle sorte sans son téléphone.

– Lâche-la un peu. C'est une grande fille !

Face au silence, j'imagine parfaitement mon frère le dévisager avec hargne.

– Apparemment, c'est l'instant conseil, rétorque-t-il en un ricanement mauvais. Alors à mon tour. Arrête de la dévorer des yeux comme si elle représentait ton prochain festin.

– Ah ouais, j'ai fait ça, moi ? réplique Neal d'une voix dégoulinante de condescendance.

– Lilou est trop bien pour toi.

– Aucun mec ne sera jamais assez bien pour ta frangine.

– Tu joues à quoi, Rendall ? grince des dents mon frère.

– À faire chier mon meilleur pote qui vire parano, se marre Neal. Tu ne te sens pas trop con ?

– Enfoiré ! Dégage de mon chemin ! s'exclame Matt en se joignant à lui. Quand tu la verras, dis-lui qu'elle ne sorte plus sans son téléphone !

Dès que la porte d'entrée claque derrière lui, un soupir de soulagement s'échappe d'entre mes lèvres. Mon coloc apparaît dans sa chambre, la lanière de mon sac entre les doigts. Son regard est si sombre qu'il est annonciateur d'une sentence que je ne suis pas pressée d'entendre.

– Je ne cache jamais rien à Matt, putain !

Est-ce de la colère envers lui ou envers moi ? Aucune idée. Je décide de garder les lèvres closes tandis qu'il lâche mon sac qui atterrit comme une merde par terre. Il avance vers son bureau sur lequel il s'adosse tout en me fixant avec une froideur qui me glace les sangs.

– T'attends quoi de moi, ma belle ?

Ce dernier mot est craché avec indifférence, comme si j'étais une parmi tant d'autres. Il a recouvert son armure alors que j'ai beaucoup de mal à me remettre de l'intensité de notre baiser. Je n'ai aucune envie de faire semblant.

– Et toi, mon mignon ?

Il éclate d'un rire sec.

– Juste des parties de baise. Aucun doute à ce que ce soit explosif entre nous.

Premier coup.

J'encaisse.

– Aucun doute, ouais.

Il me scrute et mes prunelles doivent exprimer mon tumulte intérieur puisque son ton se durcit.

– J'ai été clair dès le début. Je profiterai de toutes les occasions qui se présenteront à moi. Sans aucun remords.

Deuxième coup.

Je grogne intérieurement.

– Fais-toi plaisir !

– Tu n'en penses pas un mot. Je te l'ai déjà dit, tu n'es pas le genre de nanas à avoir une relation sans attaches !

C'est toujours vrai…

Il fond sur moi et m'accule contre le mur.

– Je ne suis pas bon pour toi. Je vais te faire souffrir, et c'est la dernière chose que je souhaite, putain ! Pourquoi tu rends les choses si dures ?

On est dans une impasse. Mais je ne peux pas faire une croix sur lui et sur mes sentiments sans avoir eu auparavant une discussion à cœur ouvert avec lui. Alors j'enchaîne :

– C'est ton opinion… Pas la mienne.

– Tu joues à quoi, bordel ! éructe-t-il en tapant son poing sur le mur.

– Je ne joue pas, rétorqué-je avec calme en le défiant du regard. Mais toi...

Il se recule et croise les bras sur son torse.

– Quoi moi ?

– Tu veux profiter de l'occasion de me baiser. Sans aucun remords. J'imagine qu'il est hors de question que Matt soit au courant. Pourtant, vu ce que je viens de voir, ça te fout en rogne de lui mentir, le taclé-je sur un ton ferme. Que ton désir pour moi puisse foutre la merde entre vous. Mais pas assez apparemment… T'es quel genre de pote ?

– Pas un mec bien. Mais t'as du mal à l'imprimer.

Je lui souris, pas dupe.

– Tu luttes contre cette forte attirance entre nous, Neal. Mais je ne te facilite pas les choses. C'est vrai ! Et toi non plus en m'offrant un bracelet que je ne quitte jamais. Et le nouveau tee-shirt que je viens de trouver sur mon lit ? Tu es attentionné et souvent tactile avec moi. Tu...

Il laisse échapper un ricanement mauvais.

– Tu te fais un fameux film, ma grande. Je t'aime bien, mais pas au point de virer sentimental et d'être dans le même délire que toi ! Le bracelet était un mea culpa pour t'avoir mal jugée. Concernant le tee-shirt sur ton lit, je voulais récupérer l'ancien. Tu ne t'es peut-être pas posé la question, mais j'y tiens !

Il se tait volontairement. Accentuant le mur d'incompréhension entre nous.

– Mais toi, tu l'as gardé pour quoi ?

– Ça me rassure de dormir avec, lui réponds-je avec honnêteté.

– Ne tombe pas amoureuse de moi, conclut-il d'une voix pleine de tourments.

Trop tard !... Alors autant me taire et me montrer honnête jusqu'au bout.

Il me scrute et quand il lit en moi comme dans un livre ouvert, ça ne lui plaît pas du tout. Ses lèvres se pincent de contrariété tandis qu'un nerf sur sa mâchoire tressaute.

– Bordel ! Tiens-toi loin de moi à l'avenir ! crache-t-il avant de quitter l'appart en claquant la porte.

Son emportement fait trembler les murs.

Quel putain de bordel, oui !

Mais maintenant, je suis fixée. Plus aucune illusion à avoir. J'exhale un long soupir douloureux. Bon, OK, je vais lui rendre son tee-shirt, mais pas sûre que j'en fasse autant avec le nouveau. Pathétique ?... J'assume d'être si faible.

Chapitre 16

Après avoir fui et rejeté avec force mes sentiments pour lui, je le vois finalement agir comme si de rien n'était. Il me sourit souvent. Mais c'est plein de retenue.

Ça sonne faux… Ou alors, c'est juste moi qui n'accepte toujours pas qu'il me considère comme sa simple coloc. Comme la sœur de son meilleur pote pour laquelle il n'a plus aucun geste tendre. Il évite même tout contact entre nous, certainement par respect pour ce que j'éprouve pour lui. De mes sentiments à sens unique… ce qui reste douloureux à vivre au quotidien.

Et pourtant, je dois bien admettre qu'il a raison de se comporter ainsi. En gardant nos distances, c'est l'assurance que notre cohabitation se passe au mieux pour tout le monde.

… *Sauf pour moi.*

Comme pour me ramener à la raison à chaque fois quand je me la joue nostalgique, les mots, prononcés par Matt dans la voiture, avant Thanksgiving, tournent en boucle dans ma tête :

« Je le connais depuis cinq ans et je peux t'affirmer sans l'ombre d'un doute qu'il n'est pas du genre à s'engager dans une relation. Il a dû te prévenir d'ailleurs. Mais, toi, t'es trop têtue et sentimentale pour l'écouter. Tu vas t'attacher !… »

C'est exactement ce qu'il s'est passé, songé-je avec amertume. Mais il me cache autre chose. Je ne connais toujours pas la raison qui hante autant Neal d'avoir cette peur de me faire souffrir ou à ne pas vouloir assumer ce qu'il ressent pour moi, mais ce n'est pas qu'une question d'amitié. Il y a autre chose...

« À ne pas être comme lui », me remémoré-je.

Son géniteur, peut-être ? C'est bien comme ça qu'il l'a nommé. C'est tellement impersonnel ! Sans parler du ton haineux qu'il a employé.

En remuant la spatule dans la casserole, je souffle de frustration de ne pas avoir toutes les cartes en main pour mieux comprendre. *Le* comprendre. Mais ça semble important pour que je ne l'ignore pas. De toute façon, j'ai besoin de lui dans ma vie, alors simples colocs, c'est toujours mieux que rien. Je vais tout faire pour y croire et que ça fonctionne.

Le principal est qu'il s'intéresse toujours à mes cours. À ma vie de tous les jours. À la manière dont se déroulent les cours d'autodéfense. Je reste d'ailleurs un membre actif du groupe sur Facebook qui a révélé au grand jour les agissements immondes d'Erik. Dana en a fait son combat. Même si nous étions une dizaine au début, la plupart des filles se sont rétractées, gouvernées par la peur et par la pression des proches qui ne les soutiennent pas. De mon côté, je n'ai jamais pensé demander le soutien de mes parents. Dans leurs têtes, j'aurais ma part de responsabilité et même si je suis prête à affronter leur jugement, je m'y refuse pour Matt. Étant majeur, c'est lui qui m'a accompagnée lors de ma déposition à la police et son soutien est l'acte le plus important à mes yeux. Double avantage, nos parents n'ont pas besoin d'être mis dans la confidence. À l'heure actuelle, le dossier est entre les mains d'une avocate spécialisée.

Pourvu que justice soit rendue !

En attendant, je refuse le sentiment d'impuissance que les femmes pourraient ressentir face à un hypothétique agresseur. Cette sensation est abominable à vivre, à ressentir, et elle continuera à me poursuivre encore longtemps. Alors je milite pour la prévention et encourage un grand nombre de femmes à suivre des cours d'autodéfense. Mais l'homme dont je suis tombée amoureuse se réjouit pour moi avec une distance qui me blesse.

Je suis sortie de ma réflexion morose par des éclats de rire.

– Déjà en cuisine ! s'exclame Matt qui s'empare d'une cuillère pour la tremper dans ma sauce.

– J'avais du temps devant moi.

– À cuisiner ? T'as rien d'autre à foutre ?

– Dixit le mec qui dévore mes petits plats !

– Je ne vais pas dire le contraire, s'esclaffe-t-il. Mais sors de cet appartement !

– Je vais au cours comment, p'tit malin ?

Il enfourne la cuillère dans sa bouche et gémit de plaisir.

– C'était quand la dernière fois que t'as couru ?

– Il y a deux jours, lui réponds-je en le dévisageant avec froideur. T'as fini ton interrogatoire ?

Ses lèvres s'étirent d'amusement.

– Ta sauce tomate est une tuerie. Nina, tu veux goûter ?

Je me retourne et la découvre au seuil de la cuisine.

– Non, il est trop tôt pour moi ! s'exclame-t-elle en me souriant.

Un sourire que je lui rends.

– Tu me réserves une part ?

– Comme s'il pouvait en être autrement, pouffé-je.

– T'es ma frangine préférée, j'espère que tu le sais.

Je le repousse en riant.

– Je suis la seule !

– Tu restes quand même ma préférée.

Je secoue la tête en libérant mon hilarité, ce qui n'échappe pas à Neal que je découvre derrière Nina. Il me fixe d'un éclat si ardent que les battements de mon cœur redoublent d'intensité. *Est-ce qu'il s'en rend compte au moins ?* Comme s'il avait lu dans mes pensées, il détourne aussitôt son regard et se dirige vers le frigo qu'il ouvre pour s'emparer d'une bouteille de jus d'orange.

– Je vais prendre ma douche, annonce Matt en m'arrachant au spectacle sensuel des lèvres de Neal qui s'unissent au goulot de cette satanée bouteille.

– Je te rejoins, réplique Nina en lui adressant un clin d'œil.

Dès qu'il disparaît de notre vue, elle avance vers mon coloc pour poser une main sur son torse. À ce geste, une vague de colère m'assaille. *Elle joue à quoi bon sang ?!* Elle flirte !

Le pire est que Neal se laisse faire. La laisse faire !

– J'ai soif moi aussi.

Est-ce que sa voix est aguicheuse ? *Carrément, putain !* Il lui tend la bouteille en un sourire complice. Je détourne mon regard et me concentre à touiller ma préparation alors que mon cœur bat à cent à l'heure. C'est déplacé pour mon frère.

– À bientôt, Lilou.

À jamais, connasse !

Je décide de l'ignorer.

Lorsque je me retourne, je suis seule. J'aimerais bouger de cet appart qui me met plus les nerfs à vif qu'autre chose, mais Alice ne répond toujours pas à mes messages et Sam a un nouveau rencard. À cet instant, je regrette de m'être mise à l'écart des autres étudiants et des soirées estudiantines.

***

Ne parvenant plus à dormir après avoir perçu des éclats de voix très tôt ce matin, j'ai préféré me lever pour aller courir. Dans le but surtout de ne pas entendre mon coloc et ses parties de jambes en l'air. Une activité suspendue à l'appart depuis ma tentative de viol et j'aurais aimé que ça continue comme ça. Par pure hypocrisie, je refuse de me torturer l'esprit en imaginant mon crush avec une autre fille. Tout ce à quoi elle pourra goûter et dont elle pourra jouir, et qui m'est interdit.

Tout en foulant le sol de pas rageurs, j'extériorise tout ce qui concerne mon coloc. Je déteste qu'il agisse comme si nos baisers échangés n'avaient pas existé, comme si la tension sexuelle entre nous n'était que le fruit de mon imagination.

Il fait ce que je suis bien incapable de faire : mettre de la distance entre nous tout en continuant à s'éclater. Pour la simple raison qu'il est loin d'éprouver les mêmes sentiments que j'ai pour lui.

Bon sang, il faut que j'arrête de ressasser ces mêmes pensées qui ne mènent à rien et que je passe enfin à autre chose !

C'est pourtant pas faute d'avoir essayé…

Contrariée par ce constat, je ne prête pas assez d'attention à mon souffle irrégulier et commence à sentir un point de côté. Je ralentis le pas jusqu'à ce que je sente la douleur disparaître.

– Tu t'arrêtes déjà ? me surprend une voix d'homme dans mon dos.

Je me retourne et découvre le beau jogger dont les yeux mordorés se constellent de paillettes dorées comme s'il était heureux de ma présence dans le parc. Mes lèvres esquissent un sourire en retour quand lui passe une main dans ses cheveux blond cuivré ébouriffés qui lui donnent un charme fou. *Ah oui, il m'a posé une question !* Je zieute ma montre.

– 40 minutes. C'est pas mal, je trouve.

– T'aurais pu faire plus. Tu n'étais pas assez concentrée.

J'arque un sourcil, plein d'interrogations. En retour, il me dégaine un sourire flamboyant de malice.

– Ça fait un moment que je t'observe courir.

– D'accord ! pouffé-je. La vue t'a plu ?

Il s'esclaffe.

– Elle me plaît toujours. Même beaucoup ! Au fait, moi, c'est Nate.

– Et moi, Lilou.

Il me lance un regard sulfureux qui flatte agréablement mon ego. Plus je discute avec lui et plus je le trouve craquant. Il titille mon intérêt pour un homme autre que mon coloc.

– Je suis désolé pour la dernière fois, ajoute-t-il d'un ton contrit. On a mis plus de temps que prévu. Tu ne m'as pas attendu trop longtemps, j'espère ?

– Un peu. Mais je comprends, t'inquiète.

Je lui souris. Il avale la distance entre nous pour me révéler :

– J'ai couru chaque matin dans l'espoir de te voir.

Il est direct et j'aime ça.

– Je ne cours jamais à heures fixes. Seulement quand j'en ressens le besoin.

– Tu es libre pour prendre un café ?

– J'ai cours dans une heure. Et pour être honnête avec toi, ma vie amoureuse est compliquée. Je pense d'ailleurs qu'elle n'a jamais été simple.

Il hoche lentement de la tête.

– T'es en couple ?

– Non, pas du tout.

– Moi non plus. Alors ma proposition tient toujours.

Son expression confiante et sa force tranquille m'intiment la conviction de lâcher prise. De lui donner une chance que mon crush se refuse à saisir. Bon, d'abord, priorité à mon TP en macro-économie que je dois rendre dans trois jours, alors…

– Mercredi soir, je suis libre.

– Vendu ! s'enthousiasme-t-il, dévoilant un sourire qui lui mange le visage.

Je pouffe avant que l'on échange nos numéros.

De retour à l'appart, je m'apprête à filer sous la douche quand je manque de percuter mon coloc et sa tasse fumante en main. Je l'évite de peu en reculant et pousse un glapissement de peur qui meurt entre mes lèvres quand je le découvre torse nu. Mon regard se balade avec avidité sur son corps digne d'une affiche publicitaire, et je suis captivé par la vue de son pantalon de jogging qui tombe bas… très bas sur ses hanches. J'imagine, sans peine, qu'il ne porte rien en-dessous.

Mon coloc transpire le sex-appeal et le sourire qui taquine ses lèvres m'informe qu'il en est bien conscient, l'enfoiré. Réalisant son erreur de flirter avec sa coloc, il se renfrogne tandis qu'une bouffée d'agacement me gagne de me sentir si faible en sa présence.

– Tu es tombé de ton lit ! ricané-je en le contournant pour me rendre dans la cuisine.

Sa présence m'a mise dans tous mes états, et m'a donné soif. Très soif ! J'attrape un verre dans le placard avant de le remplir d'eau bien fraîche, puis le siphonne d'une traite. Il dépose sa tasse sur l'îlot, puis l'épaule calée contre le chambranle de la porte, il croise les bras.

– On peut dire ça, me répond-il de son flegme habituel. Tu t'es levée tôt pour aller courir.

J'attends la suite qui ne vient pas. J'arque un sourcil en l'interrogeant :

– Et quoi ?

– Quelque chose te perturbe ? s'enquiert-il avec curiosité.

Toi !

Voilà ce qui me perturbe le plus. Lui et son réel intérêt pour moi ou pour ce qui se passe dans ma vie tout en gardant un périmètre de sécurité. Ça me rend dingue !

– Tout va bien, Neal. Je gère.

– Je sais que tu as un gros travail à rendre prochainement, insiste-t-il comme si ça avait toute son importance. J'ai prévenu Matt que ce n'était pas une bonne idée qu'il ramène une nana à l'appart. Ils t'ont sortie du pieu ?

Ce qui veut dire que lui… *Non, arrête ça tout de suite !* Ça ne veut rien dire du tout !

– Pas vraiment.

– Écoute, la macro-économie est mon domaine, je peux te filer un coup de main si tu veux ?

Pourquoi faut-il qu'il soit si attentionné alors qu'il connaît mes sentiments pour lui ?... Pour la simple et bonne raison qu'on vit ensemble et qu'il fait son possible pour que notre cohabitation se passe bien entre nous deux. À force de me le répéter, je vais finir par m'en convaincre !... Bon, à mon tour de garder un périmètre de sécurité pour mon cœur déjà bien malmené.

– T'es vraiment un mec bien, Neal, déclaré-je sans filtre.

Le sourire qu'il esquisse, combiné à son regard pétillant de tendresse, me bouleverse. Une vague de chaleur déferle dans mes veines. Adossée au plan de travail, j'agrippe le rebord pour encaisser cette sensation. Je l'ai à fond dans la peau… J'inspire une grande bouffée d'air.

– C'est cool de ta part, mais je préfère me débrouiller seule.

– Comme tu veux, me répond-il, accompagné d'un clin d'œil. Au fait, quand tu es rentrée, je t'ai bien entendue chantonner ?

Son intonation charrie l'amusement.

– Étant donné que je chante mal pour certains, je préfère le terme fredonner.

Il s'esclaffe suite à notre connivence retrouvée. C'est tellement facile avec lui… Je soupire intérieurement et décide de me montrer honnête avec lui.

– J'ai fait la connaissance d'un mec que j'avais croisé quelques fois en joggant, et on a un rencard dans trois jours.

Les traits de son visage se figent sous l'effet de la surprise tandis que son regard s'assombrit d'un éclat… que je ne peux pas identifier puisqu'en un claquement de doigts, tout disparaît. Il se redresse pour attraper sa tasse de café sur l'îlot en ébauchant un rictus plein de satisfaction aux lèvres.

– Je te souhaite de bien t'éclater, ma belle.

M'éclater, je ne pense pas. Accepter un rencard pour oublier l'homme que j'aime… Pas très glorieux tout ça. Mais ça vaut toujours mieux que de me lamenter sur mon sort. En sortant de ma réflexion, je m'aperçois que je suis seule dans la cuisine. Je finis par me servir un autre verre d'eau que je bois à petites gorgées quand une fille traverse le couloir en criant :

– Tu connais mon numéro ! On remet ça quand tu veux !

Elle n'obtient aucune réponse en retour, mais ça la fait glousser quand même. Peu de temps après qu'elle ait claqué la porte de l'entrée, Matt déboule en trombe dans la pièce à moitié débraillé. Il m'embrasse sur la joue avant de s'emparer d'un gobelet en carton pour se servir une généreuse dose de café.

– Un problème ? m'enquiers-je.

– J'ai oublié que j'avais cours ! Et si je ne me grouille pas, je vais arriver en retard, m'explique-t-il en posant un couvercle sur son gobelet.

– C'est si rare de te voir stresser, pouffé-je.

– Je ne suis pas stressé. Juste pressé, nuance ! me sourit-il en passant ses doigts dans ses cheveux dans l'espoir de les coiffer. Je suis désolé pour ce matin, j'avais oublié que tu avais un travail important à rendre prochainement.

– Je n'ai aucun souci avec ça.

– Promis, ce soir, je serai sage.

– Sage ! Tu connais ce mot ? le charrié-je.

Ses prunelles qui pétillent de malice libèrent mon hilarité.

– Honnêtement, Matt, ça ne me dérange pas !

Il me claque un baiser sur le front.

– Tant mieux ! Bon, je file.

– Tu n'attends pas Neal ?

– Il n'a pas pris le même module que moi, m'informe-t-il avant de quitter l'appart.

Tout est silencieux, maintenant. N'ayant plus rien à faire dans la cuisine, il est temps pour moi de filer à la douche !

Une serviette ceignant ma poitrine, je sors de la salle de bains en attachant mes cheveux en un chignon négligé. Du coin de l'œil, j'aperçois une ombre bouger. Je tourne la tête pour découvrir mon coloc qui me reluque. Comme s'il était perdu dans ses pensées, le silence résonne entre nous. Il finit par poser une main sur la poignée de la porte en s'exclamant d'une intonation éteinte :

– Passe une bonne journée.

– Toi aussi ! lui réponds-je, esquissant un sourire qu'il me rend à peine.

Je fronce les sourcils quand le battant se referme derrière lui, puis me rappelle que j'ai bientôt cours. Je me hâte à regagner ma chambre et choisis dans ma garde-robe une tenue facile à enfiler. Je me penche pour m'emparer de mes sous-vêtements quand j'entends ma porte claquer. Je me redresse en y jetant un coup d'œil et y découvre Neal. Je n'ai pas le temps de me remettre de l'effet de surprise qu'il avale la distance entre nous d'un pas rapide. Ses doigts agrippent ma nuque tandis que son bras s'enroule autour de ma taille. Son odeur m'enivre alors que son toucher laisse épanouir un frisson d'excitation sur tout mon corps.

C'est comme si mes sens s'éveillaient de nouveau à la vie !

– Neal, murmuré-je en planant.

Il pose un doigt sur mes lèvres pour me faire taire, puis sa bouche s'abat sans douceur sur la mienne jusqu'à ce que son baiser devienne ardent. Érotique. Torride. Jamais ses lèvres et sa langue ne m'ont dévorée avec une telle passion. M'électrisant de la tête aux pieds. C'est comme s'il ne maîtrisait plus rien. Mes doigts se cramponnent autour de son cou, et je le suis dans cette fièvre qui nous habite. Et ce, jusqu'à ce que je ne sente plus ma bouche… et ma serviette autour de mon corps. Sa main s'empare avec sensualité de la rondeur de mes seins avant qu'elle s'immisce entre mes jambes. Un grondement jaillit du fond de ses entrailles de me sentir si mouillée d'excitation pour lui.

Dès que ses doigts me pénètrent, je gémis longuement, savourant leur agilité à l'intérieur de moi. En caressant son érection à travers l'étoffe de son pantalon, il rejette sa tête en arrière tout en respirant avec difficulté. Une réaction qui me fascine, alors je déboutonne son jean et le baisse jusqu'à pouvoir la saisir à pleine main. Son souffle se bloque jusqu'à ce qu'il plonge son regard, empreint de sauvagerie, dans le mien, perdant ainsi le peu de contrôle qu'il lui reste. Il retire son tee-shirt avant d'enfiler un préservatif qu'il a attrapé dans la poche arrière de son jean, puis il me soulève du sol en agrippant mes fesses. Je croise mes chevilles autour de sa taille, bouillonnant de désir de le sentir enfin en moi.

À peine nous écroulons-nous sur le lit qu'il me pénètre d'une seule poussée. Il est si imposant, que c'est à mon tour d'en avoir la respiration coupée. Inquiet, il m'interroge du regard. Je le rassure en me frottant lascivement contre lui tout en lui mordillant la lèvre. Il esquisse un sourire carnassier et claque nos bassins en enchaînant des coups de reins enfiévrés. Comme si la frustration et la tension accumulées de toutes ces semaines passées ensemble à nous tourner autour avaient eu raison de nous.

Pas un seul instant, il ne me quitte des yeux. Me noyant dans leur intensité emplie de lubricité, je lâche complètement prise. Je lui mords l'épaule, puis lui griffe le dos en lui laissant à coup sûr l'empreinte de mes ongles. Son grondement est si animal que lorsqu'il me mordille l'oreille en caressant mon clitoris d'un mouvement circulaire, je décolle comme une flèche. Mes muscles se tétanisent avant que mon bas-ventre soit secoué par de violents spasmes. Je n'ai jamais connu un orgasme aussi explosif. Neal me suit dans la jouissance en s'effondrant sur moi. Je sais que je ne devrais pas, mais je suis incapable de m'en empêcher. Mes bras s'enroulent autour de ses épaules, puis je dépose une pluie de doux baisers dans son cou. La, à cet instant, j'ai la sensation d'être à ma place, que ça pourrait être si bon entre nous. Surtout quand il y répond en m'embrassant avec tendresse.

Tout est tellement parfait !

L'air dans la pièce se charge d'une tension palpable quand il me fait un rapide baiser sur la joue avant de se lever et de retirer la capote avec empressement. Je ne peux pas rester nue sur le lit alors qu'il enfile déjà son tee-shirt. Je me redresse quand il me déclare en affichant une expression plus distante.

– J'ai cours. On se voit plus tard !

– Attends une minute !

Je saute du lit et attrape la serviette, tombée au sol, pour la nouer autour de ma poitrine et m'approche de lui.

– Neal, il s'est passé quoi là ?

Il sourit alors que je suis loin de partager son amusement.

– On a baisé. Et c'était génial, ma belle !

– Non. Ce…

– Non ? se gausse-t-il.

– Oui, c'était génial ! Mais je ne comprends pas pourquoi maintenant ? Alors que tu faisais tout ton possible pour ne plus me toucher.

Le silence s'invite entre nous.

– OK, soupire-t-il, plein de contrariété. Tu étais devenue une putain d'obsession. Il fallait que je te sorte de ma tête !

– En baisant avec moi ? lui demandé-je d'un ton qui charrie l'ahurissement.

– On en crevait d'envie tous les deux ! Et le seul moyen de se délivrer d'une tentation, c'est d'y céder[2].

Il n'a pas tout à fait tort. Si ça n'avait tenu qu'à moi, on aurait couché ensemble depuis un bail.

– Et maintenant, on peut passer à autre chose.

Face à mon air interdit, il croit bon de préciser.

– Cette coloc ne tiendra jamais le coup sinon.

Et là, je me prends la réalité en pleine gueule. Une partie de jambes en l'air sans promesses. Sans attaches. Il est parvenu à me sortir de sa tête. Quant à moi…

Sous le choc, je reste sans voix un long moment, puis finis par hausser le ton.

– Comment veux-tu que je passe à autre chose après avoir couché avec toi ?!

– Avec ton rencard, me tacle-t-il d'une intonation ferme.

– Je suis am…

– Arrête tes conneries, me coupe-t-il. Laisse une chance à ton gars, et tu te rendras compte que tu n'as qu'un simple béguin pour moi. Ça te passera !

– Comment oses-t…

---

[2] « Le seul moyen de se délivrer d'une tentation, c'est d'y céder. Résister et votre âme se rend malade à force de languir ce qu'elle s'interdit. » Citation d'Oscar Wilde

Il prend mon visage en coupe tandis que son regard s'assombrit d'une lueur tourmentée, comme si toute cette conversation lui était douloureuse.

– J'ai merdé, OK. Mais ne t'accroche surtout pas à moi !

La détermination dans sa voix me fait céder. Sans un mot, je le laisse quitter ma chambre. J'essuie une larme solitaire qui a coulé sur ma joue, puis en jetant un coup d'œil à mon réveil, je réalise que je viens de rater mon cours !

Bon sang, ça n'aurait jamais dû arriver ! fulminé-je.

Je m'apprête à m'habiller pour ne pas manquer le prochain lorsque je prends conscience que son odeur est sur moi. Je la renifle, un geste qui m'apaise aussitôt… comme à chaque fois. Que je le veuille ou non, mon cœur est loin de vouloir tirer un trait sur lui… et moi aussi.

Chapitre 17

Cours annulé à la dernière minute !

En refermant la porte de l'entrée, je marche dans le couloir et découvre celle de la chambre de Neal ouverte. Je zieute l'intérieur et constate son absence. En même temps, depuis ces trois derniers jours, il est rarement à l'appart. Ce qui n'a pas manqué d'alerter Matt ! Entre son pote fuyant et sa frangine qui tire la gueule dans son coin, il a tout de suite capté qu'il s'était passé quelque chose entre nous.

En passant devant sa porte, des gémissements plutôt bruyants me chatouillent les oreilles. Matt y répond par de longs râles. Je secoue la tête en grimaçant et accélère le pas jusqu'à mon antre.

J'aperçois sur mon bureau mon TP en macro-économie. En le feuilletant, j'esquisse un sourire de contentement en découvrant les corrections de Matt. Hier, il a tenté de comprendre pourquoi ce n'était pas Neal qui me filait un coup de main, sachant que c'est sa spécialité ? Pour ça, il faudrait qu'il soit à l'appart, *non ?* Une réponse qui ne l'a pas vraiment satisfait. Eh bien tant pis, je n'en avais pas de meilleures à lui fournir.

En entendant la manière dont ça s'emballe à côté, je serais plus au calme à la bibliothèque. En fourrant mon TP dans mon sac, je perçois un râle rauque très différent de celui de Matt. *Super !* Je suis devenue experte dans les différents rugissements de plaisir de mon frère. Puis, dans un éclair de lucidité, mes gestes en suspens, j'écarquille les yeux d'incrédulité. Ils sont trois dans sa chambre ! Rouge de confusion et de gêne, je me hâte de tout emballer. Il faut que je me casse d'ici, et fissa !

Au moment où je m'apprête à sortir de ma chambre, celle de Matt s'ouvre. J'ai juste le temps de me planquer derrière la porte. Aucune envie d'être confrontée à ce genre de situation très embarrassante. Plutôt l'envie de me laver les oreilles et d'oublier ses activités sexuelles.

– Les garçons, on remet ça quand vous voulez ! J'ai pris un pied incroyable !

Je reconnais la voix de Nina.

– Il faut avouer que tu es douée. Très douée même.

Oh non !... Ma main se plaque sur ma bouche en sentant le sol se dérober sous mes pieds tandis que Nina glousse de plaisir.

– Depuis le temps que je te le dis, se marre Matt.

– C'est quand vous voulez, mes amours, ronronne la salope.

Mon cœur explose en mille morceaux.

Matt, Nina et… Neal.

Ils ont baisé ensemble.

Dos au mur, je m'écroule au sol comme une poupée de chiffon. Tout en silence, j'enlace mes genoux repliés contre ma poitrine en laissant les larmes brouiller ma vue. Alors qu'à l'intérieur de moi, c'est un déchaînement suffocant. Je les entends discuter dans la cuisine alors que je rêve qu'ils se barrent.

C'est de justesse que je retiens mon reniflement quand je remarque un bout de Converse bleu, appartenant à Neal, qui dépasse du battant en bois. Les battements de mon cœur s'emballent d'appréhension qu'il rentre dans la pièce et prenne conscience de ma présence. Les secondes s'écoulent dans un silence tendu qui est brisé par son bref soupir avant qu'il sorte en prenant soin de refermer la porte derrière lui.

J'ai dû attendre longtemps avant de pouvoir me retrouver sous le pommeau de la douche sans pouvoir m'empêcher de pleurer sur les profonds sentiments que j'éprouve pour mon enfoiré de coloc. Malgré ses avertissements et les mises en garde de mon frère, je ne peux que m'en prendre à moi-même. Mais pour l'heure, je serais bien incapable de les regarder ou de leur parler comme si de rien n'était. Comme si je n'étais pas tombée par un pur hasard sur leur partie de jambes en l'air mémorable.

Je sors de la cabine de douche en m'observant dans la glace. Avisant mes yeux rougis, je décide de prendre le large, loin de l'appart. Une fois habillée, j'envoie un message à Sam qui loge dans une chambre individuelle.

À Sam :

[Besoin que tu m'héberges un jour ou deux.]

Faites que ça fonctionne !

Je récupère le tee-shirt de Neal pour le déposer sur son lit avec le bracelet qu'il m'a offert. *La force est loin de me représenter !* Il faut surtout que je me sèvre de lui. De tout ce qui me rattache à lui. Plongée dans mes pensées, dans son odeur qui m'entoure, je suis ramenée sur la terre ferme par mon téléphone qui annonce l'arrivée d'un message. Je me précipite dans ma chambre et découvre qu'il est de Sam.

De Sam :

[Un problème ? Rapplique quand tu veux !]

Mon soupir est à la hauteur de mon soulagement. Je m'empresse de lui répondre.

À Sam :

[Merci !!! je serai là dans 1h]

Avant de préparer mon sac de voyage, je rédige un autre message destiné à Matt et à sa sempiternelle inquiétude.

À Matt :

[Je vais chez Sam un ou deux jours.]

Peu de temps après, il m'appelle.

– C'est ton pote ?

– Oui. J'ai une matière qui me pose problème et Sam va m'aider, mens-je.

Le silence s'invite.

– Tu ne m'en as jamais parlé, déclare-t-il d'un air préoccupé. Je pensais que tout roulait pour toi.

– Oui, je n'ai pas à me plaindre. Tu me connais, je fais peut-être tout un plat pour rien.

– Yep. Je veux bien le croire. Au fait, ton travail en macro-économie était vraiment bon.

– Merci ! lui réponds-je en dévoilant un large sourire.

– Et ce gars… ?

– Sam !

– Il est juste un pote ?

– Oui, soupiré-je avec lassitude.

– Pourquoi partir de l'appart alors ? Je ne comprends pas bien là. C'est nous ? On t'empêche d'étudier ?

– Hé ! Arrête de te prendre la tête pour rien ! Vis ta vie et laisse-moi gérer la mienne, riposté-je à bout de patience, sentant les larmes me submerger de nouveau.

– OK ! Pas besoin de t'exciter. Le message est passé ! réplique-t-il d'un ton badin. Profites-en pour t'amuser aussi.

– J'y compte bien, répliqué-je, adoucie. Je dois te laisser. Sam m'attend.

– Attends, Neal voudrait…

Certainement pas ! Je me fous de ce qu'il veut et coupe la ligne. Éteignant même mon portable.

***

Au petit matin, je me réveille sur un canapé et mets un certain temps à réaliser que la chambre de Sam est déserte. Épuisée, tout comme mon moral encore anesthésié par la peine, je resserre la couverture sur mes épaules. Hier soir, après lui avoir tout déballé sur ma relation compliquée avec mon coloc, je me suis endormie comme une masse.

Je tends mon bras pour m'emparer de mon téléphone et l'allume. Il est déjà 8 h passées et j'ai raté mon premier cours de la journée ! *Bon sang !* Où est ma bonne résolution du début de cette année de ne plus jamais laisser personne interférer dans ma vie. Et encore moins à perdre les pédales à cause d'un mec !

Il faut que je reprenne ma vie en main. Que je me préserve. Depuis hier, l'idée de quitter l'appart me titille. Maintenant, j'en suis certaine, je dois me trouver une autre colocation en mettant un max de distance entre lui et ses futurs coups d'un soir. Subir ce manège est au-dessus de mes forces. Et puis avec un peu de chance, ils pourront récupérer leurs chambres dans leur fraternité et vivre leur vie comme avant.

Bon, il va falloir que je persuade mes vieux. *Ce qui est loin d'être gagné d'avance !...*

Il y a aussi des messages et des appels de Neal que je ne prends pas la peine de lire ou d'écouter. Et… *merde !* Des appels manqués de Nate. *Je l'ai complètement oublié !* Je m'empresse de lui envoyer un message pour m'excuser, prétextant une urgence familiale, encore trop secouée pour penser à le prévenir… Et pour être tout à fait honnête, j'avais déjà dans l'idée d'annuler hier notre soirée en tête à tête, ne me sentant pas encore prête à faire une croix définitive sur mes sentiments pour mon coloc.

Alors que maintenant, je vais me donner tous les moyens pour le sortir de ma vie !

Je lève le nez de mon écran dès que la porte s'ouvre sur Sam, les mains pleines.

– Un café au lait et un bagel au chocolat pour le petit-déjeuner !

Je me redresse et m'en saisis, un sourire reconnaissant aux lèvres.

– Oh, t'es un amour ! Et encore merci pour hier.

Il opine de la tête.

– Reste ici le temps qu'il te faudra.

Touchée, à fleur de peau, une larme solitaire dévale ma joue.

– Oh, non ! Je ne voulais pas te faire pleurer, s'affole-t-il.

– Non, t'inquiète ! J'ai eu mon compte. D'ailleurs, j'ai pris une décision. Je vais me chercher une nouvelle colocation et me recentrer sur mes études. Ça a toujours été mon seul objectif, et j'ai bien l'intention que ça le reste !

Face à ma détermination, il acquiesce d'un signe du menton d'un air satisfait.

– Téléphone au service logement du campus. Il y a certainement des chambres libres ici, si tu veux.

– Bonne idée ! Mais avant, il faut que je me bouge les fesses. J'ai déjà raté mon premier cours.

– Sèche toute la journée, je te passerai mes notes de l'année dernière. C'est dans cette armoire !

Un grand sourire s'épanouit sur mes lèvres. *Ce mec est une perle !*

– J'ai un cours de marketing de haute technologie dans une heure. Impossible que je le rate !

Hors de question tout court que je laisse mon enfoiré de coloc interférer une nouvelle fois dans mes études. C'est beaucoup trop précieux pour moi !

Je me lève et le serre dans mes bras.

– Ce soir, tu choisis le resto, la note est pour moi.

– Tu devrais faire gaffe à ce que tu dis.

Il parvient à m'arracher un rire.

– Je suis sérieuse.

– Moi aussi ! Bon, je file à la bibliothèque. Sur le bureau, tu as un double des clés.

– Top !

Chapitre 18

Après mon cours, je me rends auprès du service de logement. Dans la résidence de Sam, il y a encore une chambre disponible en cohabitation avec une fille de première année. Et c'est pile dans mes prix ! J'ai pris rendez-vous en début d'après-midi. Je jette un coup d'œil à ma montre. *Et merde !* Ça a pris plus de temps que prévu. Mon cours en communication a déjà commencé. Heureusement que Sam m'a proposé ses notes de l'année passée. Je culpabilise un peu moins du coup.

Bon, maintenant que je suis lancée, le plus dur !

Pleine d'appréhension, j'appelle mes vieux.

– Allô.

– Maman, c'est Lilou.

– Ma chérie, je suis heureuse de t'entendre !

En effet, je le perçois au ton de sa voix. Je fonce, plus confiante.

– Je voudrais vous demander quelque chose.

– Rien de grave ?

– Non. Mais tu sais à quel point mes études sont importantes pour moi ?

– Oui, bien sûr. Ton père et moi sommes si fiers de ton investissement et de tes excellents résultats. Tu as besoin de quoi ?

– Je ne veux pas créer de problèmes à Matt, mais j'ai besoin de ma tranquillité d'esprit pour bosser à fond. Et puis c'est sa dernière année, je ne peux pas l'empêcher d'en profiter et de s'amuser aussi !

Je décide de distiller un brin de peur.

– Tu sais, Matt a beaucoup d'amis. Il a beau les menacer, certains sont *très* collants. Tu vois ce que je veux dire.

Son soupir est empreint de gravité.

– Matt doit gérer tellement de choses ! Et ses amis ne peuvent pas être aussi sérieux que lui.

Je fais semblant de mettre un doigt au fond de ma gorge pour vomir. *Si seulement tu savais…*

En même temps, elle sera toujours la première à lui trouver des excuses comme elle l'a toujours fait.

– Je ne sais pas si c'est une coïncidence, mais je vais le prendre comme un signe. Chris est venu manger avec ses parents en début de semaine. Il nous a parlé de toi.

Je ferme les yeux, dépitée qu'elle ne me lâche pas avec cette histoire.

– Il nous a confié que tu avais beaucoup de mal à t'entendre avec Neal. Pourquoi ne nous en as-tu pas parlé ?

Mais de quoi il se mêle ?! Je n'ai pas eu de contacts avec Chris depuis notre unique sortie. Je lui ai peut-être raconté que la relation avec mon coloc n'était pas au top, mais sans plus. Je ne le connaissais pas assez pour épiloguer sur le sujet. *Mais à quoi il joue ?...*

– Parce que je suis assez grande pour me défendre, et qu'il n'y a aucune raison d'en faire tout un plat !

– Je peux t'assurer qu'il tient beaucoup à toi, m'informe-t-elle d'un ton doucereux, plein de satisfaction. Ses parents se réjouissent de le voir si protecteur avec une femme… Lilou, comptes-tu lui laisser une chance ?

J'aurais dû lui téléphoner après ma visite chez eux, pour le prévenir que notre arrangement ne tenait plus. Mais apparemment, il continue à en jouer ! Alors si je peux obtenir cette chambre grâce à lui, je ne vais pas me gêner. J'aurai tout le temps de stopper cette mascarade par la suite.

Un mensonge lâché avec conviction.

– Oui.

– Bien ! se réjouit-elle.

Maintenant, je fonce !

– J'ai déjà repéré une chambre à partager avec une autre fille. La visite est pour cet après-midi. Je suis bien consciente que vous allez devoir payer un double loyer, mais on va trouver une solution avec Matt pour...

– On s'occupera de ce détail plus tard, me coupe-t-elle. Si elle te convient, préviens-moi ! Je remplirai les documents.

Je me retiens de justesse de hurler de joie.

– Merci ! Tu embrasseras papa pour moi.

– Sans faute.

Dès que je raccroche, j'écarquille les yeux d'incrédulité. *J'ai eu son accord, bordel !*

Je trépigne d'euphorie et laisse mes vocalises exprimer toute leur allégresse. Même mon téléphone est de la partie ! Je décroche et réalise trop tardivement que c'est Neal.

Merde !

– Lilou !

Mon prénom n'a jamais été prononcé avec autant de soulagement.

– T'es où ?!

– Chez Sam.

– Et tes cours ?

– Quoi mes cours ?

– Je t'ai cherchée toute la matinée.

– Tu m'as cherchée ? l'interrogé-je, interloquée.

– Ton planning est affiché dans ta chambre. Tu n'en rates aucun, alors explique-toi !

Je ricane, mauvaise et soulagée qu'il m'ait loupée au cours le plus important de la matinée.

– Je n'ai *rien* à t'expliquer !

Son soupir plein de contrariété et de frustration perce mon tympan.

– Pourquoi tu n'as répondu à aucun de mes messages ?

– Parce que tu n'étais pas ma priorité !

Ce mensonge me coûte en sentant les larmes affluer sous mes paupières.

– C'est bien ce que tu voulais, déclaré-je d'une voix altérée.

– Non. Tu te trompes, réplique-t-il d'une intonation lasse… *ou frustrée ?*

– Va te faire foutre, Neal ! éructé-je en sortant de mes gonds. Toi, tes silences et tes putains de regrets que tu n'assumes pas ! Je t'ai facilité la vie, tu devrais être content !

– Content ?... En me rendant mes cadeaux ?!... Certainement pas, putain ! s'emballe-t-il d'un coup. C'était une première pour moi !

– Eh bien il faut une première fois à tout ! riposté-je dans le but de blinder mon cœur. Ce n'est pas ce que tu m'as dit quand tu es sorti de ma chambre ? Tu sais, question de te faciliter la vie et de pouvoir enfin passer à autre chose !

Son silence m'horripile.

– Eh bien j'ai mis en pratique les mots du maître !

– Tu es importante pour moi.

Tout est relatif ! pensé-je avec amertume.

– Toute cette conversation ne mène à rien ! m'écrié-je avec hargne.

Sa respiration saccadée résonne avec force dans le combiné.

– T'as raison !

Un grognement, suivi par un bruit sourd, retentit à mes oreilles avant que la ligne se coupe.

Ne pleure pas !... Je t'interdis de pleurer !

Je ferme les yeux et me concentre sur une respiration plus profonde, plus lente. Hors de question de me laisser ébranler par notre échange. Comme un signe du destin, je reçois un message de Nate.

De Nate :

[Rien de grave, j'espère ! Si tu as besoin de te changer les idées, je suis ton homme 😉*]*

Il est adorable !

À Nate :

[Plus de peur que de mal. Je n'y manquerai pas ! 😉*]*

J'ouvre l'armoire de Sam et repère ses notes sur le cours en communication.

Je me plonge dans la matière et ne relève le nez que quand c'est l'heure de la visite, deux étages plus haut. Dès que le responsable de la résidence me fait découvrir la chambre, je sais que c'est ici que je veux être. C'est une grande pièce ouverte, propre et bien éclairée avec un mobilier fonctionnel en double. J'ai la chance que la coloc soit présente. Une Asiatique au sourire réservé, mais chaleureux qui m'apparaît aussitôt sympathique.

– Au fond du couloir, vous avez à votre disposition la cuisine et les douches communes. Quatre repas par semaine sont compris dans le prix.

– Elle est disponible quand ? m'enthousiasmé-je.

– Immédiatement ! Dès réception des documents dûment complétés et signés, vous pourrez venir chercher un double de la clé. Il y a aussi une caution à payer.

Je hoche la tête

– Je la prends ! déclaré-je avant de me tourner vers ma coloc. Salut ! moi, c'est Lilou.

– Salut à toi future coloc. Moi, c'est Mia.

– J'espère que tu ne t'étais pas trop habituée à ta solitude.

Elle pouffe.

– Je m'en remettrai. Et puis je n'avais pas forcément envie de passer ma première année seule.

– Bon, à très vite alors !

Elle me répond par un clin d'œil complice.

Je sors dans le couloir et le responsable me donne les différents documents à remplir. Dans deux, voire trois jours, je déménagerai. *C'est dingue quand j'y pense !* Je m'empresse d'envoyer un texto à ma mère pour la prévenir que j'ai trouvé une chambre.

De retour dans celle de Sam, il m'y attend. Il zieute les formulaires dans mes mains et sourit à pleines dents.

– T'as déjà trouvé !

J'opine de la tête avec enthousiasme.

– Ici, au deuxième étage réservé aux filles. Il ne restait plus qu'un lit disponible pour les premières années ! J'ai une chance incroyable.

– Génial !

– Encore plus quand ma future coloc est une magnifique Asiatique, l'informé-je avec une âme d'entremetteuse.

– C'est quelle chambre ? s'enquiert-il avec intérêt.

– Tu n'aurais pas une copine, par hasard ? le charrié-je.

– Copine est un bien grand mot. On s'entend bien, c'est sans prise de tête et je ne demande rien d'autre.

– Pour l'instant ! le provoqué-je en mimant une danse suggestive des sourcils. Attends de faire sa connaissance, je suis certaine qu'elle va te plaire !

– Tu m'intéresses. Continue ! rigole-t-il.

– Eh bien, ça tombe bien, j'ai besoin de bras supplémentaires pour mon déménagement. Tu penses que je pourrai compter sur toi ?

Mon intonation faussement ingénue provoque son hilarité.

– Même sans ta coloc, je t'aurais aidée.

Je lui dépose un baiser sur la joue.

– Je sais. Bon, mon invitation tient toujours. Tu veux manger quoi ?

– Une pizza.

– Ça tombe bien, je meurs de faim !

– Mais avant, j'ai des docs à scanner.

***

Après une journée si riche en émotions, je me sens remontée à bloc pour affronter mes deux colocs. Il faut que j'annonce à Matt la bonne nouvelle sans éveiller ses soupçons sur ce revirement de situation plutôt inattendu.

Seulement, lorsque j'ouvre la porte de l'entrée et perçois des gloussements de filles, j'ai envie de me carapater loin d'ici. *Pourquoi je n'ai pas écouté Sam ?!*

Je fais un pas en arrière quand la silhouette de mon frère se matérialise devant moi.

– Ma puce ! Je me disais bien que j'avais entendu du bruit ! m'accueille-t-il les bras grands ouverts que j'ignore.

– Hello.

J'esquisse un sourire qui sonne faux en avançant dans le couloir alors que le sien s'efface dès qu'il inspecte ma glorieuse apparence. Affichant une expression inquiète, il me barre le passage jusqu'à ma chambre.

– T'as une sale tête !

– Cool !

Un seul mot qui claque comme un fouet. Il faut bien sûr que Neal et Nina fassent leur apparition en tant que spectateurs. *Génial, il ne manquait plus qu'eux !* Comme si ce n'était pas suffisant, la tête d'une nana inconnue apparaît à son tour. Un profond dégoût mêlé à de la colère pulse dans mes veines. Je bouscule mon frère pour me tirer loin d'eux.

– Hé, c'est quoi le problème ? s'emballe-t-il en mode protecteur.

– Je suis crevée, Matt. Alors si vous pouviez baiser ailleurs ce soir, ça m'arrangerait.

Ma réplique a le mérite de le faire taire tandis que Nina s'approche de moi avec son sourire de faux-cul compatissant tout en gloussant.

– Si ça peut te…

– Alors toi, ferme-la !

– Lilou ! s'écrie Matt, autant indigné que confus. Tu joues à quoi là ?

– Je ne joue à aucun jeu, *moi*.

Mon regard coule brièvement sur Neal. Ma poitrine se comprime sous le coup de la douleur. C'est le moment de partager la grande nouvelle, alors je me lance.

– On a essayé, mais cette coloc est un échec ! Vous avez besoin de vous éclater, c'est votre dernière année et je n'ai aucun souci avec ça ! Mais ce n'est pas mon cas. Alors j'ai trouvé une chambre dans une autre résidence.

– Attends !... Tu as quoi ?! m'interroge Matt d'un ton qui charrie l'incrédulité.

Je dois faire preuve d'une volonté de fer pour ne pas zieuter en direction de mon autre coloc. *Reste concentrée sur ton frère, il est en train de stresser…* Je prends une intonation plus enjouée pour le ménager.

– Il y avait une opportunité dans la résidence de Sam. Maman est d'accord et s'occupe de tout. J'emménage dans trois jours, et ce sera l'occasion pour vous de réintégrer votre fraternité.

L'expression effarée qu'il arbore en est presque comique, ce qui provoque l'ébauche de mon sourire.

– Je ne comprends pas, insiste-t-il… Maman est d'accord ?... Mais comment ?

– Elle a accepté, c'est le principal, lui confirmé-je en souriant comme si cette situation me rendait heureuse. Je vais me coucher, on en reparle demain si tu veux ?

Assommé par la nouvelle, il hoche lentement la tête. J'ignore les trois autres quand je me faufile entre eux. Je suis stoppée dans ma progression en sentant des doigts agripper mon poignet. Ma peau réagit aussitôt à ce contact et se hérisse d'un délicieux frisson. *Pas question !* D'un coup sec, je me dégage de sa poigne.

– Lilou…

– Je ne traînerai plus dans tes pattes, le coupé-je d'un ton tranchant. C'est mon petit cadeau de départ ! Alors heureux ?

Sans lui laisser l'opportunité de me répondre, je longe le couloir et m'enferme dans ma chambre. *Voilà, c'est fait !*

J'essuie mes joues mouillées et me réfugie dans mon lit, enfilant mes écouteurs, la musique plein les oreilles.

***

Les cheveux encore humides de ma douche, je les attache en un chignon négligé tout en observant la cafetière crachoter son nectar avec une lenteur désespérante.

– Allez ma cocotte, plus vite !

– Elle a le droit à un petit surnom ? me surprend Neal sans que son sourire atteigne ses yeux.

Je tourne la tête vers lui, même au réveil, la tignasse ébouriffée et les traits encore tirés par le sommeil, il est beau à tomber. Je garde le silence et pars chercher du lait dans le frigo.

– Pour ton emménagement, je pourrais t'en offrir une. À moins que ce cadeau me revienne aussi en pleine gueule.

Est-ce bien de la colère que je perçois dans sa voix ?!

– Va te faire foutre, Neal ! Toi et ton ego de merde ! répliqué-je en serrant la mâchoire à m'en faire mal.

Hors de question de me débiner. Sans le quitter du regard, je m'appuie contre le plan de travail en croisant mes bras sous ma poitrine. Ses yeux se baladent sur chaque parcelle de mon visage. Il secoue la tête, en proie à un tourment intérieur qui me déstabilise.

– C'est le bordel dans ma tête… Et je ne gère pas là ! commence-t-il me faisant froncer les sourcils d'incompréhension. Tu quittes l'appart ! Ça n'aurait jamais dû se passer comme ça.

– C'est pourtant la meilleure décision à prendre pour nous trois.

Il soupire en s'approchant de moi. Je triture la brique de lait pour me donner le courage d'affronter la suite.

– J'ai eu un doute en découvrant la porte de ta piaule ouverte. Elle était fermée quand je suis rentré dans celle de Matt.

C'est trop pour moi ! Leurs gémissements, les paroles échangées, leurs rires… Tout est imprimé au fer rouge dans ma tête. Incapable de le dévisager plus longtemps, je m'occupe les mains en me servant une tasse.

– Ma belle, avec toi rien ne m'échappe…

Il est tellement proche de moi que je me décale sur le côté et bois une gorgée de café encore brûlant.

– C'est en découvrant mes cadeaux sur mon lit que j'ai eu la certitude que tu nous avais surpris. Je n'ai jamais voulu que…

Cette intonation de gêne, voire de malaise, je m'en passerais bien !

– T'es célibataire, Neal, alors assume, bon sang ! vociféré-je. Tu m'avais prévenue que tu profiterais de toutes les occasions sans remords. Je suis une grande fille, je m'en remettrai ! Passe à autre chose !

– Je ne peux pas ! s'emporte-t-il. C'est ça mon problème ! J'ai essayé. Mais t'es tout le temps dans ma foutue tête ! Et puis Matt s'est mis à flipper… J'ai flippé à mon tour, et j'ai voulu le rassurer en...

– Vous flippiez ? ricané-je, mauvaise, puis je continue d'une intonation blasée. Écoute, je dois me rendre à la bibliothèque dans une heure et j'aimerais *beaucoup* boire mon café dans le calme. Je t'invite à poursuivre ton petit délire autre part. Loin de moi de préférence !

Je m'empare d'un donut au sucre que je mords à pleines dents et avec hargne tandis que Neal laisse échapper un grognement. En deux enjambées, il envahit ma zone de confort pour me coincer contre le plan de travail. Il attrape mon poignet pour croquer à son tour dans ma pâtisserie. *Sérieux !*

Sidérée, j'écarquille les yeux d'indignation.

– Mais t'es mal… ! Qu'est-ce que tu fous ?

– Tu n'aurais jamais dû le quitter, m'explique-t-il en attachant mon bracelet. Il est parfait pour la femme surprenante que tu es.

Je n'ai pas le cœur à le repousser. Ce bijou, j'y tenais vraiment. Même si sur le coup, ça me paraissait une bonne idée de le lui rendre, j'ai vite regretté mon geste. Je l'effleure du bout des doigts et quand je redresse le menton, je percute deux billes noires emplies de désir. Leur intensité me désarme. Il prend mon visage avec douceur dans sa main.

– Ne pars pas à cause de moi.

– C'est mieux pour tout le monde. Vous avez votre fraternité et…

– Je ne veux pas que tu quittes notre appart.

Ne flanche pas ! J'inspire à fond et secoue la tête.

– Je ne changerai pas d'avis.

– Je te dois des explications.

Si je le laisse m'embobiner, je suis foutue !

– Non, tu ne me dois rien.

– Oh que si ! Dès que je t'ai vue, tu m'as plu. T'es carrément mon genre de nana. Mais il y avait ton frangin et cette cohabitation plutôt merdique. Je n'avais pas imaginé vivre ma dernière année hors des Kappa Sigma. C'était un beau bordel, et tu n'as pas facilité les choses.

– Si j'ai bien compris, t'étais obligé de te comporter en parfait connard avec moi ! m'enquiers-je de mon air farouche.

Il se retient de rire. *Bon point pour lui !*

– Non. Mais plus tu me tenais tête et plus je kiffais nos échanges.

– Quoi de plus logique ! ironisé-je.

Ma rébellion lui plaît. Ses iris incandescents fixent ma bouche avec envie.

– Je n'ai jamais désiré une femme autant que toi.

Ne le laisse pas t'atteindre !

J'inspire à fond, puis décide de jouer la carte du sarcasme.

– C'est l'interdit. Ça a ce petit quelque chose de *tellement* excitant !

Il rejette sa tête en arrière et rit à gorge déployée. J'aime cette sensation qui m'enrobe d'un sentiment de bien-être d'être la responsable de son hilarité. Je n'ai jamais connu une telle connivence avec un homme où l'on peut passer de la dispute à la légèreté en un claquement de doigts.

Je souffle d'impuissance en sentant mon armure voler en éclat. Ma vulnérabilité me perdra… Non, ce sont mes foutus sentiments pour lui qui me perdront.

– Tu vas réveiller Matt.

– Aucun risque, il est chez Nina. On est donc seuls.

Je déteste son prénom dans sa bouche. Comme s'il était muni d'un sixième sens, ses mains sont partout sur moi. Il me caresse avec une telle tendresse que mon corps se relâche tandis que sa chaleur m'enivre.

– Tu es si jeune, murmure-t-il à lui-même, comme s'il était hanté. Tu mérites tellement plus qu'un enfoiré comme moi.

Encore cette même rengaine ! J'ai besoin de le comprendre et d'assouvir ma curiosité par la même occasion.

– Pourquoi mon âge te fait si peur ?

– Ce n'est pas le sujet.

– Eh bien moi, je pense que ça a tout à voir !

Ma détermination provoque son sourire, alors que mon expression est empreinte de gravité à l'idée qu'il m'en dévoile plus.

– Neal, je me suis toujours montrée honnête envers toi. Explique-moi ?

Il opine lentement de la tête avant de me confier :

– Je m'étais promis de ne jamais faire souffrir une nana comme mon géniteur l'a fait avec ma mère alors qu'elle avait ton âge. Elle en a beaucoup trop bavé pour que la simple pensée de reproduire le même schéma que lui me traverse l'esprit. Et pourtant…

La souffrance qui teinte sa voix m'interpelle.

– Mais tu n'es pas comme lui !

– Ah ouais, réplique-t-il en serrant les dents. Tu sais aussi bien que moi que c'est faux. Je n'ai pas pu m'empêcher de merder comme lui en te faisant souffrir.

– Ce n'est pas ce que tu voulais, j'en suis certaine, tenté-je de le rassurer.

– Tu es une nana beaucoup trop bien pour moi.

Ses bras s'enroulent autour de mes épaules pour me presser contre lui. Difficile de lutter contre cette force qui m'attire à lui comme un aimant. Mon corps se nourrit de son contact quand il me chuchote soudain à l'oreille :

– Je l'ai bien vu avec toi, j'ai hérité de sa lâcheté. Je suis incapable d'assumer ce que je ressens pour toi, et encore moins à m'engager dans une relation.

– Je suis prête à te …

– Non. J'ai encore trop de choses à vivre pour vouloir me fixer et je suis bien trop foireux comme mec pour que tu subisses encore mes conneries. Tu comprends maintenant pourquoi je lutte pour ne pas être comme lui ?

La supplication dans son regard et sa révélation me font prendre conscience que quitter l'appart est vraiment la meilleure décision que j'ai prise pour nous deux. Et cette fois-ci, je le pense sans une once de colère ou d'amertume. Il a lutté pour ne pas me succomber et me faire souffrir par ses actes, alors que je ne lui ai franchement pas facilité les choses. J'ai aussi ma part de responsabilité.

Quoi qu'il se figure, c'est un mec bien !

C'est le moment pour moi de tourner la page et d'accepter son choix. Mais avant, je ne veux éprouver aucun regret, alors face à l'attraction irrésistible de son corps, je lâche prise. Mes doigts se nouent autour de son cou, je presse avec une infinie douceur mes lèvres contre les siennes, puis ma langue trace le relief sensuel de sa bouche.

– Je pars dans trois jours. Faisons en sorte que cet instant reste inoubliable pour nous deux.

Son grondement animal marque son accord. Il se baisse pour me faire basculer sur son épaule. J'écarquille les yeux avant d'exploser de rire.

– La bête est lâchée !

– Inoubliable, c'est bien ce que tu as dit.

Chapitre 19

Rebondissant sur son lit, il m'immobilise de son corps puissant. Ses lèvres picorent ma peau jusqu'à mordiller le lobe de mon oreille, m'arrachant un gémissement qui est avalé par son baiser avide. Il me dévore comme si j'étais son plat favori. Sa langue envahit chaque recoin de ma bouche tandis que mes hanches ondulent telle une déesse du sexe. À travers son caleçon, il bande si fort que je suis désorientée qu'il interrompe nos préliminaires.

– Si je ne calme pas le jeu maintenant, je vais me ridiculiser, m'avoue-t-il d'une voix si rauque que ma peau se hérisse de plaisir. Laisse-moi te goûter.

Ses pupilles brûlantes de désir donnent un éclat envoûtant à son regard, me sentant si puissamment désirée. C'est un sentiment si exaltant, si libérateur que je me mords la lèvre jusqu'à ressentir une douleur sourde lorsque mon legging disparaît en même temps que ma culotte. Son souffle mêlé à l'humidité de sa bouche quand il happe mon clitoris entre ses lèvres arque mon dos et libère des fourmillements de plaisir dans mon bas-ventre. Il me lèche, me suce, me doigte avec une telle dextérité qu'un volcan en éruption gronde dans tout mon corps.

– Neal, l'appelé-je dans un gémissement à la frontière de l'extase.

– C'est ça, ma beauté. Laisse-toi aller.

Sa voix vibrante contre mon intimité déclenche un orgasme qui se répercute dans tout mon corps. *Oh mon Dieeuuu !!!* Mes cuisses pressent sa tête comme un étau lui arrachant un rire étouffé. Comme si j'étais shootée dans un océan de bien-être, je l'observe se redresser pour se déshabiller entièrement. Il a le corps d'un dieu grec et sa longue érection me fait saliver d'envie. J'ai envie de le goûter à mon tour, mais vu son empressement à enfiler une capote, je peux oublier. Il se cale entre mes jambes, soulevant mon tee-shirt avec ses dents, puis happe la pointe durcie de mon sein entre ses dents. De nouveau, ses mains sont partout sur moi, prêtant une attention particulière à palper la rondeur de ma poitrine. Je glisse mes doigts entre nous pour le branler en de lents va-et-vient, sentant son sexe palpiter de désir dans ma paume.

– Je veux te sentir en moi, ronronné-je.

– Tes désirs sont des ordres !

Ses lèvres s'écrasent sur les miennes, toujours dans un mélange de passion et de possessivité. C'est la première fois que je goûte la saveur de mon excitation qui enfièvre mes sens. Mes chevilles se nouent autour de ses hanches, ondulant langoureusement, jusqu'à ce qu'il se glisse en moi, m'emplissant entièrement.

Les mains au-dessus de ma tête, captives entre ses doigts, je le contemple avec fascination. La lueur enflammée de ses pupilles détonne avec la douceur et la profondeur de ses coups de reins. Avide de le goûter, je mordille la peau de son cou jusqu'à l'aspirer entre mes lèvres. Je veux le marquer fort de mon empreinte pour qu'à chaque fois qu'il l'apercevra dans la glace, il se souvienne à quel point c'était bon entre nous. Comme si mon geste l'avait rendu fou, il se retire pour me faire basculer à quatre pattes sur le matelas, puis il s'enfonce de nouveau en moi. J'arque le dos en gémissant de plus belle, lui procurant ainsi un meilleur angle de pénétration. Je me perds dans la sensation de nos corps qui bougent et se frottent l'un contre l'autre sans retenue, décuplant mon propre désir. Le nez niché dans son odeur qui imprègne la couette tandis que mes doigts s'y cramponnent, une onde de plaisir vrille mon bas-ventre avant que son grondement se répercute dans chaque cellule de mon corps. Une vague de jouissance m'inonde de la tête au pied. Je halète encore étourdie par la puissance de mon orgasme quand ses doigts s'enfoncent douloureusement dans la chair de mes hanches en jouissant à son tour. Je me laisse bercer par sa main qui caresse mon dos avec douceur et suis ramenée sur la terre ferme par notre respirations saccadées.

Une dernière fois inoubliable… En effet !

C'est ce que je dois garder en tête. Je me tourne vers lui, puis esquisse un sourire complice avant de me dégager de son étreinte et de m'extraire du lit.

– Tu vas où comme ça ? m'interroge-t-il de sa voix écorchée en me retenant par le bras.

– Je t'ai dit que je devais aller à la bibliothèque.

– Et si on remettait ça plutôt.

Assise sur le lit, je le dévisage en arquant un sourcil provocateur tandis qu'il retire la capote.

– *Ça* ?

– Ne te méprends pas. C'était incroyable, ma belle. J'en veux encore !

Je pouffe en me levant et me rhabille devant son regard gourmand. La vue lui plaît apparemment quand il empoigne sa queue en érection et se masturbe avec indolence. Je dois rester forte, ne plus laisser parler mon cœur, et encore moins mes sentiments pour lui.

– T'emballe pas trop. La baise pour de la baise, ce n'est pas trop mon truc. Je me suis juste accordé mon cadeau de départ.

Il se lève, le visage fermé, en m'empêchant de sortir de sa chambre.

– Tu regrettes ?

– C'était trop bon pour regretter quoi que ce soit.

– Par cadeau de départ, tu entends quoi ? me questionne-il avec dureté.

– On en avait envie tous les deux. Aucun regret. Aucun remords, c'est bien ton leitmotiv ?

– Yep. Je ne vois pas les choses autrement.

– Alors gardons un très bon souvenir de cet instant qui clôture la fin de notre coloc.

D'une histoire impossible entre nous…

Il me dévisage avec regret.

– Je suis désolé de ne pas pouvoir te donner plus.

– Je sais, lui réponds-je en l'embrassant sur la joue, sans amertume dans la voix.

Silencieux, esquissant un bref sourire, il fait un pas sur le côté pour me permettre de quitter sa chambre. Ce que je fais sans me retourner.

***

– T'es enfin décidée à me parler ? me surprend Matt au seuil de ma chambre.

– Comment ça ? l'interrogé-je en refermant un carton.

– Tu as passé ton temps à m'éviter.

– Non, j'étais très occupée.

– À d'autres ! Il s'est passé quoi pour que tu appelles maman ? s'enquiert-il, l'épaule contre le chambranle, arborant une expression contrariée. Et qu'est-ce qui a bien pu la faire changer d'avis alors que cette colocation était son idée ?

– Elle veut faire bonne impression à Chris, alors ça a été plutôt facile d'obtenir son accord.

– Chris ? T'en avais pas fini avec ce gars ?

– Apparemment non. Je lui sers encore de couverture. Et j'ai décidé d'en profiter au passage.

– Je ne le sens pas ce gars.

– Je sais. Il va trop loin, et j'ai bien l'intention d'avoir une discussion avec lui.

– Et le plus tôt sera le mieux, frangine.

J'opine de la tête.

– C'est bien mon intention.

Il s'installe sur mon lit. Son regard est si inhabituellement grave que je me stoppe dans mon déménagement.

– Pourquoi tu tiens tant à partir ?

– J'ai mes raisons, éludé-je.

– J'ai merdé quelque part ?

– Matt, soupiré-je en m'asseyant à ses côtés.

– J'ai besoin de comprendre, Lilou.

– Je dois me recentrer sur mes études. Je te l'ai dit en début d'année, c'est ma priorité. Je dois tenir ma promesse.

Un silence s'invite. Il finit par grimacer.

– En résumé, on fout trop le bordel.

– Un peu, oui, pouffé-je.

– Dommage. J'aimais bien notre coloc.

– Moi aussi, lui confié-je en esquissant un sourire sincère. Mais vous pouvez encore réintégrer votre fraternité ?

Il secoue la tête.

– Nan, c'est trop tard. Nos piaules sont déjà prises.

– Vous n'avez pas un pote qui pourrait prendre ma chambre ?

– Peut-être.

– Ça m'arrangerait que les parents ne payent pas un double loyer.

– J'ai eu maman hier au téléphone, elle disait qu'elle s'occupait de tout, alors je ne m'en ferais pas trop à ta place, me rassure-t-il avec confiance.

– Dis-toi que tu vas pouvoir inviter qui tu veux sans te soucier de ton emmerdeuse de frangine.

– Pas faux, s'esclaffe-t-il.

Je lui tape l'épaule en éclatant de rire.

– Je le savais.

– Peut-être, mais tu ne me dis pas tout.

Je fronce les sourcils en mode ingénue.

– Et Rendall ?

– Quoi Neal ?

– Ton départ le met de mauvais poil. Il s'est passé un truc entre vous ?

Je lève les yeux au ciel.

– Rien ! Arrête de te faire des films.

– Alors arrête d'être à fond sur lui !

Je souffle, résignée, car il est bien trop malin pour ne pas faire le rapprochement.

– T'as vraiment envie de te mêler de ça ? Eh bien, moi non !

Il me scrute en proie à l'hésitation. Plus le silence s'étire et moins je me sens sereine, alors je me lève du lit et ramasse mes notes de cours sur mon bureau pour les fourrer dans mon sac.

– Bon, autre sujet sensible… Qui va cuisiner maintenant ? m'interroge-t-il avec déception.

– T'es sérieux là ?! rigolé-je.

Il me décoche son clin d'œil de connivence.

– Tu vas me manquer.

– Je suis à l'autre bout du campus. Ce n'est pas ça qui nous empêchera de nous voir.

– Pas faux. Donc demain, tu déménages ?

J'opine de la tête.

– J'ai eu les clés ce matin. Je peux compter sur toi ?

– Yep. Et si tu me parlais de ta coloc ? me taquine-t-il. Deuxième année, c'est bien ça ?

Je le fusille d'un regard noir.

– Première année !

– Je peux faire une exception.

– N'y pense même pas !

Il se marre.

– Je suis méga sérieuse !

– Je n'y peux rien si les nanas m'adorent.

– Arrrrgh ! m'écrié-je, hallucinée. Dégage de ma chambre ! Tu prends trop de place !

Son rire chaud et profond va me manquer. Il se redresse et fond sur moi pour m'embrasser sur le front, puis disparaît dans le couloir.

Dès que je termine mon dernier carton, j'en profite pour me rendre chez Alice. Ça fait une éternité que je ne l'ai plus vue ! Elle était pas mal occupée, comme moi au final. Je frappe à sa porte et esquisse un grand sourire dès qu'elle m'ouvre.

– Alice ! Contente de te revoir. J'ai une tonne de choses à te raconter !

Je m'avance en pensant qu'elle va se décaler pour me laisser entrer, mais ce n'est pas le cas. Son bras accroché au chambranle de la porte crée barrage. Je prends conscience que son bref sourire est forcé.

– J'allais partir.

– Oh désolée ! Ça faisait longtemps, j'avais envie de te voir.

Elle me répond par le silence. *Ça ne lui ressemble tellement pas !*

– Je quitte l'immeuble, lui annoncé-je, un peu confuse.

– Eh bien, bonne chance pour la suite !

C'est tellement froid et impersonnel de sa part que je cligne lentement des cils, tentant de comprendre ce qui m'échappe.

– Je dois filer là, s'impatiente-t-elle.

– Je… Qu'est-ce qui se passe ?

– Rien. C'était sympa de faire ta connaissance, mais je suis passée à autre chose. Tu devrais en faire autant.

Waouh, la douche froide !

– OK…

À peine le dos tourné que sa porte claque. Un coup de sentence qui sonne le glas de notre amitié. Si amitié, il y a vraiment eu.

***

Le sourire aux lèvres, j'ai pris possession de ma nouvelle chambre. Ma coloc est adorable. Elle était allée chercher des gobelets à café pour tout le monde et Sam qui vit une relation plutôt légère avec Aya était complètement sous son charme.

Je le savais et en jubile encore !

Face à son flirt insistant, elle lui répondait avec quelques rougeurs aux joues, preuve qu'elle non plus ne lui était pas indifférente. Ayant un cours important, il a dû nous abandonner à regret. Quant à Matt, son sex-appeal légendaire était inopérant.

I.N.O.P.E.R.A.N.T !

J'étais morte de rire. Il l'a accepté bon joueur, mais impossible pour moi de ne pas le charrier.

– Ça va ? Tu t'en remets ?

Il boit une gorgée de son café, adossé au mur, les jambes croisées, tel un dieu sur ses terres.

– Aucun muscle froissé, je m'en tire plutôt bien.

– C'est ça, fais le malin.

– C'est dans mes cordes.

Assise sur le bureau, je pouffe alors qu'il prend le temps de contempler Mia qui sourit à son petit copain qui vient d'arriver.

– Mignonne, mais maquée.

– Comme si ça pouvait t'arrêter.

– Pas faux, se marre-t-il.

Ma coloc m'adresse un sourire lumineux.

– Je dois filer.

– Encore merci pour le café !

– Ça m’a fait plaisir. Et puis c’est pratique, le café du campus est à cinq minutes à pied d’ici.

– C’est noté ! La prochaine fois, c’est moi qui offre.

Elle attrape mes mains, puis m’embrasse sur la joue.

– Je sens qu’on va bien s’entendre.

L’expression de son visage se ferme, voire… se crispe quand elle porte son attention sur Matt.

– À la prochaine.

– Compte sur moi, réplique-t-il, dégainant son sourire charmeur.

Le bras de son copain se pose avec possessivité sur les épaules de Mia.

– On y va !

– Oui, lui répond-elle en lui souriant avec douceur.

Une fois seuls, je soupire avec résignation.

– Tu ne peux pas t’en empêcher.

– C’est comme si tu me demandais d’arrêter de respirer. C’est contre-nature !

Son petit haussement de sourcil provoque mon hilarité.

– T’as perdu la main parce que je peux t’assurer qu’elle est loin de roucouler en ta présence… Non, attends ! m’horrifié-je. Tu ne te l’es pas tapée ?!

– Non… Elle ne me dit rien.

– Tu disais la même chose pour Alice.

– Pas faux.

Je me refais le film depuis ma rencontre avec Alice et prends seulement conscience que je n’étais qu’un moyen pour approcher Matt. Elle l’a eu, mais il lui a échappé. Parce qu’il ne tombe jamais amoureux. Voilà la raison pour laquelle elle m’a dit être passée à autre chose parce qu’il profite de toutes les opportunités… comme son meilleur pote.

Mon ex-enfoiré de coloc et son silence radio qui me flinguent en partie le moral. Je ne l'ai plus vu depuis que je suis sortie de sa chambre.

– Tu m'écoutes ?

Je le dévisage, un sourire timide aux lèvres.

– Non, désolée. J'étais dans mes pensées.

– Vu la tronche que tu tirais, je veux bien te croire.

Je lui tire la langue.

– Tu disais ?

– Que l'appart allait être vide sans toi.

– Arrête ! gloussé-je. Je ne prenais pas tant de place que ça.

– Je suis sérieux. Ça ne sera plus pareil sans toi.

Émue par son sentimentalisme, je marche jusqu'à lui et enlace sa taille pour un moment câlin. Son téléphone vibre dans la poche de son jean. Il s'en empare pour y découvrir la notification.

– Il n'y a pas qu'à moi que tu vas manquer. Rendall me demande si ton emménagement se passe bien.

Une vague d'une amère déception m'envahit. Il aurait pu s'adresser directement à moi. Je ne comprends toujours pas son attitude distante alors que je pensais avoir arrangé et aplani les choses entre nous avant mon départ. Pour ne pas laisser mon expression me trahir, je bois une gorgée de mon café en gardant le bec du gobelet en bouche. Matt pianote sur l'écran, et, la tête toujours baissée, il m'annonce :

– Je ne sais pas à quoi vous jouez tous les deux, mais…

Quand il relève le nez et qu'il plante son regard d'un éclat plein d'intelligence dans le mien, mon corps se braque.

– … je n'ai jamais douté que tu étais assez maligne pour savoir t'arrêter quand ça ne menait à rien.

Au moins les choses sont claires !

Je lève ma boisson vers lui.

– Santé !

***

Le soleil couchant, toujours plongée dans l'étude du storytelling, je relève la tête quand Mia ouvre la porte.

– T'as passé une bonne journée ? chantonne-t-elle.

– Excellente ! Je n'avais que deux cours aujourd'hui, ça m'a laissé le temps de m'installer à mon aise. Et la résidence est super calme !

– Oui, c'est pour cette raison que j'ai quitté celle dans le centre du campus. Fort animée et plutôt sympa, mais Lisa, ma coloc de l'époque, aurait dû vivre dans une sororité. Elle était du genre bruyante… Si tu vois ce que je veux dire.

Je cligne plusieurs fois des yeux avant de les écarquiller en grand.

– Tu veux dire qu'elle s'envoyait en l'air sous ton nez !

Elle opine de la tête en grimaçant tandis que j'explose de rire. Elle s'installe sur la chaise de son bureau tout en replaçant une mèche de cheveux noirs derrière son oreille.

– Rigole. Mais à quelques mètres de ton lit, ça n'a rien de drôle !

– Désolée ! lui déclaré-je en retenant mon rire. Moi, j'avais deux colocs, et heureusement pour moi, il y avait des murs pour minimiser le bruit de leurs ébats. Quoique je m'endormais souvent avec de la musique dans les oreilles.

Ses joues rosissent, et elle entrouvre la bouche en gardant le silence.

– Quoi ? m'enquiers-je avec curiosité.

– Une nuit, elle est venue avec ton frère.

Oh mon Dieu !

– Stop ! Moins j'en sais et mieux je me porte !

Un sourire amusé étire ses lèvres fines.

– Ça ne t'amuse plus ? Pourtant, je ne t'ai pas dit le meilleur. Ils m'ont proposé de me joindre à eux.

J'ai un temps d'arrêt avant de laisser éclater mon hilarité.

– Avec Matt, je ne m'étonne plus de rien. Et… tu as accepté ?

– Je me suis plutôt tirée de la pièce, oui ! Je n'aurais jamais pu faire ça à Stan !

– Elle est aussi en première année ?

Elle acquiesce d'un signe de tête.

– Quel baratineur !

– Ton frère ?

– Oui, il dit qu'il ne sort jamais avec les « première année » ! m'indigné-je.

– Lisa faisait clairement plus vieille que son âge, et sexuellement, elle était très libérée.

– Mouais. Enfin, je comprends mieux ta réserve avec lui ce matin. Mais si ça peut te rassurer, je suis *très* sage comparé à mon frère.

– Dieu soit loué ! pouffe-t-elle. Je n'ai aucune envie de me trouver une autre chambre.

– On va faire un pacte. Aucune partie de jambes en l'air dans notre chambre. Bon, pour moi, ce sera facile, je suis célibataire, mais pour toi…

– Pacte accepté ! Approche ton petit doigt pour sceller notre accord.

Je m'exécute.

– Stan a sa propre chambre, m'informe-t-elle en faisant danser ses sourcils de malice.

Nous rions de concert en savourant notre bonne entente.

– Sam va être déçu.

– Pourquoi ?

– Parce que t'es *carrément* son genre.

– N'importe quoi ! réplique-t-elle en rougissant.

– M-mh.

Elle n'est pas indifférente non plus, mais pour le moment je laisse tomber.

– Tu connais un petit resto sympa dans le coin ? Histoire de fêter notre colocation.

– Chinois, ça te dit ?

– J'en salive d'avance.

– Alors suis le guide !

Chapitre 20

Point de vue de Neal

Je me pointe devant la nouvelle résidence de mon ex-coloc. Toujours en rogne à cause du bordel dans ma tête depuis qu'elle est partie. C'est pire depuis que je l'ai baisée avant son départ. C'était bien plus explosif et intense que la première fois ! Jamais une partie de jambes en l'air n'a été aussi bonne avec une nana… et depuis, je ne pense plus qu'à ça. Mais comme je suis incapable de m'engager avec elle, je dois me contenter de mes putain de souvenirs et de ma main droite !... Et il y a Evans...

Arrête de cogiter, Rendall !

Je frappe à sa porte en espérant ne pas être venu pour rien. Dès qu'elle fait son apparition, elle remue toujours ce quelque chose en moi. Je n'ai plus qu'une envie, l'embrasser, la plaquer contre le mur et la…

J'inspire à fond.

– Salut ! lâché-je comme si j'étais constipé.

– Neal ? s'étonne-t-elle.

– *Cool !* Tu ne m'as pas encore oublié.

Son sourire se fane et elle me flingue du regard. Une main sur le chambranle de la porte et l'autre sur sa hanche, elle crache :

– Et toi, tu te souviens de mon existence, Ducon ?!

J'ai toujours kiffé qu'elle me tienne tête. Une flambée de chaleur se répand dans tout mon corps, déclenchant même mon éclat de rire.

– Sorry. Sale journée.

– Qu'est-ce que tu fais là ? m'interroge-t-elle d'un ton sec.

– Voir si tu étais bien installée... Tu me laisses entrer ?

Elle se décale sur le côté en soufflant son mécontentement. Je l'effleure et l'envie de la toucher ne se fait pas attendre. Je pose mes lèvres sur son front et son odeur me procure encore cet effet de dingue de vouloir l'enlacer… Ce que je fais. Mon corps se tend dès que je jette un regard dans sa minuscule piaule.

Elle n'a pas sa place ici.

– C'est *ça* ton chez-toi ?

– Pas besoin de prendre ce ton dégoûté !

Je la dévisage, elle et sa moue agacée qui accentue le relief de ses lèvres pulpeuses. Sa putain de bouche que je rêve de baiser.

– Tu viens de grogner ?

– C'est possible… Tu m'as manqué.

Son silence délie ma langue.

– Je ne me suis toujours pas habitué à ton départ.

– C'est pour ça que tu me fais la gueule depuis qu'on s'est envoyés en l'air ?

Comment ne pas fantasmer de nouveau quand elle me défie de son regard ombrageux en parlant de notre… J'expire un bon coup et lui réponds d'une intonation rauque :

– Je ne te faisais pas la gueule.

– T'as raison. Pour cela, il aurait fallu que je puisse te voir, me tacle-t-elle.

J'ai passé deux jours dans ma fraternité dans le but de prendre un max de distance avec toute cette histoire entre nous. Et pas une fois, je n'ai pensé à ce qu'elle pourrait ressentir alors qu'elle a fait en sorte que notre cohabitation se termine bien. Faisant fi de ses sentiments pour moi et de ce plan foireux à trois. Je ne l'ai pas épargnée… *Cette nana est hallucinante !*

– Sur ce coup-là, je me suis comporté comme un connard.

– Sans blague ! ricane-t-elle.

Elle tente de me repousser, mais je tiens bon.

– Neal…

– J'ai merdé, et je suis venu pour m'excuser.

– Euh… OK.

Dès que la tension quitte ses épaules, je plonge mon nez dans son cou et respire son parfum fruité. Je ne m'en cache pas. C'est une nécessité. *Elle me manque, bordel !* Il n'y a pas que le sexe entre nous. Il faut qu'elle le sache. Elle ne peut pas douter de ça.

– Si tu as besoin de n'importe quoi, je suis là.

– Tu vires au sentimentalisme ! plaisante-t-elle. Tu me choques là !

Je suis fan de son rire !

– Tu te sens obligée de tout gâcher, p'tite maligne !

– Non. Ça, c'est ta spécialité ! s'amuse-t-elle, un sourire provocateur aux lèvres.

J'éclate de rire.

– Tout est cool entre nous ?

– C'est trop tôt pour le savoir, réplique-t-elle avec sérieux.

– T'as réponse à tout, hein, me marré-je en l'embrassant sur la tempe plus longtemps que je ne le devrais.

– Avec toi, il vaut mieux être blindé.

Elle rompt notre contact pour mettre un max de distance entre nous. Je devrais en profiter pour la laisser passer à autre chose et m'éclater comme je l'ai toujours fait, sans prise de tête. Mais ma langue lui déballe tout autre chose.

– J'ai besoin de toi dans ma vie, ma belle.

– Neal, soupire-t-elle, comme si elle souffrait. Nous deux, ça ne fonctionne pas.

Pas comme tu voudrais, je sais… Et ça me fait chier à un point que tu n'imagines même pas !

– Ton frangin est important pour nous deux. Faisons en sorte que tout roule entre nous.

Elle est bien trop entière pour camoufler sa déception. Quant à son regard qui m'ébranle, il est en proie à un véritable conflit.

– Je ne peux rien te promettre, finit-elle par me lâcher.

– Prends ton temps. C'est tout ce qui m'importe !

Son sourire forcé me déchire la poitrine.

***

Aucune envie de venir au Loxis ce soir, mais Matt ne me lâchait plus. Il a fallu qu'il me prenne la tête avec Nina, accompagnée de nouveaux petits culs. *Comment lui dire non encore une fois ?*

Accoudé au bar, je bois la moitié de ma bière, la quatrième, je pense, et regrette d'être venu. Mais c'est toujours moins déprimant que de rester à l'appart sans Lilou qui est aux abonnés absents depuis deux semaines. Elle est peut-être passée à quelque chose d'autre... à quelqu'un d'autre. Je sens une montée de colère gronder en moi. J'observe mes jointures blanchir autour de la bouteille quand une main se pose sur la mienne.

– Qu'est-ce que tu fais tout seul ? s'enquiert Nina de son regard aguicheur.

Je la dévisage avec froideur en avalant une nouvelle gorgée de ma boisson amère. Elle a envie que je la baise. Je pourrais l'amener dans les toilettes, elle ne dirait même pas non. Juste une pipe, une bonne pipe. Elle sait y faire, cette salope. Je pourrais fermer les yeux et imaginer ma beauté à la place. Je commence à bander… *Trop facile !* Je me dégoûte et la regarde d'un air écœuré.

– Passe à autre chose.

Elle continue à me sourire, mais je vois bien que ma décision ne lui plaît pas.

Rien. À. Foutre !

Elle part rejoindre Matt. Pour ne rien arranger à mon état d'esprit, je vois Lilou faire son entrée. Je ne peux pas m'empêcher de la dévorer des yeux. Elle porte une robe couleur crème, un peu trop courte à mon goût, ainsi que des bas. Des bas, pas des collants, j'en suis sûr. Si elle se penche, je pourrai voir la peau nue et douce de ses cuisses fermes et une petite culotte en dentelle super bandante. Bordel, j'ai besoin d'une autre bière sinon je vais virer barjot.

Une blonde vient se coller à moi, réclamant ma compagnie. Elle frotte ses seins contre mon bras. Petit cadeau d'Evans qui soulève sa bouteille de Bud à mon attention. Il jubile. Je prends la peine de détailler la fille. OK, elle est plutôt jolie et bien gaulée. Pulpeuse et consentante. Ça ne me calme pourtant pas. Je me dégage de son étreinte.

– Va voir ailleurs si j'y suis !

J'ai vraiment besoin de me saouler la gueule. Je hèle le barman et lui montre ma bouteille vide. Il hoche la tête. En attendant, je mate la seule nana qui m'obsède et qui est accompagnée de son pote Sam. Elle illumine une pièce rien qu'avec son sourire. Et son rouge à lèvres sombre est un appel au sexe. À mon sexe. Sa bouche a besoin d'être baisée et je rêve qu'elle me suce. Putain, j'ai envie qu'elle laisse des traînées de son rouge à lèvres sur ma queue. *Bordel !* Elle vient de se pencher. Je ne pense plus à boire, je pense à la balancer sur mon épaule et la ramener dans ma piaule. Elle n'est pas près d'en sortir.

Je bande ! C'est la seule meuf à me faire un tel effet.

Et l'autre connard, derrière elle, a certainement les mêmes putain de pensées que les miennes quand j'avise son œillade salace. *C'en est trop !* Je le fusille du regard, prêt à lui administrer une raclée si besoin, et me dirige droit vers elle. Hors de question que je lui parle, sinon, je vais mettre mon fantasme à exécution. Je dois marquer mon territoire, et rien à foutre de la forme ! Je l'attrape par la taille pour la plaquer contre moi sans lui laisser l'opportunité de me reconnaître. Oubliant qu'elle a suivi des cours d'autodéfense, elle m'administre un coup de coude bien senti dans le bide et me tord le poignet avant de réaliser que c'est moi.

Le souffle coupé, je me plie en deux.

– Oh, Neal ! s'alarme-t-elle. Ça va ?

– Repose-moi la question dans cinq minutes, déclaré-je d'une voix écorchée par la douleur.

Ses mains parcourent mon visage avec inquiétude. *Je suis au paradis !*

– Désolée ! Mais tu m'as fait peur !

Malgré le mal ressenti, je me redresse en sentant une bouffée de fierté qu'elle sache se défendre aussi bien. Impossible de résister, j'ai besoin de me shooter à son odeur. J'enfouis mon nez dans son cou et lui mordille le lobe de l'oreille. Je sais que ça la rend folle. Au passage, je fixe l'autre connard et lui fais comprendre qu'elle est à moi. Il a l'intelligence de regarder autre part. Les neurones en berne, je lui balance ma pensée :

– Garde des forces pour moi.

– Quoi ? me demande-elle d'un air confus.

– Je veux aussi mon cadeau de départ. Après tout, t'as bien eu le tien.

Les traits de son visage se transforment sous le coup du choc, et je souris face à son expression orageuse. Elle est la seule à m'exciter autant juste en me flinguant du regard. *Vas-y, ma belle, ça n'en sera que meilleur.* Bien. Je n'attends pas sa réponse et me barre. Maintenant, je peux me détendre et récupérer ma Bud au comptoir.

Evans se dirige droit sur moi en mode furax, me foutant illico en rogne.

– Tu joues encore au con, Rendall !

– Je n'ai plus le droit de la saluer ?

– Pas comme si tu voulais pisser autour d'elle. J'ai pris le parti de rester en dehors de votre histoire. Mais j'ai mes limites.

– Je sais ce que je fais !

Son ricanement devient mauvais.

– Ah ouais, t'es prêt à renoncer aux autres nanas, *Neal* ? Parce que si tu décides qu'il n'y aura que ma frangine et rien qu'elle, alors tu décides de l'aimer et de la protéger comme si elle était tout pour toi… À moins que ce ne soit dans tes gènes ?

Il ose parler de mon connard de géniteur. Un lâche qui nous a abandonnés, ma mère et moi, alors que je n'étais même pas né.

– Va te faire foutre ! ragé-je les dents serrées.

– Seulement dans ces conditions, tu auras mon accord, conclut-il en me toisant. Mais, là, je suis à deux doigts de te casser ta putain de gueule. Je te jure que je n'hésiterai pas. Je l'aime trop pour la voir souffrir encore une fois.

Il s'approche si près qu'on se retrouve nez contre nez.

– T'es prêt à foutre notre amitié en l'air ?

Il a raison. *Je viens encore de merder… Je suis incapable de m'en empêcher, bordel !* Cette nana me retourne le cerveau. Je recule d'un pas pour faire baisser la tension entre nous et bois ma boisson d'une seule traite. Il faut que je me calme !

Je suis mordu… ouais, plutôt accro à sa frangine. Il ne faut pas être Einstein pour le comprendre. Mais est-ce que je suis capable de m'engager dans une relation sans tout faire foirer ? Ayant hérité de la lâcheté de mon géniteur, il n'y a pas d'avenir possible entre nous. Et hors de question de mettre un terme à mon amitié avec mon meilleur pote !

Bordel, je sais tout ça !… Ça ne m'a pourtant pas empêché de merder encore une fois… me détestant rien que pour ça !

Il doit se produire quelque chose dans mon regard qui lui donne satisfaction. Il me sourit avant de reporter son attention sur Nina. Il est temps pour moi de me rapprocher de la blonde. Je vais la baiser sans prise de tête, puis passer à autre chose. Sans pouvoir m'en empêcher, je jette un coup d'œil par-dessus mon épaule pour la mater une dernière fois. Je bugge sur son petit cul qui se déhanche sur la piste de danse, sur ses lèvres qui s'étirent en un sourire paresseux et que je crève d'envie d'embrasser jusqu'à en perdre la raison.

Je suis dans une merde noire…

Lilou mérite tellement mieux qu'un enfoiré comme moi. Ce n'est pas le moment de me dégonfler, et je marche jusqu'à elle. Quand elle me repère, elle me lance une œillade pleine d'interrogations. Je m'approche suffisamment d'elle pour m'injecter un shoot de son odeur avant de lui balancer cette horreur en pleine gueule pour qu'à l'avenir, elle garde définitivement ses distances avec moi.

– Écoute, ma belle. Nous deux ce sera pour une prochaine fois... Je cours après une nana depuis des mois, et elle est enfin d'accord pour que je la raccompagne.

C'est à peine si j'ose croiser son regard, et ce que j'y découvre me fout la honte de ma vie. Elle encaisse, mais l'éclat de douleur dans ses yeux me laboure les entrailles.

– C'est toi qui es venu…

Elle secoue la tête tout en pinçant ses lèvres d'une colère à peine contenue.

– … T'es vraiment un connard pathétique.

– Ce n'est pas une nouveauté.

– Compte sur moi pour ne pas l'oublier cette fois-ci.

J'y compte bien !

Le corps tendu par la rage, elle me tourne le dos et continue sa danse. En mode automatique, je m'arrache de la piste et me dirige vers la blonde. Je vais la ramener dans sa chambre et me faire sucer. *Encore faut-il que je parvienne à bander...*

Chapitre 21

Point de vue de Lilou

Neal a complètement gâché ma fin de soirée. Si je pouvais encore avoir un infime doute sur cette fameuse fille qui le branchait depuis des semaines. Là, le doute n'est plus permis, ce n'est pas moi ! Le pire est qu'il est au courant du gros béguin que je nourris pour lui et il n'a eu aucun scrupule à me traiter comme un vagin jetable sur pattes ! La brave Lilou acceptera bien un p'tit coup après tout !

Bordel, j'ai pourtant tout fait pour que ça s'arrange entre nous ! ragé-je. *Quel connard de première !*

Je monte à bord de la voiture de Sam et attache ma ceinture de sécurité avec emportement. Je regrette de ne pas avoir usé de mes cours pour le castrer. Histoire qu'il apprenne à penser avec sa tête et non avec sa queue !

Pendant le trajet, je savoure le silence jusqu'à ce que Sam allume la radio qui diffuse les notes de musique de *Wrecking Ball.* Génial ! Quoi de mieux que Miley Cyrus qui chante une déception amoureuse ainsi que toute la souffrance que ça peut engendrer.

On veut m'achever ou quoi ?!

Je change de station jusqu'à repérer une chanson, style métal, qui nous hurle dans les oreilles que l'on aille se faire foutre. *Parfait !* Sam réplique en baissant le son.

– Qu'est-ce qui s'est passé avec ton ancien coloc pour que tu sois aussi furax ?

Je lui fais un rapide topo en ne lui cachant rien de mon énervement.

– Ah ouais !

– Quoi *ah ouais !* C'est tout ce que ça t'inspire ?

Il me dévisage avec sévérité.

– Tu t'attendais à quoi d'autre de sa part ?

– Pas à ça. Je pensais compter un minimum pour lui. Mais je me suis trompée.

Il souffle en tapotant les doigts sur son volant.

– Il ne s'est jamais caché d'être un connard, alors accepte-le et envoie-le se faire foutre une bonne fois pour toutes !

Il a raison. Je suis peut-être une fille pathétique avec le cœur en mille morceaux, mais j'ai perdu confiance en Neal. Je bats des cils pour chasser cette vague de tristesse qui s'abat sur moi. Il est une telle déception que je refuse de verser encore une seule larme pour lui. Sam est loin d'être dupe. Il m'agrippe le menton pour que nos regards se croisent :

– T'es une fille géniale. Tu mérites d'être mieux traitée.

– Je t'adore, Sam.

– Et tu penses que Mia pourrait être de ton avis ? s'enquiert-il, un bébé sourire aux lèvres.

– Tu es loin de la laisser indifférente.

– J'espère !... Moi, je ne pense plus qu'à elle. J'ai quitté Aya d'ailleurs.

Waouh !...

– T'es complètement mordu là ? l'interrogé-je, en écarquillant les yeux.

– Yep. Je n'ai jamais ressenti ça pour une fille. Elle est tout le temps dans mes pensées.

– T'es sérieux ?

– Très ! Et j'ai tout le temps envie de la voir. Quand elle me sourit… Elle me rend dingue !

Ce n'est peut-être pas le moment idéal, mais impossible de ne pas rire devant l'étrangeté de la chose. Alors je décide de le charrier :

– Tu t'es réveillé ce matin en te disant : « Qu'est-ce que je pourrais bien faire aujourd'hui pour rendre ma vie moins chiante. Ah, oui, je sais. Je vais tomber amoureux ! ». C'est une excellente idée, Sam. Vraiment.

J'applaudis avec éloquence.

– La prochaine fois, rappelle-moi de ne plus rien te confier, se vexe-t-il.

– Du calme, Roméo. C'est… si soudain. Je n'ai rien vu venir. Laisse-moi assimiler cette chose horrible qu'est l'amour parce que j'ai l'impression de ne pas y connaître grand-chose… Mais aux dernières nouvelles, elle est toujours avec Stan.

– Et alors ? me balance-t-il du genre rien à foutre.

Ben, ouais, il est où le problème, hein ?!

J'ai été propulsée dans la quatrième dimension où tous les hommes sont des connards. *Rendez-moi, mon meilleur ami !* Cet être doux, calme et sensible. Ahurie, je le secoue et ordonne :

– Neal et Matt, sortez de ce corps !

– Je ne suis pas un enfoiré comme eux ! J'assume complètement ce que je ressens, se défend-il en me jetant un rapide coup d'œil. Le jour où je poserai ma bouche sur elle, c'est qu'elle sera entièrement à moi. Et le plus tôt sera le mieux, tu peux me croire.

Il me confie ça avec un petit sourire en coin, tel un conquérant.

– Bon ! Vu la rapidité à laquelle vont les choses, déclaré-je en levant la main, pleine d'humour. Prem's pour être la marraine de votre premier rejeton !

Il laisse éclater son hilarité comme si ça le rendait heureux.

– T'es carrément à fond !

– Dès que j'ai posé les yeux sur elle, m'avoue-t-il, animé, j'ai eu un mal fou à quitter votre chambre.

– Tu ne l'avais jamais aperçue avant mon emménagement ?

– Non, jamais. Bordel, je suis amoureux !

– Oh mon Dieu ! gloussé-je. Tu ne perds pas de temps.

– Je l'aime.

J'avale ma salive de travers. Hallucinée, je me décale sur mon siège pour lui faire face.

– Qu'est-ce que tu viens de dire ? lui demandé-je en me demandant si on n'est pas tombés dans un monde parallèle.

– Tu devrais voir ta tête ! s'esclaffe-t-il.

– Tu ne peux pas savoir l'effet que ça me fait d'être la première au courant, ironisé-je en levant un sourcil en l'air. C'est d'un tel romantisme !

Il se marre.

– Je ne veux plus jamais qu'elle regarde un autre homme que moi. Je veux...

– Ça va, j'ai compris, Roméo, pouffé-je. Mais arrête là, t'es en train de m'étouffer de ton trop-plein d'amour.

Il se gare sur le parking du campus.

– Et un jour, tu rencontreras un mec qui sera capable de tout pour toi, juste pour la satisfaction de te voir heureuse.

Émue, je l'embrasse sur la joue.

– Merci… T'es sûr que tu n'as pas un frère jumeau ?

– Certain, rigole-t-il. Tu as prévu quelque chose samedi après-midi ?

– Commencer les achats de Noël ! Je suis à la bourre. Pourquoi ?

– Je dois me racheter des fringues.

– Et ? le questionné-je en prenant un air suffisant.

– J'ai besoin de tes conseils.

– Enfin, tu avoues ! déclaré-je, esquissant un sourire jusqu'aux oreilles.

– Tu as carte blanche.

...

– Lilou ?

– J'ai carte blanche ? répété-je d'une voix qui charrie l'incrédulité.

– C'est ça !

– On a atterri dans la quatrième dimension, ça y est…

Ses lèvres laissent échapper un éclat de rire spontané tandis que je pince fort son biceps.

– Hé ! Ça fait super mal ! m'assène-t-il en se frottant le bras, le regard noir.

– J'avais besoin de vérifier que tu étais bien réel. Que tout ça n'était pas un rêve !

Il secoue la tête, plus amusé qu'autre chose.

– Eh bien, tu peux compter sur moi ! annoncé-je en détachant ma ceinture de sécurité.

Je m'apprête à sortir de la voiture quand Sam me retient par le poignet, affichant une expression plus grave.

– Ne lui laisse plus l'occasion de te faire souffrir.

J'opine de la tête avec détermination.

– C'est bien mon intention.

***

Nous déambulons dans les couloirs du complexe commercial et je jette un regard inquisiteur dans chaque boutique à la recherche du cadeau idéal pour mon frère. Sam est à la traîne, mais jamais bien loin de moi avec ses éclats de rire à gogo qui se font entendre à des kilomètres.

Mais ça, c'est l'effet d'une drogue planante qui répond au doux prénom de Mia.

– Hé, Lilou ! m'interpelle mon ami. Tu fais la gueule ?

Je me tourne vers lui en lui décochant un regard sombre.

– Oh, mais tu te souviens de mon existence ! Je suis flattée.

– Tu râles ? s'enquiert-il en se retenant de rire.

– Tu m'avais dit que j'avais carte blanche ! Mais apparemment Mia a meilleur goût que moi.

Il se marre. *Sympa !* Tandis que ma coloc rougit d'embarras.

– Elle a aussi d'excellents goûts. Nuance !

– Elle est canon *aussi*. Ça aide ! pesté-je juste pour la forme.

Il glousse.

– Je ne peux pas te contredire. Je dirais même « *sublime* » !

Mimant une mimique dépitée, je la dévisage et décide de jouer les entremetteuses.

– En même temps, il est fan des Asiatiques. Il n'y a pas de plus belles femmes au monde. C'était couru d'avance que notre amitié passerait au second plan.

Sam lève les yeux au ciel, franchement amusé par mon comportement immature. Mais moi, ça me permet de me détendre, alors je fais danser mes sourcils en un signe provocateur. Elle secoue la tête, tentant de camoufler son sourire, puis rabat une mèche de cheveux derrière son oreille. Elle jette une œillade séductrice vers Sam qui la regarde comme s'il n'avait jamais rien trouvé de plus beau. Bon, je les laisse à leur flirt naissant et reprends ma chasse aux cadeaux. Une vitrine humoristique attire mon attention, et c'est bingo !

– Je reviens, j'ai trouvé le cadeau pour Matt !

Ils me répondent par un hochement de tête distrait avant de retourner à leur conversation. *Grand moment de solitude !* N'empêche, je souris à moi-même. C'est une histoire qui roule pour mon ami !

Une heure plus tard, tous nos cadeaux en main, nous nous dirigeons vers la sortie quand mon regard se pose sur un homme à la chevelure cuivrée.

Mon beau jogger !

– Tu vas où ? s'inquiète Sam.

– J'ai vu Nate. J'aimerais le saluer.

Les yeux de Sam scannent la pièce et le repèrent aussitôt. Il se souvient de lui et me sourit à pleines dents, satisfait de mon intérêt pour un homme autre que Neal. Mon ex-coloc a tenté de me contacter à plusieurs reprises. J'ai effacé tous ses messages sans les écouter. Il a fini par laisser tomber, et c'est bien mieux comme ça !

– C'est le jogger ? m'interroge Mia.

J'opine de la tête.

– C'est lequel ?

– Celui avec une veste en cuir noir, lui expliqué-je en le désignant de l'index.

– Mignon !

Je lui souris en retour.

– Ouais. Seul bémol. Je ne l'ai plus recontacté depuis des semaines. Pas sûre qu'il soit encore intéressé.

– Et toi tu l'es ? me questionne Sam.

– Il me plaît, oui.

– Fonce alors ! m'intime-t-il. Tout se passera bien ! On t'attendra dans la voiture.

Je me faufile dans les rayonnages. Arrivée dos à lui, ses mains chargées de sacs, je l'interpelle, un grand sourire aux lèvres.

– Ce sont les cadeaux de Noël ?

Il se retourne et en une fraction de seconde, ses prunelles mordorées se constellent de paillettes dorées. Il se réjouit de me voir. *Ouf !*

– Une partie, s'esclaffe-t-il. Le coffre de la jeep est déjà bourré. Ma sœur trouve toujours un petit quelque chose à acheter !

Cette dernière pouffe et me salue d'un hochement de tête que je lui rends.

– Helena, je te présente Lilou. Lilou, Helena.

Un éclat malicieux transperce ses prunelles quand elle nous observe à tour de rôle.

– Tu t'es enfin décidé à tourner la page !

– Ne commence pas ! réplique-t-il d'un ton sec.

Elle lui tire la langue en rigolant.

– Bon, je vous laisse, vous avez certainement des *choses* à vous dire.

Elle claque un baiser affectueux sur la joue de son frère.

– Et toi, à acheter, s'adoucit-il en esquissant un sourire. Je t'ai à l'œil.

– M-mh, glousse-t-elle en s'éloignant.

– Tu as été raisonnable, me déclare-t-il en avisant mes achats.

– Pas le choix. Mon frère n'a pas voulu m'accompagner pour faire le porteur.

Ma boutade est accueillie par un éclat de rire franc. Quant à son regard, autant amusé qu'intense, il m'envoie une vague de bien-être dans tout le corps.

– Si tu m'avais rappelé, je l'aurais remplacé avec plaisir.

– Je suis contente de te revoir, éludé-je. Tu es toujours partant pour aller prendre un verre ?

Il dépose tous ses achats au sol pour libérer ses mains. Il dégage une mèche de mes yeux, puis son pouce exerce une caresse répétée sur ma joue. Je fonds face à tant de douceur de sa part.

– On part ce soir, soupire-t-il un brin déçu. Je reviens ici pour le Nouvel An, et toi ?

– Moi aussi.

– Tu as déjà quelque chose de prévu ?

– Pas vraiment. Mes amis seront absents et mon frère m'a parlé d'une fête organisée pour les étudiants, mais je ne suis pas emballée d'y aller.

– Alors accompagne-moi !

– Euh… Pourquoi pas.

– Je suis certain que tu peux mieux faire.

Son sourire est si contagieux et il émane une telle sympathie dans ses prunelles que je laisse éclater mon hilarité.

– Oui ! Avec grand plaisir !

Il attrape mon poignet pour m'enlacer brièvement puis me murmure :

– Je suis heureux de t'avoir revue.

Mon cœur s'emballe et je lui fais confiance pour avoir pris la bonne décision de tourner la page avec Neal.

– Moi aussi.

La sonnerie de mon téléphone s'enclenche dans la poche de mon manteau. Une fois en main, je découvre deux appels en absence de Matt, puis un bref message envoyé me demandant de le rappeler. Je fronce les sourcils d'incompréhension. Ça ne lui ressemble pas d'être aussi insistant…

– Tout va bien ?

– Oui, lui réponds-je en esquissant un sourire rassurant. Je dois filer !

– Moi aussi. Helena m'a piqué ma carte de crédit et je crains le pire.

Son regard se braque sur ma bouche qui laisse échapper un gloussement. C'est si simple entre nous que j'en redemande ! Je l'embrasse sur la joue, lui à la commissure de mes lèvres.

– Joyeux Noël, Nate !

– À toi aussi, ma belle. Quoique maintenant, il va me paraître atrocement long.

C'est le sourire aux lèvres et le cœur plus léger que je compose le numéro de mon frère. Il décroche à la troisième sonnerie.

– T'as terminé tes achats ?

– Oui, à l'instant. Il y a un problème ?

– Non. Tout roule. Pourquoi ?

– T'as insisté pour que je te rappelle.

– Dis-moi que tu n'as rien prévu ce soir ?

– J'ai déjà un truc de prévu, mens-je. Pourquoi ?

– On a trouvé un coloc pour te remplacer.

Petit pincement au cœur. Mais je suis soulagée pour mes parents. Plus de double loyer à payer.

– Super !

– Il est cool et plutôt du style discret. Il va te plaire.

– Tu veux me brancher avec ton nouveau coloc ? m'enquiers-je avec incrédulité.

– Nan, se marre-t-il. C'est un geek, carrément pas ton genre. Nina a commandé des pizzas pour fêter l'événement. Viens !

Encore elle !

– Non. Je ne peux pas me libérer.

– T'es sûre ? Ça pourrait être cool !

– Certaine.

– Qu'est-ce que tu fous ?! s'énerve-t-il, suivi par des bruits de frottement.

– Lilou ! Ne raccroche pas, *s'il te plaît* !

Neal !... *Génial !* J'interromps ma marche en ayant la furieuse envie de couper la communication. À la place, je garde le silence.

Sa respiration est plus rapide. Plus forte.

– Je n'ai aucune excuse pour la dernière fois. Je veux juste que tu saches que je n'ai pas baisé la nana… Je n'aurais pas pu te faire ça. Ce que je t'ai dit, c'était...

– De la merde ! le coupé-je. Ah bah oui, c'est certainement encore cette histoire où Matt flippait, toi, tu flippais. Alors…

Je m'exhorte au calme en inspirant une grande bouffée d'air.

– Oublie-moi, Neal ! Je suis sérieuse !

Je lui raccroche au nez, décidée à faire taire définitivement mes sentiments pour lui, puis trottine jusqu'à la voiture de Sam quand la pluie s'invite. Je m'engouffre à l'arrière du véhicule.

– Désolée pour l'attente ! m'exclamé-je en m'installant sur la banquette arrière.

– Pas de souci, réplique mon ami. J'étais en super compagnie.

Mia lui répond par un sourire éblouissant.

– J'imagine, pouffé-je. Mais ça en valait la peine ! Je peux déjà vous dire que je ne fêterai pas le Nouvel An seule !

J'éclate de rire sous leurs exclamations très enthousiastes.

Chapitre 22

Point de vue de Neal

Encore à fixer mon téléphone comme si un message de Lilou allait apparaître par magie. Tous les miens sont restés sans réponse depuis qu'elle a coupé court à mon appel.

M'étant encore comporté comme un véritable connard avec elle lors de la soirée au Loxis, rien d'étonnant à ce qu'elle m'ait dégagé de sa vie. C'est peut-être le but recherché, mais bon sang, je déguste !

J'ai cru comme un con que je parviendrais à passer à autre chose, mais c'était un putain de leurre. J'en étais tout bonnement incapable. Et le suis toujours d'ailleurs... J'ai ce poids constant et douloureux dans la poitrine qui m'empêche d'aller bien et d'avancer.

Je m'affale sur mon pieu en soupirant comme un clébard malheureux. Mon arrivée chez ma famille pour Noël ne m'aide pas à aller mieux, et la sonnerie de mon téléphone qui s'enclenche ne sera pas non plus d'un grand secours. C'est celle que j'ai attribuée à Evans. Rien que de le savoir avec elle me procure une flambée de jalousie.

Il l'a protégée de moi, et il a eu raison. Je ne me sentais pas à la hauteur, prétextant que l'amitié était plus importante. Du moins, c'est ce que j'ai cru. La vérité est que j'ai eu peur de mes sentiments grandissants et plutôt flippants pour elle, et ma lâcheté a fait le reste.

Résultat des courses, depuis la dernière fois que je l'ai vue, je passe mes soirées seul dans ma piaule en buvant un peu trop, et ma relation avec mon pote en a trinqué. Il faut que je rattrape le coup, alors je décroche en souriant.

– Je te manquais, ma poule.

– Continue tes conneries, et tu vas y laisser des plumes.

J'éclate de rire.

– Ton jeu de mots est pourri.

– Pas autant que ton surnom débile. Je n'ai pas encore reçu la partie de ton travail sur les actions boursières.

Oh merde ! Je me redresse de mon pieu pour m'adosser au mur.

– Je te l'envoie plus tard.

– Tu ne l'as pas encore terminée ?! s'alarme Matt.

Je grimace, me sentant coupable sur ce coup.

– Pas vraiment.

– Rendall, si on veut se démarquer des autres étudiants, je dois l'envoyer rapidos ! Notre futur maître de stage...

– Je sais tout ça. Tu l'auras demain matin. Promis.

Il soupire de contrariété, mais il n'a pas le choix.

– OK.

– Comment va Lilou ? le questionné-je, car pour le moment c'est tout ce qui m'intéresse.

Son silence me chatouille les nerfs et je pars au quart de tour.

– Elle ne fait peut-être plus partie de ma vie, mais ça ne m'empêche pas de vouloir savoir si elle va bien !

Il souffle avant de me répondre.

– Je ne sais pas à quoi vous jouez tous les deux, mais quelque chose a foiré et...

– Ce n'est pas ce que tu voulais ? m'emballé-je, peu désireux de continuer sur cette voie-là.

– Tu insinues quoi là ? s'insurge-t-il avec froideur.

Je n'ai pas toujours joué franc-jeu avec lui, il est temps de changer la donne.

– Rien. Je ne suis peut-être pas le mec qu'il lui faut, mais j'ai des sentiments pour elle depuis des mois. Pour te la faire courte, je suis amoureux de ta frangine.

Première fois que je l'avoue à haute voix, et ça fait un bien fou ! Surtout quand la première personne à l'apprendre est son frangin. Je regrette de ne pas voir la tronche qu'il tire. Après de longues secondes interminables, il me débite d'un ton résigné :

– Je m'en doutais. T'as changé, mec. T'as la tête ailleurs, et c'est à peine si tu remarques les nanas qui gravitent autour de toi. On n'est plus dans le même trip tous les deux.

– Je ne veux pas que ça gâche notre amitié. C'est juste que pour le moment, je ne sais pas agir autrement.

Il se marre.

– Ta franchise m'impressionne. C'est cool de ta part… Bon, à mon tour d'être honnête. Lilou m'a avoué avoir rencontré un mec.

Mon cerveau tique suite à l'annonce, brouillant la signification de ses mots. C'est comme s'il m'envoyait un shoot anesthésiant. Sur le moment, ça fonctionne. Mais la dose inoculée n'était pas aussi puissante qu'elle aurait dû l'être quand tout m'explose en pleine tronche quelques secondes plus tard. Elle ne m'a pas seulement évincé de sa vie, elle est déjà passée à autre chose... C'est peut-être le mec dont elle m'avait parlé dans la cuisine. Cette nouvelle m'avait fait perdre les pédales et éprouver pour la première fois de ma vie un sentiment de jalousie. Il a grignoté à l'acide le peu de self-control que j'avais en réserve pour me tenir éloigné d'elle. J'étais en colère et fou de rage qu'un mec autre que moi puisse la toucher de manière aussi intime que je le désirais. Elle était devenue mon putain de fantasme, et j'ai laissé exprimer mon côté possessif en la faisant mienne… C'était pourtant si clair ! Je ne voulais qu'aucun autre gars la touche parce que j'étais déjà amoureux d'elle ! L'imaginer dans les bras d'un autre type me rendait complètement dingue ! Me rend d'ailleurs toujours dingue. Ce que je redoutais est pourtant en train de se produire.

Bordel de merde ! C'est le plus difficile à encaisser.

– Neal ? T'es toujours là ?

– C'est qui ? prononcé-je d'une voix que je peine à reconnaître.

– Aucune idée. Elle ne veut pas que je m'en mêle. Mais… Laisse tomber.

– Non. Dis-moi ! insisté-je comme si mon côté maso n'en avait pas eu assez.

– D'après ce que j'ai pu remarquer, elle est à fond sur lui.

L'étau autour de ma poitrine se resserre au point de bloquer ma respiration.

– Rendall…

– On m'attend.

Incapable de continuer notre discussion, je coupe l'appel et encaisse la vague de souffrance qui me submerge. Je ne suis pas juste amoureux d'elle, non, c'est plus fort que ça. Je suis fou d'elle au point qu'elle est la seule à pouvoir faire tourner correctement mon monde. Voilà cette vérité que je me refusais d'écouter ! Je ricane sèchement d'avoir été si con.

Ma punition est de devoir vivre avec.

Comme une vanne qui cède en moi, un flot d'images et de pensées sur mon déni, mes luttes et mes mensonges passés défilent sous mes yeux. Tout aurait été tellement plus simple si dès son arrivée, comme je l'imaginais, elle avait fait preuve d'égoïsme, centrée sur ses plaisirs en se foutant des conséquences de ses actes. Mais non, elle est tout le contraire. Forte, battante, réfléchie, mature avec un foutu caractère. Elle m'a toujours tenu tête.

Tout ce que j'aime chez une nana… sauf son âge. Trop jeune. Beaucoup trop jeune, putain !

Je ne maîtrisais déjà pas grand-chose, mais tout a changé entre nous dès l'instant où elle m'a embrassé par pure provocation, puis en me mordant pour me punir de la traiter comme une ado irresponsable. J'ai ressenti pour la première fois de ma vie une attirance viscérale. J'étais tellement excité que depuis, je suis devenu possessif…

J'ai pourtant lutté comme un fou à l'idée de succomber à cette envie dévorante qui me tenaillait de la faire mienne. Elle m'obnubilait, me passionnait, me terrifiait pour tout ce que j'éprouvais pour elle, et sa venue dans ma fraternité a foutu tous mes efforts en l'air. Toutes les œillades appréciatives et salaces des gars sur elle m'horripilaient, me rendaient dingue. Un coup de sang épidermique plus tard, je me suis comporté comme un gros enfoiré pour qu'elle dégage le plus vite possible.

J'ai perdu les pédales jusqu'à notre premier baiser que j'ai initié et qui a signé ma perte.

Je m'assois sur le bureau en réalisant que ma lâcheté a toujours été plus forte par la suite. Elle a soufflé le chaud et le froid sans aucun répit, juste parce que je ne voulais pas assumer mes sentiments. Je secoue la tête d'avoir été si con alors qu'elle a fait preuve d'une grande maturité en mettant les siens de côté pour que tout puisse continuer à rouler entre nous. Et maintenant, je dois lui donner cette chance d'être enfin heureuse avec un mec qui saura être à la hauteur de ses attentes. Un mec qui ne merde pas parce que l'amour qu'il ressent pour elle le fait flipper, mais le rend au contraire bien plus fort. C'est sur cette lugubre conclusion que j'entends frapper. Même si j'ai envie qu'on me foute la paix, je ne peux pas rembarrer un membre de ma famille.

– Entrez !

La tête de Vince apparaît dans l'encadrement de la porte.

– Ta mère t'attend dans la cuisine. Elle est occupée à déballer les courses pour le repas de Noël.

– J'arrive.

Mon peu d'entrain attire son attention.

– Un problème ?

Son interrogation me donne envie d'émettre un rire désabusé.

– J'ai merdé dans les grandes largeurs avec une fille.

– Tu veux en parler ?

– Pas vraiment, elle est passée à autre chose.

Entourées de son épaisse barbe poivre et sel, ses lèvres se rehaussent de malice. Il fait un pas dans ma piaule et ferme la porte derrière lui.

– Mon fils serait-il amoureux ?

– En plein dans le mille.

Son rire rocailleux envahit chaque recoin de la pièce.

– Accroche-toi.

– Je te l'ai dit, j'ai merdé et je l'ai perdue.

– C'est définitif ?

– Je pense bien, oui.

– Avant de rencontrer Anna, je n'avais aucune envie de me fixer. Mais dès que j'ai posé les yeux sur elle, j'ai su qu'elle m'était destinée.

Moi, dès que j'ai vu Lilou, j'ai senti que ça puait le danger...

Enfin bref, leur histoire, je la connais par cœur et elle me laisse toujours rêveur. Il a dû user de persévérance pour qu'elle accepte un premier rendez-vous.

– Moi j'étais carrément dans le déni. Maintenant, je dois assumer.

– Tu veux en parler ?

– Plus tard, peut-être.

D'un simple regard échangé, chargé de compréhension, il me lâche son dernier conseil.

– Ne lâche rien, fiston. N'aie aucun regret. C'est le pire des poisons.

– Je sais.

Je l'interpelle quand il ouvre la porte.

– Ne dis rien à maman.

Il pince ses lèvres, marquant son désaccord, mais acquiesce quand même d'un signe de tête, puis il m'abandonne à mes sombres pensées. Pourtant, des regrets, j'en ai à la pelle. À commencer par le bijou que je lui ai offert. Lilou dégage cette force qui m'a toujours impressionné. Elle ne lâche jamais rien, se bat comme une lionne pour ce en quoi elle croit, et j'ai déambulé dans plusieurs boutiques avant de tomber sur son bracelet. Il était parfait pour elle. Ce n'était pas un mea culpa comme je lui ai débité, mais une marque de mon affection que je ressentais déjà à l'époque. Exactement comme pour mes tee-shirts que je lui ai offerts. C'était mon côté possessif qui primait. Il était devenu exacerbé depuis son agression avec cette pourriture d'Erik. Si Matt ne m'avait pas arrêté, j'aurais été capable de le tuer. Une flambée de rage m'envahit rien que d'y repenser. Je secoue la tête pour le sortir de mes pensées. Le principal est que j'ai été présent à temps pour la protéger... Et puis, quel mec normalement constitué n'a pas le désir macho de voir la nana qui l'obsède porter ses vêtements ? Moi, je kiffais à fond. Seulement, à cause de la peur de m'engager, j'ai merdé. Je n'assumais pas d'être attiré par elle, par son âge surtout, et de céder à mes pulsions. Alors que j'étais pourtant incapable de lui résister. Je ne sais pas pourquoi elle l'a toléré aussi longtemps…

Arrête de te mentir, Rendall ! C'est parce qu'elle avait des sentiments pour moi et ne me les a jamais cachés. *Elle !*

Elle m'aimait et j'ai tout gâché en acceptant une partie de baise à trois que j'ai vite regrettée. Matt flippait pour sa sœur et ses sentiments pour moi alors que moi, je flippais pour les miens que je voulais minimiser. Scandant notre amitié avant tout ! Je l'ai suivi comme à chaque fois dans ses plans pour le rassurer. Mais quand j'ai découvert que Lilou nous avait surpris, je me suis dégoûté. J'étais bien trop paumé pour faire les bons choix, et maintenant, j'en paye les pots cassés.

– Neal ! me hèle ma mère.

Je m'oblige à bouger mon cul du bureau pour la rejoindre dans la cuisine.

Occupés depuis une demi-heure à préparer le repas de Noël, un rituel depuis que je suis gosse, elle me jette une œillade pénétrante alors que je tente de donner le change en coupant les carottes en rondelles.

– Vince, mon cœur, il me manque de la farine. Tu veux bien aller en acheter ?

– Tu en as…

– Non, c'est la spéciale pour ma pâte brisée.

Il lui suffit d'un regard pour la comprendre. Il me coule un bref coup d'œil en esquissant un rictus amusé.

– OK. J'y vais. Il vous faut autre chose ?

Je secoue la tête, sentant l'embrouille à plein nez.

– Non. Merci, lui répond-elle en souriant.

Avant de partir, il l'embrasse dans le cou. Il lui faut à peine une minute pour passer à l'attaque.

– Neal, mon bébé, si tu m'expliquais ce qui te tracasse ?

– C'est compliqué, répliqué-je, le nez toujours baissé.

– J'ai tout mon temps.

Ouais, je m'en doute, mais pas sûr que tu comprennes. C'est un sujet que je n'aborde jamais avec elle. Pas par pudeur, mais pour l'épargner. Je lui dédie un clin d'œil apaisant.

– Ça va aller, maman.

– Si tu ne vas pas bien, je ne vais pas bien non plus.

– Tu me fais du chantage affectif maintenant ! m'esclaffé-je.

Elle contourne l'îlot pour enrouler ses bras autour de ma taille et pose sa tête sur mon torse.

– Qu'est-ce que tu ne me dis pas ?

– Tu essayes de m'amadouer ?

– Si ça peut fonctionner…

– Je suis amoureux.

Elle redresse la tête si vite d'un air ahuri que j'éclate de rire.

– Eh bien, tu en as mis du temps !

Je lève les yeux au ciel pour toute réponse. Il y a eu des nanas dans ma vie, un tas d'ailleurs, mais je ne leur en ai présenté aucune.

– C’est la frangine de Matt.

Elle me tapote l’épaule en gloussant.

– Il doit être ravi !

– On s’est carrément pris la tête, soupiré-je... J’ai merdé avec elle.

Elle m’interroge de ses grands yeux bruns.

– J’ai toujours pensé que j’étais trop jeune pour tomber amoureux. J’ai refusé l’évidence en me comportant mal avec elle.

– Comme si c’était un sentiment que tu pouvais maîtriser, me morigène-t-elle en souriant. Et pourquoi trop jeune ?

– Pas l’envie de m’engager.

– Quel âge a-t-elle ?

C’est trop tard pour esquiver, alors je balance l’info avec nonchalance.

– 18. Bientôt 19.

Il lui faut une fraction de seconde pour comprendre mon dilemme. Elle se dirige vers le frigo, se sert un verre de vin blanc, puis décapsule une bière qu’elle me tend. Elle s’assoit sur un tabouret de l’îlot central et m’invite à la rejoindre. Je m’exécute tout en avalant une longue gorgée.

– Je viens d’apprendre qu’elle est passée à autre chose.

– Elle ne partage pas tes sentiments ? s’enquiert-elle en sirotant sa boisson.

– Si. Elle a d’ailleurs été honnête avec moi. J’aurais dû prendre mes distances dès le début avec elle. Mais j’en étais incapable. Et au final, j’ai mal géré…et je l’ai blessée.

Pas qu’une fois, d’ailleurs…

– Pourtant, être amoureux est l’émotion la plus exaltante quand on est jeune.

Ça ne t’a pas vraiment réussi…

– Pourquoi en as-tu si peur ?

– La crainte de ne pas assumer mes sentiments... D’être comme mon géniteur.

Ses yeux s'écarquillent d'horreur.

– C'était plus facile de tout faire foirer et d'être comme lui, continué-je.

Elle attrape ma main et sa voix prend cette intonation aussi tranchante que déterminée.

– Je t'interdis de penser ça ! Tu ne lui ressembles en rien !

Physiquement, si. Je suis même son portrait craché...

– Ça n'empêche que j'ai agi comme un lâche.

– Un comportement ne te définit pas ! Tu es généreux, loyal et protecteur avec les gens que tu aimes.

– Maman…

– Non, laisse-moi finir ! Je ne pourrais jamais regretter l'histoire avec ton père.

– Géniteur ! Mon père, c'est Vince.

Le visage rayonnant d'émotion, elle me sourit.

– Je t'ai voulu tellement fort. Tu as toujours été le plus beau cadeau de mon existence.

Ma mère a toujours eu le don de me donner envie de chialer. Incapable de parler, je la laisse continuer.

– J'aurais dû être plus forte lorsqu'il m'a quittée.

– Tu n'avais que 18 ans, bordel !

– Je sais, souffle-t-elle de frustration. Et je ne peux pas revenir en arrière. Mais toi, tu t'interdis d'aimer une femme du même âge à cause de mon passé. Neal, je ne peux pas l'accepter… À moins qu'elle soit enceinte ?

– Quoi ?! Oh non ! m'horrifié-je. Je prends toujours mes précautions.

– Et si elle l'était, tu assumerais ?

Je ne réfléchis pas et me redresse furax qu'elle puisse me poser une telle question.

– Je ne pourrais jamais la laisser tomber !

Son expression est empreinte d'une telle fierté qu'elle se lève et m'enlace avec une force qui me surprend.

– Tu as la preuve que tu n'es pas comme lui.

Waouh ! Il fallait que je m'entende le dire pour y croire. Je souris de toutes mes dents et embrasse le haut de son crâne.

– T'as peut-être raison.

– J'ai raison. Isaac avait des sentiments pour moi, mais ça ne l'empêchait pas d'aller voir ailleurs.

Choqué, je la dévisage sans pouvoir émettre le moindre son.

Elle ne me l'avait jamais dit !

– Je le savais, et je l'ai accepté par amour, se défend-elle avec regret.

– Tu n'aurais jamais dû l'accepter ! répliqué-je avec véhémence.

Elle soupire avec résignation.

– J'étais jeune et très amoureuse. Depuis que je suis avec Vince, je comprends mon erreur. Neal…

Elle prend mon visage entre ses mains et me couve avec un tel amour.

– Je l'aimais trop pour le laisser partir. Il a fini par le faire à ma place.

– Tu es en train de le défendre ! me scandalisé-je alors que mon tumulte émotionnel transpire dans le timbre de ma voix. Il t'a quittée alors que tu étais enceinte, bordel !

Elle enveloppe ma main dans les siennes. Un contact qui m'apaise aussitôt.

– J'aurais dû avoir cette conversation avec toi depuis longtemps. Pardonne-moi, mon cœur.

– Tu n'as pas à t'excuser ! C'est cette ordure qui devrait avoir honte de nous avoir abandonnés sans un regard en arrière !

Elle me sourit.

– Tu es bien trop intègre pour lui ressembler. Tu as trop de scrupules alors qu'Isaac en manquait cruellement.

Mon silence ne lui plaît pas.

– Je te connais mieux que personne. Tu es mon fils, et je peux te jurer que tu ne lui ressembles en rien !

Entendre tant de conviction dans sa voix me fait lâcher prise.

– Tu vas faire quoi maintenant ? s'enquiert-elle.

– Elle est avec un autre gars. Avec ce que je lui ai fait vivre, je ne peux pas lui en vouloir. Loin de là, d'ailleurs.

Elle affiche sa moue affligée et retourne s'asseoir en dégustant son vin blanc.

– Elle a encore des sentiments pour toi ?

– Je pense, mais ce n'est plus suffisant.

Je me sens comme une merde là et ingurgite une autre lampée de ma bière en m'asseyant à ses côtés.

– Bats-toi pour la récupérer.

– Je ne sais pas comment lui dire.

– Tu trouveras. Tu es bien trop malin pour ne pas te battre jusqu'au bout.

Elle m'embrasse sur la joue.

– Bon, et ces carottes. Tu comptes y passer la nuit ?

– Et si t'arrêtais de me distraire ?

On se sourit avant de se marrer. Tout est cool entre nous. En découpant tous les légumes, jetés dans la casserole, j'ai eu ma putain d'idée. Je vais lui créer une playlist !

J'ai à peine le temps de me réjouir de mon idée que Kate, ma frangine de 15 ans, apparaît dans la cuisine en mode panique.

– Maman. Je ne trouve plus mon portefeuille ! Tu ne l'aurais pas vu ?

Notre mère abandonne les fourneaux pour récupérer dans un tiroir ledit objet et le brandit. Cri de joie de Kate, suivi d'un baiser plein de reconnaissance qui résonne dans la pièce.

– T'es la meilleure !

– J'essaye.

Je souris en entendant sa réponse. C'est sa réplique habituelle. Pour moi, il n'y a pas meilleure mère au monde. Kate me dépose un bisou sur la joue.

– Je suis tellement contente que tu sois là ! Tu m'as promis qu'on passerait du temps ensemble !

– Je ne l'ai pas oublié.

Elle dégaine un large sourire avant de se carapater quand notre mère la rappelle à l'ordre.

– 18 h max, Kate. Sois à l'heure !

– Promis ! déclare-t-elle avant de disparaître en toute hâte.

Comme un sixième sens, j'interroge ma mère.

– Elle va rejoindre qui au ciné ?

– Des copines.

Elle plonge une spatule en bois dans sa préparation, alors qu'elle l'a fait une minute auparavant. Il y a un truc qui cloche.

– Maman. Balance ?

Elle plante son regard de maman poule dans le mien.

– Ne t'en mêle pas.

– Elle a un copain ? la questionné-je en mode panique.

– Ne commence pas, Neal.

– Commencer quoi ?

Elle sourit, plus amusée qu'autre chose.

– À t'inquiéter pour elle et à vouloir t'occuper de ses affaires. Tu vas la braquer plus qu'autre chose. Tu lui manques ! Alors, profite juste de ton séjour pour rattraper le temps perdu avec elle.

– Elle me manque aussi, tu sais.

– Je ne n'en ai jamais douté.

En nettoyant les feuilles de salade dans l'évier, je réalise que je n'ai pas ménagé mon meilleur pote. Loin de là d'ailleurs. Pourtant, à cet instant, je n'ai jamais été autant sûr de moi. Je veux récupérer la femme que j'aime et être le responsable de tous ses sourires.

Chapitre 23

Point de vue de Lilou

Dès que j'ouvre la porte de ma chambre, heureuse d'être de retour après les fêtes de Noël, je suis étonnée de voir Mia occupée à remplir un sac de voyage.

– Hé, t'es revenue plus tôt que prévu ! m'exclamé-je, un grand sourire aux lèvres.

– Salut, toi ! Non, je suis juste de passage. Stan m'attend chez lui. On a encore de la route à faire.

Je fais rouler ma grosse valise sur le sol et m'effondre sur mon lit en y jetant ma veste.

– Ça n'a pas l'air de t'emballer plus que ça.

Elle s'assoit sur son lit en soufflant de dépit.

– C'est tendu entre nous pour le moment.

– Explique-moi.

– Il me trouve distante depuis quelques jours et il a fouillé dans mon téléphone. J'étais furax, mais pas autant que lui quand il a découvert les messages de Sam.

Je retiens le sourire qui taquine mes lèvres. Ah, mon ami et sa détermination à voler le cœur de sa belle ! Je suis fan !

– Je ne me suis pas rendu compte qu'on avait autant communiqué durant mon séjour chez mes parents.

– C'est que tu as kiffé vos échanges.

– Oui ! C'est si naturel entre nous. On se comprend vite et…

Le reste de sa phrase meurt entre ses lèvres, alors je lui donne un petit coup de main.

– Tu n'es pas indifférente à Sam.

– C'est ça. Je me suis surprise à attendre avec impatience ses messages.

– Tu es consciente que Sam est dingue de toi ?

Elle opine de la tête en proie à un conflit intérieur.

– Je suis perdue.

– C'est le moment de te changer les idées. Vu ton manque de motivation, annule avec Stan. Et accompagne-moi au réveillon du Nouvel An !

J'exécute une danse des sourcils qui provoque son gloussement.

– Je vais passer mon tour. Mais dis-moi, tu sembles de très bonne humeur. Ça n'aurait pas à voir avec ton beau jogger ?

Je jette un coup d'œil à ma montre.

– Il vient me chercher dans deux heures. J'ai hâte de le revoir !

C'est à son tour d'exécuter une danse des sourcils très suggestive.

– T'emballe pas trop vite, me marré-je. Je le connais à peine.

– On en reparlera, réplique-t-elle avec insolence en croisant ses jambes sous ses fesses. Et le Noël chez tes parents, c'était comment ?

– C'était plutôt cool en fait.

Je le dois en grande partie à Chris qui est passé avec ses vieux à la maison. Un coup monté par nos mères respectives, et Chris s'est fait un devoir de se montrer très attentionné à mon égard. Ma mère, trop occupée à se faire un sérieux film sur mon avenir amoureux tout tracé, m'a filé des sueurs froides. Dès le lendemain de sa venue, je lui ai envoyé un message lui stipulant que j'arrêtais la mascarade. Seulement, je n'ai pas eu de réponse de sa part.

– Et toi ?

– Animé ! Comme toujours. Mais j'ai été gâtée ! Ma valise est encore bourrée à craquer de pulls tendances et de bijoux. Et toi, des cadeaux cool ?

– Des produits de beauté que ma tante Rose prépare elle-même. Il faudra que tu les essayes, tu vas adorer ! Un parfum de la part de mes vieux.

– Et Matt a pensé quoi de ton cadeau ?

– Il a adoré ! gloussé-je.

J'attrape mon téléphone dans ma veste, cherche la photo souvenir et la lui montre. Il pose fièrement, vêtu de son caleçon avec l'inscription : *« Je suis bande… James bande. Agent 00 sexe. »* Il avait enroulé une guirlande rouge autour de son cou, agrémenté d'un bonnet de père noël. Pour parfaire le tout, il avait glissé entre ses dents, un préservatif avec le logo : *« Attention, convoi exceptionnel ! »*

– Mon frère dans toute sa splendeur !

– Il ne doute de rien ! rigole-t-elle.

– De rien, je confirme !

– N'empêche il est super bien gaulé.

Je la dévisage avec horreur.

– Ne craque pas hein !

– Certainement pas pour une MST grandeur nature ! s'offusque-t-elle en grimaçant.

Ma coloc est une perle !

Notre hilarité doit s'entendre jusqu'au fond du couloir. Avant de refermer la galerie de photos, Mia me prend l'appareil des mains.

– Hé attends un peu ! Il est super mignon celui-là !

Je garde le silence.

– C'est qui ?

– Neal.

Je n'ai pas pu me résoudre à supprimer ce cliché de nous trois à l'appart riant aux éclats.

– Il n'est pas si mignon que ça, riposte-t-elle d'un air mauvais avant de me rendre mon téléphone tandis que la sonnerie du sien s'emballe. Les traits de son visage se peignent de gravité. Elle se lève de son lit et agrippe son sac de voyage.

– Je dois filer. Stan m'attend en bas.

– Mia, l'interpellé-je avec supplication en me redressant à mon tour. Tu ne devrais pas le suivre si tu n'en as pas l'envie.

Elle attrape son nécessaire de toilette pour le fourrer dans son bagage, puis elle s'avance vers moi.

– C'est mon petit copain. Tout se passera bien, me répond-elle en m'embrassant sur la joue avant de disparaître comme une fusée.

Mouais…

Bon, il est temps que je mette le paquet pour me préparer avec l'envie de clôturer cette année plus que pourrie. J'ouvre mon armoire et farfouille à l'intérieur jusqu'à ce que je découvre ma robe courte et argentée qui brille de mille feux. *Parfait !*

***

Dans une grande bâtisse du centre-ville de Denver, la fête bat son plein. Il y a un monde fou, nous devons jouer des coudes pour accéder à l'entrée du bâtiment et notre avancée est laborieuse. Nate se retourne, visiblement soucieux.

– Ça va ? me demande-t-il pour la dixième fois.

Il est trop mignon !

– Oui, super !

Je lui souris, parfaitement détendue. Dès son arrivée en bas de ma résidence, il m'a contemplée avec un tel désir dans le regard que j'ai souri intérieurement d'avoir pris le temps de me préparer. Depuis, il ne peut pas s'empêcher de me faire des compliments et de me toucher.

– C'est par là ! m'informe-t-il en fournissant nos droits d'accès à un des videurs. Mon pote est déjà là. Il faut juste le trouver.

On dépose nos manteaux au vestiaire, puis il entrelace nos doigts pour me guider à travers la foule.

– Hé, Butler ! Aaron est dans le fond avec la bande ! l'informe un mec en pointant de son index un endroit.

– Merci, Cooper.

On continue d'avancer alors que l'inconnu me reluque avec intérêt. En peu de temps, nous nous retrouvons devant ses amis qui nous accueillent avec enthousiasme.

– T'en as mis du temps, Butler ! s'exclame un gars au large sourire.

– Parce que j'avais mieux à faire, réplique Nate d'une voix traînante provoquant le braquage de tous les regards sur moi et nos mains liées. Je vous présente Lilou.

De nombreux sourires se dessinent sur leur visage.

– C'est cool de faire enfin ta connaissance. Moi c'est Aaron. Un pote de longue date.

– Enchantée ! lui réponds-je sur un ton enjoué.

– Vous voulez boire quelque chose ? nous propose-t-il. C'est moi qui invite !

Je regarde Nate qui lâche ma main pour enserrer ma nuque de ses doigts. En me scrutant avec tendresse, il exerce une pression qui me donne envie de ronronner.

– Tu veux boire quoi ? Un cocktail ?

– Une bière.

– Une bière ?!

– Oui, c'est léger. Parfait pour commencer la soirée !

– Une femme selon mon cœur, me répond-il en embrassant ma pommette.

– Deux Bud light.

– Ça marche ! déclare-t-il en disparaissant vers le bar.

– Moi, c'est Oliver ! m'annonce un des amis de Nate, les deux doigts contre sa tempe en signe de salut.

– Et moi, Riley ! s'exclame un autre gars qui a un bras autour des épaules d'une fille. Et cette beauté, c'est Shayla, ma meuf.

Elle me sourit. Le temps de me présenter et de répondre à leurs questions, Aaron est de retour avec plusieurs bières en main. Il m'en tend une dont je m'empare en le remerciant, puis sentant toujours le toucher de Nate sur ma peau, je me tourne vers lui qui s'est fait alpaguer par une fille plutôt jolie… et au sourire éblouissant. C'est plus fort que moi, mon corps se raidit d'appréhension. Je me morigène de me braquer alors qu'il discute sans aucun flirt apparent. Sa tête pivote vers moi à la vitesse de l'éclair.

– Tout va bien ? m'interroge-t-il avec une pointe d'inquiétude dans la voix.

Ébranlée par tant d'attention, je me mets sur la pointe des pieds et dépose un baiser sur sa joue.

– Super ! lui annoncé-je en un immense sourire.

Sa main parcourt mon dos jusqu'à se poser sur ma hanche pour me presser contre lui.

– C'est important pour moi que tu te sentes bien.

Ses mots enrobent mon cœur de douceur. Je suis en train de fondre ! En réponse, j'appuie ma tête sur son torse et savoure les émotions de l'instant. Une scène qui n'échappe pas à Aaron qui hoche sa tête avec satisfaction. Je lui souris, puis me redresse en buvant une longue gorgée de cette boisson amère. Transportée par l'ambiance et la musique, je dodeline de la tête tandis que Nate m'enlace comme si j'étais sa nana. Son pouce effleure mes lèvres alors que ses prunelles mordorées se teintent d'une lueur si chaude que ma bouche se rapproche de la sienne en un baiser furtif. La surprise passée, il mime une expression déçue.

– Ce n'était pas digne d'un premier baiser. De notre premier baiser.

– Ce n'était qu'une mise en bouche, lui expliqué-je en souriant.

– OK. Je suis prêt pour le plat de résistance maintenant.

– On a toute la soirée pour ça, pouffé-je.

– Compte sur moi pour te le rappeler.

Nous rions de concert.

Nous avons pas mal discuté pendant les fêtes de Noël. Il est au courant que je sors d'une relation compliquée, à sens unique. Que j'ai souffert d'avoir été si mal traitée. Pourtant, Neal a marqué mon cœur au fer rouge. Bien plus profondément que Jamie. Difficile d'entamer une autre relation sereinement.

– Je me sens vraiment bien avec toi, Nate.

– C'est tout ce qui importe, réplique-t-il en accentuant la pression de ses bras autour de mes épaules. Parce que j'ai l'intention qu'il y ait plein de prochaines fois.

Il fronce les sourcils en sortant son téléphone de la poche arrière de son jean, puis fixe l'écran en s'exclamant :

– Merde ! J'ai le passe d'entrée de Kyle. Je dois le rejoindre.

Il m'interroge du regard me demandant si c'est OK pour moi. S'il peut me quitter un instant. Ce mec est tellement attentionné que j'ai de plus en plus envie de me laisser aller avec lui en profitant du moment présent. Sans prise de tête. Je hoche la tête avec assurance.

– File !

Avant de s'exécuter en souriant, il dépose un baiser sur le bout de mon nez.

– Eh bien, ça fait vraiment plaisir de le voir comme ça, me déclare Aaron d'un ton épaté.

Je me tourne vers lui, un sourire qui me mange la moitié du visage, puis je bois une gorgée de ma bière.

– Depuis Maddie… Il t'en a parlé ?

J'opine de la tête. De ce que Nate m'a raconté, c'était une fille qu'il a rencontrée au lycée et avec qui il est resté trois ans. Fou amoureux, il pensait que c'était la bonne jusqu'au jour où il l'a surprise avec un autre gars.

– Ça te dérange que je parle de son ex ?

– Non, pas du tout !

– Leur rupture a été un sacré coup dur pour lui. Il en était dingue et depuis, il s'est blindé.

– Ça, je peux tout à fait le comprendre.

– C'est la première fois depuis sa rupture qu'il me parle autant d'une nana. Tu lui fais du bien.

J'esquisse un large sourire.

– Lui aussi m'en fait.

– Eh bien, ma jolie ! Toutes tes boissons sont pour moi.

J'arbore un rictus plein d'insolence.

– Je préfère te prévenir que je vais te coûter cher.

– Pourquoi tu te sens obligée de tout gâcher ?! boude-t-il alors que ses prunelles bleues pétillent de malice.

Mes lèvres laissent échapper un éclat de rire. Shayla me prend ma bouteille des mains et la tend à Aaron.

– Arrête de flirter avec la copine de ton pote ! se moque-t-elle lui faisant lever les yeux au ciel. Tu aimes danser ?

– Oui.

– Alors suis-moi !

Il est plus de 23 h quand je décide qu'il est temps que j'arrête de me tortiller sur la piste de danse. On est serrés comme des sardines et une pellicule de sueur recouvre ma peau. *Pas très glamour tout ça !* Je me dirige vers Nate, qui rit avec ses amis, en attachant ma chevelure en un chignon haut et négligé pour laisser un léger courant d'air caresser ma nuque. Il m'a rarement quittée des yeux pendant que je dansais. Je le sais parce que je ne pouvais pas m'empêcher de chercher son attention. C'est avec le bonheur au bout des lèvres que je le rejoins. Il me presse contre lui alors que je le repousse en riant.

– Je suis toute collante !

Une flamme emplie de désir embrase ses prunelles. Il affiche un sourire carnassier en plongeant son nez dans mon cou.

– Laisse-moi en être juge, me murmure-t-il.

– Pas sur ce coup-là, désolée ! pouffé-je. Je meurs de soif !

Je dévisage Aaron en minaudant.

– Encore ! se gausse-t-il. Mais tu vas me ruiner !

– Hé, m'offusqué-je faussement. Je n'ai bu qu'une Margarita !

– Trois, espèce de mytho !

– C'est bien possible, répliqué-je en réprimant mon sourire.

Nate sort un billet de sa poche.

– C'est à mon tour de payer la tournée !

– Enfin des mots doux à mes oreilles ! déclare Aaron en s'emparant du billet.

– J'adore ton rire, me confie Nate en fixant ma bouche.

On se dévore des yeux et, sous l'effet de l'alcool et de la bonne ambiance, je me laisse porter par l'envie de l'instant. Mes doigts effleurent avec sensualité son visage, sentant sa barbe de trois jours me chatouiller la paume des mains, puis je presse ma bouche contre la sienne en un frôlement aguicheur. C'est différent de… *Non !* Hors de question que je pense à lui et muselle mon cœur. Nate prend le contrôle de notre baiser tandis que ses mains me caressent comme un bien précieux. Seulement, dès que sa langue s'immisce entre mes lèvres, je le repousse aussitôt en réalisant que c'est trop tôt. Mon regard contrit contre l'éclat de surprise qui traverse son visage me donne l'envie de me baffer. Je ressens peut-être le désir de tourner la page sur mes sentiments pour mon ancien coloc, mais son empreinte sur chaque partie de mon être est bien trop forte pour que je puisse l'ignorer. Nate finit par esquisser un sourire plein de compréhension que je lui rends en un remerciement muet. Il enroule son bras autour de mes épaules et m'embrasse sur la tempe avec une tendresse qui m'ébranle. C'est exactement ce dont j'ai besoin pour l'instant.

– Ça m'a donné des idées ! s'amuse Riley qui me sauve la mise.

Il enveloppe le corps de Shayla qui vient de nous rejoindre pour le presser contre lui et l'embrasser à pleine bouche. Elle se débat mollement en pouffant, mais se prend au jeu du baiser le plus torride de la soirée.

– On va être de moins en moins nombreux sur le toit à mater le feu d'artifice, intervient Oliver d'un ton pince-sans-rire.

Soudain, leur visage se décompose quand ils jettent un coup d'œil derrière Nate et moi.

– Merde ! s'alarme Riley et Oliver de concert.

– C'est quoi ces gueules de déterrés ? s'inquiète Nate en tournant la tête.

L'air se charge de tension, faisant voler en éclat notre bulle de bien-être. Tout contre moi, le corps de Nate se braque, presque tendu à l'extrême, et je découvre son expression pleine de haine avant de percuter que c'est adressé à…

– Matt ?

– Tu le connais ? s'enquiert Nate avec révulsion.

– C'est mon frère.

Il se recule pour mettre un max de distance entre nous comme si j'étais porteuse de la peste. Frappée de confusion, je les dévisage un à un alors que leurs traits se pincent de gravité.

– Quelqu'un peut m'expliquer ?

– Evans était un pote. Mais c'était avant qu'il baise ma copine, ricane Nate, mauvais.

Mes yeux s'écarquillent d'horreur.

– Oh… C'est… Je ne le savais pas, balbutié-je.

– Putain ! soupire-t-il en frottant ses paupières.

C'est à ce moment-là que Matt me remarque. Il avance vers nous et son sourire meurt à l'instant où il reconnaît Nate. Je secoue la tête en lui intimant l'ordre de se tirer. Ce n'est pas le moment de déclencher les hostilités. Il a la jugeote de le comprendre et fait marche arrière d'un pas hésitant. Comme s'il s'inquiétait pour moi. Là tout de suite, c'est le cadet de mes soucis !

Je reporte mon attention sur Nate. Le ventre noué par l'appréhension, je tente de me rapprocher de lui quand il me stoppe d'une main tendue. *Oh mon Dieu !*

– Je ne suis pas responsable des conneries de mon frère. Je…

– Je ne peux pas, Lilou ! me coupe-t-il d'une voix torturée. Tu es la première à me donner l'envie de m'investir dans une autre relation… Mais pas à la condition que ce connard soit à nouveau dans ma vie.

– Je n'habite plus avec lui ! On peut très bien vivre notre histoire sans qu'il en fasse partie !

– Il ne peut pas y avoir d'avenir !

Un mur d'incompréhension se dresse entre nous.

– Mais avec le temps…

– Non ! interjette-t-il d'un refus catégorique. J'en suis incapable.

Une boule de douleur lacère ma gorge tandis que sa mâchoire se contracte à plusieurs reprises.

– Je suis désolé, clôture-t-il, un éclat de désespoir voilant son regard.

– Pas autant que moi.

Le silence qui s'ensuit devient suffocant.

– Je pars, c'est préférable.

– Non. Reste.

Il secoue la tête en proie à une frustration grandissante.

– Rien n'est de ta faute, ajoute-t-il.

– Mais ça ne suffit pas...

– Laisse-moi te raccompagner.

– Pas la peine.

Certains de ses amis baissent le regard, gênés par la situation, tandis que Aaron, Ridley et Shayla me sourient avec regret. Je leur tourne le dos et chasse les larmes qui tentent de me submerger.

J'accélère le pas vers la sortie quand Matt me barre la route.

– Hé, ma puce. Tu vas où ? m'interroge-t-il, visiblement mal à l'aise.

– Loin de toi !

On engage un duel du regard et le mien doit être féroce quand il s'avoue vaincu.

– Je ne savais pas que c'était lui ton copain, murmure-t-il tout penaud.

Lors du séjour chez nos parents, je lui ai confié avoir trouvé un gars qui me correspondait. Qui me donnait envie de m'investir à nouveau dans une relation, mais tout en douceur. Autant être honnête, les coups d'un soir, très peu pour moi et Neal s'invitait bien trop souvent dans mes pensées, puis dans mon quotidien pour que ça continue. Il fallait que ça cesse ! Et ce flirt naissant avec Nate allait m'y aider. J'y ai tellement cru…

Je fixe avec amertume mon frère en repensant à sa réaction à Noël. Au début, son côté protecteur a ressurgi, il voulait tout savoir sur l'homme mystère, me prenant vite la tête avec toutes ses questions. J'ai arrêté de lui répondre en décidant que ma vie amoureuse ne le regardait pas, et il a fini par l'accepter. En même temps, plus les jours défilaient et plus il me voyait souriante, puis sous le charme des messages échangés avec Nate. Il a pris le parti d'être heureux pour moi, et visiblement soulagé que je me tienne loin de son meilleur pote.

Quel gâchis !

– *Était* ! Grâce à toi ! craché-je avec déception.

– C'était une erreur, soupire-t-il avec gravité. Je l'ai vraiment regretté, tu sais.

Ça n'apaise en rien la colère que je lui porte. Je le toise d'un regard torve et lui balance :

– Tu t'es déjà fait casser la gueule ?

Il fronce les sourcils d'incompréhension.

– Euh… Non.

– Dis-toi que ça relève du miracle !

– Lilou…

– Il faut que tu me lâches ! lancé-je d'un ton sans appel.

Je m'apprête à poursuivre mon chemin quand c'est au tour de Neal d'apparaître dans mon champ de vision !

C'est un cauchemar !

Je vire au rouge et le bouscule d'un coup d'épaule pour me tirer au plus vite d'ici si je ne veux pas hurler comme une hystérique.

– Rendall ! l'interpelle Matt d'une voix inquiète derrière mon dos.

– Tu voulais que j'assume. Je suis plus que prêt maintenant !

Chapitre 24

Point de vue de Neal

Sans qu'on l'ait vu venir, Evans n'a pas le temps de me répondre qu'il se prend un poing en pleine gueule. Un coup qui le désoriente quelques secondes. Il se tient la mâchoire sous l'effet du choc et de la surprise. Il se masse en grimaçant de douleur alors que l'autre excité se précipite une nouvelle fois sur lui. Je m'apprête à intervenir quand ses potes l'encerclent et tentent de le ramener à la raison en lui scandant qu'il n'en vaut pas la peine. Mais l'autre est bien trop remonté pour ne pas laisser libre cours à sa fureur. Matt le comprend et déclare avant que ça dégénère :

– OK, c'est mérité ! Je suis désolé, Butler.

– Désolé ?! beugle l'autre. Pas assez à mon goût, connard !

Il est prêt à charger une nouvelle fois quand un mec entrave ses bras et lui chuchote un truc à l'oreille.

– Lilou n'est pas responsable de mes conneries, insiste Matt.

– Putain, c'est clair ! T'es une véritable raclure. T'en as rien à foutre d'elle !

Evans réprime tant bien que mal son énervement.

– Ne confonds pas tout, mec !

Il ricane, comme s'il n'en croyait rien. Il me jette un bref regard comme si je le saoulais par ma simple présence.

– Vous faites une sacrée équipe tous les deux ! Vous gâchez tout autour de vous ! Je la plains, assène-t-il en secouant la tête, les traits creusés par la frustration. Alors que c'est une nana extra !

Transpirant le dégoût, il nous tourne le dos pour disparaître avec sa bande dans la foule. Evans frotte la rougeur sur sa mâchoire qui va très certainement virer au bleu.

– Je ne peux pas la laisser partir seule, lui confié-je. Je veux m'assurer qu'elle arrive en sécurité dans sa piaule.

Le coin de sa bouche se rehausse subtilement.

– Eh bien qu'est-ce que tu fous encore là ? Rattrape-la !

Vu les circonstances, je ne peux pas m'empêcher de lui sourire, reconnaissant qu'il me donne ma chance. En même temps, il a bien vu que je n'étais plus dans le même trip que lui depuis des semaines : des nanas qu'on baise en oubliant la plupart du temps leurs prénoms. Leurs visages. Ou la blessure dans leur regard d'être jetée après notre partie de jambes en l'air. Ouais, la seule chose qui nous importait était le plaisir de l'instant. Maintenant, je réalise et, j'ai dégusté de la voir dans les bras de ce type. Leur baiser m'a carrément lacéré la poitrine. Je ne savais plus comment respirer et me suis barré avant de faire une connerie. Mais Evans m'a vite rattrapé en mode panique. En l'écoutant, je me suis souvenu du gars, qui, au final, a pris sa revanche. Mû par une flambée de stress, me voilà à courir derrière la femme qui m'obsède pour mon plus grand bonheur.

Elle vient de récupérer son manteau. Dans tous ses états, elle l'enfile, puis glisse une main dans son sac pour choper son téléphone. Concentrée dessus, elle passe à mes côtés sans me remarquer. En attrapant son poignet, il lui faut une fraction de seconde pour réagir et me tordre le bras en rompant le contact. Je grimace de douleur.

– Ne me touche pas ! articule-t-elle d'un ton dur.

Je me recule en frictionnant mon bras.

– Tu pars ?

– Qu'est-ce que ça peut te foutre !

– Laisse-moi te raccompagner, lui réponds-je d'un ton déterminé.

– Certainement pas !

– Explique-moi comment tu vas rejoindre ta résidence ?

M'ignorant tout en avançant, l'écran de son téléphone s'illumine et ses doigts s'activent dessus. Je jette un coup d'œil et soupire de contrariété.

– Ils sont débordés ! Tu n'auras pas un Uber avant une bonne heure.

– Je vais marcher alors ! Ça me calmera, m'informe-t-elle en se dirigeant vers la sortie.

– Toute seule ! Dans cette tenue !

Elle se retourne en respirant fort. Plus furax que jamais.

– Qu'est-ce que t'insinues ?!

– T'es canon ! Tu pourrais…

– Je sais me défendre !

– Ça, je l'ai bien assimilé.

Je frotte mon bras. Elle soupire, un brin adoucie, alors je saute sur l'occase.

– Ta piaule est à au moins cinquante minutes de marche ! Tu vas trinquer avec tes talons.

– Je suis prête à prendre le risque, riposte-t-elle, refusant que je l'aide.

La souffrance dans ses yeux, combinée au fait qu'elle me parle enfin, me donne l'envie de ne rien lâcher.

– En dix minutes, tu peux être dans ta chambre.

Elle cogite.

– Dix minutes dans le silence ? me questionne-t-elle d'un ton abrupt.

Aïe !

– Si c'est ce que tu veux...

– C'est ce que je veux, oui !

J'acquiesce d'un signe de tête et nous marchons jusqu'à ma Mustang. L'avoir près de moi me shoote de bien-être. Je ne peux pas m'empêcher de la mater, et elle le remarque bien sûr ! Elle m'observe avec froideur.

– T'as une sale gueule.

– Il paraît ! m'esclaffé-je.

C'est depuis que je t'ai perdue, je ne suis plus le même. C'est ce que je devrais lui dire, mais le moment est mal choisi.

– Mais toi, t'es sublime.

Mon compliment la laisse indifférente.

– Je…

– Le silence, Neal. Respecte au moins *ça* !

Juste un regard qui scelle notre accord avant qu'elle s'engouffre dans ma Mustang, côté passager. Je tape sur le capot en souriant de l'avoir enfin près de moi.

Une fois à l'intérieur, j'allume le contact en enclenchant un morceau entamé de ma playlist alors qu'elle détourne son attention de moi. J'en profite pour la bouffer des yeux dans sa robe qui remonte haut sur ses cuisses. J'ai envie d'agripper sa nuque pour goûter à nouveau à sa bouche. De poser mes lèvres partout sur elle. Sa tête pivote vers moi, elle me dévisage en fronçant les sourcils d'agacement, se demandant certainement ce que je fous…Bon, OK, on n'est pas dans le même délire. Je m'insère dans la circulation et n'ai jamais été aussi désireux de respecter le Code de la route. *Dix minutes, c'est beaucoup trop court !*

Les kilomètres défilent tandis que mes doigts pianotent sur le volant. Du coin de l'œil, je remarque que son corps se relâche. Sa main tapote sur sa cuisse alors que sa tête dodeline discrètement. J'ai envie de lui dire que ce morceau *« All the rage back home »* me prend toujours aux tripes. Lorsqu'elle bascule son crâne en arrière en fermant les yeux, se prenant certainement le même délire que moi, j'ai envie d'arrêter la voiture et de la presser contre moi. *Mais je ne peux pas…*

Qu'elle soit sensible à Interpol me fait penser à une autre chanson… même plusieurs que j'ajouterai à sa playlist. C'est mon cadeau de Noël que je n'ai pas encore eu l'occasion de lui offrir depuis qu'elle a un autre type dans sa vie. J'ai beau l'avoir poussée à me fuir, ça ne m'empêche pas de morfler. Lilou augmente le son alors que je me perds dans les souvenirs de Noël chez mes parents. Elle n'a pas quitté une seule fois mes pensées. C'est là-bas que j'ai réalisé à quel point je l'aimais et que je pouvais être bon pour elle. Pas toxique comme je me l'imaginais. Et là, j'ai enfin une seconde chance qui s'offre à moi !

Dès que je me gare devant sa résidence, elle sort en trombe et claque la portière sans me donner l'opportunité de lui dire au revoir. Son odeur et sa présence ont envahi l'habitacle. *Je suis totalement accro !* Je ne sais pas s'il y a moyen qu'elle se rabiboche avec ce mec, mais hors de question qu'il la touche encore.

Impossible de la laisser filer comme ça ! Je m'extirpe à mon tour de ma Mustang et lui gueule :

– Je ferai partie de ta vie que tu le veuilles ou non. Tu n'en as pas fini avec moi !

– Fais-toi plaisir, ricane-t-elle comme si elle n'en avait rien à foutre.

J'ai beaucoup à me faire pardonner, mais je vais tenir bon. Pour la première fois depuis des semaines, je souris comme un enfoiré heureux.

***

L'ambiance à l'appart est à chier. Trois jours que Lilou a disparu et Evans vient d'apprendre qu'elle crèche chez sa tante en Arizona. Soulagé, mais encore secoué par son départ, c'était le moment idéal pour mettre à plat mes intentions envers sa frangine. Je veux qu'elle devienne officiellement ma nana. Il avait déjà pigé concernant mes sentiments, la suite a été plus facile pour le convaincre. En même temps, ça fait des semaines qu'il me voit boire sans ramener une seule nana dans ma piaule.

Je soupire en me demandant si je vais encore poireauter longtemps devant sa résidence. Bien planqué pour ne pas me faire repérer, je m'adosse contre un mur et capte une étudiante qui me scrute avec méfiance.

– J'attends une amie. Tu permets ? lui débité-je en lui décochant mon sourire sexy.

Cette petite blonde plisse les yeux et ne détourne pas un seul instant son regard jusqu'à ce qu'elle disparaisse à l'intérieur de sa résidence. Bon, sexy le sourire, mais pas vraiment irrésistible. *Elle a du cran !* Je ricane. *Bordel, Mia, tu bouges, oui ou merde !*

Et bien c'était le mot magique, car je la vois sortir, son sac de cours accroché à l'épaule. *Le chemin est enfin libre !* Je me faufile jusqu'à leur chambre et crochète la serrure. Un véritable jeu d'enfant ! Je referme la porte derrière moi et avance jusqu'à son lit. Si j'avais décidé d'assumer plus tôt mes sentiments, elle ne serait jamais partie de l'appart et à l'heure actuelle, elle ne serait pas à des centaines de kilomètres…

Je m'empare de son oreiller et le respire jusqu'à sentir une vague d'apaisement déferler en moi. Je sors plusieurs tee-shirts de mon sac dont le tout premier que je lui avais donné cet horrible soir et les pose sur son lit, accompagnés d'une clé USB.

Je ne suis pas comme mon géniteur, je suis prêt à assumer ce que je ressens maintenant.

Je chope son écharpe sur la chaise de son bureau et la fourre dans mon sac. La main sur la poignée de la porte, j'entends une clé dans la serrure. Affolé, je regarde autour de moi, mais il n'y a aucune planque. *Merde !* Je me colle contre le mur au moment où elle s'ouvre. La silhouette de sa coloc se matérialise devant moi. Dès qu'elle m'aperçoit, elle hurle de terreur.

– Mia. Je suis Neal, un pote de Lilou !

À ces mots, je recule et lève les bras en l'air afin de la rassurer. Elle s'arrête de crier et met une main sur son cœur. Elle plisse les yeux avec méfiance, puis semble me reconnaître.

– T'es son ancien coloc ?

– Yep.

– Prouve-le !

– Elle ne t'a jamais parlé de moi ?

– Oh si ! Mais vu que c'était peu flatteur…, commence-t-elle en plongeant sa main dans son sac pour en sortir une petite bonbonne, que je suppose être un spray au poivre, qu'elle dirige vers mon visage Explique-moi ce que tu fous dans notre chambre !

– Je suis venu pour arranger les choses entre elle et moi.

– Comment es-tu entré ?

– J'ai frappé et... la porte était ouverte.

– Mon cul, ouais ! s'emporte-t-elle. C'est moi qui l'ai fermée à clé ! Soit tu me dis comment tu as atterri ici soit j'appelle la sécurité. C'est toi qui vois ?

Je ne peux pas m'empêcher de faire le malin. Je la détaille :

– Ton cul m'a l'air très bien !

– Oh ! Comme tu veux, enfoiré ! s'emballe-t-elle, vénère tout en s'emparant de son téléphone. J'appelle la sécurité et je pense que c'est ton cul qui va avoir un problème.

J'éclate de rire alors qu'elle est loin de partager le sentiment.

– OK, j'ai crocheté la serrure.

– Pourquoi t'as fait ça ?!

Une main sur sa hanche en mode excitée, elle est à deux doigts d'appuyer sur le spray.

– Je te le répète, je dois réparer mes conneries.

– T'as merdé dans les grandes largeurs.

– Je sais.

Elle zieute l'oreiller de sa coloc et secoue la tête, peinée.

– Elle est partie chez sa tante. Elle n'allait pas bien.

– Il paraît.

– C'est une fille géniale ! s'exprime-t-elle d'une voix frustrée comme si je ne m'en étais pas aperçu.

– Vraiment géniale.

– Et tu ne pouvais pas t'en rendre compte avant ?! proteste-t-elle en dirigeant le spray vers le sol.

Je ne suis pas très à l'aise à dévoiler mes sentiments à haute voix, surtout devant une inconnue, alors j'enfonce mes mains dans mes poches en serrant les poings.

– Je vis un enfer depuis qu'elle a quitté notre appart.

Elle lève un sourcil, peu désireuse de me croire. *C'est mérité !*

– J'ai besoin d'elle dans ma vie.

– Et *elle* a besoin d'un mec bien.

Je peux être ce gars. J'ai mis du temps à piger que je n'avais pas la trouille de ses sentiments pour moi, mais des miens pour elle.

Soudain, on frappe à la porte.

– Mia ?

– Sam, murmure-t-elle. Il a dû être inquiet de ne pas me voir à la cafète. ENCORE UNE PETITE MINUTE, J'ARRIVE ! crie-t-elle à son visiteur à travers la porte.

– Je t'attends à l'extérieur.

– OK !

Elle fixe la porte en souriant de toutes ses dents.

– Vous êtes ensemble ?

– Oh, non, c'est juste un ami. Il tient simplement à m'accompagner.

Elle se précipite devant son miroir pour se recoiffer et se barbouiller de gloss, puis chope ses notes sur son bureau.

– T'en pinces pour lui, conclus-je, ce qui la fait rougir. C'est mignon !

– En plus de l'effraction, tu te fous de ma gueule !

Cette fille ne lâche rien ! Je me retiens de sourire, mais pas assez quand elle s'emballe.

– Eh bien continue ton manège et je demande à Sam d'intervenir. Il est tellement furax contre toi que ça ne sera pas beau à voir !

– T'as raison d'avoir peur pour lui.

– Connard ! s'indigne-t-elle en pinçant les lèvres.

– On me le dit souvent, pouffé-je.

– Et tu t'étonnes encore d'avoir bousillé tes chances avec Lilou ?

– OK. C'est mérité. Mais j'ai bien l'intention de la récupérer.

– Bon courage à toi !

Elle s'avance vers la porte d'un pas hésitant. Quand soudain, elle se retourne et m'asperge le visage de son spray. Pas le temps de réagir que je braille de douleur. Ma vue se trouble à cause de l'intensité de la brûlure. *C'est bien un spray au poivre, putain !* Je ferme les paupières pour essayer de calmer cette atroce trahison.

– BORDEL !

– Solidarité féminine ! Tu peux le comprendre *hein* ! Et la prochaine fois, demande-nous la permission avant d'entrer !

Je me frotte les paupières, ce qui se révèle être un mauvais réflexe ! J'ai l'impression d'avoir une armée de petites lames qui lacèrent mes rétines. Mes larmes, chauffées à blanc, n'adoucissent en rien ma douleur. Je me mets à quatre pattes et baisse la tête vers le sol, comme si cette position pouvait changer la donne.

– J'ai besoin d'eau, croassé-je.

– Je dois filer ! Mais c'était cool de faire ta connaissance, fanfaronne-t-elle. Prends ton temps. Fais comme chez toi, hein ! Et n'oublie pas de refermer la porte derrière toi ?

Ça la fait rire, la garce ! Si je ne douillais pas autant, elle pourrait m'impressionner.

– Mia, de l'eau, la supplié-je. S'il te plaît.

Le claquement de la porte retentit, suivi de son gloussement qui me tape sur le système.

J'y crois pas... elle est partie ! Je cherche à tâtons une bouteille d'eau que j'avais repérée sur la table de nuit de ma beauté et m'asperge frénétiquement le visage en ouvrant grands les yeux. L'apaisement est immédiat. Je m'affale contre le mur et rejette la tête en arrière en éclatant d'un rire incoercible.

Bordel, celle-là, on ne me l'avait encore jamais faite !

Chapitre 25

Point de vue de Lilou

Même si Nate ne m'a jamais recontactée, le séjour chez ma tante Rose m'a fait un bien fou. J'avais besoin de décompresser et de me recentrer sur mes objectifs. Je vais avoir 19 ans. L'amour peut encore attendre, et mon besoin d'être aimée aussi ! Du moins, c'était mon leitmotiv en revenant au campus. Avant de découvrir que Neal était déterminé à être de nouveau dans ma vie en m'offrant plusieurs de ses tee-shirts. Comme si ça allait être suffisant pour accepter la possibilité qu'il me fasse encore souffrir !

Après avoir passé un après-midi à la bibliothèque en me chopant un mal de tête, je m'affale sur mon lit en ouvrant le tiroir de ma table de nuit pour prendre un Advil. Mes yeux se posent aussitôt sur la clé USB. Plus de quatre jours que mes doigts me démangent de connaître la raison de son effraction dans notre chambre. Quoique l'attaque-surprise de ma coloc m'ait fait beaucoup rire ! Bon, la tentation est trop grande pour que j'y résiste encore ! J'avale le cachet avec un peu d'eau et récupère mon ordi sur le bureau afin de connecter la clé. Je parcours la liste des chansons choisies et laisse les paroles s'infiltrer en moi. Je m'allonge sur le matelas et ferme les yeux sur un morceau en particulier : *Slow Hands* d'Interpol.

Can't you see what you've done to my heart and soul ?

Ne peux-tu voir ce que tu as fait à mon cœur et à mon âme ?

This is a wasteland now

C'est un terrain vague à présent

We spies, we slow hands

Nous épions, nous passons lentement

You put the weights around yourself

Tu as repris les rennes

I submit my incentive is romance

J'accepte que ma récompense soit la romance

I watched the pole dance of the stars

J'ai regardé les étoiles faire le pole dance

We rejoice cause the hurting is so painless

Nous nous réjouissons car la blessure est si bénigne

From the distance of passing cars

À distance des voitures qui passent

But I am married to your charms and grace

Mais je suis marié à tes charmes et à ta grâce »

La porte s'ouvre et laisse apparaître la silhouette de Mia.

« I just feel crazy like the good old days

Je suis juste fou comme au bon vieux temps

Yeah you make me wanna pick up a guitar

Ouais tu me donnes envie de prendre une guitare

And celebrate the myriad ways that I love you

Et de célébrer mes myriades de manières de t'aimer

Can't you see what you've done to my heart and soul ?

Ne peux-tu voir ce que tu fais à mon cœur et à mon âme ?

This is a wasteland now

C'est un terrain vague à présent… »

Mia m'observe et semble amusée en écoutant les paroles. Je m'installe en chien de fusil en coupant le son de l'ordi.

– T'as fini par craquer !

Oui, pourrais-je répondre encore sous l'emprise de ce tumulte émotionnel. Les notes de musique m'ont transportée dans un monde où tout a résonné avec puissance en moi.

– Hé, ça ne va pas ? s'enquiert-elle en s'asseyant sur son lit.

– Si… C'est sa playlist. On peut dire qu'il a trouvé les mots qui font écho en moi.

– Comment ça ?

– De ses sentiments pour moi. De la crainte que ça lui inspirait.

– Il est amoureux ! s'extasie-t-elle.

– Peut-être. Mais ce ne sont que des paroles. Pas les siennes.

Elle hausse les sourcils suite à la dureté de mon ton.

– Pourtant il y a quelque chose qui t'a perturbée, dis-moi ?

Je me redresse pour presser mon dos contre le mur, les jambes croisées sur mon lit.

– Rien ne t'échappe, lui avoué-je en un doux sourire. Il y a une chanson qui parle de la perte d'un être aimé et de la douleur de ne plus l'avoir dans sa vie.

J'inspire une grande bouffée d'air avant de me confier :

– Ça m'a rappelé le jour où j'avais découvert que j'étais enceinte.

Son expression reste impassible, mais je sais que j'ai toute son attention.

– C'était en juillet de l'année passée. J'ai ressenti une telle terreur en l'apprenant ! lui avoué-je en un soupir douloureux. On s'était toujours protégés. Sauf une fois. Je prenais la pilule, mais pas de manière régulière. Je me suis dit que ce n'était pas pour une fois. Que ça ne pourrait jamais m'arriver. J'ai été si conne !

– Ne dis pas ça, réplique-t-elle en me rejoignant sur mon lit.

– Oh que si, asséné-je en plaquant mon oreiller contre ma poitrine. Tu ne connais pas mes parents, mais j'étais déjà en disgrâce à leurs yeux quand ils ont appris mon aventure avec un prof marié. Alors leur annoncer une grossesse aurait foutu ma vie en l'air, et la leur, surtout !

– Mais lui aussi avait sa part de responsabilité !

– Certainement oui, mais je le lui ai caché. C'était devenu trop compliqué entre nous. Il aurait voulu que je le garde, mais je ne me sentais pas capable d'une telle responsabilité. Ça m'a rongée de l'intérieur, tu n'imagines pas à quel point. Matt était de retour pour les vacances et il s'est mis à flipper quand il a vu que je maigrissais à vue d'œil. J'ai fini par tout lui balancer, et mon désir d'avorter. Il ne m'a pas jugée. À aucun moment. Tout ce qu'il voulait était que j'aille mieux. Il m'a soutenue et a eu l'idée de génie qu'on fasse un petit séjour chez notre tante Rose. Nos parents ne demandaient pas mieux. Et au final, j'y suis restée tout l'été.

– Je te promets d'être plus sympa la prochaine fois que je verrai ton frère.

La légèreté dans sa voix provoque mon sourire. J'appuie ma joue contre son épaule et repense à son soutien inébranlable.

– Il a vraiment été génial. Il a été mon roc… En fait, il a toujours été présent quand j'avais besoin de lui.

– Je comprends mieux son côté protecteur envers toi.

Je me redresse et plonge mon regard dans le sien en acquiesçant d'un signe de la tête. Il a toujours eu cette appréhension de me voir souffrir de nouveau. Et dans un sens, il avait raison de s'inquiéter...

– Quoi qu'il puisse se passer entre nous, je ne pourrai jamais lui en vouloir bien longtemps.

– Il faut que tu arrêtes là, je vais finir par l'aimer moi aussi !

– Pas trop hein ! gloussé-je. Sinon Sam va le détester.

Elle mordille sa lèvre d'un signe hésitant.

– Quoi ? Ce n'est un secret pour personne que mon ami t'adore !

Elle réprime bien mal le sourire qui taquine ses lèvres.

– Non, ce n'est pas ça… C'est fini depuis hier avec Stan.

Je me décale sur le lit pour lui faire face.

– Depuis… Mais qu'est-ce qu'il s'est passé ?

– J'ai rompu avec lui.

– Et tu te sens comment ? lui demandé-je en posant ma main sur la sienne.

– Bien, me répond-elle en souriant. C'était mieux comme ça.

Le regard pétillant d'excitation, je lui demande.

– C'est à cause de Sam ?

Elle opine de la tête.

– Je ne sais pas l'expliquer, mais il se passe vraiment quelque chose de particulier entre nous.

– Il est au courant ?

– Oui.

J'écarquille les yeux. *Oh mon Dieu ! Il doit être fou de joie !* Et moi aussi, je pousse un cri qui nous perce les tympans.

– Mais j'ai envie d'y aller doucement. Je lui ai demandé d'être patient.

Je la prends dans mes bras.

– T'es sûre qu'on parle du même Sam ? rigolé-je. J'ai des doutes ! Mais là tu viens de faire mon bonheur !

Elle revêt une expression plus grave.

– Tu vas donner une chance à Neal ?

– Honnêtement, je ne sais pas. Après mon avortement, je me suis fait une promesse. Mes études avant tout. Je ne veux pas juste réussir, je veux exceller ! Je lui dois bien ça. Mais je me suis laissé distraire par mes sentiments, et c'était une erreur ! Toute ma vie, mon geste me poursuivra, alors hors de question que j'en vienne à le regretter !

– Je comprends, copine. Mais ne sois pas aussi dure avec toi-même.

– Si. Ça me rend plus forte.

***

Mon cours en stratégie marketing terminé, je dois revoir mon étude de marché. *Génial ! « Pas assez approfondi »* selon l'assistant. Je m'arrête net en sortant de l'amphi. Perturbée par la vision de Neal, adossé contre un mur, la carrure imposante et les cheveux en pagaille. En même temps, il est à peine 9 h du mat', il a dû tomber du lit. Et cet enfoiré est canon ! Il suffit de voir les coups d'œil insistants de certaines étudiantes pour le confirmer. Lui ne remarque rien, il semble perdu dans ses pensées jusqu'à ce qu'il m'aperçoive. Et là, il me sourit. *Ce sourire...* soupiré-je agacée d'y être encore si sensible. Puis, son expression change en quelque chose de plus chaleureux, de plus intense, de plus… perturbant, faisant battre mon cœur un peu plus fort.

– Qu'est-ce que tu fais ici ? l'interrogé-je, le visage fermé en arrivant à sa hauteur.

– Salut à toi aussi, mon ange, entame-t-il en soulevant un gobelet qu'il me tend. Je t'ai apporté un café comme tu l'aimes. Légèrement sucré avec un max de lait.

C'est exactement ce dont j'ai besoin ! Je m'en empare avec reconnaissance.

– Merci, lui réponds-je en le sirotant tout en avançant vers la sortie.

– Tes cours, ça roule ?

– Je me débrouille. T'as cours dans ce bâtiment ?

– Nan, je ne suis plus venu ici depuis ma troisième année. J'avais besoin de te voir.

– Tu m'as trouvée comment ?

– Grâce au planning dans ta chambre.

Je souffle en levant les yeux au ciel avant d'esquisser un sourire jusqu'aux oreilles. Un sourire qui ne lui échappe pas et qui semble le rendre heureux.

– Tu as aussi fait la connaissance de ma coloc !

– Yep. Un brin impulsive, je dirais.

– Tu l'avais bien mérité, gloussé-je.

– J'ai fait une réaction sévère, pas sûr que son produit était encore bon, débite-t-il avec nonchalance.

Choquée, je m'arrête pour effleurer sa joue de mes doigts. Je le dévisage à la recherche d'une quelconque trace de lésions. Ses iris d'un gris si pâle se teintent d'une lueur si chaude que je me noie dans son regard. Il pose sa main sur la mienne, hérissant ma peau d'un délicieux frisson. Même s'il m'a blessée, mon corps réagit toujours en sa présence.

C'est si facile, si évident avec lui !

– J'aime beaucoup l'idée que tu t'inquiètes pour moi.

Je romps notre toucher en rabattant la bretelle de mon sac en bandoulière sur mon épaule.

– Il faut que j'y aille.

– OK. À demain !

– À demain ?

– Pour un autre café.

Mon air interdit le réjouit.

– J'ai besoin de toi dans ma vie, me confie-t-il en m'embrassant sur la joue.

Il en profite pour humer mon odeur sans se cacher. Il pose sa main sur son torse, un éclat malicieux illuminant son regard, et me déclare :

– Ma journée va être bonne, maintenant !

Il marche à reculons en affichant un si grand sourire qu'il affole mes hormones. Je lève les yeux au ciel avant de lui tourner le dos, puis prends la direction opposée en laissant s'épanouir le mien.

Mon enfoiré d'ex-coloc est de retour !

***

Durant la semaine écoulée, le café du matin est devenu notre rituel. Il flirte beaucoup et ne réclame rien d'autre qu'un sourire de ma part. Mais ce matin, il est en retard et mon cours commence dans à peine quinze minutes. Je balaye d'un regard le couloir en espérant le voir et aperçois une tête à la chevelure aussi noire que décoiffée. *Matt !* Quand il me remarque enfin, il avance d'un pas rapide dans ma direction pour m'envelopper de ses bras en un instant câlin.

– Putain, j'avais peur de t'avoir ratée. Bon anniversaire, ma puce ! me déclare-t-il en me tendant un gobelet.

Je m'en empare et réalise que je ne l'ai plus vu depuis mon départ précipité du Nouvel An.

– Merci ! soupiré-je de bonheur. Tu m'as manqué.

– Ça veut dire que tout est cool entre nous ?

– Comme si je pouvais t'en vouloir longtemps !

Tout sourire, je goûte mon café et retrouve les mêmes saveurs que j'aime.

– Il est parfait !

– Tu peux dire merci à mon abruti de pote. C'est lui qui s'en est occupé.

– Je me disais bien aussi, pouffé-je. Abruti ?

– Il connaît ton planning par cœur. Je voulais te faire la surprise et en échange, j'ai écopé d'une semaine de nettoyage, grimace-t-il avec écœurement.

Waouh ! Il semble accepter l'idée que Neal ait des sentiments pour moi. Je n'en reviens pas...

– À ce prix-là, je lui ai piqué le café qu'il t'avait acheté. Il est certainement en train de râler à l'heure actuelle.

J'éclate de rire face à son expression malicieuse.

– Vous êtes *deux* beaux enfoirés.

– Hé, mais j'ai mon propre cadeau ! s'indigne-t-il, tout sourire, en sortant de sa veste une enveloppe rouge.

Je m'en saisis et l'ouvre pour y découvrir deux billets pour le concert de Pearl Jam à Seattle au mois de mars. Le regard pétillant d'excitation, je les presse contre ma poitrine, puis lui saute au cou pour l'embrasser.

– Oh mon Dieu, j'adore !

– C'était facile à deviner. Vu que tu l'écoutais en boucle chez Rose cet été.

C'est vrai ! Elle est une grande fan de ce groupe et je le suis devenue depuis. Mais pas Matt. La voix profonde du chanteur, guidée par les thèmes forts de leurs chansons, m'a conquise et transportée.

– Je vais lui demander de m'accompagner !

– Bonne idée. Surtout qu'elle a l'intention de t'offrir les billets d'avion.

– J'aimerais déjà y être ! m'écrié-je en trépignant de joie.

– T'as prévu quelque chose ce soir ? s'enquiert-il en secouant la tête, amusé.

– Il y a la sortie d'*After*. Chapitre 2 au ciné. Tu veux m'accompagner ? le taquiné-je.

– Je t'aime, mais là, c'est au-dessus de mes forces.

– Je me disais bien, gloussé-je.

L'assistant du prof rentre dans la salle.

– Mon cours va commencer.

– Viens à l'appart un de ces jours, ça me ferait plaisir.

– OK. Je te tiens au courant.

Je jette un dernier regard de déception dans le couloir.

– T'attends quelqu'un ?

Il affiche un sourire taquin.

– C'est possible. Ciao !

Un petit signe de la main plus tard, je m'engouffre dans l'amphi et m'installe dans la rangée du milieu. Je consulte mon téléphone et pianote sur l'écran pour répondre aux quelques messages reçus pour mon anniv avant que le cours débute. La personne qui s'assoit à mes côtés prend ses aises en envahissant mon espace. Agacée, je lève la tête pour découvrir... Neal. Fier de son effet de surprise, il se penche pour m'embrasser sur la joue, puis me chuchote au creux de l'oreille.

– Bon anniversaire, ma beauté.

Son souffle contre ma peau me donne envie de me blottir contre lui.

– Désolé pour le retard. Mais j'ai dû remplacer ton café par des pâtisseries ! s'excuse-t-il en ouvrant une boîte en carton. Deux bagels banane-chocolat et deux autres au beurre de cacahuète.

J'affiche un tel sourire qu'il reste bloqué sur mes lèvres. Quand il plonge son regard enflammé dans le mien, j'ai l'impression que le monde autour de nous disparaît.

– J'aime être le responsable de ça.

La pulpe de son pouce effleure ma bouche en une douce caresse. Il déclenche des émotions tellement puissantes en moi que j'enfouis mon visage au creux de son cou pour me remettre de mes émotions. J'avais oublié à quel point son odeur m'avait manqué. Ça me fait penser que ses tee-shirts sont toujours planqués dans mon armoire. Je n'étais pas prête à les porter de nouveau. *Du moins, pas encore…*

– Je ne sais pas quoi te dire.

– Alors ne dis rien. J'ai aussi *ça* pour toi.

Je me redresse alors qu'il attrape un gros bouquet de fleurs sur la chaise à côté de lui. Une fois entre mes mains, je respire leur odeur.

Décontenancée, j'inspire plusieurs bouffées d'air, puis éclate d'un rire aussi profond que spontané.

– Tu les as aspergées de ton parfum ?!

– Tout devait être parfait !

– T'es complètement fou ! rigolé-je.

– De toi, oui !

Mes lèvres me démangent de l'embrasser. Une envie avortée quand l'assistant prend la parole.

– C'est le moment pour moi de filer !

– C'était génial ! Merci !

– Je ne voulais pas moins, me confie-t-il en un clin d'œil en se levant.

Vu sa carrure, il ne passe pas inaperçu quand il dévale les marches d'escalier avec nonchalance pour rejoindre la sortie. Pas le temps de m'attarder sur sa silhouette qui disparaît par la porte lorsque le prof et une cinquantaine de têtes se tournent vers moi. Mes joues brûlantes de gêne, je dépose le bouquet et la boîte en carton sur la chaise à mes côtés.

– Désolée ! bredouillé-je d'une voix piteuse.

L'assistant me jette un regard noir avant de reprendre la parole en s'adressant aux autres étudiants. J'ouvre mon ordi portable en dissimulant mon sourire devant l'écran. Un sourire que je suis bien incapable de réprimer.

Chapitre 26

– Je suis prête ! s'écrie Mia.

– Alléluia ! m'exclamé-je en observant la pile de vêtements sur son lit.

Pendant plus d'une heure, elle a tout essayé, tout combiné et ce n'était jamais assez bien pour son rencard officiel avec Sam. Bon, il y en a eu plein d'officieux, mais là, elle a décidé que c'était le bon moment. Pourquoi maintenant ? Aucune idée !

Elle se poudre le visage. Je me lève de mon bureau et la contemple, un sourire jusqu'aux oreilles.

– T'es magnifique !

– Merci, me répond-elle, rayonnante.

– Je vais avoir la chambre pour moi toute seule ! fanfaronné-je.

– Tu vas encore bosser tes cours ?

– Nan. J'ai besoin d'une pause.

– Tu m'étonnes. T'es trop exigeante avec toi-même !

– Pas pour ce que je vise.

Elle souffle face à mon entêtement.

– Samedi, on sort au Loxis.

Je secoue la tête.

– La semaine prochaine est trop chargée.

– Dans deux semaines alors. Et aucune excuse !

Je lui fais le salut militaire.

– À vos ordres !

On frappe à la porte. Le temps que ma coloc s'inspecte une dernière fois dans le miroir, je l'ouvre.

– Salut, copain !

– Salut, ma jolie !

Il m'embrasse sur la joue et me tend un sachet avec mon dîner. Des nouilles sautées aux lamelles de bœuf piquant.

– T'es un amour. Merci !

– J'espère que Mia pense la même chose.

Je lève les yeux au ciel.

– Comme si tu pouvais en douter.

Il s'engouffre dans la pièce. Et là, le moment est jouissif à voir. Il s'arrête net en contemplant sa belle. Pas besoin de mots quand tout passe par leur regard échangé.

– Euh… Il fait super chaud d'un coup !

Aucune réaction, comme si je parlais dans le vide.

– Hé ! Oh ! Allez faire vos saloperies ailleurs !

Ma note d'humour a le mérite de les faire rire.

– Toujours le sens de l'exagération, me tacle Sam.

– Ouais, peut-être. Mais mieux vaut prévenir que guérir. Allez, dehors les amoureux !

Sur son petit nuage ultra planant, Mia enfile son manteau, m'envoie un baiser volant, puis suit Sam à l'extérieur.

Enfin seule !

Je déballe mon repas en humant l'odeur qui me donne l'eau à la bouche. Nouveau frappement à la porte. Je le dépose sur le bureau et ouvre en rigolant.

– Déjà de retour ?! C'était...

Mon rire meurt sur mes lèvres en découvrant Neal. J'ai beau l'avoir vu ce matin, mon pouls galope comme à chaque fois que je le vois. Il me détaille et son sourire s'élargit si grand qu'une vague de désir crépite en moi.

– Tu portes mon tee-shirt !

Son… Ah oui, depuis mon anniversaire, j'en mets un chaque soir.

– Ils sont confortables.

– Aussi, se marre-t-il, loin d'être dupe.

Il s'approche et me renifle.

– Tu l'as lavé ?

– Un moment donné, il faut bien, le charrié-je.

– Ça veut dire que tu les portes souvent.

Depuis deux semaines…

Son regard s'embrase d'une lueur de possessivité et de passion qui accélère ma respiration.

– Deux semaines, murmure-t-il comme si cette annonce le rendait heureux.

Je l'ai dit à voix haute ! Ce mec a un pouvoir hypnotisant sur mes sens.

– Tu me laisses entrer ?

Si je m'exécute, je suis foutue.

– Je suis occupée.

– Ma belle, je respecte ton besoin de te recentrer sur tes études. Mais ce matin, tu m'as dit avoir besoin d'une pause.

– Oui. Mais…

– Ne me rejette pas !

La sincérité qui émane de sa voix me touche en plein cœur. Je me décale sur le côté pour le laisser entrer.

– C'est *Love, Simon* au programme !

– Connais pas.

– C'est un ado qui veut cacher son homosexualité jusqu'au jour où c'est dévoilé au grand jour. Je l'ai vu au ciné à l'époque. Il est sur Netflix, maintenant.

– Ça marche !

Il retire sa veste et ses Converse, puis s'affale sur mon lit. J'en profite pour récupérer mon repas sur mon bureau et éclate de rire.

– Tu prends toute la place !

Il se couche sur le côté et tapote le matelas.

– Ramène-toi.

Je m'exécute et place l'ordi entre nous. Son contact m'apaise et me donne envie de me coller tout contre lui. À la place, je lance le film et commence à manger. Je gémis de plaisir, puis aspire une longue nouille entre mes lèvres. Je croise son regard quand un grondement presque animal s'échappe de ses lèvres.

– Un problème ?

– Un gros, ouais.

Sa main descend jusqu'à son entrejambe. Mes yeux suivent le mouvement et se rivent sur son érection qui déforme son jean.

– Tu plaisantes ! pouffé-je. Juste parce que je mange !

– Crois-moi, tu ne me donnais pas cette impression-là.

– Il ne te faut pas grand-chose.

Il agrippe avec douceur mon menton et me fixe avec détermination.

– Il n'y a pas eu d'autres nanas depuis toi.

Et je le crois. J'esquisse un sourire confiant pour son plus grand plaisir.

– Alors sois un peu indulgente.

Je ris et partage mon plat avec lui en regardant le début du film. Vu son appétit, je le laisse terminer mon plat, et profite d'être détendue pour défaire ma queue-de-cheval afin de pouvoir reposer ma tête sur l'oreiller. Une pensée qui s'évanouit dès que ses doigts glissent dans ma chevelure, exerçant une douce pression sur mon crâne. C'est si bon que je papillonne des yeux avant de les fermer. Ma tête bascule en arrière et plus rien ne compte que son massage… et son souffle sur mes lèvres. Il est si proche que je sens la chaleur émaner de son corps. J'ouvre les paupières et me laisse porter par mon envie dévorante de l'embrasser. Dès que nos bouches s'unissent, mes dernières barrières tombent. Je m'enivre et me perds dans ce baiser autant passionné que débridé.

Un raclement de gorge retentit dans la chambre. Neal est bien trop occupé à me grimper dessus et moi, bien trop excitée pour que nous y prêtions réellement attention.

– Je suis là ! nous surprend Mia.

Je repousse Neal qui s'effondre à mes côtés en enfouissant sa tête dans l'oreiller.

– Putain de coloc, marmonne-t-il d'une voix étouffée.

Je pouffe alors qu'elle hausse un sourcil aussi taquin qu'interrogateur.

– Tu rentres tôt !

– J'ai renversé mon verre de vin sur ma robe. Et hors de question d'aller au ciné dans cet état-là !

Je m'assois en posant les pieds au sol.

– Et je suis venue pour me changer. Sans présence masculine, de préférence.

– J'ai pigé ! soupire-t-il en sautant du lit.

– Lilou. Tu as oublié notre pacte ?

– Quel pacte ?

– Pas d'hommes dans notre chambre. Et encore moins pour me proposer un plan à 3 !

La peste ! Je secoue la tête, amusée.

– Bon, intervient Neal en attrapant ma main pour me relever. Viens à l'appart avec moi !

– Non. Pas ce soir.

En lisant la déception dans son regard, je regrette aussitôt mon ton catégorique.

– Je vais faire une exception pour toi, beau gosse, déclare Mia, sentant que l'ambiance est plombée. Laisse-moi juste cinq minutes pour me changer.

Il chausse ses Converse, puis attrape sa veste en lui adressant un clin d'œil complice.

– Non. Je dois filer. Le prochain film, c'est dans ma piaule.

Il m'embrasse sur la joue en me couvant de tendresse.

– OK.

Mon sourire me quitte à l'instant où la porte claque.

– Je suis désolée, Lilou.

– Arrête, tu n'y es pour rien. C'est moi !

– Qu'est-ce que t'attends alors ?

Un coup de pied au cul, ouais ! Je ne réfléchis pas et m'empresse de le rejoindre alors qu'il s'apprête à disparaître au fond du couloir.

– Neal !

La surprise qu'il affiche accélère mes pas. Je me jette dans ses bras et lui avoue :

– Je n'ai pas envie que tu partes.

Il prend mon visage en coupe et fond sur mes lèvres comme une nécessité durant de longues minutes. Ce baiser m'emplit d'un désir incontrôlable. Je cligne des cils jusqu'à choper un semblant de réalité et l'interroge :

– Tu peux ouvrir n'importe quelle serrure ?

– Dis toujours.

– La chambre 5 est inoccupée pour le moment.

– Alors ça va être un jeu d'enfant, déclare-t-il avec malice.

Il entrelace nos doigts et marche d'un pas rapide jusqu'au numéro indiqué, puis il crochète la serrure. Aucune résistance – Comme moi en fin de compte.

On pénètre dans la chambre, plongée dans la pénombre lorsque la porte se referme derrière nous. Il s'empare de ma bouche en penchant ma tête en arrière pour approfondir notre baiser. Il y met tant d'ardeur que chaque frottement sur ma peau déclenche des frissons de désir. Tout en lui m'électrise. Je mordille et suçote sa lèvre jusqu'à ce qu'un grognement lui échappe. Ses doigts glissent dans mon shorty et me pénètrent avec ardeur. La friction est si intense que j'ondule en gémissant.

– J'ai envie de toi, susurré-je.

– Déshabille-toi ! m'ordonne-t-il avant de sucer son index et son majeur. J'ai faim de toi.

Son expression, empreinte de sauvagerie, dicte mes gestes. Nue avant lui, j'attrape le préservatif qu'il tient en main, déchire l'emballage avec les dents et, fascinée, je le masturbe alors qu'il est déjà dur comme de l'acier.

– Continue, et ça va finir avant même d'avoir commencé.

Il enfile lui-même la protection, provoquant mon gloussement qui s'évanouit dès qu'il me renverse sur le lit pour me couvrir de son corps. Ses lèvres aspirent la pointe durcie de mon sein entre ses dents. C'est si bon que j'enfonce mes ongles dans les muscles de son dos.

J'adore son grognement !

Il me pénètre d'une seule poussée. J'arque mon dos en levant les hanches à sa rencontre, ce qui semble le rendre fou. Ses coups de reins se déchaînent tandis que mon désir monte en flèche.

– Bordel, c'est divin ! s'écrie-t-il.

J'enroule mes jambes autour de son bassin et me frotte de plus en plus vite et de plus en plus fort contre lui. Je ressens les prémices d'un orgasme prêt à me foudroyer.

Mon Dieu ! C'est l'extase !

Ses doigts se faufilent entre nous pour titiller mon clitoris. À bout de souffle, je me perds dans son regard plein d'adoration, dans toutes les sensations que son corps me fait ressentir.

– Neal...

À cet instant, je n'ai plus aucun doute sur l'intensité de mes sentiments. Sur l'amour que je lui porte. Un déclic qui libère un orgasme ravageur. Je pars si loin qu'il me faut un temps fou pour sentir ses lèvres sur les miennes, ses bras qui m'enlacent pour me presser contre lui. Ma tête nichée sous son menton et son nez enfoui dans ma chevelure, on savoure notre connivence.

– Bordel ! Je n'ai jamais rien ressenti d'aussi fort, me révèle-t-il d'une intonation enrouée.

Et moi donc !

Ses doigts parcourent ma peau en de douces caresses. Ça fait une éternité que je ne me suis pas sentie aussi bien.

– Je croyais que tu n'aimais pas les câlins, le taquiné-je, un sourire dans la voix.

– Ouais, j'en suis pas fan. Mais tu es mon exception, mon ange.

C'est certain, mon cœur ne m'appartient plus. Il pose sa main sur la mienne et la glisse jusqu'à sa queue qui durcit au contact de mes doigts.

– Tu tiens la forme, rigolé-je.

– C'était trop court à mon goût ! me déclare-t-il en m'embrassant. On est loin d'en avoir fini tous les deux.

– En même temps, on en est qu'au début.

– Exactement. Au début de notre histoire… Lilou, est-ce que tu veux être ma nana ? Officiellement, je veux dire.

Mon cœur tambourine à tout rompre tandis qu'il me recouvre de la chaleur de son corps, la mine sérieuse. J'entortille mes doigts dans ses cheveux pour rapprocher nos deux visages.

– Oui, murmuré-je, lèvres contre lèvres.

Je sens son sourire quand il m'embrasse avec passion.

– J'ai besoin qu'on y aille doucement. Mes études restent…

– Je sais, me coupe-t-il en scellant nos bouches.

Il parsème mon corps de baisers jusqu'à l'intérieur de ma cuisse qu'il mordille.

– Compte sur moi pour prendre tout mon temps.

***

Je patiente devant la porte de mon ancien appart en réalisant que je ne suis plus venue depuis mon déménagement.

– Pourquoi tu frappes ?! s'enquiert Matt en m'ouvrant. Rentre, fais comme chez toi !

Je pénètre dans le couloir et suis assaillie par une bouffée de nostalgie. Cet endroit m'a manqué.

– Rendall ! Ta *beauté* est arrivée !

Je n'en reviens toujours pas qu'il accepte aussi bien notre relation. Il me scrute et se trompe sur mon expression interdite.

– Moi aussi ça m'a fait un choc !

– Quel choc ?

– Le surnom cucul qu'il t'a donné.

Je secoue la tête en riant.

– Pas autant que toi ! intervient Neal en sortant de la cuisine.

Il me sourit, puis balaye son regard sur mon corps. Il y a cette lueur enflammée dans ses prunelles qui me rend unique à ses yeux. Il avale la distance pour poser ses lèvres sur les miennes et ne cache en rien son manque de moi. Trois jours qu'on ne s'est pas vus et c'est comme si on avait passé des semaines loin l'un de l'autre.

– Frangine, t'as fait de mon pote une vraie chochotte sentimentale.

Heureuse qu'il le prenne si bien, je laisse éclater mon hilarité. Quant à Neal, imperturbable, il me souffle à l'oreille.

– J'adore ton tee-shirt.

Pourtant ce n'est pas le sien. Il est blanc avec le logo des Rolling Stones.

– Je l'ai depuis des années. Je l'adore.

– Moi ce que j'adore, c'est ton soutif noir en dessous.

– Il n'est pas entièrement noir, lui susurré-je.

Il grogne pour toute réponse. Ses bras s'enroulent autour de moi.

– Compte sur moi pour le découvrir.

– Pour en revenir aux surnoms, Rendall ! nous interpelle Matt en mode fantasque. Je te l'accorde, ma beauté est moins con que ceux qu'on entend habituellement.

On le dévisage.

– Le pire est *mon ange*, reprend-il. Il faut vraiment être atteint pour sortir une telle connerie. T'as déjà vu un ange écarter les cuisses, suppliant d'être baisé ?

J'écarquille les yeux avant d'exploser de rire alors que Neal secoue la tête d'un air amusé. Fier de son petit effet, il ajoute :

– Vous êtes flippants tous les deux. Je devrais vous séparer !

– Habitue-toi plutôt, le tacle mon homme.

– Ça sent le cramé, non ? déclare Matt en plissant le nez.

– Merde !

Neal file dans la cuisine. Je renifle d'un air sceptique.

– Je ne sens rien.

– C'était juste une excuse.

Je l'interroge du regard.

– Vous deux, ça va le faire, m'explique-t-il d'un ton assuré. Mon pote n'a jamais été aussi heureux depuis que tu es de retour dans sa vie. Je l'ai vu, tu sais. Il a salement morflé.

Mon sourire s'épanouit de reconnaissance.

– T'es mignon.

– Mignon ?! s'insurge-t-il en passant un bras sur mon épaule. Je suis sûr que tu peux trouver mieux.

Je pouffe tout en marchant vers la cuisine.

– T'es merveilleux !

– Et toi la meilleure en castrant mon pote !

– Rien que ça, gloussé-je.

– Je ne l'ai jamais vu autant ramper pour une nana. Une vraie chochotte sentimentale.

– Tu l'as déjà dit !

– Ça méritait d'être souligné une deuxième fois.

– Ça sent super bon ! m'exclamé-je en approchant de Neal qui touille dans une casserole.

– Un chili con carne fait maison.

– J'adore ce plat.

– Je sais, confirme-t-il en massant ma nuque de sa main libre.

Il me presse contre lui pour enfouir son nez dans ma chevelure.

– Salut !

– Ah Tyler, mon pote ! s'écrie Matt avec soulagement. Ne me laisse pas seul avec eux !

– Ils n'ont pas l'air dangereux, se marre-t-il.

– Ils sont dégoûtants ! Et si ça continue, je vais tenir la chandelle.

Sa mine faussement écœurée provoque mon éclat de rire.

– Ty, je te présente, Lilou, ma nana. Lilou, Ty, notre coloc.

– Hé, c'est ma frangine avant d'être ta copine !

Il tient la super forme !

On se salue d'un signe de tête.

– Je te rencontre enfin ! J'ai beaucoup entendu parler de toi. Maintenant, je comprends mieux, t'es super mignonne, m'annonce-t-il d'une voix traînante, typique du Sud.

J'interroge l'intéressé du regard, mais c'est Matt qui s'y colle.

– J'ai mis du temps à accepter pour vous deux. Maintenant tout est cool.

Il me décoche son clin d'œil de connivence. Je lui souris en retour, puis reporte mon attention sur Tyler. C'est un grand blond aux pommettes saillantes dont un tatouage tribal recouvre le cou et une partie de l'oreille. Je parie que sous son pull, sa peau doit être noircie d'encre.

Ses lèvres s'étirent d'amusement.

– Tu aimes les tatouages ?

Bon, je n'ai pas dû être très discrète.

– Oui, ils racontent toujours une histoire !

– T'en as ?

– Oh, non ! C'est une étape que je préfère éviter.

– La peur des aiguilles ?

– Non, pas vraiment. J'aurais plutôt peur de voir tous les jours des événements de ma vie marquer ma peau. Il faut être courageux pour ça.

Il acquiesce d'un signe de tête et me dévisage comme si j'étais une petite chose fascinante. Il zieute mon tee-shirt et son large sourire laisse place à une fossette.

– C'est sérieux entre vous ? me questionne-t-il en me fixant comme si on était seuls.

– On y travaille.

Matt se marre. D'humeur taquine, je me retourne vers Neal qui me lance un rictus flamboyant de malice.

– Je n'ai pas été assez convaincant, ma belle ? On va y remédier tout de suite.

Sans crier gare, il s'accroupit, encercle mes cuisses de ses bras et me balance sur son épaule. Comme ça, en un claquement de doigts !

– Neal, repose-moi ! m'insurgé-je.

– Pas avant qu'on se soit expliqué dans ma piaule.

Il marche alors que je lui assène des tapes dans le dos en me tortillant sur lui.

– Calme-toi.

– Dans tes rêves !

Sa main recouvre et câline mes fesses.

– Tu aimes les fessées, ma beauté ?

Oh ...

La vilaine fille !

Hors de question de lui avouer. Je suis trop agacée pour lui donner satisfaction !

– N'y pense même pas ! riposté-je en tentant de me redresser.

Une claque retentit avec force avant de me cajoler d'une caresse apaisante. Une douce chaleur palpite et se propage dans mon bas-ventre. Mes jambes se croisent et mon corps se fige sous l'émotion.

– Lilou ? m'interpelle-t-il, une nuance d'inquiétude dans la voix.

Immobile, je reste encore hébétée par ma révélation.

– Je crois que j'ai aimé.

Un grognement jaillit de sa gorge. Il entre dans sa chambre et claque la porte de son talon.

– Tu me rends dingue !

Je glisse contre son torse tandis que mes jambes encerclent sa taille. Ses lèvres s'écrasent contre les miennes en un baiser enflammé. Nos langues s'enroulent en une danse pleine de sensualité et de désir jusqu'à ce que nos corps chutent sur son lit.

– Si je te demande de m'accompagner aux 41 ans de ma mère ? C'est assez sérieux pour toi ?

Mon sourire s'agrandit à l'unisson de la vague d'amour qui me submerge.

– Très !

Il me scrute, une pointe de défi dans le regard.

– Oui, je veux t'accompagner ! pouffé-je.

– Bien ! Fêtons ça alors !

À l'instant où sa bouche se pose sur mon ventre, mon gloussement s'évanouit, laissant place au désir d'unir nos deux corps.

Chapitre 27

Je claque la porte du Uber, puis avance dans l'allée des Kappa Sigma qui est noire de monde malgré les températures encore fraîches de ce mois de mars. J'ouvre la porte et suis assaillie par la musique qui bat son plein. Je me faufile jusqu'à la salle principale à la recherche de mon homme que je n'ai plus vu depuis quatre jours afin de lui faire la surprise.

– C'est moi que tu cherches ?

Je me retourne et percute deux iris chocolat. J'esquisse un sourire en reconnaissant le métis de la première fois que je me suis retrouvée dans cette fraternité. Le sien se dessine sur ses lèvres pleines.

– On s'est déjà vus ?

– C'est possible. Je suis la sœur de Matt Evans.

Ses sourcils s'arrondissent si haut que c'en est presque comique.

– Et la nana de Rendall ! Merde, j'ai presque cru que t'étais un mythe.

– Un mythe ? pouffé-je.

– Eh bien, tu sais, dans le genre on en entend beaucoup parler sans jamais le voir.

J'éclate de rire. Il en profite pour passer un bras autour de mes épaules pour me faire avancer.

– Laisse-moi être ton ange protecteur et te guider jusqu'à lui.

Je secoue la tête de plus en plus amusée. On traverse plusieurs pièces en enfilade jusqu'à celle du fond où trône un billard. Je découvre Neal qui y joue, très concentré sur le coup qu'il va porter.

– Allez Neal, il y a 80 dollars sur la table ! C'est pour nous ! rugit un gars à ses côtés.

– 50 dollars pour moi.

Le grain grave de sa voix me chatouille agréablement la peau. *Il m'a trop manqué !* Une pensée vite balayée quand j'aperçois Nina derrière lui, occupée à reluquer son cul. Une bouffée d'énervement m'assaille, mais vite dissipée par la satisfaction qu'elle ne lui plaît plus.

– 20 dollars pour moi, Rendall ! s'écrie le métis. Regarde qui je te ramène !

– Pas intéressé, riposte-t-il en donnant une impulsion sur la queue de billard.

Plusieurs boules s'entrechoquent avant de s'éparpiller aux quatre coins de la table. Plusieurs rentrent dans les différents trous. Sa prouesse est accueillie par une salve de sifflements impressionnés. Neal sourit sans décrocher ses yeux du billard. Quant à Nina, elle me dévisage, un rictus de faux-cul aux lèvres que je lui rends avant qu'elle disparaisse dans le couloir.

– OK, pas de souci, réplique mon ange protecteur. On va faire plus ample connaissance alors. Tu t'appelles comment, ma jolie ?

– Lilou.

– Et moi, Noah.

La tête de Neal pivote dans ma direction. Il se redresse en laissant tomber la queue du billard. Le sourire qui se dessine jusqu'à ses oreilles fait battre plus fort, plus vite mon cœur. *Il est beau à se damner !* Puis il arque un sourcil peu appréciateur envers son pote.

– McKellen. Enlève tes sales pattes de ma nana.

Il s'exécute en se marrant tandis que les autres gars me scrutent avec curiosité.

– N'oublie pas que tu me dois 20 dollars.

– Estime-toi plutôt heureux que j'épargne ta belle gueule.

Un rire rauque jaillit d'entre les lèvres de Noah.

– Je vais te laisser le croire. À la prochaine, Lilou !

– Oui. Et merci à toi d'avoir été mon ange protecteur !

Il part en m'adressant un clin d'œil. Je soupire de bien-être en sentant les bras de Neal m'enlacer pour me presser tout contre lui. Je respire son odeur telle une junkie tandis qu'il fond sur mes lèvres pour un baiser enflammé, puis il passe ses doigts dans ma chevelure pour y enfouir son nez.

– Tu m'as manqué, bordel ! m'avoue-t-il.

– Toi aussi.

– Je ne pensais te voir que demain matin.

– Je n'ai pas pu attendre.

Ma révélation lui arrache un grognement avant de m'embrasser avec passion.

– Neal ! Qu'est-ce que tu fous *bordel ?* râle un joueur.

– Continuez sans moi. J'ai beaucoup mieux à faire !

Il me prend la main et m'entraîne dans un endroit plus calme. Il sort une clé de sa poche et ouvre la porte d'un bureau qui nous permet de nous isoler du brouhaha ambiant.

– Alors ce concert de Pearl Jam ?

– Génial ! C'était intense à vivre. J'ai vraiment adoré !

Je m'assois sur le bureau tandis qu'il se cale entre mes cuisses en souriant.

– Et t'as pensé quoi de Seattle ?

– Belle ville ! Immense même. Heureusement que ma tante la connaissait si bien. J'ai passé un super séjour. Et cerise sur le gâteau ! Dana m'a annoncé qu'Erik allait devoir bientôt répondre de ses actes devant un tribunal. Il risque au minimum quinze ans de prison.

– C'est une excellente nouvelle ! Il faut mettre ce genre de pourriture sous les verrous.

– Oui, il faut qu'il paye et que justice soit rendue ! Bon, et toi ? l'interrogé-je alors qu'il butine mon cou de baisers brûlants.

– Quoi moi ?

Sa voix rauque provoque mon gémissement. Il aurait bien aimé nous accompagner, mais avec Matt, ils bossent dur pour compléter leur dossier d'admission dans un cabinet de la haute finance à New York.

– Vous avez avancé comme vous le vouliez ?

– Ouais. Bien plus qu'on ne l'avait imaginé. Et Matt est parvenu à entrer en contact avec un responsable du cabinet qu'on convoite.

– Oh, mais c'est génial ! m'écrié-je, folle de joie pour eux.

– M-mh, grommelle-t-il en faufilant ses mains sous mon pull pour dégrafer mon soutif. Mais là tout de suite, je m'en tape.

Mon gloussement meurt à l'instant où sa bouche happe la pointe durcie de mon sein. Mes doigts glissent dans sa tignasse désordonnée en fermant les paupières. Je me laisse transporter par toutes les sensations fortes de notre alchimie.

– Tu m'as rendu fou avec tes photos.

– C'était le but.

J'esquisse un bref sourire d'avoir joué les allumeuses en lui envoyant des clichés de moi dans des positions lascives alors que des milliers de kilomètres nous séparaient. Dès que j'ouvre les yeux, je découvre une lueur indomptable dans les siens. Nos regards s'accrochent. Ne se lâchent plus, comme aimantés, comme subjugués.

– Tu aimes jouer, alors à mon tour, grogne-t-il d'une voix autoritaire. Je vais te baiser, ma beauté. Vite et fort.

Rien qu'à ces quelques mots chuchotés à mon oreille, j'entrouvre les lèvres afin de faciliter ma respiration, devenue saccadée avec l'envie de croiser les jambes pour me soulager.

– Tourne-toi, les mains à plat sur le bureau.

Après m'être exécutée avec une docilité qui me surprend, il retrousse ma jupe d'un mouvement vif et impatient. Il abaisse avec lenteur ma petite culotte jusqu'à mes chevilles afin que je prenne conscience de chacun de ses gestes dominateurs et implacables. Ses dents qui mordillent mes cuisses rendent ma peau ultrasensible. Il soulève chacun de mes pieds pour la faire disparaître dans la poche de son jean. Je geins en cambrant le dos, réceptive à son toucher et avide de ses caresses. Sa main sur ma fesse qu'il malaxe jusqu'à ressentir une pointe de douleur décuple mon excitation. Il écarte mes jambes à l'aide de son genou puis agrippe ma nuque pour m'embrasser à pleine bouche. Il ne me demande pas la permission, il exige, et je ne proteste pas. Bordel, je suis prise au piège de mon propre désir. Il s'affaire à faire coulisser la braguette de son jean en enfilant un préservatif. Rien que le bruit déclenche ce besoin impérieux de le sentir en moi, un besoin qu'il me possède et de m'abandonner à lui.

Nos lèvres se quittent, nos regards s'entrecroisent. Ses pupilles dilatées par un désir sauvage m'enivrent au point que mes doigts glissent vers mon sexe pour libérer cette pression.

– Les mains sur le bureau ! gronde-t-il.

– Neal...

Il agrippe mes hanches et s'enfonce brusquement en moi jusqu'à la garde. Je pousse un bref cri de douleur mêlé à un plaisir fiévreux. Il me soulève pour se donner un meilleur angle de pénétration. Le claquement répété de mes fesses qui cognent contre son bassin s'intensifie sous son assaut. Il ne m'épargne pas. C'est brutal, passionné et j'adore ça ! Je ferme les yeux pour savourer ce moment et gémis fort lorsqu'il pince mon clitoris. Il adoucit cette torture par une caresse circulaire et maîtrisée tandis que ses doigts autour de ma gorge m'offrent un accès libre à son bras. Mes dents s'y plantent et le râle guttural qui s'échappe du fond de sa poitrine me fait jouir. Encore shootée par l'orgasme, je me laisse faire quand il me retourne face à lui, puis il m'ordonne de sa voix éraillée :

– Accroche-toi à moi !

Assise sur le bureau, je noue mes mains autour de sa nuque. Il plonge en moi avec une ardeur renouvelée et, sous ses assauts implacables, j'ai l'impression de me désagréger dans un océan de félicité.

– Oh putain, c'est trop bon ! me déclare-t-il en suçant la peau de mon cou tout en jouissant.

Le silence s'invite pour nous laisser le temps de reprendre nos esprits.

– Continue à me provoquer, je ne m'en lasserai jamais, me confie-t-il d'une voix altérée.

Sur ce coup, moi non plus. C'est une facette de ma personnalité que je découvre avec délectation. Neal me transforme en femme épanouie, assumant pleinement ma sexualité.

Il me sublime.

Il dépose un baiser sur mes lèvres, puis jette le préservatif dans la petite poubelle. Quant à moi, je suis trop heureuse d'être assise, car je ne suis pas certaine de tenir sur mes pieds. Il sort de sa poche mon tanga et me l'enfile en laissant le bout de ses doigts effleurer toute la longueur de mes jambes, recouvertes de bas foncés, en une tendre caresse. Sa sensualité me subjugue et envoie une douce chaleur dans tout mon corps.

Lorsqu'il arrive à la hauteur de mes fesses, il les empoigne et me colle contre son torse.

– Tu me rends vraiment dingue. Tu t'en rends compte au moins ?

– Tu me l'as prouvé, lui susurré-je, d'humeur espiègle. Moins de cinq minutes, mon mignon, tu m'as habituée à beaucoup mieux.

Il m'adresse un sourire qui est l'incarnation de l'insolence.

– C'est à peine le temps qu'il t'a fallu pour jouir, mon ange. Je n'ai fait que m'adapter.

J'éclate de rire.

– Quel enfoiré prétentieux !

– À ton service, se marre-t-il en m'observant comme si ma simple vue le rendait heureux. On peut aussi rentrer à l'appart et prendre tout notre temps.

– Pas question ! C'est ma première soirée dans une fraternité et j'ai bien l'intention d'en profiter.

Dès que mes pieds touchent le sol, je remets mes vêtements en place. Je scrute mon homme en souriant alors que les traits de son visage se creusent d'inquiétude.

– J'y suis allé un peu fort ?

– Oui, mais j'ai adoré ! lui réponds-je avec entrain en l'embrassant.

Il libère un grognement plein de satisfaction.

– On est deux alors ! Hâte de remettre ça.

– Et si en attendant, tu m'offrais un verre ?

– Où sont mes bonnes manières ?!

Il attrape ma main en emportant mon gloussement dans son sillage.

Une fois dans la cuisine, qui est envahie de monde et d'éclats de rire, il agit comme s'il était chez lui. Dans son élément. Il verse un liquide ambré dans un shot, puis me le tend.

– Avale ça cul sec.

Je m'exécute et grimace en écarquillant les yeux, puis je tire la langue pour alléger cette brûlure qui se propage jusque dans mon œsophage.

– Pfoua, c'est fort ! Qu'est-ce que c'est ?

– Du Jack Daniels.

– C'est dégueu !

– C'est ma boisson préférée et je crève d'envie de connaître son goût dans ta bouche et sur tes lèvres.

Il tire sur ma queue-de-cheval, penche mon visage en arrière et s'enivre de notre baiser.

– T'es devenu ma boisson préférée, déclare-t-il comme s'il était shooté à la bonne humeur.

Je pouffe en tapant ma main sur son torse.

– Quel baratineur !

– Ah vous voilà ! nous surprend Matt. Vous étiez où ?

– Dans le bureau de Boyd, lui répond Neal.

– Qu'est-ce que vous foutiez dans...

Il jette un rapide coup d'œil à mon cou.

– Non, laisse tomber, je ne veux rien savoir ! Alors ce concert ? lance-t-il en me scrutant.

Je lui répète la même chose qu'expliquée à Neal. Le sourire aux lèvres après mon récit, il m'entraîne sur la piste de danse pour fêter ça.

On se déhanche, on secoue nos têtes comme si nous étions possédés, puis on improvise une chorégraphie qui récolte l'approbation du public. *Je m'éclate !*

– Au fait, félicitations pour être en contact avec l'un des associés du cabinet que vous convoitez à New York !

Il esquisse un rictus plein de satisfaction.

– Il est intéressé par notre parcours. Deux ans qu'on ne lâche rien ! Si on termine notre année en beauté, il nous prend en stage.

– Vous allez l'avoir ! Aucun doute ! assuré-je avec détermination.

– On fera tout pour !

Sa tête pivote vers une fille aux longues jambes qui passent à ses côtés en lui lançant un regard sulfureux. On continue à danser, mais je sens bien que je l'ai perdu. Je le bouscule d'un coup d'épaule et lui annonce en riant :

– Qu'est-ce que t'attends ?

– Tu parles de quoi ?

Je lui fais de gros yeux et lui montre du doigt l'intéressée.

– Tu veux que je te fasse un dessin ?

– Tu penses qu'elle aimera bien le bureau de Boyd ?

Son humour récolte mon hilarité. Il m'embrasse sur la tempe avant de fondre sur sa proie. Je scanne la salle d'un regard à la recherche de Neal que je finis par repérer, occupé à discuter avec plusieurs gars.

– Lilou !

Je me retourne vers la voix suave de Nina. *Génial !* Je n'avais aucune envie de lui parler. Je la contemple avancer vers moi et dois reconnaître que c'est une belle femme avec sa longue chevelure auburn et ses magnifiques yeux noisette.

– Tu es revenue de Seattle ! C'était comment ?

– Super ! Je me suis bien amusée.

– Tant mieux. Par contre, tu as manqué à Neal. Mais au final, on s'est bien éclatés nous aussi.

Elle insinue quoi là ?! m'agacé-je.

– OK. Balance ce que tu as me dire !

Elle soupire comme si elle regrettait déjà sa confession.

– Fais gaffe. Je t'aime bien et tu sembles être une gentille fille, mais je préfère te mettre en garde. Neal aime s'amuser d'une manière que tu aurais du mal à comprendre.

Je la dévisage avec indifférence alors que je rêve d'effacer le sourire de garce sur ses lèvres.

– Oh ! Tu parles certainement de votre partie de jambes en l'air à tous les trois et que tu voudrais réitérer. Mais tu connais Neal, il *se* lasse très vite de la fille. Mais apparemment, je suis une exception !

J'esquisse un sourire, un brin connasse.

– On en reparlera, *little girl.* Tu es encore si jeune et si inexpérimentée.

– Nina, riposté-je d'un ton sec. Les salopes dans ton genre, ce n'est que pour un temps. Les mecs ne s'y attachent pas. Tu devrais le savoir, non ? Même la *little girl* inexpérimentée que je suis, le sais.

Abasourdie par mes propos, elle plie un bras sous son sein puis, de l'autre main, elle porte son verre jusqu'à ses lèvres tout en se forçant à me sourire.

– Ils t'ont appris la grande nouvelle ? riposte-t-elle avec dédain. L'année prochaine, ils seront à New York. Mais toi, tu seras où ? glousse-t-elle. Ce n'est que pour un temps pour toi aussi, ma jolie.

Elle est en train de jouer avec mes craintes. *Hors de question de la laisser faire !*

– Comme si tu étais au courant de tout ! lui réponds-je d'un ton assuré.

– J'en sais bien assez. Ah, au fait ! J'ai une petite surprise pour toi. L'année prochaine, je pars à New York moi aussi.

Je secoue la tête, plus amusée qu'autre chose, puis regarde par-dessus son épaule et découvre que Neal nous observe. Il a le front plissé par l'inquiétude. Je le rassure d'un sourire et notre alchimie fait le reste. Ses iris se voilent de tendresse et de désir. D'un signe de son index, il me signale de le rejoindre. Impossible de demeurer loin l'un de l'autre plus longtemps.

Nina ne rate rien du spectacle. Il est temps pour moi de la quitter en ayant le dernier mot.

– Il ne te contemplera jamais de cette manière. Pathétique, non ?

À peine arrivé-je à sa hauteur qu'il déploie ses bras pour m'enlacer.

– Vous êtes devenues copines toutes les deux ? se gausse-t-il.

– Aucune chance ! raillé-je, provoquant son rire. Tu es conscient qu'elle est à fond sur toi ?

Il opine de la tête en empoignant mes fesses pour me coller contre lui. Aucun doute sur la bosse qui déforme son jean.

– Ouais, mais rien à foutre !

Je lui souris, mais n'empêche, je ne suis pas pressée que ses études se terminent et qu'on soit séparés par des milliers de kilomètres. Quatre jours étaient déjà suffisamment longs, mais une année…

– Je prendrais bien un autre Jack Daniels !

– Une femme selon mon cœur.

Je ris et décide de profiter de nos retrouvailles. Uniquement de l'instant présent.

Chapitre 28

Point de vue de Neal

Je conduis jusqu'à Breckenridge dans le Colorado pour l'anniversaire de ma mère. Si je suis détendu, ce n'est pas le cas de Lilou qui est en mode panique à l'idée de ne pas lui faire bonne impression. Pour preuve, son pied tape la mesure sur le sol de la voiture.

– Arrête de stresser, ils vont t'adorer ! lui affirmé-je en laissant mes doigts vagabonder sur sa cuisse.

– Tu as dit à ta mère que j'avais un foutu caractère ! Je dois le prendre comment d'après toi ?!

J'ai envie de me marrer, mais je sens bien que ce n'est pas le moment.

– Nan. J'ai juste dit que tu étais une femme de caractère. Tu sais me tenir tête, c'est ce que je préfère chez toi.

Elle arque un sourcil, peu encline à le croire.

– Le sexe encore plus. Mais je ne peux pas tout dévoiler, rigolé-je.

Elle lève les yeux au ciel, alors que son sourire ne me trompe pas.

– En même temps, tu me cherches sans cesse. Je ne fais que me défendre ! marmonne-t-elle.

Cette nana m'éclate ! Impossible de m'ennuyer avec elle.

– Heureusement que j'aime aussi ta mauvaise foi, me poilé-je.

– Et moi, je t'aime tout court.

J'ai un temps d'arrêt.

– Quoi ? m'enquiers-je alors que j'ai parfaitement compris.

– Je t'aime, me répète-t-elle, un léger sourire aux lèvres.

Ces trois petits mots puissants et dévastateurs me percutent et s'infiltrent en moi. Je lui permets de m'atteindre parce que je suis fou d'elle. Les secondes s'égrènent dans un silence étrange. Je ne m'y attendais pas. Enfin si, mais pas comme ça. Depuis que je la connais, elle ne cesse de me surprendre ! Je tourne brusquement sur ma droite et emprunte un chemin escarpé, perdu en pleine nature. Je coupe le moteur et mes doigts se nouent instinctivement aux siens avant que nos regards se croisent. Je veux qu'elle y découvre toute la lueur d'adoration que je lui porte.

– Viens par-là, mon ange, lui déclaré-je d'une voix rauque.

Dès qu'elle s'assoit à califourchon sur mes genoux, j'enveloppe son visage entre mes mains et m'empare de ses lèvres en un baiser possessif et passionné. Elle est l'oxygène dont j'ai besoin. Ouais, c'est exactement ça ! Je ne me suis jamais senti aussi bien qu'avec elle à mes côtés. C'est à mon tour de me livrer. Je pose mon front contre le sien et lui déballe mon passé. Un passé dont je ne parle jamais.

– Ma mère a rencontré mon géniteur au lycée. D'après elle, c'était un coup de foudre. Elle n'avait aucune envie d'entamer des études, son seul désir était celui de fonder une famille et d'être une femme au foyer, aimante. Ce salaud était d'accord, du moins au début. Il n'a eu aucun scrupule à l'abandonner à huit mois de grossesse.

Ses yeux s'écarquillent d'horreur.

– Ouais. Il s'est volatilisé comme un putain de lâche, et personne ne l'a jamais revu !

La haine dans ma voix gronde dans l'habitacle. Elle serre sa main en représailles et ça m'apaise aussitôt.

– Je sens que je vais l'adorer… Ta mère, je veux dire !

La conviction dans son ton me donne envie de sourire. Ce qui est loin d'être gagné quand j'aborde ce sujet.

– À 18 ans, elle a dû assumer un accouchement seule, faisant fi de son chagrin.

– 18 ans, répète-t-elle avec lenteur.

Un éclat de compréhension traverse ses iris. Elle semble souffrir pour moi. Comme si elle se sentait concernée.

– Je comprends mieux pourquoi tu ne voulais pas t'engager avec moi.

J'étais obsédé par toi. Mais ton âge m'a foutu la trouille. J'avais peur de reproduire le même schéma que lui. D'être comme lui. Mais ça, tu le savais déjà.

Elle acquiesce d'un signe de la tête.

– Ça a failli être ma plus grosse connerie.

– Mais tu ne l'as pas faite.

– Parce que j'étais incapable de résister. De rester longtemps loin de toi.

Ses doigts glissent dans mes cheveux, puis s'enfoncent dans mon crâne, marquant son excès de sensibilité, alors que son baiser exprime toute la passion de notre lien. Un lien qui me rend bien plus fort que je ne l'aurais cru.

– Après son accouchement, ma mère a fait une sacrée dépression. Ce sont mes grands-parents qui m'ont élevé pendant ma première année. Et puis elle a rencontré Vince. Il lui a donné l'envie d'aimer à nouveau. Elle était serveuse chez Joe's à l'époque et il venait tous les jours prendre son petit-déjeuner pour la voir et, à chaque occasion, il lui proposait un rendez-vous. Et tu sais après combien de temps elle a enfin accepté ?

Captivée par mon récit, elle secoue la tête.

– Après un an ! Un an de patience pour qu'elle se révèle chaque jour un peu plus à lui. Qu'elle réapprenne à flirter, à se faire désirer et à lui avouer qu'elle avait un enfant de 5 ans et qu'une simple aventure ne l'intéressait pas. Dès leur premier rendez-vous, ils ne se sont plus quittés et on a fini par vivre avec lui.

Elle sourit, les yeux emplis d'émotion.

– Quand il a épousé ma mère, il a pris soin de changer mon nom de famille aussi. Vince est un putain de héros ! Je l'ai toujours considéré comme mon paternel.

Pourtant, je ne l'ai jamais appelé papa. Enfant, j'ai toujours eu cette peur panique qu'il disparaisse, à son tour, de nos vies, alors que toutes ces années écoulées m'ont prouvé le contraire. J'ai failli plus d'une fois le faire, mais l'adolescence n'était pas la bonne période pour moi. J'étais trop mal dans mes basques et trop maladroit avec mes émotions et sentiments. Mais maintenant...

– Je suis impatiente de les rencontrer ! me coupe-t-elle dans ma réflexion.

J'esquisse un sourire espiègle.

– Tu vois, tu n'as plus aucune raison de stresser.

– Maintenant, oui, glousse-t-elle. Merci d'avoir partagé ton passé avec moi.

– J'aurais dû le faire plus tôt.

– Tu devais te sentir prêt... Je comprends mieux pourquoi tu refusais de t'impliquer avec moi. Mais tu n'es pas un lâche comme lui.

La p'tite maligne. Elle pige vite.

Je lui décoche mon sourire de voyou qu'elle affectionne tant. Mais à l'intérieur de ma poitrine mes sentiments s'emballent. Ça cogne fort.

– J'ai fini par le comprendre. Mais ça ne m'a pas empêché de te blesser.

Elle acquiesce d'un signe de tête, mais me console par un éblouissant sourire.

– Je ferai tout pour que ça ne se reproduise pas.

– J'ai confiance en toi, mon mignon.

Sa note de légèreté dans son ton déclenche mon éclat de rire. Je ris ! Alors que parler de mon passé est loin d'être mon passe-temps favori.

***

À peine sommes-nous garés dans l'allée que ma mère fait son apparition sur le perron. Elle s'approche de la voiture en n'ayant d'yeux que pour Lilou.

– C'est ta mère ?

– Yep.

– Tu lui ressembles.

– Tu trouves ?

Elle se retourne vers moi en affichant une moue espiègle.

– Vous avez le même sourire ! Je l'apprécie déjà.

Je ris, puis agrippe sa nuque pour la pencher vers moi et l'embrasser sur la tempe.

– Je préfère te prévenir qu'elle est du genre démonstratif !

– Ça me changera de mes parents, rigole-t-elle.

Ma mère ouvre la portière, côté passager.

– Bienvenue à la maison, Lilou !

Dès qu'elle sort de la voiture, elle est accueillie par une étreinte qui déclenche son gloussement.

– Je suis heureuse de vous rencontrer !

– Appelle-moi Anna. Et tout le monde se tutoie ici !

– Lâche-la, tu vas l'étouffer ! déclaré-je en faisant le tour de ma Mustang pour m'avancer vers elle.

On échange un sourire complice avant qu'elle prenne ma tête entre ses mains pour m'embrasser sur la joue.

– Quel bonheur de te revoir !

– Bonheur partagé, maman.

J'attrape la main de Lilou et enlace nos doigts, un geste qui ne lui échappe pas. Son visage rayonne tellement fort que je l'imagine déjà se faire un film sur une potentielle progéniture. Il est temps que j'arrête son délire.

– Tu nous invites à entrer ?

– Faites comme chez vous ! s'enthousiasme-t-elle en se décalant sur le côté.

Sans crier gare, une voix de crécelle me déchire les tympans.

– Neeeaaaal ! T'es enfin là !

Ma frangine fonce droit sur moi pour me sauter au cou. Je me prépare à l'impact en mettant un pied en arrière pour ne pas retomber sur mon cul et enveloppe son corps filiforme. Je lui pince la taille affectueusement.

– T'aurais pas un peu grossi, toi ? la taquiné-je.

Elle me tape sur l'épaule en éclatant de rire.

– Si. Un petit peu.

– Ne va pas lui mettre de fausses idées en tête ! s'emballe notre mère en mode agacé. Elle fait déjà beaucoup trop attention à ce qu'elle mange.

– Si tu la bourres de légumes comme pour moi à Noël, ça ne risque pas de poser de gros problèmes, me marré-je.

Kate porte une main devant sa bouche pour glousser de plaisir alors que maman lève les yeux au ciel et enchaîne :

– Elle a craqué sur un joueur de foot de son lycée. Il est du genre à aimer les brindilles.

– Maman ! râle ma sœur. J'ai assez de papa !

– Kate ! me révolté-je, choqué. T'es beaucoup trop jeune pour penser aux mecs !

– Eh bien voilà ! Qu'est-ce que je disais ?! On croirait entendre papa ! soupire-t-elle d'un ton blasé en se décrochant de mon étreinte. Je vais bientôt avoir 16 ans. C'est carrément de mon âge !

– OK, laisse-moi d'abord avoir une explication avec ton gars ! grondé-je. Et on en reparle ensuite ?

– Jamais de la vie ! s'indigne-t-elle en croisant les bras sur sa poitrine.

– Réaction excessive et typique des grands frères ! intervient ma nana en s'esclaffant. J'ai le même à la maison !

Le regard de Kate pétille de malice lorsqu'elle se rappelle sa présence.

– Tu dois être Lilou ! Enfin on te rencontre !

Elle acquiesce d'un signe de la tête, tout sourire.

– Et toi, tu es Kate ! La sœur de l'homme des cavernes qui me sert accessoirement de petit copain.

Ma famille laisse éclater son hilarité. Bon OK, je l'ai cherché ! J'enlace sa taille pour la presser contre moi.

– Mea culpa, ma belle.

– C'est vrai que t'es super jolie ! renchérit Kate.

– Comme si j'avais l'habitude de me taper des moches !

Sur ce coup-là, je suis le seul à me marrer.

– Oh la la, frérot ! L'amour te rend con !

Rien de mieux que la spontanéité de sa frangine ! Elle récolte un éclat de rire chez Lilou et un mécontentement chez notre mère.

– Kate. Surveille ton langage !

– Ah vous voilà ! nous surprend mon paternel en passant la porte d'entrée. Bonjour, fils !

– Salut, Vince !

Sa paluche agrippe ma nuque pour m'étreindre, puis il se recule et dévoile un large sourire sous sa barbe en découvrant ma beauté. Il la fixe avec intensité avant de la presser dans ses gros bras sans préambule.

– Bienvenue dans la famille, ma jolie !

– Merci !

Rougissant jusqu'aux oreilles, son bredouillement est accompagné par un sourire sincère. Tous les trois la dévisagent avec bonne humeur avant de s'engouffrer dans la baraque. *Putain, je suis trop fan de ma famille !*

– Il impressionne, hein !

– Ta famille est géniale !

Elle reste songeuse un long moment.

– Vince est un homme qui sait prendre soin de sa famille. Ça se sent tout de suite !

– Bien vu ! Et ça, tu l'as vu venir ?

Je l'embrasse à pleine bouche. Ses lèvres, je ne m'en lasse pas ! Ça a même tendance à me rendre dur. Elle le devine direct et me repousse en pouffant.

– Ce n'est pas le moment !

– C'est *toujours* le moment. Ma piaule est à l'étage. Je te fais visiter ?

– Ah Neal ! intervient Kate en apparaissant devant la porte d'entrée. Maman dit que tu dois monter les valises dans ta chambre.

– On ne dort pas dans celle d'amis ?

– Nan. Elle est réservée à grand-père.

– Adieu au lit double, soupiré-je, déçu.

– Attends de voir ta chambre ! se réjouit-elle.

Je fixe ma nana et fais danser mes sourcils de manière suggestive.

– Tu me donnes un coup de main ?

– Beurk ! grimace Kate. Dégueu ! Viens, Lilou. Je vais te présenter au reste de la famille !

Elle attrape son poignet et l'entraîne à l'intérieur. On échange un regard complice avant qu'elle disparaisse. *Ils l'ont déjà adoptée !*

Un sourire flotte sur mes lèvres quand je m'empare des deux valises et me rends dans ma piaule. Je fixe mon pieu d'un air interdit avant de piger qu'il a été remplacé par un lit double. *Bien joué, maman !* Ma bonne humeur me quitte dès que Samantha m'interpelle à l'encadrement de la porte.

– C'est sympa de te revoir !

– Qu'est-ce que tu fous là ?!

– T'as une copine, il paraît. Et ça te rend si grognon que ça ?!

J'expulse un soupir d'agacement.

– Ce n'est pas elle le problème.

Son rire sonne faux.

– Nos mères s'entendent bien. On ferait bien d'en faire autant. Tu ne penses pas ?

– Juste un salut m'aurait suffi. C'est chose faite. Maintenant, tire-toi !

Elle secoue la tête comme si ma réaction l'amusait, mais ce n'est que du cinéma. On a baisé une seule fois à une fête, il y a trois ans, et c'est à peine si je m'en souviens. Elle s'attendait à plus. Moi pas.

– Sam, que fais-tu dans la chambre de mon fils ? s'enquiert ma mère d'un ton brusque.

– Je le salue.

Son expression sévère la fait déguerpir. *Bon débarras !* Ma mère secoue la tête, atterrée. Dès que Samantha a compris que je n'en avais rien à foutre de sa gueule, elle a été pleurer dans les jupons de nos mères respectives. Elle était soi-disant vierge et pensait que j'étais le bon, d'où mon comportement de salaud avec elle. Je déteste cette nana d'avoir utilisé ma mère pour me toucher, et elle a failli briser une amitié vieille de vingt-cinq ans. Mais ma mère avait suffisamment foi en moi pour ne pas la croire. Quant à la sienne, il a fallu que sa fille s'affiche rapidement avec un autre gars pour qu'en fin de compte, elle laisse couler.

Pas question qu'elle entache sa fête d'anniversaire. J'avale la distance entre nous pour la prendre dans mes bras et pose ma bouche sur sa tempe.

– Merci pour le lit. T'es la meilleure !

Elle hausse les épaules en souriant.

– Ça m'a paru évident, confesse-t-elle avant de plonger son regard dans le mien. Lilou me plaît beaucoup.

– C'est parce qu'elle me tient tête, rigolé-je.

– Si ça n'avait pas été le cas, tu ne te serais jamais intéressé à elle.

– Elle est trop bonne pour que je ne m'intéresse pas à elle.

– Neal ! éclate-t-elle de rire. Épargne les oreilles de ta pauvre mère ! Elle me plaît parce qu'elle dégage de la maturité.

J'acquiesce d'un signe de tête. Je garde pour moi l'histoire avec son prof. Je ne suis pas certain qu'elle se sentirait à l'aise sachant ma mère au courant.

– Avec ses parents, c'est plutôt conflictuel. On peut dire que ça l'a endurcie.

Elle pince ses lèvres de regret. La connaissant, elle va vouloir la prendre sous son aile. Je secoue la tête amusé et ouvre la tirette de ma valise pour en extraire une boîte cadeau.

– Bon anniversaire, maman !

Elle s'en empare en m'embrassant sur la joue au passage. L'écrin enfin ouvert, elle contemple le médaillon d'un air émerveillé.

– Tu l'as retrouvé !

– Non. C'est une copie.

– Comment ? m'interroge-t-elle, les yeux humides.

– Il y avait plusieurs photos de granny avec le médaillon au cou. C'est le bijoutier qui a fait tout le boulot.

– Une magnifique réalisation. On dirait que c'est lui, déclare-t-elle en le caressant du doigt avec adoration.

Un bijou de famille dont elle avait hérité à la mort de sa mère, mais qu'elle a perdu il y a quelques années. Elle ouvre le médaillon et découvre une photo de nous quatre au Noël dernier. Elle renifle avant de s'essuyer les yeux. Elle enfouit sa tête contre mon torse en passant ses bras autour de ma taille.

– Merci, mon cœur.

Après avoir eu son plein de câlins, elle se détache de notre étreinte et me demande :

– Tu me l'accroches ?

Elle dégage sa nuque et je m'exécute. Elle enveloppe le bijou de ses doigts et me confie en affichant un sourire radieux que je lui rends :

– Celui-là, il ne me quittera plus jamais.

Chapitre 29

Vince aide oncle Bob à s'asseoir sur un des transats à l'extérieur. Il est à peine 13 h et il est déjà bourré. Me poilant, je chope la pince qu'il tient entre ses doigts et prends la relève pour la cuisson de la bouffe qui grille sur le barbecue. Le temps est doux pour ce mois d'avril et il y a un magnifique soleil qui a donné l'envie à mes parents de sortir les meubles de jardin.

– Merci pour ton initiative, fiston ! m'annonce Vince en pressant affectueusement ma nuque. On a besoin de moi en cuisine pour la Sangria.

Je le remercie d'un sourire pour avoir pris tout en main et ainsi laisser maman profiter de sa journée. Je le regarde disparaître dans la baraque et repère aussitôt ma nana qui discute avec plusieurs de mes cousines en se marrant.

– Je ne pense pas que les saucisses brûlées soient au goût de ma fille, déclare mon grand-père d'un ton badin.

Je reporte mon attention sur lui et rehausse le coin de mes lèvres.

– Tout le monde est soûl, personne ne s'en rendra compte ! répliqué-je en m'occupant des grillades.

Il rit, puis regarde à l'intérieur.

– En même temps, la vue est beaucoup plus jolie d'ici.

– Carrément, me marré-je.

– Elle fait l'unanimité. Je suis sûr que ta grand-mère l'aurait appréciée.

– Je pense aussi.

Déjà cinq ans qu'elle nous a quittés après un long combat contre le cancer et il ne s'en remet toujours pas. Ma mère non plus d'ailleurs. Elle était un rayon de soleil pour toute la famille. Toujours le sourire aux lèvres, accompagné de paroles bienveillantes.

– Anna m'a parlé d'un stage à New York après tes études. Tu m'expliques, bonhomme ?

Bonhomme ! Même à 40 ans, il continuera à me surnommer comme ça.

– C'est un cabinet réputé qui gère de gros portefeuilles clients. Un des responsables est intéressé par notre parcours. Avec Matt, on bûche actuellement sur un dossier qu'il nous a confié pour qu'on fasse nos preuves. Si c'est concluant, il nous prend en stage.

– Tu es un homme brillant. Tu sais ce que tu veux et tu es déterminé à l'obtenir. Il n'y a pas de raisons que vous ne soyez pas pris, tente-t-il de me rassurer tout en esquissant un rictus malicieux. Tu me fais penser à moi au même âge.

Je rigole en tournant les épis de maïs sur le côté. Mais n'empêche je me sens flatté par ses mots. Il avait son propre magasin d'électroménager à l'époque, qui était connu dans toute la ville. Quand il a tout vendu pour prendre sa retraite, il en a tiré un joli pactole.

– Et ton amie va vous accompagner à New York ?

C'est un sujet que j'évite pour le moment. Pas envie de me plomber le moral.

– On n'en a pas encore discuté.

Le ton de ma voix lui donne l'indice de laisser tomber le sujet. Une odeur de brûlé titille mes narines.

– Merde ! m'exclamé-en en découvrant une partie des saucisses noircies.

– Laisse-moi m'en occuper, rigole-t-il. On ne peut pas être bon en tout !

– Je ne suis pourtant pas mal dans mon genre.

Un rire chaud et profond rugit du fond de sa gorge. Il me tapote l'épaule.

– Ça fait toujours plaisir de te revoir, mon bonhomme.

– Plaisir partagé, grand-père.

À peine rentré à l'intérieur de la baraque que Vince me hèle. Je lui fais signe de patienter et me dirige vers Lilou qui écoute la vie trépidante de mes grands-tantes, veuves toutes les deux, installées dans les fauteuils du salon. *La pauvre !* Elles sont gentilles, mais chiantes à mourir. Dès qu'elle me remarque, je mime une moue désolée qui provoque son grand sourire. Je vole à son secours en la pressant contre moi. Mon nez s'enfouit dans sa chevelure pour la respirer à pleins poumons. *Elle sent trop bon !*

– Tout va bien ici ? m'enquiers-je.

– Oui, me répond ma beauté en toute décontraction.

Je goûte ses lèvres et y reviens pour le plaisir d'entendre son léger soupir.

– Notre bourreau des cœurs, enfin amoureux ! s'exclame Suzie, l'aînée. Tu en penses quoi, Linda ?

– Ils sont si mignons ! On va la revoir souvent, cette petite. C'est certain !

– Vous pouvez compter dessus, renchéris-je pour le plus grand plaisir de Lilou qui pouffe.

Mes grands-tantes me sourient comme si je faisais d'elles des femmes comblées.

– Nous étions occupées à relater à Lilou notre dernière croisière. Anna t'a raconté ?

– Oui, mens-je pour qu'elle passe à l'essentiel. Vous en avez bien profité au moins ?

– Linda a été malade une partie du séjour ! s'indigne-t-elle. Comment veux-tu qu'on en ait profité ?!

Elles secouent la tête de manière synchro, comme si elles vivaient encore cette mauvaise expérience.

– Rien de grave ?

– Une gastro-entérite, me précise Linda. J'ai perdu quatre kilos.

Elle se lamente !... Elle blague ?! Elle devrait plutôt s'en réjouir, oui. Elle se masse le ventre pour se remettre de ses émotions, certainement. Je sais comment les appâter.

– Je vous sers le repas ?

Leurs yeux s'écarquillent de bonheur.

– Volontiers, mon grand ! s'enthousiasme Suzie tandis que Linda acquiesce vivement de la tête.

– Ma petite, je ne t'ai pas raconté notre séjour au Pérou.

– Plus tard, tante Linda ! J'ai besoin de ma nana pour préparer les assiettes.

– Mais oui, faites donc !

J'attrape sa main et traverse le salon pour rejoindre Vince.

– Désolé de t'infliger un tel supplice.

– Arrête. Ils sont tous adorables ! Sauf une blonde. Sam, je crois.

Je me stoppe et la dévisage, soucieux.

– Elle t'a emmerdée ?

– Pas vraiment. On ne peut pas dire que ma présence l'enchante. Mais Jess l'a remise à sa place. Elle avait de vieux comptes à régler, apparemment.

Son sourire se fane quand elle avise le durcissement de mes traits. Elle prend mon visage entre ses mains.

– Je m'en tape de cette fille, me rassure-t-elle.

Peut-être, mais je tiens à m'expliquer.

– Cette nana était une erreur de parcours.

– On croirait entendre mon frère ! pouffe-t-elle. Neal, tout va bien ! J'ai confiance en toi.

Ouais, eh bien moi, je ne veux plus qu'il y ait le moindre doute dans cette maison. Mes lèvres fondent sur les siennes en un baiser passionné.

– Hé, allez-y mollo, les amoureux ! Il y a des enfants ici !

Je me marre face au ton faussement autoritaire de Jess. Elle est la cousine que je préfère. J'ai beau être plus âgé qu'elle de deux ans, elle m'a toujours tenu tête comme si elle était l'aînée. Elle a un foutu caractère avec un cœur en or.

– Jess, tu tombes bien ! Linda et Suzy ont faim. Tu peux leur apporter leurs repas ?

Elle soupire, peu enchantée par ma demande.

– OK. Je vais m'en occuper.

– T'es un ange !

– Pas si vite, mon coco. Rien n'est gratuit chez moi. Tu es de corvée vaisselle en fin de soirée à ma place !

Elle me décoche un clin d'œil, alors que je secoue la tête, amusé, puis elle se dirige vers l'extérieur. On avance jusqu'à la grande table de la salle à manger où est installé un énorme buffet. Vince s'occupe de disposer la pile d'assiettes pour le service.

– Vous avez cuisiné pour un régiment ! m'écrié-je, bluffé par la diversité de plats proposés. Aux dernières nouvelles, on n'est qu'une vingtaine d'invités.

– Ne t'emballe pas trop vite, fiston. Un traiteur nous a filé un sacré coup de main. Rien n'est trop beau pour ta mère !

Je regarde ma beauté qui semble être sous le charme de mon paternel. C'était couru d'avance !

– Il a tout organisé ! Il refuse que maman lève le moindre petit doigt pour sa fête.

Vince sourit de toutes ses dents alors que Lilou le dévisage en poussant un gémissement énamouré.

– C'était quoi ça ? me poilé-je.

– Tu penses qu'on peut tomber amoureuse deux fois en même temps ?

Son ton taquin provoque notre hilarité. Je l'enlace parce que c'est elle. Parce qu'elle me rend heureux.

– Tu avais besoin de moi ? l'interrogé-je.

– Oui. Il n'y aura pas assez de verres en plastique. Tu peux aller en récupérer dans le garage ?

– OK, je m'en occupe.

– Tu as laissé ton grand-père aux commandes du barbecue ?

– Crois-moi, c'était préférable.

J'emporte son rire avec moi.

– Je peux t'aider ? lui demande Lilou.

– Pas question. Tu es notre invitée.

Je suis trop éloigné maintenant pour les écouter. Je file vers le garage et suis surpris d'y retrouver ma frangine qui chuchote au téléphone avec quelqu'un. J'épie assez longtemps pour comprendre que ça doit être son crush. Elle glousse comme une poule. *C'est mauvais signe !* Elle est à fond sur le mec. Je m'adosse au chambranle de la porte et patiente jusqu'à ce qu'elle me remarque. Dès qu'elle m'aperçoit, elle met un terme à la communication et me toise avec défi.

– Ne t'en mêle pas !

J'avance en silence vers elle et, sans un mot, je la prends dans mes bras pour un instant câlin comme notre mère nous a si bien appris à le faire. Je la tiens jusqu'à ce que son corps se détende.

Elle va avoir 16 ans, Rendall ! Ce n'est plus une gamine. Je le répète suffisamment de fois dans ma tête pour amorcer la discussion.

– Promets-moi de faire attention à toi. Toujours toi d'abord !

Elle me dévisage avec incompréhension.

– Tu ne vas pas me faire la morale ? s'étonne-t-elle.

– Je pourrais, rigolé-je, si c'est ce que tu cherches.

Elle secoue la tête.

– Non. J'ai assez de papa.

En effet, c'est son rôle. Le mien est de la comprendre en la mettant en garde.

– Vous êtes ensemble ?

– Tu vas le dire à papa ?

– Non.

Un silence s'installe que je n'ai pas l'intention de briser. Je la scrute jusqu'à ce qu'elle craque.

– Oui, depuis un mois. Il s'appelle Scotty. Il est gentil, tu sais. Et super beau aussi !

Scotty !... On dirait le nom d'un clébard.

– Et un joueur de foot, ajouté-je.

– Oui. Le quarterback de l'équipe de notre lycée.

Putain de cliché ! Et le clébard a envie de se taper ma frangine… Bordel !

– Promets-moi que… commencé-je avant d'inspirer à fond pour m'exhorter au calme. Pour ta première fois, tu ne t'obligeras à rien.

– Neal ! se scandalise-t-elle, rouge pivoine, en me repoussant.

– Promets-le-moi ! insisté-je.

– C'est super gênant.

– Ça le sera beaucoup plus si je dois m'occuper de ton gars.

On se dévisage et je remporte la partie quand elle soupire, vaincue.

– OK. Promis !

– C'est important pour toi, sœurette.

Elle rabat une mèche de ses cheveux derrière son oreille.

– Je sais. Maman a pris un rendez-vous chez le gyn… enfin bref.

J'acquiesce, satisfait. Connaissant notre mère, elle assure.

– Le gars doit toujours enfiler une capote !

– C'est bon ! Tu me saoules là !

Elle se barre. Comme ça ! Bon, au moins, j'ai joué mon rôle de frangin compréhensif.

Je reviens avec les verres en plastique et les dispose sur le bar du salon. C'est Tom, un super pote de Vince, qui s'est improvisé barman le temps de la journée. On se salue d'un bref signe de tête et je retourne vers ma nana qui est en compagnie de mes parents. Vince a un bras autour de ses épaules et elles se poilent en l'écoutant. Dès que ma mère me repère, elle m'interroge du regard.

– Quoi ? les questionné-je en perdant mon sourire.

– Kate est montée à l'étage comme si elle était perturbée…

– Tout va bien, on a eu une discussion à propos de son copain.

Vu leurs têtes, je viens de plomber l'ambiance. Je me souviens de mon emportement à mon arrivée et tente de me rattraper.

– J'ai été super cool.

Leurs sourcils qui s'arquent de scepticisme me prennent à rebrousse-poil.

– La capote, c'est la base ! Je devais le lui rappeler.

Vince grimace.

– Je ne continuerai pas cette discussion avec vous.

Il se casse.

– Je vais aller voir ta sœur. Je reviens ! intervient ma mère.

Elle m'embrasse sur la joue en souriant et se tire à son tour. Aujourd'hui, j'ai un talent particulier pour faire fuir les personnes que j'aime. Je scrute ma beauté avec le besoin de me justifier.

– Je te jure que cette fois-ci, j'ai été cool.

– Je te crois, pouffe-t-elle.

– Pourquoi tu te marres alors ? l'interrogé-je, un chouia braqué.

– Parce que je te trouve adorable.

Elle dépose un baiser sur ma bouche et ça me calme aussitôt.

– Je ne veux pas qu'elle souffre.

– Je l'avais compris.

Cette fois-ci son baiser est beaucoup plus appuyé et démonstratif.

– Je t'aime, murmuré-je, lèvres contre lèvres. Mais tu le savais déjà.

Voir les émotions intenses qui se reflètent dans son regard est jouissif.

– Je dois avouer que ça reste toujours agréable à entendre, me charrie-t-elle.

J'éclate de rire. *Elle me rend dingue !*

Alors que tous les invités dévorent leurs assiettes, j'enlace nos doigts et l'entraîne au milieu de la piste de danse presque vide. Mon bras s'enroule autour de sa taille et nous bougeons au rythme des notes de la musique soul. Nos corps se pressent, s'épousent et s'harmonisent jusqu'à en oublier le monde qui nous entoure. Ça n'a jamais été aussi bon qu'avec elle. Je pose mes mains sur son cul.

– N'en profite pas trop, râle-t-elle par principe.

Je ne peux pas m'empêcher de la titiller. Ma bouche collée contre son oreille, je lui chuchote ces mots :

– J'adore ton rouge à lèvres. Tu n'imagines pas à quel point je suis excité à l'idée que ta bouche engloutisse et pompe ma q…

– Stop ! se scandalise-t-elle alors que je repère sa respiration saccadée. Garde tes pensées salaces pour toi !

J'éclate de rire. Elle en a autant envie que moi, mais se l'interdit à cause de ma famille.

– Personne ne peut m'entendre, lui susurré-je d'une intonation rauque.

– Et tes mains sur mes fesses, personne ne peut les voir peut-être ?!

Sa rébellion me donne envie de rectifier le tir. Je quitte à regret les formes appétissantes de son postérieur pour enrouler mes bras autour de ses épaules. Mais je n'ai pas dit mon dernier mot.

– Laisse-moi faire un effort de langage…

Je me racle la gorge pour donner plus d'effets à ma déclaration.

– … À peine mon membre brûlant effleurera tes lèvres délicates que j'exploserai de joie et te rendrai la peau encore plus soyeuse qu'elle ne l'est. C'est mieux comme ça ?

Elle balance sa tête en arrière pour rire à gorge déployée. Un geste qui n'échappe pas à ma bouche qui fond sur sa chair à découvert. J'ai une envie subite de l'embarquer dans ma piaule pour continuer ce show en privé. Mais mon œil est attiré par une silhouette proche de nous qui se carapate.

– Maman !

Elle se retourne en me contemplant de son sempiternel sourire… Les yeux humides. Mon instinct protecteur prend le dessus.

– Ça va ?

– Oui. Je ne voulais pas vous déranger.

Quelque chose cloche. Je l'entends à sa voix. Comme si on était connectés, Lilou intervient.

– J'ai soif ! Je vais me chercher un verre.

Cette nana est unique ! Je tends ma main vers ma mère et l'invite à m'accompagner sur un morceau. Elle accepte en posant sa tête sur mon torse et se laisse bercer par les notes de musique, au rythme de mes pas.

– Hé, dis-moi ce qui ne va pas ?

Elle lève ses yeux gris identiques aux miens.

– C'est mon plus bel anniversaire. Vous m'avez tous tant gâtée. Mais toi… Je ne t'ai jamais vu comme ça. Te voir si heureux est un bonheur que je chéris par-dessus tout.

– Tes 41 ans te ramollissent, rigolé-je afin de masquer mon émoi.

Le silence s'invite entre nous. On profite de nos retrouvailles en tête à tête.

– Tu ne seras jamais comme lui, m'avoue-t-elle.

Ça sort d'où ça ! Elle sent mon corps se braquer et se justifie.

– J'ai un peu bu, excuse-moi, mon bébé. J'ai beaucoup repensé à notre discussion à Noël. Je n'aurais jamais cru qu'il pourrait impacter autant ta vie. Tu lui ressembles physiquement, c'est vrai, mais tu es sa meilleure version. Toi, tu es si attentionné et généreux…

Elle agrippe avec force son médaillon.

– … Tu te sacrifierais pour les personnes que tu aimes, je n'ai aucun doute là-dessus. Je suis tellement fière de toi.

Je pose mes lèvres sur son front. Je savais que ma révélation à Noël allait la chambouler. Je m'y étais préparé. Elle ne se rend pas compte que ce jour-là, elle a su vite balayer mes derniers doutes et mes dernières peurs, nés de la haine viscérale contre mon géniteur.

– Hé tout va bien maintenant ! Tu m'as rassuré comme tu l'as toujours fait. Grâce à toi, j'ai eu le déclic qui me fallait. T'es fantastique. Tu t'en rends compte au moins ?

Elle sanglote – de reconnaissance, j'espère ! Alors je passe mes mains dans son dos en signe de consolation et de tendresse.

– Merci, mon bébé, me confie-t-elle.

Une main claque sur mon épaule. Ma tête pivote pour croiser le regard protecteur de Vince. Il m'adresse un clin d'œil de connivence et m'annonce :

– Je vais te remplacer, fiston.

– OK, prends soin d'elle, papa.

Leur air choqué vaut tout l'or du monde. En même temps, c'est la première fois que je l'appelle comme ça. Ma mère et ma nana me rendent plutôt sentimental ! Et c'est venu si naturellement que je me demande pourquoi je n'ai pas osé le faire plus tôt. L'intensité de son regard est à l'image de l'émotion qu'il ressent. Je lui ai coupé le sifflet. Un événement pourtant rare.

Je leur souris et, une fois leurs corps réunis, j'ai besoin de retrouver ma beauté que je découvre en compagnie de Jess. Comme si elle me comprenait, elle enlace nos doigts et ce contact m'apaise.

– Anna va bien ?

– Yep. Sa fête la rend émotive.

– Ta mère a toujours été super émotive, nous confie Jess avec tendresse. On l'adore !

J'acquiesce d'un signe de tête, puis balance :

– Bon, je crève la dalle !

– Je ne te conseille pas les saucisses, m'annonce Jess. Grand-père a foiré la cuisson !

Je me bidonne comme un fou sans que les filles comprennent pourquoi.

– T'as fumé ? s'enquiert ma cousine.

– Non.

– T'es bizarre…

Cette journée est si riche en révélations, mais maintenant tout est à sa place.

– C'est parce que je suis un putain d'homme heureux !

– On en reparlera après ta corvée de vaisselle, souligne Jess.

– Ouais. Mais avant j'ai quelque chose de plus intéressant à faire.

Elle lève un sourcil narquois.

– Sans blague !

On se marre de concert, puis j'échange un regard complice avec Lilou qui me dit tout ce que j'ai besoin de savoir. Je l'entraîne jusque dans ma piaule avec le besoin urgent d'être en elle.

Chapitre 30

Point de vue de Lilou

Réveillée avant l'alarme, je ne parviens pas à me rendormir. J'ouvre les yeux en me demandant pour quelle raison mes vieux tiennent tant à me voir aujourd'hui. Ils ne m'ont donné aucune explication. Même Matt est revenu bredouille de sa chasse à l'info. Je n'aime pas ça et me sens sur mes gardes, alors que depuis un mois, depuis la fête d'anniversaire d'Anna, je vis un rêve éveillé. Je bosse toujours autant mes cours. Mais tout mon temps libre, je le passe avec Neal. D'ailleurs, sa chambre est presque devenue la mienne. Mia est loin de s'en formaliser puisqu'elle file, elle aussi, le parfait amour avec Sam.

Je soupire en tentant de comprendre. *Et si c'était à cause de Chris ?* Il y a deux semaines, il a lourdement insisté pour qu'on réitère notre manège du faux couple. J'ai refusé, plus déterminée que jamais, et il ne m'a plus contactée. Ma mère va être très certainement déçue de l'apprendre, mais elle apprécie beaucoup Neal, ça devrait compenser. Alors pourquoi j'ai ce mauvais pressentiment qui me colle à la peau ?

Je pense à me lever pour m'extraire de mon tumulte émotionnel, mais le corps chaud de Neal, nu et lové contre le mien, m'en dissuade. Bon OK, je ne suis pas super motivée non plus à me bouger.

– Quel est le problème ? m'accueille-t-il de sa voix éraillée du matin.

– Pourquoi tu dis ça ? lui réponds-je en esquissant un sourire.

Il dégage une mèche de mes cheveux pour avoir un accès libre à la peau fine de mon cou qu'il mordille et embrasse en alternance. C'est sa nouvelle lubie du matin, et j'adore ça ! Une onde de plaisir transperce mon bas-ventre, puis son souffle au creux de mon oreille fait naître un frisson d'anticipation.

– Tu ne tiens pas en place et tes soupirs frustrés m'ont réveillé. Hier soir ne t'as pas suffi ? Tu en redemandes, mon ange ?

Il est le seul à me faire oublier mes tracas.

– Ça se pourrait bien, pouffé-je.

J'ondule des hanches afin de le provoquer. Il grogne tout en caressant mon sein. J'aime ses grandes mains qui épousent si bien mes courbes. Je ferme les paupières en gémissant de plaisir.

– Par contre, je n'ai plus de capotes, m'informe-t-il en pinçant mon téton.

J'ouvre de grands yeux, affolée, et sors brutalement de ma torpeur érotique. Je tente de m'extraire du lit, mais c'est sans compter sur son corps imposant qui m'en empêche. Il faut que je me calme, mais mes lèvres laissent échapper ces mots avec emportement :

– Je te conseille une douche froide. Hors de question qu'on le fasse sans !

– Attends une petite minute, déclare-t-il avec sérieux, en refusant de me lâcher. Je suis clean. Je ne l'ai jamais fait sans protection ! De ton côté, tu as un moyen de contraception. Alors...

Sa phrase mise en suspens a l'effet d'une douche glacée sur ma libido. Il veut qu'on le fasse *sans* préservatif. La peur m'envahit et s'insinue en moi pour crisper chaque membre de mon corps.

Cette culpabilité me pèse.

Même si j'ai un implant, il y a tout de même un risque. Et je refuse de prendre le *moindre* risque ! J'y mets toute mon énergie et parviens à me lever du lit.

– Je ne peux pas, Neal. Je ne suis pas prête pour ça !

Le léger tremblement de mon corps doit trahir mon ton inflexible.

Je dois quitter cette pièce au plus vite ! Alors je cherche dans sa commode un tee-shirt à enfiler. Il est là, juste derrière moi, je perçois la chaleur qui émane de son être se propager. Il finit par faire le premier pas. Mon dos contre son torse, il m'enveloppe de sa tendresse en passant un bras sur mon ventre. Sa joue contre ma tempe, il me murmure d'une intonation apaisée :

– Hé, pas de stress. On le fera sans capote quand tu le sentiras.

Il est tellement adorable avec moi. Je suis morte de trouille de le décevoir. Mon cœur tambourine fort. Pourtant, après quelques secondes de silence et d'hésitation, mes doigts agrippent son avant-bras pour m'insuffler le courage de tout lui dire.

Je me retourne pour lui faire face. Son regard qui exprime toute son inquiétude délie ma langue.

– La seule fois où j'ai eu un rapport non protégé, je suis tombée enceinte. C'était l'été dernier… et j'ai avorté.

Ce dernier mot me fait toujours aussi mal à prononcer. Mais le dire à l'homme que j'aime, me libère autant qu'il me terrifie. Le gris de ses iris prend tellement de nuances différentes que je me laisse emporter par leur intensité. Il prend mon visage entre ses mains avec douceur avant de fondre sur mes lèvres avec urgence. Un contraste qui me donne envie de sangloter. Il me serre tellement fort dans ses bras que ma respiration se bloque.

– Dis-moi que tu n'as pas été toute seule dans cette épreuve.

L'émotion bouleversée à peine contenue dans sa voix me prend aux tripes.

– Non, je ne l'étais pas. Grâce à Matt et ma tante Rose. Leur soutien m'a empêchée de sombrer dans la culpabilité.

Il se réjouit pour moi en arborant une expression pleine de satisfaction.

– Et lui ?

– Jamie n'a *jamais* été au courant. J'ai pris la décision de le lui cacher parce qu'il aurait voulu le garder et moi non.… Ne me juge pas.

– Pourquoi je te jugerais ? s'enquiert-il, perdu.

– D'avoir avorté.

Son front se plisse d'interrogation jusqu'à ce que son regard s'illumine de compréhension.

– Qu'est-ce que tu es encore allée imaginer ! Ton histoire ne ressemble en rien à la mienne. Eux m'avaient voulu dès le départ. C'est lui qui s'est tiré aux huit mois de grossesse de ma mère.

Mon visage entre ses mains, front contre front, il me contemple comme si j'étais précieuse. Il me prouve encore tout son amour.

– Je comprends tellement de choses maintenant. Ton frangin si protecteur avec toi. Et ton implication presque obsessionnelle dans tes études.

– Je veux être parmi les meilleurs pour lui. Je lui dois bien ça.

Ma confidence le touche. Il me scrute avec une telle intensité qu'une vague de soulagement et d'amour me submerge.

– Cette épreuve t'a façonnée. T'a blindée. Je suis dingue de ton tempérament fougueux. Et ta sensibilité qui me donne l'envie de te rendre toujours le sourire. Et tu sais quoi ?

– Quoi ? lui souris-je, sentant l'émotion m'assaillir.

– T'aimer me donne l'envie d'être meilleur.

Sa déclaration libère des larmes de bonheur.

– Je t'aime, mon ange.

Je fonds sur ses lèvres jusqu'à plus soif. *Que j'aime cet homme !*

Ma main coulisse sur sa queue qui réagit très vite à mes caresses répétées. Je m'apprête à me mettre à genoux quand des gémissements plutôt bruyants s'intensifient dans la chambre de mon frère. *Ça ne va pas le faire !*

– J'ai l'impression que Matt nous nargue, s'amuse Neal.

J'arque un sourcil, blasée.

– Non, je pense que mon frère adore juste baiser. Un vrai tireur d'élite qui ne réfléchit jamais plus loin que le bout de sa queue.

Il explose de rire.

Au moins, ça fait marrer quelqu'un !

Il ébouriffe mes cheveux avec tendresse tout en matant mon corps nu à regret.

– Je vais préparer le café !

Il enfile un caleçon avant de sortir de sa chambre. Au passage, j'en profite pour le reluquer de tout mon soûl et dois admettre que mon homme possède un cul d'enfer.

– Arrête de mater, réplique-t-il d'un clin d'œil insolent avant de disparaître. Tu te fais du mal pour rien.

Je ris en ouvrant sa commode et revêts des vêtements à lui. Je me shoote à son odeur et savoure chacun de ses mots qui tournent en boucle dans ma tête. Encore et encore. Il est incroyable alors que j'ai rechigné à lui dévoiler cette facette de mon passé par crainte d'être jugée aussi sévèrement que je le suis avec moi-même. Mais j'aurais dû m'y attendre, Neal me comprend mieux que personne. Il m'aime telle que je suis. Moi et mes fêlures.

Ma bonne humeur retrouvée, je m'engage dans le couloir quand je suis stoppée net dans mon élan par une fille aux formes généreuses.

– Salut ! s'écrie-t-elle comme si la scène était normale.

– T'es obligée de te balader à poil ! répliqué-je, hallucinée.

– Je vais juste aux toilettes !

Elle pointe la porte du doigt comme si j'étais une demeurée.

Neal passe la tête dans le couloir et admire la vue ! *Fais-toi plaisir !* râlé-je. Puis il plonge son regard dans le mien en haussant les épaules.

J'ai une envie de meurtre ! *Oui, rien que ça !*

Mon expression doit être comique, car il retourne dans la cuisine en rigolant alors que la connasse s'enferme dans la salle de bains.

Mon envie d'étriper mon frère est assez forte pour que j'entre dans son antre du sexe en m'écriant :

– Fais en sorte que tes aventures d'un soir ne sortent pas nues de ta chambre !

Allongé dans son lit, il croise ses mains sous sa tête en me fixant. Un haussement de sourcil effronté plus tard, il me déclare :

– Tu n'as pas eu le droit à ton câlin. Rendall aurait-il perdu la main ?

Qu'est-ce qu'il peut m'agacer !

J'empile les affaires de la pouffe sous mon bras tandis que je lui balance les siennes en plein visage. Et l'enfoiré se marre !

– Bouge ! Les parents ne vont pas tarder !

– J'ai largement le temps de terminer ce que j'ai commencé.

Son regard flamboie de malice. J'expulse une bouffée d'énervement et trottine jusqu'à la salle de bains. J'ai la décence de frapper à la porte. À peine s'ouvre-t-elle que je lui jette ses vêtements rikiki en pleine poitrine qu'elle rattrape avec maladresse. *Avec de tels airbags, ce n'est pas étonnant !*

– Tu t'habilles et tu dégages ! m'emporté-je.

– C'est quoi ton problème ? geint-elle, les yeux écarquillés par ma véhémence.

– Tu veux vraiment le savoir...

D'un air blasé, je la détaille et dois reconnaître que mon frère a le don de les choisir. Si j'avais son corps de rêve, je n'éprouverais aucun complexe à me balader dans le plus simple appareil. Je pourrais m'adoucir, elle n'y est pour rien après tout. Seulement Neal l'a bien matée alors...

– Tu as cinq minutes pour déguerpir. Et pas *une* de plus !

Au tour de Matt ! Un sourire de garce se dessine sur mes lèvres quand je rentre dans la cuisine. J'attrape un grand verre dans le placard du haut puis y verse de l'eau froide, tandis que mon homme s'accoude au plan de travail en croisant les chevilles.

– Tu manigances quoi au juste ? me questionne-t-il en avalant une bouchée de son petit-déjeuner.

– Sortir mon frère de son lit en lui effaçant son air suffisant.

– Je ne ferais pas ça si j'étais toi.

– Mais tu n'es pas moi, mon mignon !

– T'as raison. Je vais profiter du spectacle.

Je m'apprête à partir quand il m'interpelle une dernière fois en sirotant sa tasse de café :

– Juste pour info. Je ne te viendrai pas en aide sur ce coup-là.

– Comme si j'avais besoin de toi ! ricané-je.

– Ne te trompe pas de cible, mon ange.

J'arque un sourcil de défi.

– Tu ne t'es pas gêné pour la reluquer.

– Ta petite crise de jalousie est hyper bandante.

Il a raison, bien sûr ! Je lève les yeux en l'air, question de ne pas perdre complètement la face. Je marche dans le couloir, déterminée à accomplir mon acte de rébellion. Par pure provocation et sans y avoir été invitée, je m'engouffre dans sa chambre.

Je constate que la bombasse ne semble pas avoir assimilé mon avertissement. Elle se tient à califourchon sur lui et, sans sommation, je leur jette mon verre d'eau au visage ce qui a un effet immédiat sur leurs ardeurs. La fille pousse un cri scandalisé alors que Matt est hors de lui.

– BORDEL, *LILOUUUU* ! QU'EST-CE QUE TU FOUS ?!

– Fallait pas me chercher !

Un pas dans le couloir, je me retourne.

– Au fait, il n'y a qu'un seul U à mon prénom.

Je claque la porte d'un geste théâtral et souris de toutes mes dents. *Puéril, mais carrément jouissif !... Enfin, pour moi !* Je ne peux pas m'empêcher de rigoler.

Chapitre 31

Point de vue de Neal

Je me sers une autre tasse de café. C'est clair que mon pote a toujours aussi bon goût pour choisir ses partenaires. Si j'ai admiré la plastique et les formes affriolantes de la nana, je n'ai ressenti aucune once de désir ou d'intérêt. Juste une éclate totale pour la réaction exagérée de Lilou. Après la passionnée, la malicieuse, la provocatrice, je découvre la diablesse jalouse pour mon plus grand plaisir.

La gueulade d'Evans déclenche mon hilarité.

Elle a osé le faire !

J'observe l'entrée de la cuisine et la dévisage dès qu'elle y fait son apparition, telle une déesse guerrière qui a remporté sa victoire. Son rictus dégoulinant de satisfaction me donne envie de la récompenser à mon tour. En l'allongeant sur le plan de travail, par exemple. J'ai tout le temps envie d'elle. Je repense à ce matin. *Putain d'oubli !* Ça ne m'était jamais arrivé. Jamais. Et pourtant, j'étais prêt à passer outre. Mais pas elle, pas encore. Peu importe, je patienterai jusqu'au jour où elle ne sera plus terrorisée. J'ai détesté la voir si démunie, et quand elle faufile sa main dans le sachet pour s'emparer d'un donut, je la prends dans mes bras pour la blottir contre moi. J'en profite pour lui administrer une claque sur son cul rebondi en lui chuchotant :

– Ton frangin va être d'une humeur massacrante.

– Il s'en remettra, riposte-t-elle avec suffisance.

Matt surgit dans la cuisine tel un bulldozer. Il la scrute d'une lueur si farouche que son corps se tend contre le mien. Elle réalise, un peu tardivement, les conséquences de son audace. Ils ne sont pas frangins pour rien !

Par solidarité, je réprime mon éclat de rire. Dans un sursaut de lucidité, ma beauté s'échappe de mon étreinte.

– Matt. Tu n'as pas intérêt à me toucher ! panique-t-elle en faisant le tour de l'îlot central.

– Petit conseil d'ami. Cours vite... très vite, lui répond mon pote d'une œillade noire, la menace-t-il avant de me fixer pour me faire comprendre qu'il ne plaisante pas du tout. Et toi, tu ne t'en mêles pas !

J'acquiesce d'un signe de tête en lui adressant un sourire éblouissant. *Que le spectacle commence !*

Lilou tente le tout pour le tout en fonçant droit vers le couloir, mais c'est sans compter sur la rapidité de réaction d'Evans pour la choper par le poignet. Elle pousse un cri de stupeur quand il la stoppe et la balance sur son épaule. Elle a beau se débattre comme une lionne, lui reste imperturbable. Ils disparaissent dans le couloir.

– Qu'est-ce que tu fais ?! lui hurle-t-elle avec une pointe de stress dans la voix.

– Je vais juste te remettre les idées en place.

Plus aucun mot échangé. Juste le bruit d'une porte qui s'ouvre. Un pommeau de douche qu'on allume. Le hurlement de colère de ma nana qui agresse mes tympans. Un rire. Celui de Matt contre la salve d'injures de sa frangine.

Tout l'immeuble doit nous prendre pour des fous !

Evans entre dans la cuisine, un sourire satisfait aux lèvres.

– Mais quelle emmerdeuse ! C'était quoi son petit numéro à la con ?! m'interroge-t-il en passant une serviette dans ses cheveux trempés. L'intimité, elle connaît pas ?

Plus emballé par le sachet de pâtisseries sur la table que par ma réponse, il plonge sa main dedans et engouffre la moitié d'un donut en une seule bouchée. La bouche pleine, il me fait de gros yeux impatients. Bon, tout compte fait, il attend ma réponse.

– Une petite crise de jalousie, m'esclaffé-je.

– Aux dernières nouvelles, c'est toi son copain.

– Tu ramènes une nana qui se balade à poil dans l'appart.

Son regard est vide d'expression.

– Et alors ?

– Je l'ai matée.

Il souffle comme un bœuf.

– Et tu kiffes ces conneries de bonnes femmes ? Mec, tu m'écœures… finit-il par lâcher tout en plissant les yeux, suspicieux. Et toi, tu as écopé de quoi ?

– Pas de baise. Je n'avais plus de capotes.

Il capte le sous-entendu quand il avise mon air grave.

– Vous en avez parlé ?

– Yep. Elle m'a expliqué pour son avortement. Ça la remue encore beaucoup.

Il acquiesce d'un signe de tête.

– C'est vraiment cool qu'elle t'en ait parlé. Elle a morflé… Mais ça reste une sacrée emmerdeuse.

Je m'esclaffe en lui administrant une tape amicale sur l'épaule.

– Bon, elle doit être glacée. Je vais aller la réchauffer.

– Épargne-moi les détails !

– J'ai besoin que tu me files une capote.

– Et pourquoi je serais le seul à subir sa crise d'ado ?

– Tes parents vont bientôt rappliquer.

– Et alors ? Elle est déjà en mode casse-couilles.

– Cette visite inattendue de vos vieux la met dans tous ses états, insisté-je avec sérieux.

Il lève les yeux en l'air comme si elle en faisait des tonnes pour rien. Mais je pense comme elle. Il y a un truc de louche s'ils se permettent de faire le déplacement jusqu'ici.

– Elle n'a rien à se reprocher ! Quand ils vont apprendre pour vous deux, ça va les emballer.

Mouais… D'après ce que Lilou m'a confié, sa mère est à fond sur l'ami de la famille. C'est grâce à lui qu'elle a pu se trouver une autre piaule qu'ici. Pas sûre qu'elle apprécie le changement de plan. Face à mon expression concentrée, il s'esclaffe.

– Allez, j'ai pitié, mon pote. Les capotes sont dans le tiroir de mon bureau.

Je lui administre une tape sur le crâne.

– Avec la nana dans ta piaule ?! Je ne suis pas suicidaire !

Il explose de rire.

– Où sont passées tes couilles ?!

– Entre les mains de ta frangine. Elle adore jouer avec.

J'ai le mérite de rétablir le silence. Il cligne lentement des yeux comme si l'image s'était imprimée sur ses rétines.

– Putain, Rendall ! Ne refais plus jamais ça !

– Tu m'as posé une question ! me marré-je. Je n'ai fait qu'y répondre.

– Tifany s'est cassée. Le champ est libre. Alors barre-toi de ma vue ! ronchonne-t-il en se servant une tasse de café.

– Vous en faites du bordel ! intervient Tyler en bâillant.

– Matt n'a pas pu tirer son coup à cause de sa frangine. Il est de mauvaise humeur maintenant.

Le visage de notre coloc s'illumine. Il s'approche d'Evans.

– Tu sais que moi non plus je n'ai pas encore baisé, lui révèle-t-il en lui pinçant le cul.

Matt recule en lui jetant un regard assassin.

– Vous me faites chier vous deux ! Je vais prendre ma douche !

– C'est une invitation ? s'enquiert Tyler d'une voix roucoulante.

Pour toute réponse, il écope d'un majeur fièrement dressé avant de disparaître dans le couloir. On se poile. Depuis que notre coloc nous a révélé qu'il était bi et très intéressé par Matt, toutes les occasions sont bonnes pour le chercher. Il espère certainement l'avoir à l'usure. Si moi, ça m'éclate, ça l'est franchement moins pour Evans. N'empêche, notre cohabitation fonctionne super bien et encore mieux depuis que Lilou crèche presque chaque jour dans ma piaule. Ça me rappelle qu'elle doit être en train de se sécher ! Il est temps d'aller lui filer un coup de main !

Chapitre 32

Point de vue de Lilou

Nos parents ne vont pas tarder. Nous terminons le nettoyage. Neal s'occupe du salon, Matt des toilettes, quant à moi, je finis d'essuyer la vaisselle. Ce n'est pas mon activité préférée, mais je le fais avec un énorme sourire aux lèvres. *Je suis sur un petit nuage !*

Après ma douche glacée, mon état d'énervement était à son paroxysme. Neal est revenu dans sa chambre avec des préservatifs à la main et sans un mot, sans me quitter des yeux, il s'est déshabillé. Transpirant le sex-appeal à plein nez, la vue de son corps nu m'a excitée et dès qu'il m'a touchée, la mèche en moi s'est allumée. Je lui ai sauté dessus et tout s'est enchaîné super vite. Une partie de jambes en l'air explosive… Surtout pour moi ! Mais j'ai découvert que Neal adorait que je le marque de mes ongles et le recouvre de petites morsures.

Il est peu bavard, mais très tactile après nos ébats. Alors je ne m'attendais pas à sa déclaration qui m'a touchée en plein cœur quand nous étions étendus dans son lit.

– Reviens habiter avec nous.

– J'y suis déjà presque tous les jours ! Je ne vois pas ce que ça pourrait changer, pouffé-je.

– Presque. Et ça ne me va pas ! réplique-t-il avec sérieux en plongeant son regard dans le mien. Tu pourrais te servir de ta piaule dans ta résidence comme bureau. Je

sais que tu as besoin de calme pour étudier. Et la mienne est assez grande pour accueillir une autre commode. Concernant mon pieu, ça fait un bail que ce n'est plus le mien, mais le nôtre.

Il prend mon silence pour une hésitation, comme si je n'étais pas très emballée par sa proposition. Alors que si je suis muette, c'est à cause de ma gorge nouée par l'amour grandissant que je lui porte.

– Réfléchis-y, c'est tout ce que je te demande.

– Heureux de voir que t'as recouvré le sourire ! me raille Matt en vidant un sac de déchets dans la poubelle.

– Je me suis excusée. Alors, lâche-moi un peu !

– Je n'ai pas pu tirer mon coup à cause de toi ! râle-t-il.

Je pouffe en rangeant les derniers verres.

– Tyler était dispo pour toi.

Il me jette une œillade outrée.

– Eh bien, sympa la solidarité !

– Arrête de te braquer, le titillé-je. Toi qui es toujours partant pour de nouvelles expériences !

Il soupire, excédé.

– J'adore ma bite. Pas celle des autres. Ce n'est pourtant pas compliqué à piger !

Un rire tonitruant dans le salon résonne jusqu'à nous. Le mien meurt sur mes lèvres quand on entend frapper à la porte. Matt s'adoucit et m'embrasse sur la tempe.

– Je vais ouvrir.

Je m'adosse sur le plan de travail et écoute les retrouvailles avec nos parents. Effusions de bonne humeur. De rire. Tout semble rouler alors je me force à sourire et retrouve tout le monde dans le salon. J'observe mes vieux qui ne m'ont toujours pas remarquée, très concentrés sur les hommes et leur futur stage à New York. Ils ont toujours une apparence irréprochable. Mon père en costard très chic, quant à ma mère, dans son tailleur noir qui souligne son corps svelte, avec son maquillage impeccable et son chignon parfait. Je suis loin de lui ressembler et d'être dans le même trip qu'elle. Mais je les aime malgré notre relation conflictuelle et parfois dysfonctionnelle. Eux aussi à leur manière. C'est sur cette dernière pensée que je m'invite à la partie.

– Salut !

Toutes les têtes pivotent vers moi.

– Ah te voilà ! déclare ma mère en m'embrassant, suivie par mon père.

Leurs sourires sonnent faux, comme ceux de circonstance qu'ils arborent en pleine soirée mondaine. Ils s'installent sur le canapé et j'en profite pour leur demander :

– Vous désirez boire quelque chose ?

– Un café, me répond ma mère.

– Deux, ajoute mon père. Avec un morceau de sucre pour le mien, s'il te plaît !

– Je m'en occupe.

Je file en cuisine. Le temps de préparer les boissons, Matt, très emballé, explique en détail la réussite d'un dossier, concernant tout un montage financier, que leur avait confié un responsable du cabinet tant convoité. Mes colocs s'amusent peut-être beaucoup, mais ils bossent comme des malades depuis deux ans pour obtenir ce stage. On n'en a toujours pas parlé avec Neal concernant notre future relation à distance, mais il va bien falloir pourtant.

– Tu as besoin d'aide ?

Je me retourne vers l'homme qui envahit chacune de mes pensées et lui souris.

– Non. Je devrais m'en sortir, répliqué-je en cherchant le pot de sucre dans le placard.

– J'ai bien vu que tu flippais.

– Ça va aller, le rassuré-je.

Ah le voilà ! Dos à lui, son bras s'enroule autour de ma taille pour me presser contre lui. Il m'embrasse dans le cou.

– C'est exactement ce que j'étais venu te dire.

– Waouh, ça fonctionne ! Merci beaucoup !

Je masque mon émoi par un gloussement qui se veut plus léger, mais Neal me connaît trop bien pour que je puisse le tromper. Il mordille le lobe de mon oreille en me susurrant.

– Je veux que tes parents voient à quel point je suis fou de leur fille. À quel point on est vraiment bien ensemble.

Un baiser dans mon cou plus tard.

– Tout se passera bien.

Je tourne la tête vers lui, la douceur et la sincérité dans son regard me désarment. Je dois battre plusieurs fois des cils afin de chasser l'émotion qui m'envahit, qui me percute et qui risque de m'engloutir. Mes lèvres effleurent les siennes avec reconnaissance avant que ma caresse se transforme en un baiser passionné. Un toussotement retentit dans la pièce, et je découvre ma mère qui n'a pas perdu une miette de notre échange. C'est le moment de lui annoncer la nouvelle !

– Maman. Comme tu viens de le constater, Neal et moi sommes en couple.

En une fraction de seconde, son visage se ferme. *Okay…*

– J'aime votre fille, Evelyn.

– C'est une nouvelle à laquelle je ne m'attendais pas. Je comprends mieux maintenant.

– Comprendre quoi ? l'interrogé-je, interloquée.

Elle disparaît dans le couloir, sans me donner la moindre explication. La déception est grande ! Mon cœur tambourine comme un fou dans ma poitrine. On échange un regard empli d'interrogations avant de la rejoindre dans le salon.

– Matt et Neal, je vais vous demander de nous laisser, déclare-t-elle d'un ton glacial. Nous aimerions avoir une discussion avec notre fille.

Mon homme ne l'entend pas de cette manière. Il attrape ma main et noue nos doigts pour ne faire plus qu'un. Quand mon paternel découvre le geste, il rougit d'agacement. *OK, là, je suis paumée !*

– Il est préférable que je reste, réplique Neal avec détermination.

Matt tente de piger le revirement de situation et son regard navigue entre nous quatre pour percer le mystère. Soudain, l'illumination traverse ses iris et une fierté se dessine sur son visage de voir son meilleur ami prendre ma défense. Assumant ses sentiments pour moi, devant nos parents.

– Nous ne sollicitons pas ton avis, riposte mon paternel avec agressivité.

– Cette discussion doit rester privée, ajoute ma mère d'un ton autoritaire.

La tension est palpable. Le sourire de Matt s'évanouit, il les observe avec sévérité. Hors de question de les impliquer dans cette... *histoire*, à défaut de comprendre. Je ne sais pas à quelle sauce je vais être bouffée, mais je sens l'indigestion venir. Je sais de quoi ils sont capables quand on les déçoit.

– Je ne pige pas. Où est le pro... ? s'interroge Matt.

– On ne te demande pas de comprendre ! vocifère notre mère. C'est une discussion privée.

– Lilou est enfin heureuse avec Neal ! insiste Matt en mode protecteur. C'est tout ce qui devrait compter !

Nos vieux le dévisagent avec calme comme s'il venait de sortir une ineptie. Elle arbore une mine déçue alors que ses lèvres restent obstinément closes.

– Qu'est-ce qui vous a déplu cette fois-ci ? les questionne-t-il, la mâchoire crispée. Elle...

– C'est bon, Matt, le coupé-je en le rassurant d'un sourire. Ils veulent juste me parler. Tout se passera bien !

– Il y a intérêt !

Waouh ! C'est la première fois qu'il prend mon parti aussi ouvertement, ce qui décontenance nos parents un bref instant. Quant à Neal, il les fusille du regard, comme une mise en garde. Je sens que ça va dégénérer avant d'avoir commencé ! Je les pousse vers la sortie.

– Je suis une grande fille. Dehors ! leur ordonné-je sur un ton plus affirmé.

Mon frère dépose un baiser sur ma tempe tandis que Neal, en signe de rébellion, m'embrasse à pleine bouche avant d'emboîter le pas de Matt en claquant la porte d'entrée.

Mon père passe son bras autour des épaules de ma mère. Ils font bloc, comme ils l'ont toujours fait. Ils restent debout, j'en fais autant en attendant que les hostilités commencent.

– Nous avons eu la visite de Chris. Il a décidé de se montrer honnête avec nous après que tu lui aies brisé le cœur !

Brisé le cœur ?! Mes yeux s'écarquillent d'incompréhension.

– Je n'ai…

– Comment as-tu pu nous faire ça ?! me coupe mon paternel d'une intonation emplie de déception et de colère. Ton histoire avec Monsieur Gribbs ne t'a pas suffi... il a fallu que tu joues les dévergondées devant Chris le premier soir. Le fils de nos plus vieux amis ! Tu t'es comportée comme une fille capricieuse, immature et grossière. Ce n'est pas comme ça qu'on t'a élevée !

– Tu continueras à nous faire honte encore combien de temps ? renchérit ma mère.

Des larmes de frustration me brûlent les paupières et mes ongles se plantent dans la paume de mes mains.

– C'est vous qui m'y avez obligée avec votre rendez-vous imposé ! Vous n'aviez pas à décider pour moi. *Merde !*

– Reste polie ! me menace mon père, la voix teintée de rage. Il est hors de question que notre enfant ait l'étiquette d'une fille facile devant nos plus fidèles amis !

– C'est Chris qui voulait que l'on joue au faux couple. Pour que vous nous lâchiez ! Vous et vos manigances arrangées !

Ma mère soupire face à mon entêtement et reprend avec un calme trompeur.

– Il nous a avoué qu'il a toujours été intéressé par toi. Malgré le scandale de cet été, il a continué à nourrir des sentiments pour toi. Il t'a proposé un rendez-vous que tu as accepté !

– Parce que vous m'y avez obligée ! persisté-je pour leur faire entendre raison.

– Et ta petite mise en scène pour le repousser a eu un effet contraire sur lui, poursuit-elle en ignorant mon avis. Il ne désirait plus qu'une chose, te conquérir, c'est pour cela qu'il t'a suggéré de jouer à ce faux couple. Il s'est dit que sa patience finirait par jouer en sa faveur.

– C'est du grand n'importe quoi ! me révolté-je de plus en plus ahurie. Je lui ai dit à plusieurs reprises que cette mascarade devait cesser !

Elle arque un sourcil plein de défi, comme si elle m'attendait au tournant.

– Pourtant, ça t'a bien servi pour obtenir une chambre hors de cet appartement.

OK. Je ne peux pas le nier.

– Tu l'as manipulé, intervient mon paternel. Comment as-tu osé ?!

Ouch, ça c'est rude !

– Manipulé ?! Je vous ai répété plusieurs fois que je n'étais pas intéressée. Il n'y a aucune chance que j'en arrive à l'aimer !

– Il est parfait pour toi ! s'insurge-t-elle, plus têtue que jamais.

– Il est amoureux de toi, renchérit mon paternel.

– C'est faux ! crié-je à mon tour, bouleversée qu'ils prennent autant sa défense. C'est un baratineur !

Consterné, il secoue la tête tandis que ma mère masse fébrilement ses tempes.

– À Noël, il était si attentionné ! Et toi, tu l'as bien laissé faire ? s'enquiert-elle avec froideur.

En gardant mes distances, oui ! J'avais envie de passer un Noël sans source de tension. Mais je suis lasse de me justifier. Encore et encore. À quoi ça sert de toute façon ? À rien. Je suis jugée et condamnée d'avance !

Elle prend mon silence pour un aveu.

– Alors c'est qui le baratineur maintenant ?

Le rictus perfide qu'elle arbore la rend laide à mes yeux. Malgré la douleur qui oppresse ma poitrine, une vague de colère m'assaille.

– Je suis avec Neal, et avec personne d'autre ! Je l'aime, vous pouvez au moins comprendre ça ?

– Au détriment des sentiments que Chris nourrit pour toi ! réplique mon paternel. Ce garçon est de bonne famille, sérieux, attaché aux traditions, et sa situation professionnelle est excellente ! Nous ne tolérerons pas que tu te sois servie de lui.

– Chris a vu dès le premier soir que tu plaisais à Neal, m'informe-t-elle. Lui qui, je dois te rappeler, aime s'amuser comme ton frère.

Un silence voulu pour que je digère sa révélation. Comme si je ne le savais pas ! Mais c'était avant qu'on soit ensemble !... Mais ça, ils ne voudront jamais le comprendre.

– Il était soulagé d'apprendre que tu avais finalement quitté cet appartement pour une chambre que tu partages maintenant avec une fille de ton âge.

Elle braque son regard plein d'autorité dans le mien et patiente pour donner plus d'impact à sa confidence.

– Chris a raison, tu n'es qu'un passe-temps pour Neal. Une simple distraction qui lui passera.

– Tu l'as certainement séduit d'une manière déplorable, poursuit mon paternel.

Ma mère opine de la tête.

– Ça ne peut pas être sérieux entre vous.

Leurs paroles assassines me paralysent. Je cligne plusieurs fois des yeux pour essayer de me sortir de cette torpeur cauchemardesque. Mon silence horrifié les conforte dans leur idée.

– Ton père a raison. Tu penses qu'on va prendre au sérieux ton aventure avec Neal ! Un homme qui part bientôt à New York et qui a de grandes ambitions avec ton frère. Tu espères quoi de lui à des milliers de kilomètres ? C'est voué à l'échec. À moins que tu prévoies de l'empêcher de partir… J'espère que tu n'as pas l'intention de gâcher le rêve de ton frère d'être associé avec lui ?... Si ?

Comment peut-elle imaginer une chose pareille ?! Jamais je ne me mettrai entre Matt et Neal. Jamais.

Ses yeux sombres reflètent sa colère à peine contenue. Je sens la brûlure sur ma peau et le venin ronger une partie de mon cœur. J'éprouve de plus en plus de mal à déglutir.

– Tu as une façon bien particulière de nous montrer ta reconnaissance et ton respect, pleurniche ma mère, sans les larmes bien sûr. Chris s'est déclaré devant nous, et nous sommes persuadés qu'il sera capable de t'apporter tout l'équilibre dont tu as besoin. Il te rendra heureuse.

– Même si c'est difficile pour toi de le comprendre maintenant, tu finiras par nous remercier plus tard, persiste mon paternel.

Le mur d'incompréhension entre nous est si haut, si épais, si infranchissable que le désespoir m'assaille tel un poison qui anesthésie mes émotions. Je ne ressens plus rien à part un immense vide à l'intérieur de ma poitrine. Mon absence de réaction doit les conforter dans l'idée de m'avoir suffisamment ébranlée pour me rallier à leur cause.

– Chris a besoin de toi et de ton soutien, me confie-t-elle.

Ils échangent un regard de connivence avant qu'elle reprenne :

– Une fausse rumeur s'est répandue en ville. Il est accusé d'homosexualité. Sa réputation est en jeu et ses parents sont dévastés. C'est terrible pour eux en ce moment ! C'est le moment de nous prouver que tu peux te comporter en femme responsable.

Dans un éclair de lucidité, les pièces du puzzle s'assemblent et je comprends beaucoup mieux certaines de ses réactions. La raison pour laquelle il n'a jamais montré le moindre intérêt aux femmes ! Mais quelle conne ! Tout s'explique maintenant !

Les traits creusés par la répugnance, je les contemple ; avoir osé me rabaisser dans le but de m'utiliser pour servir leur dessein. Toujours ce putain de paraître ! Rien à foutre des sentiments et du mal dévastateur qu'ils me font subir. Je peine à croire que les personnes qui se tiennent devant moi avec leur vision psychorigide sont mes parents.

– Vous devriez avoir honte de vous !

Une expression scandalisée se peint sur leurs visages.

– Hors de question que je vous serve de couverture !

– Comment oses-tu ?! fulmine mon père. Il ne mérite pas cette réputation. Lui ne l'a pas cherché !

Allez, prends ça dans la gueule, Lilou. Je ne suis plus à ça près.

– Tu vas faire en sorte de te faire pardonner auprès de Chris, me menace-t-il. Surtout qu'il a l'intention de t'épouser après tes études !

Le choc de la nouvelle libère un ricanement mauvais d'entre mes lèvres. Comme si un être démoniaque avait pris possession de ma voix, je m'écrie :

– IL PEUT ALLER SE FAIRE FOUTRE ! ET VOS IDÉES À LA CON AUSSI !

La rage illumine le regard de mon paternel. Je suis à deux doigts de m'en prendre une, alors que ma mère devient plus froide que la glace.

– Je ne pensais pas en arriver là, mais tu ne nous laisses pas le choix, déclare-t-elle d'une intonation emplie de déception. Si tu refuses de lui accorder une chance dans ta vie, nous arrêterons de payer tes études.

Hébétée, je reste sans voix devant cet ignoble chantage. J'ouvre et ferme la bouche tel un poisson pris au piège. Une douleur poignante me pique la gorge et les yeux. Je dois fournir un effort surhumain pour ne pas éclater en sanglots.

C'est encore pire que tout ce que j'avais pu imaginer !

Mon propre bonheur leur importe si peu, et ils n'éprouvent aucun scrupule à me le faire savoir...

Une colère sourde embrase mes sens et le peu de raison qu'il me reste. Toute ma frustration, ma rancœur, mes doutes et mes peurs se déversent dans cette atmosphère méprisable.

– ALLEZ *TOUS* VOUS FAIRE FOUTRE ! hurlé-je, la rage au ventre.

D'un revers de la main, je fais valdinguer le vase rempli de roses – cadeau de Neal, sur la table. Il explose au sol en plusieurs morceaux. Amère et dévastée, je suis comme cet objet de décoration : brisée.

Ils me scrutent comme si j'étais cinglée.

Même si un jour, on parvient à recoller les morceaux, il ne sera plus jamais comme avant. À son image, une partie de moi restera cassée à vie. Celle de ne pas être aimée inconditionnellement par mes parents. Celle de leur insuffler sans cesse la déception.

Telle est ma relation avec eux : vide, creuse et morte.

Je dois les fuir. Fuir cette vision d'horreur que je leur inspire. Sans un regard en arrière, j'ouvre la porte d'entrée et cours à toutes jambes jusqu'à l'extérieur, prenant la sortie de secours.

Chapitre 33

<u>*Point de vue de Neal*</u>

De retour à l'appart, après qu'Evans ait reçu un appel de son paternel, l'atmosphère est chargée de tension. Matt s'accroupit vers sa mère qui ramasse les morceaux du vase en pleurnichant que sa fille est devenue folle…

Folle ?... Mon cœur rate un battement.

Je télescope le regard noir du père, combiné aux fleurs éparpillées sur le sol.

La situation a merdé ! Je le sentais ! J'aurais dû rester avec elle !

Je cours jusqu'à ma piaule. Vide.

Celle de Matt, également.

Nulle trace de ma nana dans l'appart. Je chope mon téléphone dans la poche arrière de mon jean et l'appelle. Sans succès. Je tente le coup trois fois de suite et tombe systématiquement sur son répondeur.

Elle est où, bon sang ?!

– Il s'est passé quoi, putain ?! rage mon pote quand je le rejoins.

– Reste poli ! gronde son paternel.

Mais putain, il ne répond pas à la question !

– Où est Lilou ? le questionné-je, d'une colère sourde.

Il me fustige d'une œillade autoritaire.

– À l'avenir, tu resteras loin de notre fille !

Mais il se prend pour qui ce connard !

– Rendall. Fonce à sa résidence. Elle doit y être ! me conseille Matt.

– Non ! crie sa mère en proie à l'hystérie. Neal, il est préférable que tu rompes maintenant avec Lilou. Ce sera plus facile pour elle de prendre la bonne décision.

Rompre ?!... Je suis tellement scotché que les mots refusent de sortir.

– Vous parlez de quoi au juste ?! aboie Matt d'un ton que je peine à lui reconnaître.

– Nous savons tous les deux, déclare le paternel, plein d'arrogance en me dévisageant, que notre fille n'est qu'une distraction en attendant ton stage à New York.

Je reporte mon attention sur mon pote, me demandant si j'ai bien compris. Son expression choquée me confirme que son vieux a bien débité de la merde.

Je les toise d'un regard meurtrier.

– Je n'ai pas l'intention de rompre avec votre fille, articulé-je chaque mot pour bien leur fourrer dans le crâne. Elle continuera à faire partie de ma vie que ça vous plaise ou non !

– Alors tu condamnes son avenir, m'avertit la mère en pinçant les lèvres d'indignation.

Je ne pige que dalle à leur discours. Mais je sais reconnaître une menace quand c'en est une.

J'ai une envie soudaine de la secouer pour qu'elle balance ce qu'elle a à dire.

– Rendall !... Rendaaal !

Je braque mes yeux sur mon pote dont le calme n'est qu'une apparence trompeuse. Je le vois à ses iris qui s'embrasent de fureur.

– Cherche ma frangine. Elle a besoin de toi ! Moi, je reste.

– Non, ne fais pas ça ! s'indignent-ils de concert.

J'acquiesce d'un signe de tête à Evans et leur tourne le dos sans leur adresser un seul regard alors que la colère gronde toujours en moi.

Je dois la retrouver !

Dans un état second, je conduis en direction du campus et m'arrête brusquement sur la route quand je la découvre en train de marcher sur un des trottoirs. Heureusement qu'une bagnole ne me suivait pas sinon c'était l'accident assuré ! J'actionne les quatre feux clignotants et cours jusqu'à elle.

Elle a pleuré, bon sang !

– Mon ange !

C'est à peine si elle réagit. La douleur qui se reflète dans ses yeux me fend la poitrine en deux. Je la prends dans mes bras et la serre contre moi, comme si j'avais peur qu'elle disparaisse encore une fois. Je ne sais pas ce que ses vieux lui ont fourré dans le crâne, mais hors de question qu'elle ne fasse plus partie de ma vie. Seulement, quand elle me repousse, c'est moi qui ai une trouille bleue qu'elle me jette de la sienne. Son expression se ferme. Elle se coupe de moi. *Pas question, bordel !*

Son visage entre mes mains, je plonge mon regard plein de détermination dans le sien.

– Ne pense même pas à te débarrasser de moi !

Elle soupire, comme résignée, puis agrippe mes poignets. *Ses doigts sont glacés !*

– Je veux juste retourner au campus.

– Alors, viens avec moi !

Je lui prends la main et l'entraîne jusqu'à ma Mustang. Elle y grimpe sans résistance. Une fois assis au volant, je démarre et m'insère dans la circulation.

Au bout d'un moment, les yeux rivés sur l'extérieur, elle rompt le silence.

– Je les déteste. Je ne veux plus jamais les revoir.

– Tu veux en parler ?

Elle secoue la tête et retombe dans son mutisme. Quant à moi, je suis obnubilé par les mots de sa mère. *En quoi je condamne son avenir ? Ça n'a aucun sens !* Matt aura peut-être l'explication à me fournir, mais d'ici là, je m'occupe de ma nana.

Elle s'étonne à moitié que je la raccompagne dans sa piaule. Sa coloc n'étant pas là, j'en profite pour la coincer contre son bureau et goûter à ses lèvres. J'ai besoin d'être connecté à elle. Je prends mon temps sans la brusquer jusqu'à ce que son corps, lové dans mes bras, se détende alors que ses larmes se mêlent à notre baiser.

– J'ai besoin d'une douche, me murmure-t-elle contre ma bouche en tremblotant.

Je me décale à regret et l'observe attraper ses accessoires qu'elle fourre dans un sac avant de quitter la pièce.

– Tu fais quoi ? s'enquiert-elle, un pied dans le couloir.

– Je t'accompagne.

– Les douches sont réservées aux filles ! m'informe-t-elle comme une évidence.

– Personne ne me verra.

Elle me fait de gros yeux qui charrient le doute.

– Je vais me faire tout petit ! répliqué-je avec malice. Promis !

Elle esquisse un sourire timide. *Elle sourit, bordel !* Le mien, en retour, me bouffe le visage.

– Ne promets pas. T'as aucune chance, pouffe-t-elle mollement.

Je lui emboîte le pas.

– Tu vas te faire jeter ! m'avertit-elle.

– Tant que ce n'est pas par toi. Rien à branler ! Mais tu sais quoi, aucun risque, les nanas ont tendance à m'adorer.

Elle secoue la tête, autant amusée que dépitée. Je me fie à son regard. Un reflet de son âme qui exprime, comme dans un livre ouvert, tout son tumulte émotionnel. Et là, elle est complètement paumée et blessée. Mon côté protecteur resurgit plus fort que jamais. Je veux être son roc. Une fois devant la porte, je lui murmure tel un conspirateur.

– Siffle deux fois si danger il y a.

Elle glousse.

Ce son est le meilleur au monde !

Elle jette un coup d'œil dans la pièce, puis elle agrippe mon tee-shirt pour me traîner à l'intérieur. Elle pose son sac et ses affaires sur l'évier et balaye son regard autour d'elle.

– Fais-moi *tout* oublier, me confie-t-elle avec gravité.

Oublier quoi ?... Ce n'est pas le moment de cogiter. Elle a juste besoin de toi, là !

On se désape fissa et je planque mes vêtements dans son sac. Une fois sous le pommeau de douche, je m'occupe d'elle. Je commence par son cuir chevelu que je masse avec une noisette de son shampooing, et ce, jusqu'à lui arracher un gémissement. C'est à mon tour de gronder de satisfaction en découvrant qu'elle a pris mon gel douche. Je flatte et cajole chaque partie de son corps avec. J'adore qu'elle sente mon odeur. Et encore plus quand elle me fait face pour se vautrer dans mes bras. On profite de l'instant pour se reconnecter. Des éclats de rire envahissent la pièce, ce qui rompt notre bulle de bien-être. Elle soupire à regret, hésite puis se détache de notre étreinte.

Je m'attendais à ce qu'elle sorte de la douche, pas à ce que sa main s'enroule autour de ma queue en érection. Le désir sexuel était loin d'être ma préoccupation de l'instant. Mais difficile de rester indifférent face à la nudité de ma nana, pressée contre moi. Alors qu'elle me branle, une lueur avide illumine son regard, je crispe la mâchoire tellement c'est bon.

– On a un petit problème, m'aguiche-t-elle.

– Ne la traite pas de petite, chuchoté-je. Tu vas la vexer.

Mon intonation rauque contre l'étouffement de son éclat de rire cristallin. L'eau se met à couler dans les différentes cabines. Soudain, Lilou siffle deux fois d'affilée.

– Danger en vue, me susurre-t-elle, un rictus goguenard accroché aux lèvres.

– Un problème ? la questionne une nana qui discutait avec une autre.

Elle arque son sourcil en signe de défi. Ma nana est une exhibitionniste ! Et je bande deux fois plus. Surtout quand elle accélère le mouvement sur ma queue. Je caresse sa chatte avant d'y enfoncer deux doigts.

– Tout va bien ?! s'interroge une autre nana, un brin plus inquiète.

C'est brutal et rapide, mais je la doigte comme elle aime. Elle mord sa lèvre pour retenir son gémissement. Je me stoppe et la défie à mon tour. Elle glousse et capitule.

– Oui, ça va ! Désolée ! C'est mon exercice de sophro ! Je m'entraîne !

Petit flottement silencieux.

– Euh... OK ! prononce une des nanas avant de poursuivre sa discussion.

Elle dégage un tel érotisme ! Elle, son sourire satisfait, mouillant deux fois plus entre mes doigts, me faisant jouir violemment. Je reprends vite mes esprits, mon pouce se joint à la partie et frotte son clitoris jusqu'à ce qu'elle explose de plaisir. Elle plante ses dents dans mon épaule pour étouffer son cri de jouissance. Un frisson d'excitation m'assaille. Je me découvre maso ! Et je suis un peu trop fan quand elle imprime ses marques sur mon corps.

Elle me scrute avec une telle intensité que j'y déchiffre un merci reconnaissant. On échange une œillade complice avant de nous doucher une seconde fois dans un silence confortable. Elle sort la première, puis dès qu'elle a fini, elle me tend sa serviette. Je termine de m'habiller dans la cabine quand la pièce se vide, nous laissant en tête à tête.

Elle prend mon visage entre ses mains et m'embrasse avec une pointe de douceur.

– Merci.

– Merci ? Mais on recommence quand tu veux, mon ange ! m'emballé-je à l'idée d'un deuxième round.

Ses yeux se brouillent de larmes qu'elle chasse de plusieurs battements de cils.

– Merci à toi de rendre mon monde tellement meilleur, me déclare-t-elle avec reconnaissance.

Cette femme, je l'ai à fond dans la peau. Je pose la paume de sa main sur ma poitrine.

– À nous deux, on s'en sortira toujours plus forts.

Elle acquiesce d'un signe de la tête, puis exhale un long soupir.

– Pour l'instant je suis paumée.

– Je sais.

– Je ne parviens plus à réfléchir sans avoir la trouille.

– La trouille de quoi ? l'interrogé-je en fronçant les sourcils.

J'attrape ses mains pour les caler dans les miennes.

– De devoir affronter ce bordel.

Mon expression se teinte d'inquiétude qu'elle efface d'un baiser appuyé.

– Continue à me changer les idées, me susurre-t-elle, lèvres contre lèvres. C'est tout ce que je te demande.

– En gros, tu veux que je te serve de distraction, lui souris-je, amusé.

Une mine choquée se visse sur son visage. Là, je percute ce que ses connards de parents m'ont dit… et ont dû lui cracher.

– Il se passe quoi là ? m'enquiers-je pour qu'elle m'en dévoile plus.

– Rien, me balance-t-elle d'un ton brusque. Laisse tomber !

Hors de question qu'elle se ferme à moi !

– Tes parents sont des enfoirés.

Son front se plisse en proie au doute.

– Je ne suis pas responsable des conneries qu'ils t'ont baratinées.

– Si tu sais tout, alors pourquoi tu me poses la question ? s'insurge-t-elle en se murant dans sa douleur.

Elle tente de retirer ses mains. Ma poigne se raffermit.

– Tout ? Non ! Ma seule préoccupation était de te retrouver. Hé !

Je braque mon regard dans le sien avec détermination avant de reprendre :

– On trouvera une solution. Fais-moi confiance !

Elle hésite, puis opine brièvement du menton.

– Compte sur moi pour te le rappeler aussi souvent qu'il le faudra.

Elle fond sur mes lèvres pour un baiser torride. Pas une seule nana ne lui arrive à la cheville.

– Hé ! Ce sont les douches des femmes ici ! se rebelle une grande brindille.

– On a fini ! lui signalé-je en esquissant un sourire séducteur.

On se dirige vers la porte de sortie alors que la nana me fusille d'un sombre regard. En marchant dans le couloir, Lilou me taquine :

– Elle était loin de t'adorer ! T'as perdu la main, mon mignon.

– Célibataire, je peux t'assurer qu'elle aurait *crié* le contraire !

Je me poile alors qu'elle lève sa tête en l'air, du style blasé. Je m'arrête net et soulève mon tee-shirt jusqu'à l'empreinte de sa morsure.

– T'es pourtant bien placée pour le savoir !

Elle écarquille ses grands yeux bleus en une mimique horrifiée. Elle effleure la marque de son index.

– Je suis désolée ! Je ne pensais pas t'avoir mordu aussi fort. C'est douloureux ?

– Ça m'a surtout excité !

Elle libère un éclat de rire. Mon bras s'enroule autour de sa nuque pour la coller contre moi jusqu'à sa piaule. L'atmosphère détendue vire au malaise dès qu'on aperçoit Evans devant sa porte. Son expression est empreinte de gravité – événement plutôt rare qui m'interpelle. C'est à peine s'il remarque la nana super mignonne qui passe à ses côtés en lui souriant. Là, ça devient carrément flippant. Et plus encore quand Lilou recule et fuit en sens inverse. Je la rattrape par le poignet.

– Hé, ce n'est que ton frangin !

– Justement !

Il arrive à notre niveau. Ils échangent un regard bourré de tension.

– Ma puce…

– Non ! Je refuse d'en parler !

Sa voix est saturée d'un avertissement à peine contenu. Matt se glisse une main fébrile dans les cheveux en la fixant comme s'il souffrait… Je suis largué.

– Il se passe quoi là ?

Lilou me couve d'un regard noir, la mâchoire crispée.

– On va trouver une solution, me répond Matt qui s'adresse plus à sa frangine qu'à moi.

– J'ai dit : pas maintenant !

– Je ne vais pas les laisser faire, insiste-t-il.

L'œillade qu'elle me lance se voile de douleur. Elle agrippe son bracelet et le tourne autour de son poignet. Elle fait souvent ça quand elle est stressée ou quand elle perd pied.

– Matt, je suis incapable de gérer pour le moment.

– Alors, laisse-moi faire !

– Faire quoi, putain ?! s'emporte-t-elle comme si une digue venait de lâcher. Nos vieux pensent que je suis une salope manipulatrice ! Que je dois me faire pardonner auprès de Chris. Ce connard à qui j'aurais soi-disant brisé le cœur ! En rompant avec l'homme que j'aime.

Elle me fixe. La lueur d'amour qui s'y reflète comme à chaque fois qu'elle me dévisage s'éteint. Comme ça, en un claquement de doigts. Comme si me regarder devenait pénible pour elle. Je n'ai pas le temps de réagir qu'elle assène le coup final.

– Si je refuse de m'afficher en couple avec lui, ils arrêtent de payer mes études.

Je deviens blême, figé par la stupéfaction. L'horreur de sa révélation m'explose en pleine gueule ! Elle expulse un long soupir de colère, mêlé à de la détresse.

– Ils sont déterminés à ce que je serve de couverture à ce minable qui n'assume pas son homosexualité. Tel est mon châtiment ! ricane-t-elle, mauvaise. Alors Matt, tu vas t'y prendre comment pour les faire changer d'avis ?

– On va trouver une solution, la rassure-t-il. Comme on l'a toujours fait. En faisant bloc ensemble.

– Il a raison, interviens-je en enlaçant nos doigts. Mon avenir est avec toi. Je n'imagine pas une seule fois le contraire.

Elle veut me répliquer un truc comme si quelque chose clochait, mais s'abstient. Elle jette un coup d'œil par-dessus mon épaule. Je tourne la tête et découvre Mia qui fronce les sourcils avant de nous saluer d'un signe hésitant de la main, puis elle disparaît dans sa piaule.

– Pour l'instant, c'est mort. Et c'est beaucoup trop le bordel dans ma tête ! Alors en attendant, j'ai juste besoin qu'on me foute la paix avec ça.

On acquiesce d'un hochement du menton, alors que la frustration me prend aux tripes. Si tout à l'heure j'avais envie de secouer ces enfoirés, là j'ai carrément envie de les cogner. Elle souffle comme si cette discussion ne rimait à rien. Elle rompt le contact de nos deux mains, et un vide s'immisce en moi comme un mauvais trip. Elle me scrute, un sourire fataliste vissé aux lèvres.

– Ne m'en veux pas, j'ai besoin d'être seule pendant quelques jours.

Mon corps se tend, peu désireux de la laisser s'éloigner de moi. Un foutu sentiment d'abandon m'assaille, me bouffant de l'intérieur.

– Neal, geint-elle en percevant ma lutte intérieure. S'il te plaît, comprends-moi.

Elle noue ses bras autour de mon cou et m'embrasse en me délivrant ses mots d'amour.

– Je t'aime.

J'avais besoin de l'entendre. Je la presse fort contre moi, aussi paumé qu'elle, en proie à l'affliction. Elle se détache pour enlacer son frangin.

– On s'appelle plus tard.

– Ne tarde pas trop.

Malgré son inflexion ferme, il lui sourit avec une telle affection que j'en deviens jaloux de ne pas parvenir à être aussi costaud que lui. Je m'adosse au mur en la regardant s'enfermer dans sa piaule. Je reste là comme un con à fixer sa porte en désirant plus que tout qu'elle fasse marche arrière. Evans me tape sur l'épaule pour me ramener à cette putain de réalité.

– Tes vieux sont de véritables connards ! ragé-je. J'espère que tu vas leur faire payer ce bordel.

Il secoue la tête, abasourdi, comme s'il n'en revenait toujours pas.

– On s'est disputés au point que je leur ai dit que je ne voulais plus les revoir. Ils sont partis furax, comme si je les trahissais. Ils sont tellement à fond dans leur délire. Qu'ils font tout ça pour le bien de Lilou.

– Et tu crois cette merde ?!

– Bien sûr que non ! Tu me prends pour qui ?!

Je frictionne d'une main lasse mon visage et lui confie :

– Elle agit comme si elle n'avait pas besoin de nous.

– Détrompe-toi. Elle a toujours fonctionné comme ça. Quand c'est trop compliqué à gérer, elle se mure dans sa douleur. L'été dernier, chez Rose, elle ne voulait pas de notre soutien. Elle nous a rejetés avec une telle hargne. Elle pensait qu'elle méritait de souffrir. Mais on a tenu bon. Crois-moi, ça va lui passer.

– Ses études, c'est sa rédemption. Elle en a besoin… Et ils viennent de lui enlever ça.

– Je sais, soupire-t-il, plein d'amertume. Mais ça finira par s'arranger. Avec ou sans eux.

Et si elle venait vivre à New York avec nous ! songé-je comme une illumination. Elle n'aura aucun loyer à payer et, pour ses études, je l'aiderai à payer son crédit s'il le faut. Je ne m'imaginais déjà pas des jours sans la voir à mes côtés, alors des semaines… C'est carrément impensable ! C'est peut-être le signe qu'il nous fallait pour l'avenir de notre couple.

– Tu penses à quoi là ? m'interroge Matt. On dirait que t'as eu une illumination.

– Je t'expliquerai en route ! lui réponds-je en un regain de confiance.

– T'as intérêt à t'expliquer vite ! s'impatiente-t-il.

Je me poile en marchant vers la sortie, l'espoir rehaussant le coin de mes lèvres.

Chapitre 34

Point de vue de Lilou

En pilotage automatique depuis des jours, je me concentre essentiellement sur mes révisions. Mes examens commencent bientôt, et je suis bien résolue à réussir coûte que coûte. À défaut de savoir ce que je veux pour les mois à venir, je veux tenir ma promesse et faire en sorte que mon année se termine sur d'excellents résultats.

Je me rencogne contre le fauteuil de mon bureau et repense à la proposition de Neal. Il était pourtant tellement emballé à l'idée que je vive avec lui à New York. De m'aider à payer mes études qu'il a été déçu d'apprendre que je refusais son aide. Je ne me sens pas à l'aise avec cette idée. J'ai besoin de mon autonomie, et certainement pas de dépendre de lui. J'ai la sensation que ça biaiserait notre jeune relation. En espérant que ça ne nous éloigne pas l'un de l'autre. Non, c'est faux, c'est moi qui m'éloigne de lui. Qui le repousse. De peur de souffrir encore, en n'étant pas à la hauteur de ses attentes. Et quand je fais ça, je me dis qu'il mérite beaucoup mieux que moi. *Et lorsqu'il le comprendra enfin…*

Je secoue la tête pour chasser mes idées noires. Seul l'instant présent compte, et mon homme ne lâche rien. *Je me demande ce que je ferais sans lui, sans son soutien, sans son amour...*

On frappe à la porte de ma chambre. C'est lui. Il prétend que je me sous-alimente et tient à s'assurer lui-même que je me nourris correctement. Amusée par son manège, je souris en m'interrogeant sur ce qu'il m'a apporté cette fois-ci. J'ouvre la porte, et cligne plusieurs fois des cils de peur d'être face à une hallucination. Mais non, c'est bien ma tante Rose ! Un sentiment d'une joie immense m'envahit.

– Mon coquelicot ! s'écrie-t-elle en m'étreignant avec une force égale à l'amour qu'elle me porte.

– Tu es venue ! déclaré-je d'une voix emplie d'émotion.

– Ne sois pas si surprise ! Tu pensais qu'après ton coup de fil, j'allais rester les bras croisés ?

Son indignation libère mon gloussement.

– Venant de toi, jamais ! Tu étais déjà assez remontée comme ça.

– Je le suis toujours d'ailleurs.

Envahie par un sentiment de reconnaissance, c'est à mon tour de la serrer fort dans mes bras.

– Ça me fait trop plaisir de te voir.

Ses mains sur mes oreilles, elle me couve avec une telle tendresse qu'une montée de larmes m'assaille.

– Si tu étais mon enfant, tu serais ma source de fierté.

Ma vue se brouille. Des larmes d'un amour infini pour elle coulent sur mes joues. J'enlace son cou et y niche mon visage.

– Toujours aussi émotive, réplique-t-elle en reniflant.

– Deux émotives ensemble, ça ne fait pas bon ménage.

– Tu plaisantes, j'espère ! C'est la meilleure combinaison !

On s'esclaffe en pleurant à chaudes larmes. J'aurais tellement aimé être sa fille ! Tout aurait été tellement plus simple. Elle sort de sa veste un paquet de mouchoirs. On s'en empare pour essuyer nos paupières et se moucher. Je me décale pour la laisser entrer dans mon antre. Elle retire sa veste et s'assoit sur mon bureau tandis que je ferme la porte.

– Dis-moi comment tu te sens ?

– Toujours frustrée et en colère. Mais j'ai un petit ami adorable et un frère très protecteur qui m'aident beaucoup à traverser cette épreuve.

Elle opine du chef d'un air satisfait.

– Tu as eu de leurs nouvelles ?

Je secoue la tête en pinçant les lèvres de regret.

– Des parents ? Aucune. Ils ont dit ce qu'ils avaient à dire, ils attendent juste que je recouvre la raison. Une pure connerie, oui !

Son regard se voile, comme si elle se perdait dans sa réflexion. Je m'assois sur mon lit quand elle me confie :

– Ta mère et moi, nous avons été très souvent en désaccord. Elle est la sœur moralisatrice, trop attachée à tous ces principes à la con alors que, moi, je suis la fille bohème qui aime le sexe sans attaches. On ne peut pas faire plus différent que nous deux ! J'ai toujours été critiquée pour ce que je suis. Même si j'aime ma sœur, elle est chiante à mourir. Et tu sais pourquoi ?

– Non, lui réponds-je en pliant mes genoux contre ma poitrine.

– Parce qu'elle est coincée et mal baisée.

– Tante Rose ! m'indigné-je alors que je ne peux pas m'empêcher de rire.

– Quoi ? badine-t-elle. Appelons un chat un chat. On ne baise pas ma sœur, on lui fait délicatement l'amour, sans la décoiffer de préférence ! Et jamais de mots cochons au lit au risque de devoir expier ses fautes !

Oh mon Dieu ! Mon hilarité résonne dans toute la pièce. *Ma tante est folle !*

– Je n'invente rien ! C'est elle qui me l'a dit.

J'arque un sourcil plein d'incrédulité.

– Enfin peut-être pas en ces mots.

Je pouffe.

– Enfin bref, chacun mène sa barque comme il l'entend. C'est la clé pour être heureux et épanoui.

Elle se lève et me rejoint sur le lit.

– J'ai eu une discussion avec ta mère. En aucun cas, ils ne doivent décider pour toi si ça doit te rendre malheureuse. Je ne peux pas tolérer un tel comportement.

J'émets un soupir de soulagement d'être si bien entourée.

– Je mène peut-être une vie moins conventionnelle, mais j'ai la tête sur les épaules.

J'opine de la tête. Pour moi c'est clair, il n'y a pas meilleur exemple à suivre.

– À partir de maintenant, tes études seront entièrement à ma charge.

Je cligne plusieurs fois des yeux en proie à l'hésitation, pas certaine d'avoir bien compris.

– À ta charge ?

– Oui, c'est bien ça.

Estomaquée, je la scrute bouche bée un long moment.

– Mais c'est beaucoup d'argent !

– Je n'ai peut-être pas fait d'études universitaires, mais je suis au courant de leur prix exorbitant, me rétorque-t-elle sèchement.

– Je te rembourserai !

– N'y compte pas !

Elle sort de son sac un tas de papiers qu'elle me tend.

– Réalise enfin ton rêve, c'est tout ce que je veux pour toi.

Elle a toujours été une seconde maman pour moi. Un pilier dans ma vie. Je la prends dans mes bras et lui chuchote à l'oreille.

– Merci.

– Ne me remercie pas. Ton bonheur est la seule chose qui m'importe.

Je l'embrasse sur la joue en esquissant un sourire jusqu'aux oreilles, puis m'en empare et lis chaque feuille. Lorsque je découvre le contenu, estomaquée, j'écarquille les yeux. *Mon dossier d'admission à Northwestern University dans la région de Chicago !*

– Je l'avais jeté à la poubelle !

– Écoute, l'année dernière a été une année difficile pour toi et j'ai toujours pensé qu'il était préférable que tu sois aux côtés de ton frère. Mais là, je te donne l'opportunité de tout changer ! Tu y avais été acceptée. Alors inscris-toi de nouveau !

Je fixe le logo de l'université de mes rêves et le caresse du bout du doigt. Je n'en reviens toujours pas.

– J'ai fait une nouvelle demande d'inscription, mais c'est à toi de valider... ou pas.

Je lève mon nez pour plonger mon regard dans le sien.

– C'est certainement trop tard, annoncé-je encore interdite.

– Je ne dis pas que ce sera facile, mais tu as toujours eu d'excellents résultats. Continue comme ça et il n'y a aucune raison que tu ne l'intègres pas en septembre.

– Neal m'a demandé de l'accompagner à New York.

– Eh bien pourquoi pas New York ?! se réjouit-elle en tapant dans ses mains. Tu as le choix !

– Ils ont de grands projets depuis des années, et ils touchent enfin au but. Je ne veux pas tout bousculer en m'imposant.

– Ils t'aiment. Tu ne t'imposes pas, crois-moi.

Elle me scrute et doit lire à mon expression que je suis déchirée par mes incertitudes et par les différentes possibilités qui s'offrent à moi.

– Rien ne presse. Fais ton propre choix en ton âme et conscience.

Le silence s'invite et donne plus de poids aux paroles de ma tante. On frappe à la porte.

– C'est mon homme. Vous allez pouvoir enfin vous rencontrer !

– J'ai hâte !

À peine la porte ouverte, il me gratifie d'un baiser comme si on ne s'était plus vus depuis des jours.

– Tu es partie tôt ce matin, me déclare-t-il, un brin contrarié.

– Je devais aller à la bibliothèque.

– Tu aurais pu me réveiller.

– T'as bossé tard avec Matt. Je ne voulais pas perturber ton sommeil.

– En ne me réveillant pas, tu as perturbé ma journée.

Je glousse comme une poule. Il me rend niaise avec ses déclarations d'amour.

– D'accord, les prochaines fois, je te réveille.

– T'as tout compris, mon ange.

Dos à moi, il n'a pas encore vu ma tante qui sourit comme une bienheureuse. Je ris en le laissant entrer, il finit par la remarquer.

– Neal, je te présente ma tante Rose qui m'a fait une visite surprise. Rose, Neal. Mon petit ami.

– Enchanté ! J'ai beaucoup entendu parler de vous, déclare Neal. C'est sympa de vous rencontrer enfin !

– Plaisir partagé ! Et pas de vouvoiement avec moi.

Ils échangent un regard complice, accompagné d'un sourire.

– Toutes mes félicitations pour ton stage à New York ! reprend-elle.

– C'est cool en effet. On a hâte d'y être.

– J'imagine ! C'est une nouvelle vie qui commence pour vous deux.

Il jette un rapide coup d'œil dans ma direction.

– Un nouveau départ à trois, rectifie-t-il avec foi. Enfin, c'est ma façon de voir les choses.

Plus il espère et plus je panique. Je me dirige jusqu'à mon lit et attrape mon dossier d'admission que je fourre dans un des tiroirs de mon bureau. Quand je me retourne vers eux, Rose fronce les sourcils en s'inquiétant de mon geste alors que Neal y prête peu d'attention. Il soulève le sac qu'il tient dans sa main.

– Je t'ai apporté une salade César… Et une aux boulettes de bœuf épicées. Ça te dit ?

Il regarde Rose.

– Ne te prive pas pour moi.

– Vous avez certainement du temps à rattraper. Et ça me fait plaisir !

Je ne peux pas m'empêcher de sourire en attestant de l'expression extatique de ma tante. Elle est sous son charme. Je m'avance vers lui et passe mes bras autour de sa taille. J'enfouis mon nez dans son cou et hume son odeur que j'aime tant.

– On mange ensemble ce soir ? m'enquiers-je.

– Seulement si tu cuisines, me taquine-t-il.

Je rigole en lui donnant une tape amicale sur le torse avant de m'emparer du sac. Même si on ne mange pas toujours ensemble, je cuisine presque chaque soir. Ça me détend après des journées d'étude bien chargées, et mes trois colocs ne demandent que ça !

– Tu es invitée, bien sûr ! m'adressé-je à Rose. Matt sera content de te voir.

– Je ne peux malheureusement pas m'éterniser. Je dois prendre un vol en fin d'après-midi pour Los Angeles.

– Il est alors temps de m'éclipser. À la prochaine !

– Sans aucun doute.

Il tire sur ma queue-de-cheval pour m'embrasser à pleine bouche. Neal reste très démonstratif, même en public. Nos lèvres se détachent quand j'ai fait le plein de son amour.

Une fois partie, Rose s'évente le visage comme si elle avait soudainement chaud.

– Cet homme est fou de toi !

– Je sais, lui réponds-je en affichant un énorme sourire. Et moi dingue de lui !

Elle avance vers moi en me scrutant d'une œillade intriguée.

– As-tu l'intention de lui dire que je m'engage à payer tes études ?

– Oui ! Bien sûr.

– Et lui parler de ton dossier d'admission que tu viens de planquer ?

Mon hésitation me trahit.

– Tant que je ne sais pas ce que je veux, non.

– Pour quelle raison ?

– Pour ne pas l'inquiéter plus qu'il ne l'est déjà.

– C'est pourtant une discussion que vous devriez avoir à deux.

– Je sais ! réponds-je plus sèchement que voulu.

Elle attrape le sac dans ma main.

– Ne te sous-estime pas.

– Facile à dire.

– Peut-être, oui. Mais si tu fais un choix pour les mauvaises raisons, tu finiras par avoir des regrets.

Face à mon silence obstiné, elle élude en clôturant le sujet.

– Allons manger à l'extérieur. Il fait un temps magnifique !

***

Je marche jusqu'au parc du campus en étant autant stressée qu'excitée. Je dois retrouver Neal pour le déjeuner et lui annoncer la nouvelle. Plus de dix jours que je repousse cette discussion, mais là, je n'ai plus aucune excuse. Suite à la visite de ma tante, j'ai contacté le service des inscriptions de Northwestern University. On m'a communiqué une adresse e-mail ainsi qu'un nom et, depuis que j'échange avec le responsable, je réalise que j'ai de grandes chances d'y être admise de nouveau.

Je fouille dans mon sac à la recherche d'un élastique. Le mois de juin a à peine commencé que j'ai déjà super chaud et noue mes cheveux en un chignon négligé. J'ai enfilé une robe d'été qui épouse mes formes et qui est du genre à affoler la libido de mon homme. Depuis qu'il a appris que ma tante prenait en charge mes études, il est comme sur un petit nuage.

Il est tellement sûr que je vais le suivre à New York, alors que je ne lui ai toujours pas fait part de ma décision. Je n'ai pas eu le courage de lui parler de mon dossier d'admission. La peur au ventre m'envahit à l'idée que la longue distance qui s'impose entre nous mette un terme définitif à notre relation. Plus j'y pense et plus je me dis que je n'aurais jamais dû rouvrir ce dossier. C'était une mauvaise idée !... *Non, il faut d'abord que je lui en parle !*

– Ah te voilà ! m'accueille-t-il en me soulevant du sol pour avoir un meilleur accès à mes lèvres.

Je pouffe en nouant mes bras autour de son cou.

– Je ne suis pas en retard !

– C'est vrai. Mais je t'ai vue arriver de loin. Tu es super bandante !

Il me pelote les fesses.

– Et je rêvais de faire ça, me chuchote-t-il à l'oreille alors que je ris.

Il me prend la main et m'entraîne vers un banc où trône notre déjeuner.

– C'est chinois aujourd'hui !

Je soupire de bien-être.

– Nouilles au poulet et scampis aux noix de cajou pour toi.

– Tu es un ange !

Il grimace, écœuré. Il déteste ce surnom alors que c'est bien devenu le mien !

– Un ange qui a envie de te baiser, oui.

Je m'esclaffe.

– Je suis seule dans ma chambre cet après-midi. Si ça te dit de me raccompagner, l'aguiché-je en lui volant un baiser.

C'est un peu trop court pour lui. Il m'embrasse en retour et pendant quelques secondes, j'oublie où je suis. Je ne pense qu'à nos corps connectés. Il sent mon sourire se dessiner sur ses lèvres et quand il rompt le contact de nos deux bouches, j'ai l'impression de planer. Il s'installe sur le banc et m'asseoit sur ses genoux.

– Proposition acceptée.

On échange un regard complice avant de déballer nos plats. J'engloutis un scampi en gémissant de plaisir.

– Que c'est bon ! annoncé-je en le dévisageant avec tendresse.

Je fronce les sourcils en remarquant qu'il m'observe avec intensité.

– Tu ne manges pas ?

– Et si on partait ?

– Comment ça ?

Il attrape mon chignon qui tombe sur ma nuque et le défait. Il enroule une mèche autour de son doigt sans rompre notre regard échangé.

– Quand mon stage va commencer, ça va être intense. J'aurai peu de temps libre. Alors autant en profiter pour partir tous les deux.

C'est le moment de lui annoncer cette opportunité qui s'offre à moi, je crois.

Chapitre 35

Le cœur tambourinant d'appréhension, mêlée à l'excitation, j'ouvre la bouche quand il poursuit :

– Voilà ma proposition. Seuls sur la route 66 tout le mois de juillet. On ne prévoit rien, on se laisse guider selon nos envies.

Il appuie ses lèvres sur les miennes avant de reprendre :

– Qu'est-ce que tu en penses ?

Waouh !

Que j'aime cet homme ! Je pose mon repas sur le banc et glisse mes doigts dans sa chevelure.

– Ton idée me plaît beaucoup. J'ai même hâte d'y être !

Son sourire lui dévore le visage.

– Je m'occupe de tout organiser.

– Tu viens de me dire qu'on ne devait rien prévoir.

– Au moins l'entretien de ma Mustang… Question de ne pas tomber en rade en cours de route.

Je plonge mon regard dans ses prunelles d'adoration et mes derniers doutes sont balayés par cet homme sublime qui mise tellement sur notre couple. J'écrase mes lèvres et lui délivre tous les sentiments que j'éprouve pour lui. Cet amour qui me fait flipper à cause de mes doutes, mais qui me rend si heureuse chaque jour.

– Je dois te dire un truc.

– Dans une minute. J'ai pas encore fini.

Son intonation éraillée laisse s'épanouir un frisson de plaisir sur ma peau. Nos langues se cherchent et se tourmentent dans une urgence croissante. Je suis à peine consciente que nous ne sommes plus seuls sur notre banc, trop accaparés par notre passion dévorante.

– Faites comme si je n'étais pas là ! nous surprend la voix de Matt.

On reprend notre souffle en portant notre attention sur mon frère qui est en train d'engloutir mon plat ! Neal lui lance un regard mauvais, puis lui assène un coup à l'arrière du crâne.

– Aïe ! s'insurge mon lourdingue de frère en recrachant la moitié de mes nouilles.

Neal lui retire sèchement mon repas des mains tandis que je ris. C'est plus fort que moi, ses manières grossières m'éclatent. Il faut avouer que, depuis le temps, je suis immunisée.

– Dégage, Evans. Je suis sérieux !

– Tu pourrais écouter ce que j'ai à te dire au moins.

– Fais vite alors !

– J'ai reçu un appel de Greenwood. Il veut carrément qu'on fasse partie de son équipe.

Neal affiche une expression incrédule.

– On n'est que des stagiaires débutants, c'est impossible !

– Impossible n'est pas Evans, mon pote, se réjouit Matt.

– Qui est Greenwood ? m'enquiers-je.

– C'est le bras droit d'un des associés du cabinet, m'explique Neal d'un ton suspicieux. Où est le piège ?

– On doit commencer le 10 juillet à la place du 2 septembre. L'équipe est sur un gros coup. Bon, il faut s'attendre à faire les merdes des autres en ne comptant pas nos heures. Mais si on se fait remarquer, c'est le jackpot, mec !

Les étoiles plein les yeux, il s'affale sur le banc, les jambes croisées tandis que Neal prend conscience de l'énormité de la nouvelle. Un sourire rayonnant de fierté se dessine sur ses lèvres. Il lève sa main dans sa direction pour un high five.

– C'est génial ! m'enthousiasmé-je en leur souriant. Félicitations !

– Merci, ma puce.

– C'est une occase inespérée ! m'informe Neal en proie à une hésitation soudaine. Pour notre voyage…

– On l'organisera à un autre moment, le rassuré-je en un sourire confiant.

On sait tous les deux que ça ne sera pas avant l'année prochaine, au moins. Une part en moi le regrette vivement. J'aurais adoré cette parenthèse pour nous ressourcer avant notre séparation longue distance. Voilà, je me l'avoue. Je veux intégrer la Northwestern University. J'aurais au moins l'impression de maîtriser quelque chose de ma vie.

Comme un sixième sens, il fouille mon regard.

– Au fait, tu voulais me dire quoi tout à l'heure ?

– Ça peut attendre. Je t'en parlerai plus tard.

Je ne veux pas gâcher l'instant. Matt a profité de notre distraction pour s'enfiler la moitié de mon plat. Je m'en empare avant qu'il engloutisse tout.

– Hé, j'allais t'en laisser !

– Et en plus tu râles, gloussé-je. T'es pas vite gêné !

– Ce n'est pas ma faute si l'appétit vient en mangeant.

– Eh bien sûr, t'as mangé tous les scampis ! m'indigné-je.

– Nan. Il doit bien en rester un dans le fond.

Quel enfoiré ! pensé-je en riant. Neal lui fourre son repas dans les mains.

– Cadeau ! Maintenant, tire-toi !

– Avec plaisir, réplique-t-il d'excellente humeur alors que l'expression de Neal se grave de sérieux. Ce soir, on sort pour fêter cette putain de bonne nouvelle !

Il part sans qu'on lui ait répondu, shooté par l'euphorie. Neal agrippe mon menton pour attirer mon attention.

– Non, ça ne peut pas attendre. Dis-moi.

Son instinct protecteur, son regard empli de tendresse et sa main sur ma joue prennent tout leur sens pour moi. J'ai une conscience aiguë du feu qui crépite et s'embrase au moindre de ses touchers. Il rend ma vie tellement plus belle, plus supportable dans les coups durs. Et là, j'ai peur de lui annoncer la nouvelle. J'ai peur de le perdre. Peur de me retrouver seule, loin de lui et de Matt, et de ne pas y arriver sans eux. *Et en même temps, qu'est-ce que je peux lui apporter de plus alors qu'il va vivre l'expérience la plus exaltante de sa vie avec mon frère ?...* Je déteste me sentir si faible, si dépendante, et ma lâcheté anime ma langue avec un enthousiasme feint :

– Je viens habiter à New York avec toi !

Sa mine interrogative exprime toute sa surprise. Il se demande d'où ça vient, surtout que dernièrement, je lui ai dit que je voulais vivre au jour le jour, seule la réussite de mon année m'importait. Il est loin d'être dupe, il sent que je ne lui dis pas tout. Il me scrute avec une telle ardeur que je préfère fuir son attention en pressant ma joue contre la sienne. Au creux de son oreille, je lui susurre :

– Je ne peux pas vivre loin de toi. Je ne m'en sens pas capable.

Il exhale un long soupir de soulagement.

– On est deux alors, mon ange.

Il se recule pour croiser mon regard. Ses iris se teintent d'une lueur si chaude, se colorent d'une émotion si intense, que je me noie dedans avec délectation.

– Ta proposition que je te raccompagne dans ta piaule tient toujours ? Parce que là, tout de suite, j'ai très envie de te montrer à quel point ça me rend heureux.

Sur ses lèvres se dessine un sourire carnassier qui provoque l'ébauche du mien. Je lui donne mon assentiment d'un signe de la tête. Il se lève si brusquement que je resserre ma prise autour de son cou en éclatant de rire. Ne plus ressentir cet état de joie au quotidien est au-dessus de mes forces. Même si une petite voix me crie le contraire, je sais que j'ai pris la bonne décision.

***

Le soir venu, je retrouve Mia et Sam chez Osti. Ils sont déjà installés à notre table habituelle, celle dans le fond de la salle qui donne une magnifique vue sur le parc. C'est Mia qui m'aperçoit la première, parce que Sam est bien trop occupé à la bouffer du regard. Son visage s'illumine de bonheur tout comme le mien. Depuis que je passe mes journées à réviser le plus souvent possible à la bibliothèque et mes soirées avec mes autres colocs, nous ne faisons que nous croiser.

– Lilou ! s'écrie-t-elle en se levant de sa chaise pour me prendre dans les bras. Enfin on se retrouve tous les trois ! Nos sorties m'avaient trop manqué.

– Tu vires sentimentaliste ! pouffé-je en prolongeant notre étreinte.

– Vous avez bientôt terminé votre petite démonstration en public ? s'incruste Sam d'un ton vindicatif. J'ai faim !

– Sympa l'accueil !

– T'es en retard, me tacle-t-il, sans le sourire en prime. On aurait dû commander depuis dix minutes.

– Ne fais pas attention à lui, glousse Mia. Il a mal géré son dernier examen.

Avant de m'asseoir, je l'embrasse sur la joue.

– Comment ça ? l'interrogé-je en le fixant.

– Je l'ai foiré !

Mia lève les yeux en l'air, comme s'il en faisait des tonnes.

– J'ai du mal à le croire.

– Enfin, bref. On peut commander, maintenant ! ronchonne-t-il.

– T'as raison, ça ira mieux une fois le ventre plein ! me gaussé-je.

Comme si un serveur avait senti l'aura noire au-dessus de notre table, il vient illico prendre notre commande, essentiellement constituée d'hamburgers et de frites nappées d'une sauce au fromage. Un sourire flottant sur ses lèvres, Sam caresse la nuque de Mia tout en me fixant.

– Et toi, tes examens ?

– Je pense avoir bien assuré. Disons que j'ai tout fait pour !

– C'est sûr ! Tu vas pouvoir intégrer Northwestern ! déclare-t-il, impressionné. J'aurais rêvé d'y aller moi aussi. Mais pour ça, il aurait fallu que je bosse plus dur.

Son sourire se transforme en quelque chose de plus coquin.

– Au lycée, les filles attiraient beaucoup plus mon attention, se sent-il obligé de préciser.

Je rigole alors que le cœur n'y est pas.

– Cette université est une sacrée opportunité ! ajoute-t-il d'un ton rêveur.

Il porte son attention sur ma coloc.

– Mais toi, tu es la personne qui m'empêche d'avoir des regrets.

Oh ! C'est trop mignon ! Et le sourire émerveillé de Mia vaut tout l'or du monde. Ils sont vraiment adorables tous les deux. Petit smack. Regard amoureux et enflammé échangé. Un laps de temps où m'assaille une vague d'appréhension. Je dois leur dire, en espérant qu'ils le comprennent. Parce que moi, j'évite de m'appesantir sur le sujet.

– T'en fais une tête ! s'inquiète Mia.

– Je n'irai pas à Northwestern. Je vais vivre à New York avec Neal.

Ils me dévisagent avec une totale incompréhension alors que mon pied bat la mesure sous la table.

– Euh… Tu avais pourtant l'air emballée, s'étonne Mia. C'est ton rêve qui se concrétise enfin ! Je ne comprends pas ?

– C'est à cause de ton mec ? m'interroge Sam d'un ton sec.

– Non, pas du tout ! Il n’est pas au courant pour Northwestern.

Mia suspend ses lèvres au-dessus de sa paille tandis que Sam fronce les sourcils. Là, je les ai complètement perdus.

– Je ne peux pas vivre sans lui, leur avoué-je. Et vivre seule dans une nouvelle ville me fait peur. J’ai l’impression que je n’y arriverai pas.

– Arrête tes conneries ! m’assène Sam. Tu es une nana déterminée qui ne lâche jamais rien. Surtout quand t’y crois !

Et pourtant, depuis la visite de mes parents, quelque chose en moi s’est brisé. Je n’y peux rien. Alors qu’il le comprenne ou non, je riposte :

– Pour le moment, je ne m’en sens pas capable. J’ai besoin de temps !

Mia soupire en enveloppant ma main de la sienne.

– Il faut que tu en parles à l’homme que tu aimes. C’est un tournant bien trop important dans ta vie pour ne pas le mettre dans la confidence.

– Je ne crois pas aux relations à distance.

L’expression de Mia se voile de chagrin alors que celle de Sam se durcit comme si je racontais des conneries.

– Tu pourrais aussi avoir plus confiance en ton mec, me tacle-t-il.

C’est là que le bât blesse. Je me renfrogne pour masquer mon émoi. C’est mon manque de confiance en moi qui me fait défaut. Et ce n’est pas à Neal de gérer le bordel dans ma tête.

– J’ai confiance en lui ! m’emballé-je.

Mes yeux humides me trahissent. *Génial !* Je suis tellement à fleur de peau que je ne parviens plus à maîtriser mes émotions. Il leur faut une fraction de seconde pour comprendre que ce n’est pas Neal le problème.

– Je n’ai plus envie d’en parler, je vous demande juste de me soutenir.

Le serveur arrive avec un plateau rempli. Il dispose les assiettes sur la table tandis que je m’empare de mon verre de Coca pour en boire une grande gorgée. Ça apaise aussitôt la boule douloureuse qui s’est logée dans ma gorge.

– Tu vas nous manquer, m’avoue Mia, un brin tristounette.

– Heureusement que ma copine est là pour le shopping, déclare-t-il d'une intonation badine en grignotant une frite me faisant lever les yeux au ciel. Mais ouais, tu vas nous manquer.

Il tient la forme aujourd'hui !

Un sourire de reconnaissance flotte sur mes lèvres.

– Hé, je ne pars pas à l'autre bout du monde. New York sera une ville super sympa à visiter !

Ils opinent de la tête.

– On s'organise très vite ! En attendant, il y a aussi FaceTime, ajoute Mia.

– On ne perdra pas le contact, lui assuré-je.

– Ne vous mettez pas à chialer, renchérit Sam. Attendez au moins qu'on ait fini de manger.

Je secoue la tête, amusée, tout en l'observant. Affamé, il mord à pleines dents dans son triple bacon. Son gémissement provoque notre gloussement et nous entamons notre repas sur une note plus légère.

– Vous partez toujours au Japon ? demandé-je après avoir avalé ma bouchée.

– Oui ! s'enthousiasme Mia. Les deux dernières semaines de juillet. On logera chez mes grands-parents.

– Envoyez-moi des photos. J'aurais l'impression de voyager avec vous.

– Et toi, tu as prévu quoi ? m'interroge Mia.

J'ai un pincement au cœur de ne pas pouvoir partir sur la route 66 avec Neal.

– Encore rien de concret. Mais j'ai l'intention de bosser toutes les vacances. Hors de question que ma tante assume tout. Elle gère déjà les études, c'est déjà beaucoup.

– Tu vas habiter avec Neal alors ? me questionne Sam.

– Oui, et avec Matt aussi. Ça ne va pas beaucoup me changer ! pouffé-je.

Ils refusent que j'intervienne dans le loyer, alors j'ai décidé de me charger des courses et de la cuisine. Il va falloir que je pense aussi à me trouver un petit boulot sur le côté. Il y a tellement de choses auxquelles je dois réfléchir maintenant.

– Tu as sélectionné quelle université ? s'enquiert Sam.

La fameuse question…

– Je ne sais pas encore. J'attends de terminer mes examens pour faire ma demande d'inscription.

Il a un temps d'arrêt. Je sens qu'il a envie de répliquer quelque chose, mais s'en abstient.

– On pourra regarder ensemble si tu veux.

– Ce serait vraiment cool, lui souris-je avec reconnaissance.

– Et si on partait à New York au mois d'août ? s'illumine soudain Mia en fixant son homme.

Mes yeux s'agrandissent d'excitation. Je dévisage mon ami dans l'attente de sa réponse. En mode emmerdeur, il s'empare de plusieurs frites et les engouffre en mâchant avec lenteur. Mue par l'agacement, Mia souffle en lui administrant un coup de coude dans les côtes. Il se marre en avalant de travers.

– OK, je viendrai seule, riposte Mia.

Sam boit une gorgée de sa bière et se penche vers elle.

– Comme si je pouvais te priver de mon corps, réplique-t-il d'une voix étrangement basse. Ce serait inhumain de te faire ça.

Tremblement des lèvres de Mia. Elle tente de se retenir, mais c'est un cuisant échec quand elle libère un éclat de rire en scrutant Sam avec tendresse. J'engloutis une frite en souriant à la scène. *Ils vont trop me manquer !*

Chapitre 36

Je claque la porte de l'appart en retirant l'élastique de mes cheveux. La journée a été longue à courir dans tous les sens, mais je ne me suis jamais aussi bien sentie depuis des semaines. Tyler apparaît à l'encadrement du salon.

– Félicitations, ma belle !

Mon sourire doit rayonner à des kilomètres.

– Merci ! Je suis soulagée, tu n'imagines pas à quel point.

– Soulagée de quoi ? m'interroge-t-il, confus. T'as cartonné pour ta première année. Ce n'est pas courant tu sais.

– C'était ma priorité. Je me devais de la réussir, lui confié-je en le rejoignant.

– Eh bien, t'étais super motivée pour la réussir aussi bien !

Tyler est en troisième année de graphisme. Ce mec est un passionné, il passe le plus clair de son temps à créer son propre jeu vidéo. Pour l'instant, il l'a mis en ligne gratuitement afin d'avoir l'avis des joueurs, et il cartonne !

– T'es pas mal dans ton genre, répliqué-je, amusée.

– Je savais que tu avais un petit faible pour moi. Ne dis rien à Rendall. Il est trop cool pour avoir le cœur brisé !

Je glousse. Ty est un coloc en or, toujours de bonne constitution et facile à vivre. Lui aussi va me manquer.

– Promis, je ne lui dirai rien.

– Tant mieux parce qu'il est dans sa piaule et tire la tronche depuis qu'il est rentré. Même Matt n'est pas parvenu à le dérider.

Je fronce les sourcils. Je ne l'ai plus vu depuis ce matin, mais quand je l'ai quitté, il était d'excellente humeur.

– Bon, je file. On se voit plus tard ! m'informe-t-il en claquant un baiser sur ma joue. Ah, au fait ! Je dois t'avouer que je vais te regretter l'année prochaine.

– Mais toi aussi, mon chou ! lui réponds-je dans un large sourire.

– Personne ne cuisine aussi bien que toi le poulet au parmesan. Je viens de me goinfrer comme un porc.

Il masse son ventre alors que mon hilarité ricoche dans la pièce. Me voilà réduite à satisfaire son estomac !

– C'est toujours agréable à entendre !

– C'était un compliment, dit-il plus sérieux, me scrutant maintenant avec intensité. Je vais regretter à fond notre coloc à quatre. Et ton frangin, encore plus.

Il soupire en esquissant un rictus malicieux avant de sortir de l'appart.

Je souris de plus en plus amusée et longe le couloir pour rejoindre Neal dans sa chambre.

Il est au téléphone et, en prenant la conversation en route, je comprends qu'il est avec sa mère. J'ai soudain un pincement au cœur en pensant à la mienne. Je n'ai eu aucune nouvelle depuis leur venue et me suis sentie vraiment triste de ne pas pouvoir les contacter aujourd'hui pour leur annoncer ma belle réussite. Je parviens à capter son regard, et là, je peux en effet constater qu'il a une expression plutôt tendue alors que sa voix reste agréable.

– Ma mère te félicite, me déclare-t-il avant que je lui réponde par un grand sourire. Elle souhaite nous voir avant notre départ à New York pour fêter nos deux réussites.

– Avant le 10 juillet alors ! lui rappelé-je en le rejoignant pour l'embrasser brièvement sur les lèvres. C'est quand tu veux.

Son regard est si empreint de gravité que je commence à m'inquiéter. Ils discutent pour trouver le jour idéal et mon cœur rate un battement lorsque je remarque mon dossier d'admission à Northwestern sur son bureau. *Comment… ?* Une bouffée d'angoisse m'envahit. Ma canine se plante dans ma lèvre jusqu'à ressentir une douleur lancinante. Une sensation qui m'arrime pourtant au calme et qui m'empêche de m'affoler.

– Tu avais l'intention de m'en parler ?

Plongée dans mes pensées, je m'aperçois qu'il n'a plus son téléphone en main.

– Comment l'as-tu eu ?

– C'est tout ce que tu trouves à me dire ?!

OK, là, il est fâché.

– J'ai crocheté la serrure de ta piaule pour te faire une surprise.

Il se donne la peine de se justifier alors que chaque mot est débité avec une froideur qui camoufle son chagrin.

– Ton investissement avait fini par payer, ça méritait d'être fêté.

Ah oui, la boîte de donuts ! Je lui ai envoyé un message pour le remercier et, maintenant, je comprends mieux pourquoi il n'a pas répondu.

– Je vais te poser la question autrement. Pourquoi tu ne m'as rien dit ?

– Parce que mon choix était fait, riposté-je en m'adossant contre son bureau. Pas besoin d'en faire toute une montagne !

J'ai envie de fuir son regard perçant qui s'assombrit d'une colère à peine contenue, mais je tiens bon en agrippant le rebord de son bureau jusqu'à faire blanchir mes phalanges.

– Pas besoin de… Tu te fous de ma gueule ?! Je me suis renseigné sur cette université. C'est une des meilleures dans ton domaine pour ne pas dire la meilleure ! Ton dossier date de l'année passée, tu rêvais déjà de l'intégrer.

– Voilà, tu l'as dit, je rêvais. C'est du passé !

– Prends-moi pour un con ! Tu as imprimé tous tes échanges avec un des responsables datant de ces dernières semaines. Pourquoi te donner cette peine si tu n'étais plus intéressée ?

– Par fierté ! Je voulais avoir un souvenir qui prouvait que je pouvais l'intégrer.

Ses mains se calent à l'arrière de son crâne, comme si je le rendais dingue. Et son œillade enflammée, je n'en parle même pas ! Je veux clore cette discussion stérile.

– Tu as bossé tellement dur ton année, et tu refuses une telle opportunité. Pourquoi ?

– Je te l'ai déjà dit. Je ne peux pas vivre loin de toi. Je ne m'en sens pas capable !

Il secoue la tête en fronçant les sourcils, comme si son cerveau fonctionnait à plein régime.

– Ce dossier, tu l'as depuis quand ?

– Depuis la venue de ma tante. C'est elle qui me l'a donné.

Un éclair de douleur perce ses iris. Je l'ai blessé de le lui avoir caché depuis des semaines, et ça me fout encore plus en rogne contre moi-même.

– Elle t'a donné une nouvelle chance. Tu dois la saisir !

Pour que ça soit bien clair une bonne fois pour toutes, j'attrape le dossier et le jette avec hargne à la poubelle.

– Tu ne veux pas comprendre que j'ai fait mon choix ! Cette université est de l'histoire ancienne. Il n'y a rien d'autre à ajouter !

Il avale la distance qui nous sépare pour s'emparer de mon visage.

– Bien au contraire, j'ai loin d'en avoir fini.

Le silence s'invite avant qu'il me foudroie de ces mots :

– Si tu ne t'en sens pas capable, c'est parce que tu ne crois pas en nous ?

– Bien sûr que si ! me scandalisé-je.

– Pourtant, tu ne tentes même pas le coup, me déclare-t-il en pinçant les lèvres de frustration. Tu penses que notre relation à distance est condamnée d'avance ?

Face à mon silence, il ajoute :

– Tu ne nous laisses aucune chance. Tu as si peu confiance en moi ? En nous ?

Il cherche des explications à mon geste, et je me dois d'être honnête.

– J'ai la trouille de te perdre !

Il ne s'attendait pas à cette réponse. Les secondes s'égrènent dans un parfait silence, il me scrute avec une telle incrédulité que je le repousse. Il contre-attaque en m'enveloppant dans une étreinte déboussolée, à l'image du rythme affolé de son cœur dès que mon oreille se plaque contre son torse.

– Je t'aime comme un dingue. Tu le sais ! Qu'est-ce que j'ai fait pour que tu puisses penser le contraire ?

– Ce n'est pas toi !... C'est moi le problème. J'ai perdu mes parents à cause de l'idée déplorable qu'ils ont de moi. J'ai fini par douter de tout en me sentant impuissante à réagir… C'est loin d'être facile à gérer au quotidien !

Je me détache de son étreinte et le dévisage. Mon ton teigneux est loin de lui plaire, mais il prend sur lui pour riposter d'un calme trompeur.

– Eh bien t'as raison. J'en sais que dalle, parce que tu ne te confies plus à moi !

Il a raison. Je soupire en retour.

– Je n'aime pas me montrer faible.

– C'est l'image que tu as d'un couple ?! Montrer uniquement les bons côtés ?

Que répondre à ça… J'ai merdé et je le sais parfaitement.

– Je te veux pour le meilleur et pour le pire.

Jusque-là, j'avais tenu le coup, mais sa déclaration fait voler mon masque en éclats. Ma vue se trouble, incapable d'endiguer le flot de larmes qui coule en toute impudence sur mes joues. Ses bras me ramènent contre son corps solide. Il est mon ancre. Si seulement il pouvait s'en rendre compte, il comprendrait ma décision.

– Rassure-toi. On n'en est toujours qu'au meilleur, me console-t-il avec humour.

Et ça marche. Je souris et les traces de mon chagrin finissent par se tarir.

– Je ne me sens pas la force de vivre seule dans une ville inconnue. De devoir tout recommencer à zéro.

Il souffle d'impuissance.

– Je savais que quelque chose clochait, je n'aurais pas dû laisser couler autant de temps.

– J'ai tout fait pour que tu laisses couler. C'était plus facile à gérer pour moi… La fuite, ça me connaît bien.

– Promets-moi de ne plus jamais me cacher une chose aussi importante.

– J'essaierai.

Il me toise avec patience. Je me sens tellement en confiance avec lui que je ne peux pas m'empêcher de le provoquer.

– Je ferai mieux la prochaine fois ! C'est bon pour toi ?

Il se jette sur mes lèvres comme un affamé et quand nos bouches se séparent, seul le bruit de notre respiration hachée résonne dans la pièce.

– J'ai toujours l'intention de m'associer avec ton frangin. Mais ce n'est pas avec lui que je veux faire ma vie. J'espère que c'est assez clair pour toi…

– Neal…

Il appuie un doigt sur ma bouche pour m'intimer le silence.

– Tu as choisi quelle université à New York ?

Le cœur battant à tout rompre, je lui réponds.

– Je n'ai pas encore fait mon choix.

– Cite-moi celle qui te vient tout de suite en tête.

Je me suis à peine renseignée… Et sur le vif, je suis bien incapable d'en citer une seule !

– Je n'ai pas encore eu le temps de regarder.

Ma réponse est loin de lui plaire.

– Tu veux vivre avec moi à New York, et tu n'as encore pris aucune info !… Ça ne te ressemble pas.

– Je vais le faire, j'ai tout mon temps maintenant.

– Bordel, Lilou ! On parle de ton avenir là. Dis-le !

– Dire quoi ! riposté-je en le défiant du regard alors que mes mains s'agrippent à son tee-shirt. Que Northwestern est mon rêve ? Tu veux que je sois honnête, c'est ça ?

– C'est si difficile de le dire ? m'interroge-t-il avec un tel amour dans ses yeux.

– Oui.

– Je ne te laisserai pas toute seule. Evans comprendra.

– Comment ça ? m'enquiers-je, en proie à la panique.

– Tu écoutes ce que je te dis ? Tu comptes plus que ce stage pour moi. Je pourrai en trouver un autre à Chicago.

Je secoue la tête avec horreur.

– Quoi ?... *Non !* Hors de question ! Pas comme celui que vous avez décroché, c'est la chance de vos vies ! Ça ne se refuse pas !

– Exactement comme pour toi !

– Non...

– Laisse-moi finir, m'intime-t-il d'une intonation bien trop calme, bien trop assurée. Il n'y a pas que New York. J'ai laissé ton frangin tout gérer parce que de nous deux, c'est lui le plus hargneux. Celui qui cherche le must sans rien lâcher. Et ça m'a bien arrangé. Vous vous ressemblez tellement tous les deux !

Il me dédie un clin d'œil de connivence alors que je suis une boule de stress.

– Je n'ai pas été totalement honnête, moi non plus.

– Comment ça ?

– Je veux me prouver que je peux être aussi bon que ton frangin, mais à Chicago.

Oh mon Dieu, il veut me suivre !... Les mots de ma mère me reviennent en tête et me frappent avec une force dévastatrice. Ils sont bien plus percutants et plus vrais que je ne l'aurais jamais cru.

« Tu espères quoi de lui à des milliers de kilomètres ? C'est voué à l'échec. À moins que tu prévoies de l'empêcher de partir… J'espère que tu n'as pas l'intention de gâcher le rêve de ton frère d'être associé avec lui ?... Si ? »

Elle avait raison… Je me mets entre eux. Je suis en train de tout gâcher, comme si c'était un don inné chez moi. Une révélation qui me tord douloureusement le ventre. *C'est hors de question !* Comme un black-out interne, je le fais taire d'un baiser fougueux. Nos langues se caressent et se frottent avec une telle passion que je le laisse mener la danse. Je veux me souvenir de cet instant, le chérir au fond de mon cœur.

Dans ce mélange d'appréhension, d'urgence, de frustration et d'amour fou, nos corps deviennent insatiables. Il me soulève du sol et mes jambes s'enroulent autour de sa taille. Le corps pressé entre le mur et son corps puissant, j'ai une conscience aiguë de son érection qui frotte contre mon intimité. Faisant croître ma propre excitation jusqu'à en devenir folle. Un long gémissement s'échappe d'entre mes lèvres lorsqu'il suce la peau fine derrière mon oreille. Un son qui transforme ses pupilles en quelque chose de si sauvage et d'indomptable quand nos regards se télescopent que nous plongeons dans un monde plein de luxure.

Je me souviens à peine de nos vêtements qui volent dans la pièce, de mon corps qui atterrit lourdement sur notre lit. Je le dévore des yeux enfiler une capote avant de me recouvrir de son corps nu, bouillant et fiévreux. Il soulève mon genou et me pénètre d'une seule poussée, sans aucune douceur, telle une urgence. J'accueille la douleur avec délectation de le sentir si imposant en moi.

Dès son premier coup de reins, nous sommes submergés par une tornade émotionnelle. Je cambre le dos, mes jambes fermement arrimées à son dos afin de lui donner un meilleur angle de pénétration. Mon cri, mêlé à mes gémissements, et à ses râles gutturaux nous emporte loin. Nous ne formons plus qu'un. C'est si parfait. Si incroyable que le rythme effréné de son bassin qui claque fort contre le mien me fait chavirer dans un orgasme foudroyant. Je plante mes ongles dans son dos provoquant sa propre jouissance. Il agrippe mes fesses avec une telle force que je suis certaine d'y avoir des marques pendant de longs jours.

Haletant, il me contemple avec une telle adoration que des larmes m'échappent. Il les fait disparaître par de tendres baisers tout en me confiant :

– Je ne peux pas vivre loin de toi, c'est au-dessus de mes forces. Crois-moi, je suis en paix avec ma décision.

En effet, je le vois aux traits détendus de son beau visage. Mais c'est ce qu'il ressent pour l'instant, il finira par être habité par le regret. Puis je pense à Matt et ne peux pas lui infliger une telle déception. Impossible pour moi de lui enlever ce qu'il a si patiemment bâti depuis des années.

Je lui souris jusqu'à ce qu'il puisse y déchiffrer tout l'amour que je lui porte.

– Je t'aime.

– Je t'aime plus que tout. Je me chargerai de l'expliquer à Evans demain. D'accord ?

Mes doigts dans ses cheveux, je presse son nez dans mon cou pour lui cacher mon éclat de douleur. Je ne suis pas encore rassasiée de lui, j'ai encore besoin qu'il me marque de nouveau. De faire le plein de son amour.

– Et si tu arrêtais de parler, le provoqué-je d'un timbre sensuel.

– Tu en veux encore, mon ange, pouffe-t-il en me dévisageant de cet éclat de prédateur dans les yeux.

– Oui, je veux te sentir en moi jusqu'à l'épuisement.

Son rictus plein de lubricité annonce le début des festivités. Je ris et ai bien l'intention de profiter de chaque instant. De chaque seconde, comme un bien précieux.

Il a relevé le défi avec une telle ardeur que je suis à deux doigts de m'endormir. De le rejoindre dans le sommeil. Je bats des cils jusqu'à m'obliger à me libérer de son étreinte. Tâche plutôt ardue quand je réalise que c'est la dernière fois. Je parviens à m'extraire du lit et m'habille en ne décrochant pas mon regard de sa silhouette endormie. Il dégage une telle aura de virilité et de sensualité que je m'en imprègne comme une assoiffée. Le dernier souvenir que j'aurai de lui avant de partir. Avant de le trahir. Je fixe sa bouche avec désespoir. Cette même bouche qui m'a exprimé son amour de mille façons. Une fois vêtue, j'effleure ses lèvres en un doux baiser et essuie aussitôt une larme solitaire que je n'ai pas pu retenir.

Je ramasse son tee-shirt au sol et le hume jusqu'à gonfler mes poumons à bloc. Son odeur, sa chaleur réconfortante vont me manquer. Non, c'est lui tout entier qui va me manquer atrocement. Ma respiration s'altère sous le coup de la douleur, comme si j'avais reçu un coup de poignard en pleine poitrine. C'est certain, je vais morfler.

Je le glisse dans mon sac et inspecte une dernière fois sa chambre, puis reste plantée de longues minutes à l'observer. Si c'est mon âme sœur, mon Grand Amour, alors quoi qu'il advienne, on se retrouvera. J'ai besoin d'y croire pour le quitter. En espérant qu'il comprenne ma décision.

Chapitre 37

<u>*Point de vue de Neal*</u>

Les paupières closes, j'écoute le silence qui m'entoure jusqu'au froissement des draps. J'esquisse un sourire en sentant un corps se lover sur moi. Son parfum m'enivre et les baisers aguicheurs qu'elle dépose sur mon torse sont la promesse d'un réveil comme tout mec aimerait en avoir chaque matin. J'ouvre les yeux et lui dévoile un regard enfiévré. Ma beauté mordille ma lèvre en me lançant une œillade sulfureuse avant de tracer un sillon humide jusqu'à mon nombril. Mon érection se loge entre ses seins et cette vision torride fait jaillir du fond de ma gorge un grognement d'extase. Je fourrage mes doigts dans sa chevelure, avide qu'elle me baise avec sa bouche. Il n'y a pas meilleure sensation que ses lèvres charnues et humides autour de ma queue. En attendant, c'est un véritable supplice qu'elle me fait vivre. Elle exerce de lents va-et-vient en pure provocation tout en serrant plus fort la base. Merde, elle a appris à la manier à sa guise et je retiens mon souffle lorsqu'elle passe sa langue sur la goutte qui perle sur mon gland.

Oh putain ! C'est trop bon !

Sa langue lèche toute la longueur de ma queue avant de l'engloutir en entier. Je suis hypnotisé par ses joues qui se creusent et ses lèvres pulpeuses qui pompent, telle une déesse du sexe, en alternant les coups de langue et les succions. Ce n'est pas assez, j'en veux plus ! Mes coups de reins se déchaînent pour m'enfoncer toujours plus loin dans sa bouche. Elle encaisse et, combiné à son doux ronronnement, une vague de plaisir intense se loge dans mes couilles, me faisant frissonner de la tête aux pieds. Les yeux fermés, je rejette la tête en arrière et jouis avec force.

Une giclée chaude se répand sur mon ventre et, lorsque j'ouvre les paupières, je suis bien dans mon pieu, mais c'est ma main qui tient ma queue, tandis que ma beauté est devenue mon fantasme obsessionnel.

Elle est partie depuis deux semaines. Elle m'a quitté, comme une putain de voleuse, sans donner de nouvelles à personne. Je ne compte même plus le nombre de messages sans réponse envoyés. Son répondeur que j'ai, à maintes reprises, insulté parce que ce n'était pas elle.

Je n'ai eu le droit à aucune explication à son geste. Elle m'a fui sans que je puisse comprendre où j'avais merdé. Elle ne veut pas que je la suive, et ça fait mal. Trop mal ! Chaque jour, je déguste en passant par un ascenseur émotionnel qui me met à chaque fois K.O. C'est comme si je vivais en continu cette douleur de mon cœur arraché et broyé entre ses doigts de traîtresse. Je pars demain pour New York, et suis loin de m'en réjouir. J'en suis toujours à me demander si je vais prendre ce putain d'avion.

Je refuse de croire que je l'ai perdue. Je ne peux pas tirer un trait sur nous. Sur notre couple. Sur mes sentiments. Je n'ai jamais été aussi heureux, aussi entier qu'à ses côtés. Je me suis même senti assez fort pour balayer ses peurs et lui prouver que quoi qu'il arrive, j'étais toujours là pour elle. J'aurais trouvé une solution quoi qu'elle en pense, mais elle a préféré me tourner le dos. Refaire sa vie loin de moi.

Elle m'a jeté comme une merde.

Éjecté hors de sa vie.

Elle m'a abandonné...

J'ai beau être frustré et en colère, je refuse de faire mon putain de deuil. Je refuse l'idée qu'elle ait fait une croix sur notre histoire. Et Evans ne m'est pas d'une grande aide. Il connaît sa frangine par cœur et, même s'il pense qu'elle agit par impulsivité et qu'elle reviendra à la raison, moi, je suis persuadé du contraire. Elle est bien trop obstinée pour faire marche arrière. Elle a dû croire qu'il le fallait...

Je me redresse en posant les pieds au sol en sentant mon monde vaciller. Tanguer. Je respire par à-coups jusqu'à ce que mon haut-le-cœur s'évanouisse. J'ai bu, même trop, comme presque tous les soirs. Je ne suis pas assez vaillant pour vivre ce calvaire au quotidien. J'ai besoin d'un alcool fort pour anesthésier toutes mes sombres pensées et, bien malgré moi, le Jack Daniels est devenu mon compagnon de route. Je le préférais entre ses lèvres, le meilleur aphrodisiaque qui soit.

Arrête de t'apitoyer, Rendall, et bouge ton cul !

Je me lève et chope un tee-shirt sur une chaise pour m'essuyer le ventre. Je fixe les traces blanchâtres, signe de ma faiblesse, et le balance à l'autre bout de la pièce d'un geste rageur. J'ai besoin d'une douche brûlante, d'un Advil et surtout d'un bon café.

Une fois dans le couloir, une odeur d'arabica me chatouille agréablement les narines. Je rentre dans la cuisine et remarque avec envie les bagels au chocolat qui trônent sur le plan de travail. À cette vue appétissante, mon ventre se manifeste.

Eh bien, Evans monte dans mon estime sur ce coup-là !

Je ne m'attendais pas à ce qu'il se lève plus tôt que 10 h du mat'. Depuis que notre sanctuaire est devenu un véritable défilé de canons, un paradis du sexe et de débauche, il me tape sur le système parce que j'ai besoin de repos. Je me sers une tasse et avale plusieurs gorgées qui me font gémir de satisfaction. Me contenter uniquement du plaisir immédiat, et là, je croque à pleines dents dans mon petit-déjeuner.

– Heureuse que ça te fasse autant d'effet, me surprend Nina en tenue légère.

Je pensais que Matt en avait fini avec cette garce. Bordel, je n'ai aucune envie de faire la causette avec elle. Je continue à manger sans échanger un seul mot. C'est sans intérêt. Elle est sans intérêt. Elle pouffe comme si elle n'avait jamais rien trouvé d'aussi drôle.

– Ça fait combien de temps que tu ne t'es pas nourri correctement ?

Dos à elle, je me verse un verre d'eau et avale un Advil en pinçant l'arête de mon nez. J'ai l'impression d'avoir un marteau piqueur dans le crâne !

Mes tempes tambourinent douloureusement ou alors c'est sa présence qui me tape sur le système. *Je pencherais pour la deuxième option...*

Je décide de me tirer loin d'elle, mais avant, je remplis ma tasse de café et reprends un bagel avant de retourner dans ma piaule. Seulement, cette conne presse sa main sur mon biceps. Elle n'a jamais su quand il fallait s'arrêter.

– Attends !

Je soupire de lassitude et la fixe en fronçant les sourcils d'un air mauvais. Son regard s'embrase lorsque je la surprends à me mater, torse nu. Je pose tout le contenu de mon petit-déjeuner sur l'îlot central et lui fais front.

– Si tu me laisses une chance de te prouver que ça peut coller entre nous, je peux te faire oublier Lilou… Enfin, ton ex-copine. Je vais bosser à New York, tout comme toi, me confie-t-elle en caressant mon bras d'une œillade lascive.

Je me dégage comme si son toucher m'avait brûlé. La sensation me rappelle les conséquences de ma gueule de bois. Une rage pleine de dégoût m'assaille. J'encercle son poignet en un geste menaçant. Je dois me contenir pour ne pas lui faire plus de mal que voulu. Ses yeux s'arrondissent par la crainte et d'une autre lueur que je préfère ignorer. Elle sait que je n'aurai aucun remords à m'exécuter. Je suis une bombe à retardement.

– Je t'interdis de prononcer son prénom. Tu ne lui arrives même pas à la cheville ! lui craché-je au visage. Toi et moi, ça n'existera jamais ! Alors évite-moi la prochaine fois. Sinon je serai beaucoup moins gentil !

Sans un regard en arrière, sur les nerfs, je m'enferme dans ma piaule. Je vais virer barjot si je ne sors pas de cet appart de malheur. Le cœur bousillé, mes réactions deviennent disproportionnées. J'en suis bien conscient, et il faut que je stoppe tout ce bordel !

Je fouille la pièce à la recherche de mes chaussures de course. Mon trophée en main, il est l'heure d'aller se dépenser.

Après avoir tout donné, je rentre essoufflé, transpirant et courbaturé avec un mal de tête lancinant. N'empêche, ça m'a permis d'avoir les idées plus claires et d'arrêter de m'apitoyer sur mon sort. Je suis déterminé à comprendre ce qui m'échappe. Je connais suffisamment ma nana pour savoir qu'elle n'a pas agi égoïstement. Elle m'aime toujours, ça, je n'en ai aucun doute. Hors de question que je baisse les bras. On mérite mieux que ça. Il est temps que je le lui prouve !

Résolu, il est temps que j'aie une discussion avec mon meilleur pote à qui je n'ai rien confié sur mes projets depuis le départ de sa frangine. Certaines choses doivent changer, voire évoluer radicalement. J'ai pris ma décision et ne le conçois plus autrement. Je ne suis pas certain qu'il soit preneur, mais ce sera à prendre ou à laisser. Je ne lui donne pas le choix !

Je le retrouve dans le salon. Avachi sur le canapé, il est au téléphone en me décochant un clin d'œil de connivence avant de replonger dans sa discussion. Agacé, je m'assois sur le rebord de la table basse, face à lui, et m'empare de son smartphone pour accaparer pleinement son attention. Il reste interdit quand je déblatère ces mots :

– Evans est occupé pour le moment. Ta petite chatte saura patienter !

Je l'éteins et le balance dans un coin du fauteuil. Il me toise d'une œillade pleine d'amusement.

– Tu t'es décidé à revenir à la vie ! Bien ! Mais ne viens pas me faire chier, mec. J'étais...

– Rien à foutre que tu flirtais avec Miss America. T'es mon meilleur pote, mais tu vas sagement m'écouter jusqu'au bout. À toi de voir si ça passe ou si ça casse.

Matt se redresse, croise les bras, un sourire de connard fleurissant sur ses lèvres.

– Tu as toute mon attention !

Ça, je n'en doute pas un seul instant.

Chapitre 38

Point de vue de Lilou

Comme chaque matin, toujours allongée dans mon lit, je ressasse le désastre qu'est devenue ma vie comme un rituel bien rodé. Être admise à Northwestern pour la rentrée prochaine devrait me gonfler de joie et de bonheur. Me redonner confiance en moi d'être parvenue à saisir cette opportunité. Seulement, j'ai un profond sentiment d'amertume et de déception en bouche. J'oscille sans arrêt entre les larmes et la colère d'être si faible. D'avoir laissé mes parents me faire voler en éclats, de n'être plus que l'ombre de moi-même. Et pour couronner le tout, le jugement contre Erik a été rendu.

Cette pourriture a été condamnée à vingt-cinq ans de liberté conditionnelle avec obligation de suivre un programme de réhabilitation de deux ans. Il pourra travailler ou étudier en journée comme Monsieur et Madame tout le monde ! Seulement, ses nuits seront d'office passées dans un établissement pénitentiaire[3]. Je suis dégoûtée, comme si les preuves n'étaient pas assez accablantes ! Il méritait une peine de prison ferme. Je suis tellement écœurée… Quant à Dana, elle s'y attendait, mais elle est fière d'avoir été jusqu'au bout de la procédure. Elle refusait que cet acte odieux reste impuni et a décidé de venir en aide à d'autres

---

[3] Inspiré de la condamnation de Austin James Wilkerson, étudiant à l'Université du Colorado à l'époque, qui avait violé une étudiante inconsciente après avoir trop bu dont il avait la charge. La peine prononcée avait été considérée trop légère par un grand nombre d'Américains.

victimes de viol ou d'agressions sexuelles. Elles doivent sortir de leur mutisme. J'admire beaucoup la force de cette femme.

Et maintenant, trois semaines viennent de passer dans un parfait brouillard de déprime, me laissant prise au piège de mes propres décisions. Chaque geste, chaque mouvement, chaque déplacement me prend une énergie considérable. Je suis embourbée dans un marasme engourdissant dont je porte l'entière responsabilité. Surtout depuis que j'ai entendu la voix de Neal. Ça m'a flanqué un tel coup dans la poitrine que je me suis demandé si je parviendrais un jour à me relever de l'avoir quitté. Abandonné comme son géniteur. Cette dernière pensée me rend malade ! Si j'avais réalisé ça plus tôt, je n'aurais pas agi dans un élan de détresse. Conclusion : il est mieux sans moi. Je ne suis plus digne de son amour. Plus facile à encaisser comme ça.

Pourtant, ses derniers mots entendus au téléphone tournent en boucle dans ma tête : *« Evans est occupé pour le moment. Ta petite chatte saura patienter ! »*. Son intonation était glaciale et emplie de colère. Chaque mot était craché comme s'il en voulait à la terre entière. Je suis certaine d'être la responsable de son état et me sens si misérable. Je l'ai déçu, mais, cette fois-ci, je l'ai mérité. Amplement mérité. J'ai fait souffrir la personne qui avait le plus foi en moi. En nous. Un homme formidable qui était capable de me rendre infiniment heureuse. Plus forte. Quoi qu'en pensaient mes parents, j'en valais le coup.

Prévisible, manque de confiance et lâcheté sont les termes qui me définissent le mieux.

Prévisible et lâcheté en me réfugiant en Arizona afin d'être maternée par ma tante et me faire oublier mon geste impulsif.

Oublier mon chagrin d'amour.

Manque de combativité. Manque de confiance en moi. En nous. En la réussite de notre avenir ensemble. Il voulait me prouver qu'à deux, on était plus forts, mais je ne l'ai pas laissé faire. J'ai baissé les bras tellement vite, telle la lâche que je suis !... Un cocktail plein d'amertume qui me donne la nausée. L'envie de vomir tout le dégoût de moi-même.

La douleur est si intense que ça me coupe le souffle. J'ai sans cesse ce poids de la culpabilité qui m'oppresse et qui m'empêche d'aller mieux. De respirer normalement.

Mon frère est au courant que je suis chez notre tante. Il ne comprend rien à notre séparation – qu'il pense provisoire, et je refuse de lui donner la moindre explication. Que je le déçoive ou non, il doit rester en dehors de cette histoire, et Neal a fini par le digérer, puisqu'il a été tout aussi muet que moi sur le sujet. Je suis soulagée qu'il ait changé d'avis et que leur stage à New York se déroule bien. C'est là-bas qu'est sa vie. Pas la mienne. Ce qui me fait penser que je n'ai toujours rien avoué à Matt qui croit toujours que je vais les rejoindre en septembre. Je le ferai plus tard…

Lâcheté quand tu me tiens !

Il est 11 h passées et je m'extirpe paresseusement de mon lit avant que Rose vienne frapper à ma porte. Je l'inquiète déjà suffisamment comme ça, pas besoin d'en rajouter une couche supplémentaire. Par réflexe, je hume son tee-shirt que je revêts chaque nuit et qui ne porte plus une trace de son odeur. J'en suis arrivée au point de me doucher avec le même gel que le sien et à m'endormir le nez enfoui dans le creux de mon coude. Je suis consciente que je dois me reprendre.

Ce n'est qu'une question de temps ! soupiré-je en le croyant à moitié.

Parvenue à la cuisine, je me sers une tasse de café que je sirote en admirant la beauté du ciel bleu tout en frissonnant. Pourtant, en Arizona, on avoisine régulièrement les trente-neuf degrés en juillet, mais le vide abyssal qui s'est logé dans mon cœur m'empêche de me réchauffer correctement. Soudain, ma tante apparaît dans mon champ de vision. Sa mine préoccupée accapare toute mon attention. Elle fait bouillir de l'eau pour son thé, puis me dévisage avec gravité en passant ses pouces sous mes yeux.

– Tu dois te reprendre en main, mon coquelicot. Tu as une tête affreuse et des cernes interminables.

– Rose, soufflé-je avec lassitude.

– Non, tu vas m'écouter cette fois-ci ! Tu manges à peine, tu n'es plus que l'ombre de toi-même.

– Je sais bien ! Je vais me reprendre.

Elle secoue la tête en pinçant les lèvres de consternation. *Comment lui en vouloir ?* Ça fait un mois que je lui dis ça.

– Tu sais à quel point je t'aime, mais ce n'est pas de moi dont tu as besoin.

Comme à mon habitude, je me referme comme une huître. Mais elle refuse de lâcher l'affaire.

– Tu as pris une décision et tu refuses de revenir dessus, alors maintenant, il va falloir que tu assumes en reprenant goût à la vie. Tu n'as toujours pas visité la ville ! Promène-toi ou va courir. Fais ce que tu veux, mais reprends-toi !

Elle enveloppe mes doigts glacés dans ses mains et me scrute avec intensité.

– Mon cœur saigne de te voir si malheureuse.

Il faut que je la fasse taire avant que sa compassion ne me fasse éclater en sanglots. *Génial !*

– Oui, je vais essayer ! m'écrié-je sèchement.

– Essayer n'est pas suffisant ! me gronde-t-elle. Affronte le bordel dans ta vie. Tu n'as toujours pas parlé à ton frère de ton changement de plan. C'est Neal qui a fini par le faire à ta place. Il est maintenant au courant pour Chicago.

Neal a enfin compris. Il a fini par tirer un trait sur nous. C'est ce que je voulais, alors pourquoi je suis en train de pleurer comme une madeleine ?

Rose passe ses bras autour de mes épaules, mais je refuse son étreinte. Je l'ai bien cherché, alors oui, il est temps pour moi d'assumer.

– Il a téléphoné ici ? reniflé-je.

– Oui sur mon fixe puisque tu as changé de numéro sans lui communiquer le nouveau. Autant te dire qu'il était passablement énervé.

Aïe !... Voilà le résultat à force d'attendre.

– Tu es consciente que la fuite est loin d'être la meilleure option. Tu dois résoudre tes problèmes, et dès maintenant !

– Oh oui, crois-moi, j'en suis parfaitement consciente ! m'agacé-je en frottant mes yeux humides.

– Parfait ! Sers-toi de ta colère s'il le faut, mais reprends-toi ! Tu es une femme courageuse et sensée. Tu finiras par affronter tes doutes et par trouver une solution à chacun de tes soucis.

– Espérons.

Elle dépose un tendre baiser sur ma tempe et m'informe :

– Ce soir, on va manger dans un petit resto mexicain. Tu vas adorer !

J'opine de la tête en souriant, question de la rassurer.

– Bon, je file. J'ai un rendez-vous professionnel dans un Spa qui a ouvert récemment ses portes. J'ai de nouveaux produits de soin à leur proposer.

– Bonne chance !

Elle me quitte, visiblement soulagée. Lorsque j'entends la porte claquer, je réfléchis à notre conversation. Elle a raison, il faut que je me reprenne en main. Ça ne peut plus durer comme ça.

Je finis de boire mon café avant d'envoyer un message à Matt avec mon nouveau numéro.

À Matt :

[Pour Chicago, je voulais te l'annoncer moi-même… Désolée. Je t'appelle bientôt.]

Seulement, Matt n'est pas du genre patient. Il veut me parler. Je fixe mon téléphone, indécise, et laisse la sonnerie retentir jusqu'à ce que son appel soit dévié sur ma boîte vocale. Quelques secondes s'écoulent avant que le silence ne soit de nouveau rompu par son insistance. Je décroche sans un mot.

– Ma puce ?

– Oui.

– Écoute, j'ai peu de temps devant moi. Je ne pige pas tout ce qui se passe dans ta jolie petite tête, mais quelque chose a foiré. Alors, je me fous de ce que nos parents disent ou pensent. Tu es une nana géniale et une véritable emmerdeuse que j'aime. Mais explique-moi pourquoi tu ne m'as rien dit pour Northwestern ?

– J'allais te l'annoncer.

– Après tout ce temps sans le faire ?

Je perçois la déception dans son intonation.

– Je suis désolée.

– Ne t'excuse pas, Rose m'a prévenu que tu n'étais pas au top de ta forme. Tu sais que tu pourras toujours compter sur moi ?

– Oui.

– Alors la prochaine fois, je t'interdis d'en douter !

Pour la première fois depuis des semaines, un sourire sincère se fend sur mon visage.

– Promis.

– Bon, je ne peux pas rester plus longtemps en ligne alors je vais la faire courte. Avec Neal, vous formez un putain de couple. Par moment, c'en est même écœurant de s'aimer autant. Il est tellement dingue de toi qu'il en est même irrécupérable, alors autant en profiter, tu ne trouves pas ?

Son ton badin provoque mon gloussement ! Il est un peu rouillé, mais ça me réjouit de l'entendre de nouveau. *Que c'est bon même !*

– Pourtant, tu lui as administré une méchante claque. Tu l'as mis K.O.

Je serre les dents de déception envers moi-même de lui avoir fait vivre un tel enfer.

– Ne le laisse pas tomber, il mérite d'avoir une explication sur ce mois de silence.

– Je sais, lui avoué-je en un murmure piteux.

– Ne tarde pas trop ma puce, sinon on risque d'avoir un problème tous les deux.

Il raccroche sans préambule. Il a raison, mais il faut d'abord que je me reprenne en main.

***

Depuis une semaine, il me faut minimum dix heures de sommeil par nuit pour récupérer un regain d'énergie. J'ai décidé qu'il était temps que je visite Phoenix en déambulant dans ses rues animées. Depuis, je me sens enfin revivre, et la visite quotidienne du Jardin botanique du désert m'apporte une certaine paix intérieure. Aujourd'hui, j'ai même repris la course à pied. J'ai couru jusqu'à sentir mes muscles me brûler et mes poumons prendre feu.

En rentrant chez ma tante, la transpiration s'échappe par tous les pores de ma peau, recouvrant mon épiderme d'une fine pellicule de sueur. Pour la première fois depuis des semaines, j'ai enfin chaud ! Une fois sous la douche, j'ai l'impression d'évacuer dans le siphon tout ce qui m'empêche d'avancer et, dès que je coupe le robinet, je ne peux plus reculer. Je dois l'appeler.

Une serviette autour de la poitrine, je m'enferme dans ma chambre, effectue une dizaine de fois des allers-retours entre mon lit et mon armoire. Je ferme les yeux afin de maîtriser le rythme éperdu de mon cœur avant de composer son numéro.

– Allô, décroche-t-il à la troisième sonnerie.

Un seul mot qui gonfle mon cœur de joie dans un mélange d'appréhension et d'excitation.

– C'est moi.

Un soupir accablé s'échappe entre ses lèvres, mais j'y décèle aussi du soulagement alors je me lance maladroitement.

– Je suis désolée.

– Désolée ! ricane-t-il d'une voix suintant la douleur. Désolée d'être partie sans un mot ? Désolée de m'avoir quitté alors que j'étais prêt à tout abandonner pour toi ? Désolée de ne pas avoir cru en moi ? De ne pas avoir cru en nous ? Désolée de t'être protégée de moi ? Désolée de m'avoir fait réaliser que j'étais le seul à penser que tu me rendais plus fort ? Désolée de m'avoir fait vivre un enfer ? Désolée de n'avoir répondu à aucun de mes appels depuis un mois ? Désolée d'avoir changé de numéro ? Désolée d'avoir baissé les bras sans essayer ? Pour quelles raisons es-tu désolée, exactement ?

À la fin de sa tirade, je sais que c'est mérité et mon corps n'est plus qu'une boule de souffrance. À l'agonie. Je ne veux pas le perdre. Je le refuse, même si je peine à maîtriser la panique qui m'envahit. Je décide de m'ouvrir, de ne plus rien lui cacher. Je ne veux pas qu'il doute de mon amour pour qu'un jour, il parvienne à me pardonner ma lâcheté. La gorge nouée, je refoule mes larmes et me lance.

– Oui, pour toutes ces raisons. Je ne cherche pas à me trouver une seule excuse. J'ai perdu pied au point de ne plus savoir comment réagir alors, oui, j'ai baissé les bras parce que j'étais paumée et blessée. Je le suis toujours, d'ailleurs. J'ai eu peur Neal, peur que tu abandonnes ton rêve pour moi. Peur de gâcher celui de mon frère qui bosse dur depuis des années pour décrocher le meilleur stage dans votre domaine. Je ne pouvais pas accepter de le priver de ça ! Franchement, c'était au-dessus de mes forces. Il a déjà subi tellement d'événements à cause de moi, que tu ne le suives pas était impensable pour moi.

– Tu aurais dû m'en parler, me répond-il d'un ton dur.

– Je le regrette tellement.

– Tu aurais dû le regretter bien plus tôt. C'est le plus difficile à digérer pour moi !

Des mots qui claquent comme un fouet, et le coup est si cuisant que l'empreinte restera indélébile dans mon cœur. Je me rends compte à quel point je me suis fermée à lui.

– Tu as raison, soupiré-je en proie à l'impuissance. Dès que je t'ai quitté, j'ai vécu un tel calvaire que j'ai fini par me perdre dans cette douleur. J'en souffre encore chaque seconde qui passe. Je dors si mal sans toi. Tu me manques, Neal… Je ne peux pas vivre sans toi. Je réalise que j'en suis incapable. Je t'ai même volé ton tee-shirt préféré qui a perdu ton odeur et j'en suis à me laver avec le même gel douche que le tien. C'est pathétique, *hein !* Mais j'en ai besoin pour me lever chaque matin.

Il ne répond rien, mais sa respiration rapide à l'autre bout du fil me donne un espoir, alors je me confie sans filtre.

– Je suis partie comme une lâche, mais je ne suis pas prête à te perdre. Donne-moi une seconde chance !

Le silence s'invite avant d'être brisé par son éclat de colère.

Chapitre 39

– Bordel, Lilou ! J'ai dégusté depuis que t'es partie. Ça m'a foutu en l'air. Tu n'imagines pas à quel point !

Oh si ! Ça m'a bousillée moi aussi… Mais je ne le lui dis pas. Je suis la seule fautive, mais ne suis pas prête à ne plus l'entendre. À le perdre de nouveau. À ce qu'il continue sa vie sans moi. J'essuie rageusement mes larmes. Je n'ai pas le droit de pleurer, je ne peux m'en prendre qu'à moi-même.

– Je suis tellement désolée. Si seulement je pouvais revenir en arrière… Oh Neal, je te demande pardon.

– Mon ange.

Entendre ce surnom brouille ma vue de bonheur.

– Est-ce que tu crois encore en nous ?

– Oui !

– Est-ce que tu es prête à avoir confiance en moi ? En nous ?

– Complètement ! lui déclaré-je sans une once de doute.

– OK. J'ai un boulot de titan ici. Le stage me prend un temps de malade et j'ai beaucoup de choses à régler. Ne me rejoins pas à New York ! Et ne m'appelle pas, parce que je ne répondrai plus à aucun de tes appels.

Merde !

Même si ça me fout un coup au moral, je l'ai blessé. Il a besoin de temps, et je dois respecter sa décision.

– OK, compte sur moi.

Quand il reprend, c'est d'un timbre altéré.

– Je ne suis jamais parvenu à m'empêcher de penser à toi… et de t'aimer.

– Moi aussi, murmuré-je dans un souffle, la gorge nouée par l'émotion.

– Je suis incapable de te laisser tranquille. Je me serais battu, Lilou, que tu sois prête ou non.

Les tonalités résonnent. Je fixe l'écran et m'aperçois qu'il a raccroché. Ça devient une manie entre Matt et lui ! Mais il tient encore à moi ! Un sentiment d'exaltation prend vie dans ma poitrine, diffusant une douce chaleur dans tout mon corps. Il est le seul à me rendre si pleine de vie. L'espoir s'est insinué en moi en y plantant une graine.

Quand il a dit qu'il ne me répondra pas, c'était par rapport aux appels… *Non ?* Il n'a pas parlé des messages… Je me fous qu'il n'y réponde pas, je veux juste me faire pardonner et lui démontrer que j'ai besoin de lui dans ma vie. Sans retenue. Sans plus aucune barrière.

Depuis notre appel, je lui envoie, plusieurs fois par jour, des messages lui relatant mes journées, mes humeurs et mes envies. Je veux lui prouver que je ne douterai plus jamais de notre couple. J'ai commencé à répertorier les heures de vol entre Chicago et New York. Il faut compter trois heures en avion, ce qui est tout à fait raisonnable pour organiser nos retrouvailles pendant les week-ends. Seul bémol, le prix d'un billet va finir par créer un gros trou dans mes économies. J'ai donc pris de nombreux contacts pour un job d'étudiant. Et d'ailleurs, à cette pensée, étendue sur mon lit, ventre contre le matelas et les pieds en l'air, je tapote sur l'écran de mon téléphone pour lui envoyer la dernière news.

À Neal :

[J'ai eu une réponse favorable d'un gérant d'un bar branché dans le centre de Evanston. Horaires, le vendredi et le samedi, de 20h à 2h du mat'. Je dois me présenter dès mon arrivée dans la ville.]

[Ce matin, visite avec Rose de vieux bâtiments industriels ! Tu aurais adoré, toi qui es fan de cette architecture.]

Je lui envoie toutes les photos que j'ai prises, ça le changera des cactus ! Même si ce n'est pas avant plusieurs années, il rêve de monter sa boîte avec Matt dans un immeuble de ce genre. Je souris en réalisant que je l'inonde chaque jour de messages et photos sur Messenger sans avoir eu une seule réponse en retour. Au début, ça me faisait bizarre mais je me suis prise au jeu de tout partager avec lui, comme avant, et le principal est qu'il me lise à chaque fois !

– Lilou ! me hèle Rose. Malvina t'attend !

Bon sang, je l'avais oubliée ! Je me lève dans la précipitation et dévale les marches en attrapant le sac des courses que j'ai effectuées pour elle ce matin.

– Je file ! lui annoncé-je en embrassant ma tante sur la joue.

– Qu'est-ce qui est prévu au menu de ce soir ?

– Pizza ! J'apprends à confectionner une pâte authentique.

– Italien ! Quelle surprise ! me charrie-t-elle.

– Oh, comme si c'était une torture !

Elle me sourit avec tendresse. Mama Malvi est notre voisine, âgée d'une cinquantaine d'années, elle est la meilleure cuisinière que je connaisse. J'adore nos moments passés ensemble. À ses côtés, j'ai appris à confectionner des pâtes fraîches ainsi que des gnocchis et à mijoter de succulentes sauces agrémentées d'épices. Et je dois avouer que je me débrouille plutôt bien !

– Demain, riposte-t-elle, j'ai réservé dans un resto indien, histoire de changer un peu.

– Profites-en alors ! Je peux t'assurer que ça ne durera pas !

Les petites pattes d'oie au coin des yeux de ma tante se dessinent en décelant mon timbre badin. Elle me dévisage avec fierté d'avoir su reprendre ma vie en main si vite. Mais comme j'adore avoir le dernier mot, avant de m'échapper chez notre voisine, je scande :

– Viva *Italia* !

Je ferme la porte sous son éclat de rire et rejoins ma voisine qui se trouve dans la cuisine. Dès qu'elle m'aperçoit, elle me balance un nouveau tablier. Je pose le sac sur la table avant de l'enfiler en chantonnant.

– Tu es en retard, *mia dolcezza*[4].

– Tu pourrais aussi remarquer que je suis de bonne humeur !

Elle rigole face à ma taquinerie. Je me sens vraiment à l'aise en sa présence. Au fil des semaines, je me suis confiée à elle sans retenue. Elle a toujours écouté en ne portant jamais aucun jugement sur mes conneries. Et puis j'avoue qu'en cuisinant, le nez dans ma préparation, ma langue s'est déliée spontanément. J'attrape le saladier sur la table.

– Je commence par la farine ? Combien de grammes ?

– Quelle impatience ! s'esclaffe-t-elle. On va d'abord prendre le temps de déguster une panna cotta que j'ai préparée hier avec les framboises du jardin.

– Oh non, sans façon ! J'ai pris trop de kilos dernièrement. C'est à peine si je rentre dans mon short.

Elle me dédie une moue désabusée, comme si je sortais une ineptie.

– Tu prends plaisir à cuisiner et à manger. Tu ne nourris pas que ton corps, mais ton âme et ton cœur aussi. Alors fais-moi plaisir, me supplie-t-elle presque, en me mettant le dessert sous le nez. Mange !

Quelle adorable manipulatrice ! Impossible de ne pas lui sourire en retour. Je plonge ma cuillère dans la mixture moelleuse et la mets en bouche. Les saveurs sucrées mêlées à l'acidité du fruit explosent sur mes papilles. Je gémis de plaisir.

– Tu avais raison d'insister. C'est trop bon ! Mon âme et mon cœur te remercient. Mais demain matin, je vais devoir faire suer mon corps.

---

[4] Ma douce

J'ai intérêt à me lever super tôt pour que les températures soient acceptables. Enfin je me dis ça depuis des jours, et je n'ai toujours pas trouvé le courage d'aller courir…

– Tu es magnifique, *mia dolcezza* ! Les hommes aiment les femmes avec des formes.

– Tu plaisantes ! Sans les bourrelets, alors OK ! ronchonné-je en empoignant ma peau. Et dire qu'on appelle ça des poignées d'amour. C'est tellement hypocrite !

– Où est donc passée ta bonne humeur ?! pouffe-t-elle.

– Aucune idée. Elle se la joue souvent capricieuse, tu sais.

Mon trait d'humour l'amuse beaucoup. Il me quitte rarement depuis que j'ai recouvré le moral. Je veux mordre la vie à pleines dents et esquisse un grand sourire en finissant mon encas avec appétit. Une note de fraîcheur bienvenue pour encaisser les températures étouffantes de ce mois d'août. Sentant des gouttes de sueur serpenter le long de ma colonne vertébrale, je sors un éventail de la poche arrière de mon short pour donner de l'air à mon visage tout en épongeant ma nuque.

– Les bourrasques arrivent ! m'annonce-t-elle.

En effet, le ciel s'obscurcit. C'est courant en Arizona, les bourrasques sont souvent suivies par des pluies torrentielles de courte durée. Je m'approche de la fenêtre et observe avec fascination ce changement de météo. C'est comme si d'un coup, la nature se déchaînait. Et j'adore ça !

Dès l'apparition des premières gouttes de pluie, je m'empresse d'ouvrir l'application vidéo sur mon téléphone et le fourre entre les doigts de ma voisine.

– Tu peux me filmer en appuyant sur cette touche ?

– Tu ne vas pas sortir sous ce temps-là ?! s'affole-t-elle.

– Je vais me gêner ! gloussé-je. Je l'ai déjà fait plusieurs fois ! Je veux partager ça avec mon homme. S'il te plaît !

Je l'embrasse sur la joue et comprends à son petit sourire qu'elle a capitulé. Je fonce à l'extérieur et savoure cette pluie battante et rafraîchissante qui ruisselle sur chaque parcelle de ma peau. J'offre mon visage à ce déluge de gouttes d'eau en fermant les yeux, les paumes levées vers le ciel. En quelques secondes, je suis aussi mouillée qu'à ma sortie de douche.

Je laisse éclater ma joie de me sentir aussi bien. Aussi détendue. Mue par un grain de folie, je tourne sur moi-même en riant plus fort. J'entends Malvi qui me hèle en me souriant. Elle capture mon expression à travers la vidéo qui immortalise cet instant hors du temps. Je veux que Neal voie ça et lui envoie un baiser volant.

Trempée de la tête aux pieds, je me résous à m'abriter sous son toît quand la pluie cesse enfin. Seulement ma voisine m'empêche de franchir le seuil de sa porte. Elle me tend un torchon de vaisselle.

– Tu ne rentres pas dans cet état. Va prendre une douche avant pour te réchauffer !

Je m'empare du minuscule tissu et m'essuie le visage en pouffant.

– Dis-moi que tu as tout enregistré !

– Je l'espère. J'ai fait comme tu me l'as dit !

J'attrape mon téléphone, puis l'embrasse de nouveau sur la joue.

– Merci ! Je reviens.

Je lui tourne le dos pour rejoindre la maison de ma tante quand elle m'interpelle.

– Tu étais si libre, *mia dolcezza.* Si belle à regarder ! S'il ne te répond toujours pas, Milo, mon neveu, serait ravi de faire ta connaissance.

Je laisse éclater mon hilarité.

– Ne te donne pas cette peine, ton neveu n'a aucune chance ! Autant que tu te fasses à l'idée.

Elle marmonne une phrase en italien tout en riant. Je cours jusqu'à ma chambre et je lui envoie la vidéo qui s'est parfaitement enregistrée. Cette fois-ci, je suis confiante, il va me répondre !

Je me déshabille et enroule une serviette autour de ma tête, puis me sèche le reste du corps jusqu'à l'arrivée d'une notification sur Messenger.

Je m'empare de mon téléphone avec une certaine fébrilité. *C'est lui !* J'ai envie de crier de joie… ce que je fais d'ailleurs en sautillant de bonheur. J'ouvre notre bulle de conversation et lis son message :

De Neal :

[Je ne pensais pas qu'il était possible de t'aimer au point de souffrir chaque jour de ton absence. Merci pour la vidéo !]

Je m'observe dans le miroir et mon sourire me dévore le visage. Je me souviens de la dernière fois où j'ai été envahie d'une telle euphorie et d'un amour infini. Je m'empresse de lui répondre.

À Neal :

[C'est toi et ton amour qui me rendez si forte. Je t'aime]

***

Je ferme ma valise et jette un dernier regard nostalgique à ma chambre avant de prendre mon vol pour Chicago. C'est mon dernier jour à Phoenix, et je me fais la promesse qu'il n'y aura pas de troisième été à pleurer dans les jupons de ma tante. Il est temps que je l'épargne un peu ! Elle est déjà morose à l'idée de ne plus m'avoir chaque jour dans ses pattes. J'avoue que moi aussi ! On a une si belle complicité qu'elle représente pour moi une seconde maman… La première perdant ce rôle.

Aucune nouvelle de mes parents depuis qu'ils ont appris que Rose payait mes études. N'ayant plus aucun moyen de pression ou de chantage sur moi, il doit être plus facile pour eux de me rayer de leur vie. Même si ça reste douloureux, ça devient plus supportable de le vivre au quotidien. Et là, je pense à mama Malvi et à ses précieux conseils. Si elle m'entendait, elle me dirait de ne pas me laisser saper le moral. Je suis maître de ma vie alors autant créer de belles choses, et chasser celles sur lesquelles je n'ai aucun pouvoir. À moi de faire en sorte de ne plus subir.

Je souris en me remémorant mon après-midi shopping avec ma tante. Je me suis acheté plusieurs sous-vêtements de la marque Aubade dont un que je porte actuellement. Comme je ne sais toujours pas quand je vais enfin pouvoir revoir mon homme, je décide alors de lui donner un petit coup de main pour le motiver !

Mue par une audace, pleine de malice et de provocation, je me déshabille jusqu'à me retrouver uniquement vêtue de mes sous-vêtements. La cuisine italienne a fait des merveilles sur mes courbes féminines, tout en douceur et en rondeur. *Oui, je prends les choses positivement !*

Mon soutif en fine dentelle blanche galbe généreusement ma poitrine et met en valeur ma peau dorée par le soleil. Je lève mon téléphone en l'air pour avoir une vue plongeante des plus suggestives et, en arrière-plan, grâce au grand miroir sur pied, mon shorty en dentelle me fait un cul d'enfer !

Une fois satisfaite, j'envoie plusieurs photos avec pour commentaire :

[Vivement nos retrouvailles !]

Je mordille ma lèvre lorsqu'une autre idée me vient en tête !

Chapitre 40

J'envoie un message à Matt qui doit enfin profiter d'une journée de congé. *Pourvu qu'ils soient ensemble !*

<u>À Matt :</u>

[T'es avec Neal ?]

Les minutes défilent, toujours rien. J'en suis à me ronger un ongle d'impatience quand enfin il me répond !

<u>De Matt :</u>

[Il faut croire]

Tout ce temps pour écrire trois mots ! *Mais quel boulet...*

<u>À Matt :</u>

[Super ! Dis-moi comment il réagit ? C'est important !]

De Matt :

[À quoi ?]

À Matt :

[À un message reçu !]

De Matt :

[Tu lui as balancé quoi ?]

Je tape aussi vite que je peux sur les touches.

À Matt :

[Réponds à ma question !]

De Matt :

[Qu'est-ce qu'on dit, ma puce ?]

J'ai envie de l'étriper !

À Matt :

[Enfoiré !!!]

Suivi d'un autre message :

À Matt :

[Please !]

J'attends un peu trop longtemps à mon goût.

<u>À Matt :</u>

[Matt ???]

<u>De Matt :</u>

[Apparemment, tu as fait fort. Deux secondes, ma puce... Je savoure]

Il savoure quoi ?...

Il m'appelle. J'ai à peine décroché qu'il m'informe.

– Attends, je sors… Alors en résumé, pour te la faire courte. Il a braillé un *« Oh putain ! »*. Et depuis cinq bonnes minutes, il a le regard d'un idiot, sans parler de son sourire d'illuminé. Perso, il me fout les jetons, je préfère m'éloigner de lui. Mais je pense que ça doit te rendre heureuse, non ?

Je hurle ma joie en lui pétant un tympan au passage. Il gueule son mécontentement. Je m'excuse en pouffant. Plus besoin de m'éterniser, je lui raccroche au nez.

Débordante d'énergie, je monte sur le lit et saute dessus en levant les bras en l'air tout en gesticulant et en chantant. Quand mon euphorie retombe, j'aperçois la tête de ma tante dans l'encadrement de la porte.

– Qu'est-ce que tu fais ? m'interroge-t-il en clignant des yeux d'ahurissement.

– Je suis folle amoureuse de mon homme !

– Euh… D'accord ! s'esclaffe-t-elle. Bon, Rose, on part dans 10 minutes !

– Rose ? Mais je ne veux pas être toi ! Je n'aime qu'un seul homme, moi !

Mon sourire se rehausse de malice tandis que le sien taquine ses lèvres. Elle finit par secouer la tête d'amusement en m'expliquant :

– Rose DeWitt Butaker dans Titanic. Pour son romantisme !

Je grimace.

– La comparaison est naze ! Je préfère Bridget Jones ! Elle est bien plus allumée que Rose !

Elle me scrute de bas en haut.

– On est d'accord !

Je pouffe en m'habillant quand je reçois un message de Neal.

De Neal :

[Tu vas avoir ma peau]

Planant comme si j'étais shootée, mes doigts s'activent sur l'écran tactile.

À Neal :

[Alors rejoins-moi, samedi. Je n'attends que toi]

***

Même si je suis excitée de commencer ma nouvelle vie, c'est avec une certaine appréhension que je pénètre l'entrée de l'amphithéâtre et me dirige droit dans le fond, histoire de ne pas me faire remarquer. Une fois installée, je prends le temps d'observer les étudiants qui discutent entre eux. Ce qui m'amène à penser à Mia et à Sam que je n'ai pas vus cet été et qui me manquent atrocement. Mia supporte difficilement les fortes chaleurs, et la transpiration au quotidien, très peu pour elle. Quant à Sam, il a eu l'opportunité de bosser tout le mois d'août dans l'entreprise familiale de son oncle qui gère une imprimerie. Maintenant, on ne pourra plus se voir avant Halloween. Heureusement que FaceTime existe !

Mon pied bat la mesure sous la table, et je m'en rends compte quand l'étudiante devant moi se retourne pour me fixer d'un air agacé. *Oups !* Je stoppe aussitôt, et réalise que je suis un brin nerveuse. J'exhale un profond soupir pour m'exhorter au calme.

Reprends-toi, tout va bien !

Je suis dans l'université de mes rêves. *Check !*

J'ai une grande chambre que je partage avec une fille qui est adepte du yoga et de la bouffe saine. *Check !*

J'ai obtenu mon job étudiant au NoMad, un bar branché à Evanston, et commence dans quinze jours. *Check !*

Neal a fini par répondre à mon message, même s'il reste peu bavard. Seul bémol, je ne l'ai pas vu ce week-end, il devait clôturer un gros dossier. Je savais que ce serait compliqué pour nous retrouver, alors vendredi après mon dernier cours, je prends l'avion, direction New York. Je suis incapable d'attendre un jour de plus ! Plus de deux mois sans se voir, un véritable supplice que je refuse de réitérer plus longtemps. Je me rencogne contre le dossier de ma chaise avec la certitude que je vais avoir beaucoup de mal à prendre le vol du retour.

Par réflexe, je tourne plusieurs fois mon bracelet autour de mon poignet avant de m'emparer de mon téléphone. Pour la centième fois, je visionne la courte vidéo reçue de Neal ce matin. Il est étendu sur un lit, torse nu, un bras replié derrière la tête. Aucun son à déplorer, je suis certaine de lire sur ses lèvres qu'il me chuchote un *« je t'aime »* avant que ça se coupe.

En redressant la tête, un sourire jusqu'aux oreilles, des papillons butineurs dans le ventre, mon regard se pose sur un bellâtre qui me dévisage en esquissant un rictus séducteur. Affublé d'une chemise cintrée, les manches retroussées pour mettre en évidence ses bras musclés, il apparaît si sûr de lui. Si sûr de son charme que ça en est amusant. Physique de sportif, OK, mais son apparence est bien trop travaillée alors que je suis folle de la chevelure désordonnée de mon homme et de son air décontracté qui transpire le sex-appeal.

Et Ken le blondinet commence à me taper sur le système lorsqu'il me décoche un clin d'œil de connivence, comme si j'étais intéressée. *Mais il rêve !* D'un air blasé, je lève les yeux au ciel avant de reporter mon attention sur l'effervescence des retrouvailles entre certaines filles au premier rang. Leurs petits cris stridents et surexcités me rappellent à quel point ça gonfle Neal. Je pouffe parce que, quoi que je fasse, tout mon monde gravite autour de lui.

– Mon ange.

Et là, je perçois même sa voix. Je suis en train de virer barjot ! Un bras me barre la vue pour me déposer un gobelet fumant sur ma tablette.

– Un café, légèrement sucré avec un max de lait.

Le souffle coupé, j'écarquille les yeux de surprise en tournant vivement ma tête vers la source de cette voix profonde et rauque. La seule à me faire vibrer jusqu'à me filer la chair de poule. La seule à gonfler ma poitrine d'amour. Lui *ici*, c'est complètement surréaliste !

– Neal ! m'écrié-je en me levant pour lui sauter dans les bras.

Ce n'est pas une vision, c'est bien lui ! Je suis si bouleversée que mes yeux s'emplissent de larmes. Mes mains nouées autour de sa nuque, j'enfouis mon nez dans son cou pour emplir mes poumons de son odeur, de sa chaleur, de son contact. Il prend mon visage entre ses mains et essuie mes paupières de ses pouces. Il me dévore d'une lueur pleine d'adoration dans le regard.

– Tu ne perds pas de temps pour te faire draguer.

J'éclate de rire.

– C'est tout ce que tu trouves à me dire ?!

Il esquisse un sourire provocateur avant de fondre sur ma bouche en un baiser avide et… si torride que j'en gémis d'ivresse. Je n'ai plus l'habitude d'éprouver des émotions si fortes que ma tête se met à tourner. Ou alors c'est mon monde qui tourne enfin rond ! C'est tellement bon que nous sommes incapables de rompre le meilleur baiser de ma vie.

Les sifflements d'encouragement fusent dans tout l'amphithéâtre, c'est bien la preuve que je ne rêve pas. À travers nos lèvres unies, je respire pleinement et laisse les larmes d'un amour indéfectible balayer ces longues semaines de chagrin, de doutes, puis de frustration passées loin l'un de l'autre.

Je ne sais pas comment j'ai pu penser un seul instant que je parviendrais à vivre sans lui.

Neal finit par s'écarter en reprenant son souffle.

– Si on continue, tu peux dire adieu à ta première heure de cours !

Je mordille ma lèvre avant de laisser éclater mon hilarité. Son bras se cale autour de ma nuque. Il plonge son nez dans ma chevelure pour se shooter à mon odeur.

– Bon sang, ce son m'avait manqué ! Tu sais à quel point j'aime en être le responsable.

J'opine de la tête. Un silence confortable s'invite entre nous. D'une voix teintée de gravité et d'un fond de douleur, il m'avoue :

– Je n'aurais jamais pu te laisser me quitter.

– Si j'avais été plus courageuse, tu n'aurais jamais eu à le penser. Je regrette tellement.

Comme sur sa vidéo, je mime un je t'aime sur le bout de mes lèvres. Son expression se transforme en quelque chose de si chaud, si profond que je suis incapable de m'arracher à cette vision. Une femme d'âge mûr prend place derrière le pupitre en balayant son regard dans la salle.

– Je file, m'annonce Neal. Ton cours commence.

– Je viens avec toi !

– Non. On se voit plus tard !

Il dépose un dernier baiser sur mon nez et disparaît tel un ouragan, laissant une traînée emplie de promesses et d'un avenir heureux derrière lui. Tout ce qui m'entoure devient un brouhaha lointain, et je fixe longuement la porte par laquelle il vient de s'échapper. Je m'assois en touchant mes lèvres gonflées pour m'assurer que je ne viens pas de rêver.

***

Le téléphone collé à l'oreille, les tonalités résonnent jusqu'à basculer sur le répondeur de Neal. Je marche jusqu'à ma chambre, plus perdue que jamais. J'ai passé mon premier jour à courir à travers un campus que je connais à peine pour ne rater aucune de mes séances d'informations et introduction à certains nouveaux cours. Mais il est 17 h, et je commence à m'inquiéter de ne plus avoir de ses nouvelles. Surtout qu'il ne répond à aucun de mes appels. À peine ai-je refermé la porte que je remarque l'absence de ma coloc Erine et... une boîte à chaussures sur mon lit. Je fronce les sourcils et me dirige droit dessus en lâchant mon sac sur le sol.

Dès que je l'ouvre, mes narines percutent le parfum ambré de mon homme. Mes lèvres dessinent le plus beau des sourires en prenant dans mes mains un nouveau tee-shirt à lui. Mon nez s'enfouit contre le tissu et le respire à pleins poumons. De quoi me shooter à la bonne humeur pour un bon moment ! Je continue mon inspection et découvre des photos en vrac dans la boîte. Beaucoup de clichés de nous deux, et quelques-uns avec Matt. Je ne savais pas qu'il en possédait autant. Cette constatation gonfle ma poitrine de tendresse. Dans le fond, je déniche son gel douche, une brosse à dents, une clé USB et des effets personnels qui datent de l'appart à Denver. Je glousse de bonheur face à tant d'attention de sa part. Il me connaît si bien. La distance va être compliquée à gérer au quotidien, mais face à tant de délicatesses de sa part, on pourra tout surmonter. Je n'en ai plus aucun doute !

Il y a aussi un papier plié en quatre qui attire immédiatement mon regard. Je m'en empare en m'asseyant sur mon lit, puis le lis :

« Mon ange,

Je refuse de revivre ces deux mois passés loin de toi. Je te l'ai dit tout à l'heure, nous deux, j'y ai toujours cru. Je n'aurais jamais lâché l'affaire. Je me serais battu comme un dingue pour te récupérer. Mais finalement, tu m'as prouvé que tu me faisais confiance. Que tu croyais en nous. Que tu m'aimais.

À mon tour !

Laisse-moi prendre soin de toi parce que, quoi qu'il se passe dans ta vie, ça affecte aussi la mienne. N'oublie pas, nous deux c'est pour le meilleur et pour le pire. Je veux te rendre heureuse, être le responsable de tes sourires tout en étant celui qui, dans les moments difficiles, t'épaulera, te consolera et essuiera tes larmes. Laisse-moi être ton roc.

Si tu es prête pour cette vie à deux, rejoins-moi avec cette boîte. Montre-moi que tu le désires aussi fort que moi !

Je t'aime, N. »

Je retourne la lettre. Rien. J'inspecte la boîte sous toutes ses coutures. Toujours rien.

Mes pensées s'activent dans tous les sens et s'entrechoquent à mes émotions bouillonnantes. Je me lève en marchant comme une excitée. Je vérifie mes messages sur mon téléphone. Nada. Je tente une nouvelle fois de l'appeler, mais tombe encore sur son répondeur. Je raccroche en accourant jusqu'à la porte que j'ouvre en grand, puis passe la tête par l'encadrement pour constater que le couloir est vide. Aucune trace de Neal qui vient pourtant de me faire la plus belle des déclarations !

Il est où ?... Et je fais comment pour le rejoindre ?

Je fouille du regard chaque objet, chaque recoin de la pièce. J'ouvre même tous les tiroirs et les armoires à la recherche d'un indice, mais sans succès. À bout d'idées, j'appelle Sam sur FaceTime qui décroche à la quatrième sonnerie, toujours en compagnie de sa belle.

– Hello copine ! s'emballe Mia tandis que Sam se contente d'un clin d'œil complice. Alors ta première journée, explique ?

– Salut, salut ! Chargée, mais géniale !

– Tu m'étonnes, me sourit Sam.

– Et vous ?

– Pas grand-chose. Nouvelle rentrée quoi ! m'informe Mia.

Il acquiesce d'un signe de tête.

– Bon, il faut que je vous l'annonce. Neal m'a fait la surprise d'être présent pour mon premier cours !

Mia écarquille les yeux de surprise avant de laisser exploser un cri de joie. Le cœur débordant d'affection pour mes amis, je m'esclaffe en avisant la grimace de Sam qui se frotte l'oreille suite aux décibels qu'il s'est pris dans le tympan.

– Je suis trop contente pour toi !

– Ouais, ça, j'avais entendu, râle Sam.

Son attitude fait redoubler mon hilarité. Mia hausse les épaules comme s'il exagérait. Ils m'éclatent tous les deux.

– Alors raconte-nous tout ! me déclare-t-elle.

Je me lance dans une tirade qui me rend fébrile au fur et à mesure que je revis chaque événement. Je suis confuse comme si mon cerveau refusait l'évidence d'une vie à deux… *Non. Impossible ! Il me l'aurait dit… Non ?...* Je suis perdue et ne sais plus quoi penser. Je les observe alors qu'ils se dévisagent comme si leur compréhension de l'un et de l'autre pouvait se passer de mots. Je mordille ma lèvre en fixant mon bracelet que je tourne autour de mon poignet. C'est Sam qui prend finalement la parole.

– C'est clair, il t'invite à vivre avec lui.

Mia opine vivement de la tête. Les battements de mon cœur s'emballent, puis s'envolent comme si leur seul but était de le chercher pour le retrouver.

– Oh, Lilou ! Tu me donnes envie de pleurer. Vas-y fonce !

– Et je le rejoins comment ?

Je m'effondre sur mon lit, la tête vissée dans mon oreiller, et… je ris en même temps que je pleure de joie. Ou le contraire, mais là tout de suite, je m'en tape ! Je vais le retrouver, c'est tout ce qui m'importe alors que mes amis ne comprennent rien à mon délire.

Chapitre 41

Ils doivent certainement croire que je suis prise d'une crise de folie passagère, alors je dirige mon téléphone en direction du plafond. Un papier y est accroché, tatoué de l'écriture de Neal, dévoilant une adresse à Evanston.

– Oh la la, il est là-bas ! s'écrie Mia d'une voix émue. Il faut que tu le rejoignes !

– Ce n'est pas si loin, ajoute Sam. Si tu prends un Uber, tu n'en as que pour…

– Qu'est-ce que tu fous encore sur ton lit ! Bouge ton cul ! m'ordonne Mia qui a coupé la parole à son homme, qui apparemment s'en fout puisqu'il se marre.

Je m'exécute, bien trop heureuse de les avoir près de moi. Je cours jusqu'à la porte, et c'est en l'ouvrant que je réalise que je pars sans la boîte ! Je reviens sur mes pas et m'en empare comme si ma vie en dépendait.

Je me laisse guider par mes deux amis. Je dois avouer qu'en leur compagnie et grâce à leur soutien, je me sens plus détendue et ne me rends compte de rien jusqu'à ce que le chauffeur du Uber annonce mon arrivée. Je sors du véhicule en étant accueillie par des trombes d'eau. Je claque la portière et cours jusqu'au premier abri.

– Quel numéro ? m'enquiers-je.

– Le 254, m'indique Sam.

Je jette un regard jusqu'à tomber sur le numéro de l'immeuble qui m'abrite, captant mal, je passe en mode vocal.

– Je suis au 246.

Merde ! Je vais devoir braver ce temps pourri alors que je suis uniquement vêtue d'une robe d'été et de mon gilet sans capuche.

– Reste sur le même trottoir, c'est 4 blocs plus loin.

– Merci, Sam.

Pas le choix, je cours jusqu'au numéro indiqué. Même si j'ai l'impression d'avoir couru un sprint, je suis trempée de la tête aux pieds. Mais ça ne m'empêche pas d'être sacrément heureuse.

– Ça y est, j'y suis ! Souhaitez-moi bonne chance.

J'entends renifler.

– Sam, tu pleures ? m'étonné-je en étouffant mon gloussement.

– Tu te fous de ma gueule, j'espère, s'esclaffe l'intéressé.

– Vous êtes tellement mignons ! s'émeut Mia. Je n'ai jamais vu un couple aussi craquant.

– Sympa pour nous ! ronchonne Sam.

– J'ai vraiment cru que c'était fini entre eux ! se justifie-t-elle. Mais ils parviennent à ressortir plus forts de leur rupture. C'est beau, non ?

Il la regarde avec un tel amour que j'en ai les larmes aux yeux. Il esquisse un rictus plein de connivence avant de l'embrasser comme un trésor précieux.

– Merci, leur murmuré-je.

Je les laisse dans leur bulle et raccroche tout en souriant. À mon tour de goûter de nouveau à ce bonheur. Je m'empresse de parcourir d'un pas rapide la distance qui me sépare de Neal. Il y a plusieurs noms sur les sonnettes, je les parcours jusqu'à ce que mon œil repère le nom de Evans-Rendall.

Mon souffle se bloque.

Mon cœur manque un battement. Peut-être même deux.

Je ne peux plus douter. *C'est inscrit !*

Il est le pilier de notre couple.

Il construit notre avenir.

À toi de lui prouver que tu en es digne !

Mes larmes se mêlent aux gouttes de pluie qui dégoulinent de mes cheveux et qui serpentent le long de mes joues. Pleine d'appréhension, j'appuie sur le bouton.

– Troisième étage. Numéro 36.

C'est sa voix, pleine d'assurance, qui résonne dans l'interphone. Je ne sais pas comment il fait, je suis une boule de nerfs qui peine à croire à ce qui lui arrive. Je monte dans l'ascenseur, direction le troisième étage et me contemple dans le miroir.

Oh mon Dieu ! Je ressemble à un panda mué à un rat mouillé.

J'extirpe un mouchoir de mon sac et le passe sous mes yeux pour retirer le mascara qui a dégouliné. J'ébouriffe mes cheveux sans grand succès alors que mon sourire est dément. Je ressemble à une folle dingue dépravée. Mais une folle dingue amoureuse et heureuse de retrouver enfin son homme.

Je sors de l'ascenseur et oublie mon apparence en cherchant le numéro 36. Dès que je suis face à la porte, je n'entends que les battements effrénés de mon palpitant qui vibrent jusqu'à mes tympans. Je donne trois grands coups sur le battant en bois. Je me demande à quand remonte la dernière fois où j'ai été aussi anxieuse, excitée et impatiente ? Pas le temps de m'appesantir sur le sujet quand la porte s'ouvre.

Mon regard se verrouille à celui de Neal qui est la quintessence de la force tranquille. Mon cœur s'emballe à tout rompre et mon sourire n'en finit pas de s'élargir. Ses yeux me couvent d'un tel amour que mes dernières peurs, mes derniers doutes s'envolent. Je lui tends la boîte à chaussures.

– Oui, je le veux. Je ne supporterai plus d'être séparée de toi. Je t'aime. Pour le meilleur comme pour le pire.

Neal m'adresse le plus beau sourire au monde. *Mon Dieu comme j'en suis dingue !* Il me faut une bonne dose de maîtrise pour ne pas lui sauter dans les bras. À la place, je me souviens de ses mots et lui rappelle :

– Rassure-toi, mon mignon. On n'en est toujours qu'au meilleur.

Il jette sa tête en arrière et laisse éclater son hilarité. Je suis en train de graver chaque instant de nos retrouvailles. *C'est vraiment le plus beau jour de ma vie !* Il m'attrape par les poignets et me fait entrer précipitamment dans l'appartement. Une fois la porte claquée, il me plaque tout contre en plongeant son visage au creux de mon cou. Il respire mon odeur plusieurs fois d'affilée, comme si c'était une nécessité. Son nez caresse avec beaucoup de tendresse mon cou jusqu'à la commissure de mes lèvres. Je halète alors que la douceur de son geste est en contradiction avec ses doigts qui se sont enfoncés dans la chair de mes hanches. J'en veux plus. Beaucoup plus. Tellement plus.

Sa bouche accapare la mienne. Notre baiser est brutal. Impatient. Passionné. Je plonge ma langue entre ses lèvres et le dévore telle une affamée. Je papillonne des yeux d'extase quand il suçote ma lèvre inférieure.

– Tu n'imagines pas l'enfer que j'ai vécu loin de toi, m'avoue-t-il dans un chuchotement.

Oh si, parfaitement pour l'avoir vécu moi aussi...

– Plus jamais ça n'arrivera.

Ses prunelles s'enflamment et la couleur de ses iris gris tempétueux est noyée dans le noir de ses pupilles. Il rêve d'inaugurer la porte d'entrée, mais se retient. Pas moi. Je noue avec force mes bras autour de son cou et y plonge mon nez à mon tour. Son odeur boisée et virile m'enivre, je mordille et lèche sa peau. Mes papilles capturent toutes ces sensations d'ivresse qui ont explosé dans un monde de couleurs. Mes émotions, mes pensées apparaissent plus intenses, plus lumineuses. Mes nerfs finissent par lâcher, je frissonne violemment, mais je continue à lui déclarer mon amour en claquant des dents :

– Depuis notre dernier baiser, je suis une junkie en manque.

Il me conduit dans sa salle de bains, attrape une serviette et m'essuie le visage et les cheveux.

– Mon corps t'appartient, lui confié-je avec dévotion, mon cœur t'appartient. Tu rends mon monde tellement meilleur.

Je prends son visage entre mes mains pour plonger mon regard intense dans le sien.

– Tu es mon roc !

Silencieux alors que sa respiration est altérée par l'émotion, il souffle fort et me fixe d'une lueur pleine d'amour.

– Je t'aime, mon ange. Mais… s'interrompt-il en appuyant la paume de ma main sur son torse. Ce qui se passe à l'intérieur est bien plus fort et passionné.

Bouleversée, ma gorge, nouée par un tourbillon d'émotions brutes, me rend muette alors que ma vue se brouille. Il dépose des baisers sur mes paupières. Tant de douceur est en train de m'achever. Mais ce sont bien des larmes de bonheur qui coulent. Il me débarrasse de mon gilet, puis déboutonne ma robe qu'il laisse tomber sur le sol. Je m'essuie les yeux en me retrouvant en sous-vêtements super sexy devant lui. Ses pupilles s'embrasent et me consument de la tête aux pieds. Il n'y a qu'avec lui que je me sens aussi belle et désirée.

– Si tu savais à quel point j'ai fantasmé sur cette photo, m'avoue-t-il la respiration plus rapide et la voix plus rauque que jamais. Mais te voir en chair et en os est au-dessus de mes rêves les plus fous.

Son timbre me procure de délicieux frissons qui s'épanouissent sur mon corps. J'ai subitement trop chaud. Je m'apprête à dégrafer mon soutif quand il pose une main sur mon bras.

– Pas maintenant ! m'ordonne-t-il en me recouvrant d'un peignoir. La première fois que je t'ai vue, je t'ai trouvée si belle, me susurre-t-il en caressant ma joue avec tendresse. Ensuite, tu étais si révoltée. À me rendre les coups. À me provoquer. Je t'ai détestée parce que tu me faisais ressentir des sentiments pour la première fois de ma vie qui m'ont foutu les jetons. Si tu savais comme je regrette de m'être battu contre l'évidence pendant de si longues semaines. On n'aurait pas perdu autant de temps.

Combiné à ma lâcheté, on a perdu de précieux mois...

– Neal…

– Je n'ai pas fini, me coupe-t-il d'un bref baiser. Tu n'as rien lâché, et tu m'as rendu bien meilleur que je ne l'étais.

Je pose ma joue contre son torse et me nourris de son amour.

– Bienvenue *chez nous*, mon ange.

Encore fort émue et ébranlée, je détaille tout autour de moi en souriant comme si je planais. Le parquet en noyer à larges lattes donne un aspect chaleureux à la pièce et les murs peints en couleurs pastel rendent l'espace si accueillant. On ne peut que se sentir bien !

Il entrelace nos doigts et me guide jusqu'à la fenêtre de la cuisine.

– On a même une vue sur le parc. Pas de voisins qui pourront se rincer l'œil quand je te baiserai dans chacune des pièces de l'appart.

Je ronronne d'excitation en réponse à ses mots crus.

– Ton programme me plaît beaucoup.

– Je n'en attendais pas moins de toi, chuchote-t-il en esquissant un sourire carnassier. Je n'ai pas encore eu le temps de le meubler. Mais !...

Il poursuit la visite jusqu'à la chambre. Notre chambre.

– Il y a notre pieu king size, m'informe-t-il, les paupières lourdes de désir.

Faute d'avoir gardé ma langue, je fonds sur ses lèvres et l'embrasse avec une telle fougue que notre lit va être baptisé plus tôt que prévu… Seulement, il se recule et rompt nos préliminaires.

– Arrête de me provoquer. Je n'ai pas fini !

J'étouffe mon rire alors que cette envie dévorante de le sentir en moi grandit de manière exponentielle. Je plonge mes prunelles pleines de tendresse dans les siennes et lui souris.

– Je t'ai choisie toi, le reste a peu d'importance. Et tu sais pourquoi ?

Je secoue la tête.

– Parce que lorsque je te regarde, que je t'embrasse, que nos deux corps ne font plus qu'un, tu as la saveur du bonheur. Avec toi à mes côtés, je peux tout traverser.

– Tu as décidé que je n'avais pas assez pleuré ? reniflé-je, le cœur gonflé d'un amour infini pour cet homme qui croit tellement en nous.

Il embrasse mes paupières comme un onguent apaisant.

– Notre stage s'est super bien déroulé. On a vraiment assuré, mais j'ai décliné l'offre de rester dans cette boîte. New York n'avait plus grand intérêt si tu n'étais pas à mes côtés. Evans a compris que je ne pouvais pas vivre sans toi. Il est heureux de voir que son meilleur pote veut prendre aussi soin de sa frangine. Tu sais comme il tient à toi ?

J'acquiesce d'un signe de tête.

– On ne travaillera peut-être pas ensemble, mais ça ne nous empêche pas de vouloir nous associer quand on aura chopé assez d'expérience dans notre domaine. En attendant, Monsieur Greenwood m'a aidé à trouver un stage à Chicago.

C'est au-delà de tous mes rêves les plus fous ! Ses yeux expriment une telle tendresse que je ne suis pas certaine que mon cœur y résiste plus longtemps.

– Je vais devoir bosser beaucoup d'heures, et souvent le samedi compris.

– Moi aussi. Mais on sera ensemble, c'est tout ce qui compte.

Il me sourit comme si j'avais tout compris.

– Je vais prendre soin de toi, moi aussi. Tu n'auras jamais à regretter ta décision.

– On va s'aimer quoi ! me taquine-t-il alors que ses prunelles brillent d'une émotion à peine contenue.

– Comme des fous !

On rigole, et j'en profite pour ouvrir les pans de son peignoir. Son regard balaye langoureusement mon corps. À travers ses pupilles dilatées par le désir, j'ai l'impression d'être une déesse du sexe. Il me soulève du sol et je lâche un petit cri de surprise en agrippant ses larges épaules. Lèvres contre lèvres, il me susurre :

– Il est temps de tester la solidité du pieu !

– Enfin ! m'exclamé-je, tel un vœu exaucé.

Son rire vibre sur chaque parcelle de mon être avant qu'il retire son tee-shirt, laissant un torse nu qui me fait saliver d'envie. Je me sens si heureuse, aimée, libre, folle d'amour et de joie. C'est le moment parfait pour lui révéler ma décision avec une sérénité que je ne pensais jamais plus éprouver.

– Pas de préservatifs. Je ne veux plus aucune barrière entre nous. Plus jamais. Quoi qu'il arrive, on s'en sortira toujours.

Je viens de lui faire à mon tour ma plus belle déclaration. L'expression qui se reflète dans son regard n'a pas de prix et disparaît bien trop vite dès que nos bouches se réunissent dans cette union parfaite qu'est la nôtre. Nos peaux se retrouvent, se pressent et s'épousent si bien. Je ne me suis jamais sentie aussi amoureuse, aussi protégée et en sécurité qu'à cet instant. Mon corps s'enflamme et n'est que source de désir, de plaisir et de pulsions. Une chaleur brûlante embrase mes sens, puis se déverse dans mes veines. Mes pensées rationnelles s'égarent pour laisser place à des pensées lascives tandis qu'une lueur lubrique enfièvre son regard.

– Merci de me rendre si belle.

– Je ne te laisserai plus jamais me quitter.

Mon plus grand regret sera d'avoir ravivé en lui ce sentiment d'abandon, alors je me répéterai aussi longtemps qu'il en aura besoin.

– Et je ne te laisserai plus jamais l'occasion de le craindre.

Nous scellons notre promesse par un tendre et langoureux baiser, juste avant que ça dégénère de la meilleure et de la plus délectable des façons.

FIN

Mais retrouvez Lilou et Neal en découvrant les aventures de Matt dans Succombe Moi !

REMERCIEMENTS

Depuis cinq ans, l'écriture a pris une grande place dans ma vie. C'est même devenu une passion de tous les jours, alimentée par le besoin de m'évader après une journée intense au travail, ainsi que par le bonheur de retrouver l'univers de mes personnages. Un hobby qui n'aurait pas pu être possible sans le soutien et la grande compréhension de mon mari, Alain, et de mon fils, Luca, à qui je dédie mon premier roman.

J'ai aussi eu la chance d'avoir une communauté de lecteurs sur Wattpad qui, grâce à leurs adorables commentaires au fil de mes publications, m'a donné la motivation de ne rien lâcher et de terminer mon roman en donnant le meilleur de moi-même. Merci infiniment !

Un remerciement tout particulier à Julie P., ma juju, mon amie, mon âme sœur. Sans ton éternel soutien et ton enthousiasme sur mes écrits, je ne me serais certainement pas lancée dans cette incroyable aventure qu'est l'édition. Ton rôle de bêta est essentiel pour moi, tu le sais, mais pas seulement. Dès que je paniquais (et c'est arrivé souvent, et arrivera encore !) ou eu un moment de flou dans la manière de donner plus d'impacts à l'histoire des Nealou, j'ai toujours pu compter sur toi pour me rassurer et y voir plus clair. Je chéris notre amitié si précieuse à mes yeux !

Un tout grand merci à Hélène, ma Magicienne à la saveur Red bull, tu as toujours été présente quand j'avais besoin de toi pour me rebooster. J'ai toujours pu compter sur ton rôle de bêta impartiale, honnête et franc pour déceler les petites coquilles et donner plus de compréhension sur certains passages. Ton humour m'a souvent déclenché de bons moments de rigolade, et ça n'a pas de prix !

Mille mercis également à Margaux, alias Lou Garance, et Julie P. Pour leur disponibilité, leur temps consacré à me lire et pour leurs commentaires si honnêtes, enthousiastes et percutants qui m'ont permis de donner encore plus de profondeur et de cohérence à ma romance.

Sans oublier Jeanne, alias Aimée Bianca, Diane, Franceline, Chantalou, Halllia, Marylène, Valentine, Manon, mon père, Steph et Frédo pour leur soutien.

Et pour terminer, un remerciement tout particulier à mon éditrice Virginie pour cette belle aventure que je vis grâce à ton écoute, ton envie pour que l'on forme une équipe avant tout et à ton point d'honneur à ne pas me stresser avec une quelconque deadline. Franchement, j'ai eu une chance énorme ! Tes commentaires et tes corrections ont donné un travail bien plus cohérent et abouti à Coloc malgré moi. Encore merci d'avoir sublimé mon roman ! La couverture est une véritable tuerie, je l'adore !

SUIVEZ-NOUS SUR LES RÉSEAUX SOCIAUX

@shingfoo

@shingfooeditions

Imprimé en France
FRHW012344180925
45184FR00003B/30